*Über dieses Buch*

›Der Verdammte der Inseln‹, Joseph Conrads zweiter, 1895 abgeschlossener Roman, gehört zu den berühmtesten Werken des großen englischen Erzählers. Verrat und Täuschung, Leidenschaft und Hörigkeit führen vor dem Hintergrund der tropischen Insellandschaft des malaiischen Archipels zu tödlicher Verstrickung.

Willems, der Verdammte der Inseln, ist ein typischer Vertreter der Conradschen ›outlaws‹. Als Prokurist einer holländischen Handelsgesellschaft auf Borneo läßt er sich auf eine Unterschlagung ein – nur eine kleine »unangenehme Notwendigkeit« ohne große Folgen, meint er. Doch sie ist der Anfang eines Lebens als Ausgestoßener, als der Betrug entdeckt und Willems unehrenhaft entlassen wird. Von seiner malaiischen Frau und ihren Verwandten, die ihm als dem weißen Mann bisher sklavisch ergeben waren, wird er nun verachtet und erniedrigt. Er trennt sich. Die Wanderung beginnt. Zwar findet er zunächst Unterschlupf in der Handelsagentur des englischen Kapitäns Tom Lingard und seines Kompagnons Almayer in Sambir. Aber das Verhängnis läßt ihn nicht mehr los. Seine blinde Liebe zu der arabisch-malaiischen Tochter eines Piraten verstrickt ihn in eine Verschwörung arabischer Handelskonkurrenten. Er gerät ins Niemandsland zwischen der Welt der Weißen und der Welt der Eingeborenen, in eine Welt, in der ihn niemand schützt. Er wird verdammt, allein mit seiner exotischen Geliebten in der wilden Einsamkeit des Dschungels zu leben. Bei seinen geheimen Vorbereitungen zur Flucht wird er von der getäuschten Geliebten überrascht und erschossen.

Joseph Conrad ist dem Vorbild für seinen zum Scheitern verurteilten Helden auf einer seiner Fahrten als britischer Kapitän begegnet und erinnert sich in seinem Vorwort: »Mein Interesse wurde mehr durch seine abhängige Stellung erweckt, durch seinen absonderlichen, zweifelhaften Status als verdächtiger, unbeliebter, ausgebrannter Europäer, der in jener Siedlung widerwillig geduldet wurde ... Diesen Mann umgab etwas Geheimnisvolles, das nicht gerade auf schwärzeste Verbrechen, aber doch auf etwas sehr Häßliches hindeutete.«

*Über den Autor*

Joseph Conrad (eigentlich Jósef Teodor Konrad Nalęcz Korzeniowski) wurde 1857 als Sohn polnischer Landedelleute in Berdyczew/Ukraine geboren. Er ging mit siebzehn Jahren zur französischen Marine und befuhr ab 1886 als britischer Kapitän die Weltmeere. Als ein tropisches Fieber ihn zwang, den Seemannsberuf aufzugeben, ließ er sich 1894 als freier Schriftsteller in England nieder. Er schrieb in englischer Sprache fünfzehn Romane, neunundzwanzig Erzählungen, zwei autobiographische Bücher, zwei Essaybände und drei Bühnenstücke. Joseph Conrad starb 1924 in seinem Landhaus bei Canterbury.

Im Fischer Taschenbuch Verlag erschienen außerdem »Der Nigger von der ›Narzissus‹« (Bd. 2054), ›Der Freibeuter‹ (Bd. 2055), ›Der Verdammte der Inseln‹ (Bd. 2056), ›Almayers Wahn‹ (Bd. 2057) und ›Die Schattenlinie‹ (Bd. 2059).

JOSEPH CONRAD

# DER VERDAMMTE DER INSELN

Roman

FISCHER TASCHENBUCH VERLAG

Für Edward Lancelot Sanderson

*Pues el delito mayor del hombre es haber nacido*
Calderón

Fischer Taschenbuch Verlag
1.–15. Tausend Juli 1979
16.–20. Tausend Oktober 1982
21.–25. Tausend Oktober 1983
Ungekürzte Ausgabe

Umschlagentwurf: Jan Buchholz/Reni Hinsch
unter Verwendung eines Fotos (Foto: Gruner + Jahr)

Fischer Taschenbuch Verlag GmbH, Frankfurt am Main
Lizenzausgabe mit freundlicher Genehmigung der
S. Fischer Verlag GmbH, Frankfurt am Main
Die englische Originalausgabe erschien 1896
unter dem Titel ›An Outcast of the Islands‹
Aus dem Englischen übertragen von Günther Danehl

Gesamtherstellung: Hanseatische Druckanstalt GmbH, Hamburg
Printed in Germany
980-ISBN-3-596-22056-4

## VORBEMERKUNG DES AUTORS

›Der Verdammte der Inseln‹ ist im eigentlichen Sinne des Wortes mein zweites Buch; es wurde als zweites konzipiert, als zweites ausgeführt und ist auch seinem Wesen nach das zweite. Kein Zögern, kein halb ausgeführter Plan, kein unklares Projekt oder sonst etwas der Art lag zwischen diesem Buch und ›Almayers Wahn‹. Der einzige Zweifel, der mich nach der Veröffentlichung von ›Almayers Wahn‹ peinigte, war der, ob ich überhaupt noch eine Zeile für den Druck schreiben sollte. Jene Tage, die nun so verblaßt sind, hatten ihre bitteren Momente. Damals hatte ich weder mit dem Herzen noch mit dem Kopf auf die See verzichtet. Die Wahrheit ist, daß ich mich verzweifelt an sie klammerte, um so verzweifelter, als ich mich des Gefühls nicht erwehren konnte, es habe sich in meiner Beziehung zu ihr etwas verändert. ›Almayers Wahn‹ war beendet und abgetan. Die dazugehörige Stimmung war verflogen. Doch war die Erinnerung an ein Erlebnis zurückgeblieben, das weder im Denken noch im Fühlen mit der See zu tun gehabt hatte, und ich vermute, daß jener Teil meiner sittlichen Persönlichkeit, der aus der Beharrlichkeit erwächst, tief erschüttert war. Ich wurde das Opfer widerstreitender Antriebe, die mich bewegungsunfähig machten. Ich überließ mich der Trägheit. Da es mir unmöglich war, nach beiden Richtungen zugleich zu schauen, hatte ich beschlossen, die Augen zuzumachen. Neue Werte im Dasein zu entdecken, ist ein verwirrendes Erlebnis; es wird begleitet von einem ruhelosen Hin und Her, einem großen Aufruhr, und man hat vorübergehend das Gefühl, in Dunkelheit gestürzt zu sein. Über diesem Chaos ließ ich mich bewegungslos hingestreckt treiben.

Für dieses Buch ist in der Tat ein Satz von Edward Garnett verantwortlich. Da er der erste Freund ist, den ich mir mit der Feder erworben habe, war es nur natürlich, daß ich mich ihm damals anvertraute. Eines Abends, wir hatten miteinander gegessen, und er hatte sich die Schilderung meiner Ratlosigkeit angehört (ich fürchte, daß er das schon ein wenig satt bekam), wies er mich darauf hin, daß keine Notwendigkeit bestehe, meine Zukunft schon ein für allemal festzulegen. Dann fügte er hinzu: »Sie haben den Stil, Sie haben das Temperament – warum schreiben Sie nicht noch eines?« Ich glaube, daß Edward Garnett sehr wünschte – soweit ein Mensch den Wunsch haben kann, das Leben eines anderen zu beeinflussen –, ich möge mit Schreiben fortfahren. Damals, und ich darf wohl sagen, immer seither, hat er mich sehr geduldig und milde behandelt. Was mir an dem eben zitierten Satz, der mir ganz gelassen dargeboten wurde, am meisten Eindruck machte, ist nicht so sehr seine aufgeklärte Milde, sondern die wirklich in ihm liegende Weisheit. Hätte er gesagt: »Schreiben Sie doch weiter«, so hätte er mich möglicherweise für immer von Feder und Papier verscheucht. Doch in dem schlichten Vorschlag, »noch eines« zu schreiben, lag nichts, das Widerstreben oder Angst in mir hätte erwecken können. Und so wurde ein toter Punkt im Umlauf meiner Angelegenheiten auf listige Weise überwunden. Das Wort »noch eines« bewirkte das. Um die elfte Stunde einer angenehmen Londoner Nacht durchwanderten Edward und ich endlose Straßen und besprachen viele Dinge, und ich weiß noch, daß ich, zu Hause angelangt, mich hinsetzte und vor dem Zubettgehen eine halbe Seite von ›Der Verdammte der Inseln‹ niederschrieb. Damit hatte ich mich entschieden, ich will nicht sagen für ein anderes Leben, aber doch zu einem anderen Buch. Irgendwas in meinem Charakter erlaubt mir offenbar nicht, endgültig ein gutes Stück Arbeit aufzugeben, wenn ich es einmal begonnen habe. Ich habe viele Anfänge weggelegt. Ich habe sie bekümmert, angewidert, zornig, wehmütig, ja auch mit Selbstverachtung aus der Hand gelegt; doch selbst bei den schlechtesten hatte ich den beunruhigenden Argwohn, daß ich wieder zu ihnen zurückkehren müsse.

›Der Verdammte der Inseln‹ gehört zu denjenigen meiner Romane, die ich keinen Augenblick aus der Hand legte. Er hat mir zwar den Titel eines ›exotischen Erzählers‹ eingebracht, doch halte ich diesen Vorwurf für ungerechtfertigt. Ich kann beim besten Willen in Anlage oder Stil des Romans nichts Exotisches finden. Zweifellos ist er der ›tropischste‹ meiner östlichen Romane. Im Laufe der Niederschrift nahm mich die Landschaft immer mehr gefangen, vielleicht (ich kann das ja ruhig zugeben), weil die Erzählung selber meinem Herzen nie sehr nahe war. Sie sprach meine Phantasie viel mehr an als meine Teilnahme. Für Willems brachte ich nur soviel Gefühl auf, wie man seinem Geschöpf nun einmal nicht versagen kann. Es ist klar, daß ich einem Menschen gegenüber nicht gleichgültig sein konnte, über den ich soviel Unheil hereinbrechen ließ, einfach indem ich ihn, noch dazu im Besitze sehr weniger Anhaltspunkte, so anlegte, wie er in dem Roman erscheint.

Der Mann, der mir als Vorbild für Willems diente, war an und für sich selber nicht sehr interessant. Mein Interesse wurde mehr durch seine abhängige Stellung erweckt, durch seinen absonderlichen, zweifelhaften Status als verdächtiger, unbeliebter, ausgebrannter Europäer, der in jener Siedlung widerwillig geduldet wurde, die sich im Herzen des Waldlandes an dem düsteren Strom versteckt, auf dem unser Schiff das erste von Weißen geführte überhaupt war. Mit den hohlen, glattrasierten Wangen, dem buschigen, grauen Schnauzbart, den absolut ausdruckslosen Augen, stets in einen blütenreinen, vorne reich gerüschten Schlafanzug gekleidet, aus dem der bloße, magere Hals ragte, an den nackten Füßen Strohsandalen, so wanderte er bei Tage schweigend zwischen den Häusern umher, fast so stumm wie ein Tier und offenbar sehr viel heimatloser. Was er nachts mit sich anfing, weiß ich nicht. Gewiß hatte er einen Zufluchtsort, wo er sein Rasiermesser und einen frischen Schlafanzug aufbewahrte, eine Hütte, einen Schuppen aus Palmblättern, irgendeinen Unterschlupf. Diesen Mann umgab etwas Geheimnisvolles, das nicht gerade auf schwärzeste Verbrechen, aber doch auf etwas sehr Häßliches hindeutete. Das einzige, was ich über ihn in Erfahrung bringen konnte, war, daß er es gewesen sei, der »die Araber an den Fluß gebracht« habe. Das mußte schon Jahre her sein. Wie hatte er sie denn an den Fluß gebracht? Doch wohl nicht auf dem Arm wie einen Wurf Kätzchen. Ich wußte, daß Almayer den Beginn seines Ungemaches vom Tage jener schicksalhaften Ankunft datierte; und doch – als wir die allererste Mahlzeit bei Almayer nahmen, saß Willems mit am Tisch wie das sprichwörtliche Gespenst beim Festmahl, offensichtlich von allen verachtet, von niemandem angesprochen und in seinem Dasein einzig bestätigt durch giftige Blicke, die Almayer ihm gelegentlich zukommen ließ, was ich mit größter Überraschung wahrnahm. Im Verlaufe des Abends machte er eine einzige Bemerkung, und diese verstand ich nicht, weil seine Aussprache so undeutlich war wie die eines Menschen, der verlernt hat zu sprechen. Ich war der einzige, der den Laut zu bemerken schien, den er von sich gab. Dann verstummte Willems. Gleich darauf zog er sich zurück, demonstrativ unbeachtet – vielleicht in den Wald? Der lag in all seiner Unermeßlichkeit keine dreihundert Meter von der Veranda entfernt, nur zu bereit, alles und jedes zu verschlingen. Almayer, der sich mit meinem Kapitän unterhielt, hörte nicht auf zu sprechen, während er dem entweichenden Rücken wütend nachsah.

Hatte der Kerl nicht die Araber an den Fluß gebracht! Dessen ungeachtet erschien Willems am folgenden Morgen wieder auf Almayers Veranda. Von der Brücke des Dampfers konnte ich die beiden deutlich ausmachen, die da miteinander im Tête-à tête beim Frühstück saßen, vermutlich in tödlichem Schweigen, der eine mit der Miene eines Menschen, dem die Welt nichts mehr bedeutet, der andere mit hin und wieder angewidert gerunzelten Brauen.

Es war klar, daß Willems damals von Almayers Mildtätigkeit lebte. Als wir zwei Monate später wieder vor Sambir ankerten, hörte ich, daß er als Führer einer den Arabern gehörenden Dampfbarkasse stromauf ins Landesinnere auf eine Entdekkungsreise gefahren sei. Die befremdliche Weigerung, sich über Willems zu äußern, der ich bei jedermann begegnete, machte es mir unmöglich, Genaueres über dieses Vorhaben zu erfahren. Ich war der Neuling, war der Jüngste in dieser Gesellschaft, und wurde vermutlich des vollen Vertrauens nicht für würdig befunden. Diese Ausschließung machte mir nicht viel Kummer. Der Schimmer von Verschwörung und Geheimnis, der alle Angelegenheiten Almayers umgab, belustigte mich ungemein. Almayer war offensichtlich sehr betroffen. Ich glaube, Willems fehlte ihm ganz außerordentlich. Er trug eine Miene düsterer Gedankenverlorenheit zur Schau und unterredete sich vertraulich mit meinem Kapitän. Ich verstand nur Fetzen der gemurmelten Sätze. Dann, eines Morgens, als ich an Deck kam, um meinen Platz am Frühstückstisch einzunehmen, unterbrach Almayer seine gedämpften Mitteilungen. Das Gesicht meines Kapitäns war absolut undurchdringlich. Nach sekundenlangem Schweigen schien Almayer nicht länger an sich halten zu können und platzte mit lauter, böser Stimme heraus: »Eines ist sicher: findet er im Landesinneren was Wertvolles, dann vergiften sie ihn wie einen Hund.«

Dieser Satz war zwar aus dem Zusammenhang gerissen, schien

mir aber doch hörenswert, weil er mir Stoff zu Betrachtungen gab. Wir liefen drei Tage später aus dem Fluß aus, und ich bin nie wieder in Sambir gewesen; was nun auch aus dem wirklichen Willems geworden sein mag, niemand kann bestreiten, daß ich ihm in diesen Aufzeichnungen ein weniger trübes Schicksal bereitet habe.

1919 J. C.

# ERSTER TEIL

## I

Als er vom schmalen, schnurgeraden Pfad seiner absonderlichen Rechtschaffenheit wich, geschah das mit dem festen Vorsatz, den eintönigen, aber ungefährlichen Wandel der Tugend wieder aufzunehmen, sobald sein kleiner Abstecher in den am Wege liegenden Sumpf den gewünschten Erfolg gezeitigt haben würde. Es sollte sich nur um eine kleine Episode handeln, sozusagen um einen eingeklammerten Satz in dem dahinströmenden Epos seines Lebens: um eine Angelegenheit ohne Bedeutung, die zwar ungern, aber doch geschickt ausgeführt und schnell vergessen werden mußte. Er glaubte, danach weiterhin den Sonnenschein genießen, sich am Schatten erfreuen und den Duft der Blumen einatmen zu können, die in dem kleinen Vorgarten seines Hauses blühten. Er bildete sich ein, daß er fortfahren werde, wie bislang seine halbblütige Frau gutmütig zu tyrannisieren, sein blaßgelbes Kind mit zärtlicher Geringschätzung zu betrachten und herablassend seinen dunkelhäutigen Schwager zu begönnern, der eine Vorliebe für rosa Krawatten hegte, Lackstiefel an den kleinen Füßen trug und dem weißen Ehemann seiner vom Glück begünstigten Schwester große Ehrerbietung erwies. Dies waren die Wonnen seines Daseins, und er vermochte sich einfach nicht vorzustellen, daß die moralische Bedeutung irgendeiner seiner Handlungen den natürlichen Lauf der Dinge stören, das Licht der Sonne trüben, den Duft der Blumen, die Unterwürfigkeit seiner Frau, das Lächeln seines Kindes, die Ehrerbietung von Leonard da Souza und seiner ganzen Sippe zunichte machen könne. Die Bewunderung, welche diese Familie für ihn hegte, bereitete ihm das höchste Entzücken. Die immer wiederholte Versicherung seiner unangezweifelten Überlegenheit machte sein Leben vollkommen, rundete es ab. Er liebte es, den Duft des billigen Weihrauchs einzuatmen, den sie am Altar des erfolgreichen weißen Mannes verbrannten; des Mannes, der ihnen die Ehre erwiesen hatte, ihre Tochter, Schwester, Nichte zu heiraten; des im Aufstieg begriffenen Mannes, der gewiß zu Hohem ausersehen war; des Prokuristen von Hudig und Co. Die da Souzas waren eine vielköpfige, unreinliche Sippe, die in zerfallenen, von vernachlässigten Höfen umgebenen Bambushütten in den Vorbezirken von Makassar hauste. Er hielt sie sich so weit wie möglich vom Leib, vielleicht weil er ihren Wert richtig einschätzte. Sie waren Mischlinge, eine träge Bande, und er sah sie, wie sie waren – zerlumpte, hagere, ungewaschene kleine Männer jeder Altersstufe, die ziellos in Pantoffeln umherschlurften; regungslose alte Frauen wie unförmige rosa Kattunsäcke, prall gefüllt mit klumpigem Fett, achtlos in schattigen Ecken verstaubter Veranden auf zerfaserten Rohrstühlen abgestellt; schlanke, gelbe junge Frauen mit großen Augen und langen Haaren, die sich so schlaff zwischen dem Schmutz und dem Unrat ihrer Behausungen bewegten, als sei jeder Schritt, den sie taten, ihr allerletzter. Er hörte ihr schrilles Gezänk, das Kreischen ihrer Kinder, das Grunzen ihrer Schweine; er roch die Dünste, die von den Kehrichthaufen in ihren Höfen aufstiegen: und das ekelte ihn unsagbar. Und doch nährte und kleidete er diese schäbige Horde, diese degenerierten Abkömmlinge portugiesischer Eroberer; er war ihre Vorsehung. Inmitten ihrer Verkommenheit, ihrer Trägheit, ihres ungeheuerlichen und hoffnungslosen Schmutzes ließ er sie sein Lob singen: und das entzückte ihn unsagbar. Sie verlangten viel, aber er konnte alle ihre Wünsche befriedigen, ohne sich zu ruinieren. Dafür tauschte er ihre stumme Furcht, ihre geschwätzige Liebe und ihre lärmende Ehrerbietung ein. Es ist sehr angenehm, für die Vorsehung zu gelten und das sein Leben lang täglich bestätigt zu bekommen. Das vermittelt ein Gefühl unerhörter Überlegenheit, und Willems schwelgte darin. Er unterzog seine Gemütsverfassung keiner Prüfung, doch sein größtes Entzücken beruhte vermutlich auf der unausgesprochenen, aber innigen Überzeugung, daß alle diese ihn bewundernden Menschenwesen verhungern müßten, falls er seine Hand von ihnen abzöge. Seine Freigebigkeit hatte sie demoralisiert. Das war leicht getan. Nachdem er zu ihnen hinabgestiegen und Joannas Ehemann geworden war, hatten sie die geringe Befähigung und Kraft zur Arbeit verloren, die sie unter dem Druck der äußersten Notwendigkeit vielleicht aufgebracht hätten. Sie lebten nun von seiner Gnade. Das war Macht. Willems hatte große Freude daran.

Auf anderer, vielleicht niedrigerer Ebene fehlte es seinen Tagen nicht an weniger komplexen, aber um so einleuchtenderen Vergnügungen. Er fand Geschmack an einfachen Geschicklichkeitsspielen – dem Billard; auch an Spielen, die weniger einfach waren und ein sehr anderes Geschick verlangten – dem Poker. Er war der gelehrigste Schüler eines energisch dreinblickenden, kurz angebundenen Amerikaners gewesen, der aus den Weiten des Pazifik geheimnisvoll nach Makassar hereingeweht war, sich eine Weile in den Strudeln des Stadtlebens hatte umherwirbeln lassen und dann auf rätselhafte Weise wieder in die sonnige Einsamkeit des Indischen Ozeans hinausgetrieben war.

Das Andenken an den kalifornischen Fremdling wurde verewigt im Pokerspiel – das seitdem in der Hauptstadt von Celebes allgemeinen Anklang fand – und in einem kräftigen Cocktail, dessen Rezept noch bis auf den heutigen Tag im Kwang-Tung-Dialekt jeweils vom Chef des chinesischen Dienstpersonals im Sunda Hotel an seinen Nachfolger weitergegeben wird. Willems erwies sich als Kenner des Getränkes und als Experte des Pokerspiels. Dieser Fertigkeiten rühmte er sich nur bescheiden. Des Vertrauens, das Hudig – der Meister – in ihn setzte, rühmte er sich prahlerisch und aufdringlich. Der Grund dafür lag in einer allzugroßen Gefälligkeit und in einer übertriebenen Vorstellung, die er von seinen Pflichten sich selbst und der ganzen Welt gegenüber hegte. Er war von jenem unwiderstehlichen Drang besessen, seine Kenntnisse mitzuteilen, der untrennbar mit krasser Unwissenheit verbunden ist. Der unwissende Mensch weiß stets über irgendeinen Gegenstand Bescheid, der dann zum einzig kennenswerten Gegenstand wird und das Universum des Ignoranten ausfüllt. Willems nun wußte alles über sich selbst. Seit dem Tage, an dem er unter großen Befürchtungen heimlich den holländischen Ost-Indienfahrer in Samarang verlassen hatte, betrieb er das Studium der eigenen Person, der eigenen Verhaltensweisen, der eigenen Fähigkeiten, also jener das Schicksal bezwingenden Eigenschaften, welche ihn zu der einträglichen Stellung geführt hatten, die er nun einnahm. Da er von Natur aus bescheiden und zaghaft war, hatten seine Erfolge ihn verblüfft, beinahe erschreckt und ihn am Ende – nachdem er den aufeinanderfolgenden Überraschungen standgehalten hatte – ungeheuerlich anmaßend gemacht. Er glaubte an sein Genie und an seine Weltkenntnis. Auch andere sollten davon erfahren, zu ihrem eigenen Besten und zu seinem höheren Ruhm. All den liebenswürdigen Männern, die ihm auf die Schulter klopften und ihn lärmend grüßten, sollte sein Beispiel von Nutzen sein, und zu diesem Zweck mußte er reden. Diese Pflicht erfüllte er gewissenhaft. Des Nachmittags gab er an den kleinen Tischen seine Theorie des Erfolges zum besten, wobei er ab und zu den Schnurrbart tief in sein Cocktailglas tauchte; des Abends pflegte er über den Billardtisch weg, den Stock in der Hand, auf einen jungen Zuhörer einzureden. Im grellen Schein der niedrig über dem

Tisch hängenden abgeschirmten Öllampe standen die Billardkugeln unbeweglich, als hörten auch sie zu, während weit hinten im Schatten des großen Raumes der chinesische Marqueur erschöpft gegen die Wand lehnte und die ausdruckslose Maske seines Gesichts bleich unter der Mahagonitafel leuchtete. Seine Lider senkten sich schläfrig; es war spät, und die summende Eintönigkeit des unverständlichen Wortstromes, der dem weißen Mann entquoll, ermüdete ihn. Nach einer plötzlichen Unterbrechung dieser Rede pflegte dann das Spiel mit scharfem Klicken von neuem zu beginnen und eine Weile mit gleichmäßig leisem Sirren und dem gedämpften Anprall der Bälle weiterzugehen, bis die Zickzackkurse der Kugeln schließlich zur unvermeidlich erfolgreichen Karambolage führten. Durch die großen Fenster und die geöffneten Türen drangen die salzige Feuchte der See und der schwache Duft von Erde und Blumen aus dem Garten des Hotels herein und vermischten sich mit dem Geruch des Lampenöls, der mit vorschreitender Nacht immer schwerer wurde. Wenn die Spieler sich zum Stoß vorbeugten, tauchten ihre Köpfe ins Licht, um gleich darauf ins grünliche Halbdunkel über den breiten Lampenschirmen zurückzuschnellen; die Uhr tickte gleichmäßig; der reglose Chinese wiederholte unablässig mit tonloser Stimme den Stand des Spieles wie eine große sprechende Puppe – und Willems pflegte die Partie zu gewinnen. Mit der Bemerkung, es werde spät, und er sei ein verheirateter Mann, wünschte er dann gönnerhaft eine Gute Nacht und trat auf die lange, einsame Straße hinaus. Um jene Nachtstunde schimmerte der weiße Straßenstaub wie blendendes Mondlicht, und das Auge flüchtete sich in den milderen Schein der wenigen, trübe leuchtenden Öllampen. Willems ging heimwärts, entlang den Mauern der Vorgärten, die von üppiger Vegetation überragt wurden. Zur Rechten und zur Linken lagen Häuser hinter den schwarzen Massen blühender Gebüsche versteckt. Willems hatte die Straße für sich allein. Er ging mitten auf der Fahrbahn, und sein Schatten huschte unterwürfig vor ihm her. Er sah befriedigt auf ihn hinunter. Der Schatten eines erfolgreichen Mannes! Die Cocktails und die berauschende Vorstellung von seiner eigenen Größe waren ihm dann ein wenig zu Kopf gestiegen. Vor vierzehn Jahren war er als Kajütenjunge hier im Osten angekommen – das erzählte er den Leuten oft genug. Da war er ein kleiner Bursche gewesen, und damals muß auch sein Schatten sehr klein gewesen sein. Lächelnd bedachte er, daß er sich damals nicht bewußt gewesen war, überhaupt irgend etwas sein Eigen nennen zu können, nicht einmal einen Schatten. Und nun sah er vor sich den Schatten des Prokuristen von Hudig und Co. auf dem Heimweg. Wie herrlich! Wie gut meinte es doch das Leben mit denen, die auf seiten der Sieger waren! Er hatte das Glücksspiel des Lebens gewonnen; übrigens auch die Billardpartie. Er ging schneller, klimperte mit seinem Spielgewinn und sah die Meilensteine an seinem Lebensweg. Er erinnerte sich der Reise nach Lombok, zum Ponykauf – jener ersten wichtigen Mission, die Hudig ihm anvertraut hatte; dann überdachte er die bedeutenderen Geschäfte: den heimlichen Opiumhandel; die illegale Transaktion mit Schießpulver, den tollen Waffenschmuggel, die kitzlige Affäre mit dem Raja von Goak. Diese hatte er durch schiere Bravour zu einem guten Ende geführt; er war dem grausamen alten Herrscher in dessen Beratungsraum um den Bart gegangen, hatte ihn mit einer vergoldeten Glaskutsche bestochen, die Gerüchten zufolge nun als Hühnerstall diente, hatte ihn beschwatzt, hatte ihn in jeder Weise übervorteilt. So brachte man es zu etwas. Er lehnte die elementare Unehrlichkeit ab, die zum Griff in die Kasse führt, aber er fand nichts dabei, dem Gesetz ein Schnippchen zu schlagen und kaufmännische Grundsätze in großzügiger Weise auszulegen. Manche nannten das Betrug. Doch das waren die Narren, die Schwächlinge, die Verachtenswerten. Die Weisen, die Starken, die Geachteten haben keine Gewissensbisse. Wo Skrupel sind, ist keine Macht. Diesen Text legte er den Predigten zugrunde, die er oft an die jungen Männer richtete. Dies war seine Lehre, und er selbst war ein glänzender Beweis für ihre Richtigkeit.

Abend für Abend begab er sich so nach einem Tag der Mühe und der Entspannung nach Hause, trunken vom Klang seiner Stimme, die sein Glück pries. An seinem dreißigsten Geburtstag war es nicht anders. Er hatte einen hübschen, lärmenden Abend in angenehmer Gesellschaft verbracht, und als er auf der verlassenen Straße dahinging, wuchs das Gefühl der eigenen Größe noch in ihm, erhob ihn über den weißen Staub der Straße und erfüllte ihn mit Frohlocken und Bedauern. Er hatte sich dort im Hotel keine Gerechtigkeit widerfahren lassen, er hatte nicht genug von sich selbst gesprochen, seine Zuhörer nicht genügend beeindruckt. Einerlei. Ein andermal. Nun war er auf dem Weg nach Haus, wo er seine Frau wecken und zwingen wollte, ihm zuzuhören. Warum sollte sie nicht aufstehen? Ihm einen Cocktail mischen und geduldig lauschen? Jawohl, das sollte sie. Falls er es wünschte, konnte er die gesamte Familie da Souza zwingen, aufzustehen. Es bedurfte nur eines Wortes von ihm, und alle würden kommen, stumm in ihren Nachtgewändern auf der festgestampften, kalten Erde seines Hofes hocken und zuhören, solange er den Wunsch verspürte, ihnen von der obersten Treppenstufe her zu verkünden, wie groß und gut er sei. Das würden sie tun. Indessen brauchte er niemand weiter als seine Frau – jedenfalls heute nicht.

Seine Frau! Er zuckte innerlich zusammen. Diese jämmerliche Frau mit dem verängstigten Blick und den leidend herabgezogenen Mundwinkeln, die ihm mit gepeinigtem Staunen stumm zuhören würde! Sie war an solche nächtlichen Vorträge gewöhnt. Einmal hatte sie aufbegehrt – am Anfang. Nur einmal.

Aber jetzt, wenn er bequem im Liegestuhl hingestreckt lag, trank und dabei redete, pflegte sie am anderen Ende des Tisches zu stehen, ihre Hände auf die Tischkante zu stützen, mit erschreckten Augen seine Lippen zu beobachten, keinen Laut von sich zu geben, sich nicht zu rühren und kaum zu atmen, bis er sie mit einem verächtlichen »Geh schlafen, du Attrappe« entließ. Dann holte sie tief Luft und glitt erleichtert, aber unbeeindruckt aus dem Zimmer. Nichts konnte sie aufrütteln, ihr Proteste oder Tränen entlocken. Sie klagte nicht, sie begehrte nicht auf. Die erste Auseinandersetzung zwischen ihnen war entscheidend gewesen. Zu entscheidend, dachte Willems unzufrieden. Offenbar war bei dieser Gelegenheit die Seele verängstigt aus ihrem Körper geflohen. Eine jämmerliche Frau! Überhaupt war das Ganze eine erbärmliche Angelegenheit! Warum, zum Kuckuck, mußte er sich ausgerechnet ... ah! Nun ja! Er hatte sich einen Hausstand gewünscht; die Verbindung schien Hudig recht zu sein, und Hudig schenkte ihm dann auch den Bungalow, jenes blumenumrankte Haus, dem er sich nun im kühlen Mondlicht näherte. Und die Sippe der da Souzas verehrte ihn. Ein Mann seiner Art konnte alles erreichen, alles unternehmen, auf alles sein Auge werfen. Noch fünf Jahre, und die anderen Weißen, die sich sonntags beim Gouverneur zum Kartenspiel einfanden, würden ihn willkommen heißen – mitsamt seiner halbblütigen Frau! Hurra! Er sah, wie sein Schatten einen Satz tat und am Ende eines mehrere Meter langen Armes einen Hut schwenkte so groß wie ein Rumfaß... wer rief da Hurra?... Er lächelte beschämt vor sich hin, stieß die Hände tief in die Taschen und schritt mit plötzlich ernstgewordener Miene schneller aus.

Zur Linken hinter ihm erglühte eine Zigarre im Eingang zu Mr. Vincks Vorgarten. An einen der gemauerten Pfeiler gelehnt rauchte Mr. Vinck, Kassierer bei Hudig und Co., die letzte Abendzigarre. Im Schatten der beschnittenen Büsche knirsch-

ten Mrs. Vincks langsame, gemessenen Schritte auf dem Kies der runden Auffahrt.
»Da geht Willems nach Haus, und vermutlich betrunken«, sagte Mr. Vinck über die Schulter, »er machte einen Luftsprung und schwenkte den Hut.«
Das Knirschen auf dem Kies erstarb.
»Was für ein gräßlicher Mensch«, bemerkte Mrs. Vinck ruhig. »Wie ich höre, schlägt er seine Frau.«
»O nein, meine Liebe, nein«, murmelte Mr. Vinck zerstreut und machte eine unbestimmte Handbewegung. Die Vorstellung, daß Willems seine Frau prügele, war abwegig. Wie Frauen sich doch irrten! Falls Willems seine Frau quälen wollte, so würde er sich gewiß weniger primitiver Mittel bedienen. Mr. Vinck kannte Willems gut und hielt ihn für sehr fähig, für sehr geschickt – geradezu bedenklich geschickt. Und während er die letzten, hastigen Züge aus seiner Zigarre tat, bedachte Mr. Vinck, daß unter den obwaltenden Umständen eine loyale Kritik an dem Vertrauen, das Hudig in Willems setzte, von seiten des Hudigschen Kassierers durchaus gerechtfertigt sei.
»Er fängt an, gefährlich zu werden; er weiß zu viel. Man wird ihn loswerden müssen«, sagte Mr. Vinck laut. Seine Frau war aber bereits ins Haus gegangen, und nach einem Kopfschütteln warf er die Zigarre weg und folgte ihr langsam.
Willems setzte seinen Heimweg fort und spann an dem Netz seiner glänzenden Zukunft. Die Straße zum Ruhm lag offen vor seinen Augen, gerade und leuchtend, und er konnte kein Hindernis darauf wahrnehmen. Er war vom Pfad der Rechtschaffenheit, so wie er sie begriff, abgewichen, würde aber bald genug auf ihn zurückkehren und ihn nie wieder verlassen! Das war eine geringfügige Sache, die er bald in Ordnung bringen wollte. Bis dahin war es seine Pflicht, sich nicht ertappen zu lassen, und er vertraute auf seine Geschicklichkeit, sein

Glück und seinen wohlbegründeten Ruf, der jeden Verdacht im Keim ersticken würde, falls jemand es wagen sollte, Verdacht zu schöpfen. Doch das würde niemand wagen! Wohl war er sich eines geringen Vergehens bewußt. Er hatte vorübergehend einiges von Hudigs Geld an sich genommen. Eine beklagenswerte Notwendigkeit. Er urteilte über sich aber mit jener Nachsicht, die man den Schwächen des Genies schuldig ist. Er würde Ersatz leisten, und alles würde sein wie zuvor; niemand würde dadurch zu Schaden kommen, und er würde unaufhaltsam auf das leuchtende Ziel seines Ehrgeizes zuschreiten.

Hudigs Kompagnon!

Bevor er die Treppe zu seinem Haus erstieg, stand er noch eine Weile da, die Beine gespreizt, das Kinn auf die Hand gestützt, und betrachtete im Geist Hudigs zukünftigen Kompagnon. Eine wahrhaft herrliche Beschäftigung. Er sah ihn gesichert, unerschütterlich wie die Berge, tief – unergründlich tief wie ein Abgrund, und verschwiegen wie das Grab.

## II

Wohl weil sie salzig ist, macht die See das Äußere ihrer Diener rauh, erhält den Kern ihrer Seelen dabei aber frisch. Jedenfalls die alte See, die See von einst, deren Diener ergebene Sklaven waren, die von Jugend an bis zu ihrem späten Alter oder einem plötzlichen Tod nie das Verlangen spürten, im Buche des Lebens zu blättern, da sie jederzeit das Abbild der Ewigkeit im Spiegel des Elementes schauen konnten, das Leben und Tod austeilte. Diese der Vergangenheit zugehörige See war wie eine schöne, gewissenlose Frau, herrlich wenn sie lächelte, unwiderstehlich im Zorn, unvernünftig, launisch, verlockend und unberechenbar. Man mußte sie lieben, sie fürchten. Sie wob ihren Zauber, entzückte, schläferte sacht auch den letzten Rest von Mißtrauen ein; dann tötete sie in blitzschneller, grundloser Wut. Aber ihre Grausamkeit wurde aufgewogen von dem Reiz ihres undurchdringlichen Mysteriums, der Unermeßlichkeit ihrer Verheißung, der unwiderstehlichen Lokkung ihrer in Aussicht gestellten Gunst. Starke Männer mit kindlichem Herzen hielten ihr die Treue, waren es zufrieden, von ihrer Gnade zu leben und nach ihrem Willen zu sterben. So war die See, ehe französischer Geist ägyptische Muskelkraft in Bewegung setzte und einen trüben, aber einträglichen Graben hervorbrachte. Seitdem hat sich der Rauch von zahllosen Dampfschiffen wie ein großes Bahrtuch über den ruhelosen Spiegel der Unendlichkeit gebreitet. Die Hand des Technikers hat den Schleier von der schrecklichen Schönheit gerissen, auf daß gierige, treulose Landratten Dividende einstreichen mögen. Das Mysterium wurde zerstört. Wie alle Mysterien lebte es nur im Herzen seiner Anbeter. Die Herzen veränderten sich; die Menschen veränderten sich. Die einstmals liebenden und ergebenen Diener machten sich mit Feuer und Eisen bewaffnet auf, und indem sie die Furcht ihrer eigenen Herzen bemeisterten, wurden sie zu einer berechnenden Horde kalter und anspruchsvoller Gebieter. Die See von einst war eine unvergleichlich schöne Geliebte mit unergründlichem Antlitz und grausamen, verheißungsvollen Augen. Die See von heute ist ein geschundener Packesel, zerfurcht und verunstaltet vom Kielwasser, das rohe Schiffsschrauben aufpeitschen, des überwältigenden Zaubers ihrer Unendlichkeit beraubt, entkleidet auch ihrer Schönheit, ihres Mysteriums und ihrer Verheißung.

Tom Lingard war ein Gebieter ein Liebhaber, ein Diener der See. Die See nahm ihn jung, formte seinen Körper und seine Seele; sie gab ihm sein grimmiges Aussehen, seine laute Stimme, den furchtlosen Blick, das töricht arglose Herz. Freigebig schenkte sie ihm ein unsinniges Selbstvertrauen, eine allumfassende Liebe zur Schöpfung, große Nachsicht, hochmütige Strenge, die einfache Geradheit der Beweggründe und die unverstellte Zielstrebigkeit. Nachdem sie ihn zu dem gemacht hatte, was er war, diente die See ihm demütig nach Frauenart und erlaubte ihm, sich ungekränkt in den Strahlen ihrer schrecklich ungewissen Huld zu sonnen. Tom Lingard wurde auf See und durch die See reich. Er liebte sie mit der feurigen Leidenschaft des Liebhabers, er behandelte sie geringschätzig, in der Gewißheit, ihr Herr zu sein, er fürchtete sie mit der weisen Furcht des Tapferen, und er nahm sich Freiheiten gegen sie heraus, wie es ein verwöhntes Kind bei einem väterlichen, gutmütigen Ungeheuer tun mag. Er dankte ihr mit der Ergebenheit eines aufrichtigen Herzens. Sein größter Stolz wurzelte in der unerschütterlichen Überzeugung von ihrer Treue – in seinem untrüglichen Wissen um ihre Tücke.

Die kleine Brigg *Flash* war das Instrument, mit dem Lingard sein Glück machte. Sie verließen – beide noch jung – einen australischen Hafen und wandten sich nordwärts, und nach nur wenigen Jahren gab es zwischen Palembang und Ternate, zwischen Ombawa und Palawan nirgends auf den Inseln einen Weißen, der Kapitän Tom und sein glückhaftes Schiff nicht gekannt hätte. Man schätzte ihn wegen seiner bedenkenlosen Großzügigkeit, seiner unbeugsamen Aufrichtigkeit und fürchtete ihn zunächst etwas wegen seines heftigen Temperamentes. Sehr bald jedoch durchschaute man ihn und erzählte sich, daß Kapitän Toms Zorn weniger gefährlich sei als das Lächeln manch eines anderen Mannes. Er kam zu großem Wohlstand. Nachdem er seinen ersten Kampf mit Seeräubern erfolgreich bestanden und Gerüchten zufolge die Jacht irgendwelcher hochgestellter Persönlichkeiten in der Nähe von Karimata gerettet hatte, begann seine große Beliebtheit. Diese Beliebtheit nahm im Laufe der Jahre schnell zu. Da er in jenem Teil der

Welt stets abgelegene Orte anlief, um neue Märkte für seine Frachten aufzuspüren – und zwar nicht so sehr um des Profites als um des Vergnügens willen, das er dabei empfand –, wurde er bald unter den Malaien bekannt, und sein Draufgängertum, das er bei mehreren Gefechten mit Piraten erfolgreich betätigt hatte, begründete seinen furchterregenden Ruf. Jene Weißen, mit denen er Geschäfte hatte und die selbstverständlich versuchten, seine Schwächen aufzuspüren, fanden leicht genug heraus, wie sehr es ihm schmeichelte, wenn man ihn mit seinem malaiischen Titel anredete. Wenn also irgend etwas damit zu gewinnen war, und zuweilen auch aus purer, selbstloser Gutmütigkeit, ließen sie das feierliche ›Kapitän Lingard‹ beiseite und redeten ihn in halbem Ernst als ›Raja Laut‹ an – als König der See.

Lingard trug diesen Namen beherzt auf seinen breiten Schultern. Er hatte ihn schon viele Jahre getragen, als der Knabe Willems auf der Reede von Samarang barfuß an Deck des Schiffes *Kosmopoliet IV* stand, mit ahnungslosen Blicken die fremde Küste beäugte und seine unmittelbare Umgebung mit lästerlichen Flüchen bedachte, während sein kindisches Hirn sich mit dem heroischen Gedanken an Flucht plagte. Vom Achterdeck der *Flash* sah Lingard, wie das holländische Schiff in den frühen Morgenstunden die Anker lichtete und schwerfällig Kurs nach den östlichen Häfen nahm. Sehr spät am Abend des gleichen Tages stand er am Kai des Kanals, im Begriff, an Bord seiner Brigg zu gehen. Die Nacht war sternklar, das kleine Zollhaus geschlossen, und als das Gefährt, das ihn hierher gebracht hatte, zwischen den verstaubten Bäumen der langen Allee verschwand, die zur Stadt führte, glaubte Lingard, allein am Kai zu sein. Er weckte seine schlafende Bootsbesatzung und wartete noch darauf, daß sie sich bereitmachte, als er fühlte, wie ihn jemand an der Jacke zupfte und hörte, wie eine helle Stimme sehr deutlich sagte: »Englischer Kapitän.«

Lingard wandte sich rasch um, worauf sich ein anscheinend sehr magerer Junge mit lobenswerter Behendigkeit zurückzog.

»Wer bist du denn? Wo kommst du her?« fragte Lingard äußerst überrascht.

Aus sicherer Entfernung deutete der Junge auf einen Leichter, der am Kai vertäut lag.

»Da hast du dich also versteckt?« fragte Lingard. »Was willst du nun aber? So rede doch, zum Kuckuck! Du bist doch nicht hergekommen, um mich spaßeshalber zu Tode zu erschrecken, nicht wahr?«

Der Junge versuchte, sich in schlechtem Englisch verständlich zu machen, wurde aber sehr bald von Lingard unterbrochen.

»Ich verstehe schon«, rief dieser, »du hast dich von dem großen Schiff verdrückt, das heute morgen ausgelaufen ist. Nun, warum suchst du dann nicht deine Landsleute hier auf?«

»Schiff nur kleine Reise – nach Surabaya. Mich schicken zurück auf Schiff«, erklärte der Junge.

»Das wäre auch das beste für dich«, bestätigte Lingard überzeugt.

»Nein«, widersprach der Junge; »ich hier bleiben, nicht nach Haus. Hier Geld verdienen, zu Hause nicht gut.«

»Nun, da soll mich doch gleich ...«, bemerkte der verwunderte Lingard. »Also Geld möchtest du verdienen? Soso! Und du hast nicht einmal Angst gehabt, wegzulaufen, du kümmerliches Gerippe!«

Der Junge ließ erkennen, daß er nichts so sehr fürchte, als auf das Schiff zurückgeschickt zu werden. Lingard betrachtete ihn nachdenklich und schweigend.

»Komm näher«, sagte er schließlich. Er griff dem Jungen unters Kinn, hob sein Gesicht und sah ihn scharf an. »Wie alt bist du?«

»Siebzehn.«

»Dafür bist du eine ziemlich magere Portion. Hast du Hunger?«
»Ein wenig.«
»Willst du mit mir kommen, auf die Brigg dort?«
Ohne ein Wort zu erwidern, stieg der Junge ins Boot und kauerte sich im Bug nieder.
»Weiß wenigstens, wo sein Platz ist«, murmelte Lingard vor sich hin, während er sich schwer im Heck niederließ und die Ruderleinen ergriff. »Ablegen.«
Die malaiische Bootsbesatzung legte sich gleichmäßig in die Riemen; das Beiboot entfernte sich schnell vom Kai und hielt auf die Toplaterne der Brigg zu.
Das war der Anfang von Willems' Karriere.
Innerhalb einer halben Stunde hatte Lingard erfahren, was es mit Willems' recht gewöhnlicher Geschichte auf sich hatte: Vater Agent eines Schiffsmaklers in Rotterdam; Mutter tot. Der Junge von schneller Auffassungsgabe, aber faul in der Schule; bei knappen Mitteln ein Haus voller kleiner Geschwister, die zwar ausreichend ernährt und gekleidet wurden, sonst aber unbeaufsichtigt blieben, während der untröstliche Witwer im schäbigen Regenmantel und in undichten Stiefeln den ganzen Tag auf schmutzigen Kais umhertrabte und abends erschöpft halbbetrunkene ausländische Kapitäne durch billige Amüsierlokale führte, aus denen er dann spät nach Haus kam, krank vom übermäßigen Rauchen und Trinken – zum Besten der Firma – mit Männern, die derartige Aufmerksamkeiten von Geschäfts wegen erwarteten. Dann das Angebot des gutmütigen Kapitäns von *Kosmopoliet IV*, dem es Vergnügen bereitete, etwas für den geduldigen, entgegenkommenden Mann tun zu können; die große Freude des jungen Willems, dann seine noch größere Enttäuschung über die See, die von fern so reizvoll aussah, sich bei näherer Bekanntschaft aber als hart und anspruchsvoll erwies – dann plötzliche, impulsive Flucht. Der

Junge befand sich in hoffnungslosem Widerspruch zum Geist der See. Er hatte eine instinktive Abneigung gegen die redliche Schlichtheit jener Arbeit, die zu nichts führte, was ihm wünschenswert schien. Lingard begriff dies bald genug. Er erbot sich, ihn auf einem englischen Schiff nach Haus zu schicken, der Junge bat aber inständig, ihn dazulassen. Er hatte eine sehr schöne Handschrift, sprach das Englische bald vorzüglich und verstand zu rechnen; diese Begabungen nutzte Lingard. Als Willems älter wurde, entwickelte er erstaunlichen Händlerinstinkt, und Lingard ließ ihn häufig zur Abwicklung der Geschäfte auf der einen oder der anderen Insel zurück, während er selbst inzwischen eine Reise nach irgendeinem abgelegenen Ort unternahm. Nachdem Willems einen dahin gehenden Wunsch geäußert hatte, ließ Lingard ihn in Hudigs Firma eintreten. Es kränkte ihn ein wenig, so verlassen zu werden, denn er hatte sich in gewisser Weise an seinen Schützling angeschlossen. Er war aber doch stolz auf ihn und trat loyal für ihn ein. Zunächst pflegte er zu sagen: »Ein schlauer Junge – allerdings wird nie ein Seemann aus ihm.« Als Willems dann bei den Handelsgeschäften half, sprach er von ihm als von »diesem gewitzten jungen Burschen«. Später, als Willems Prokurist bei Hudig geworden und mit mancher delikaten Unternehmung befaßt war, pflegte der arglose alte Seemann bewundernd mit dem Finger hinter ihm herzuzeigen und jedem, der zufällig in seiner Nähe stand, zuzuflüstern, »der Kerl hat Köpfchen, ein verdammt schlaues Köpfchen. Sehen Sie ihn nur an, er ist der Prokurist vom alten Hudig. Dabei habe ich ihn wie eine verhungerte Katze aus dem Graben aufgelesen. Er war nur Haut und Knochen. Jawohl, das ist die Wahrheit. Und jetzt versteht er mehr als ich vom Handel im Archipel. Tatsache. Ich scherze nicht, er weiß mehr davon als ich«, wiederholte er ganz ernsthaft und mit unschuldigem Stolz im Blick. Von der sicheren Höhe seiner kommerziellen Erfolge begön-

nerte Willems Lingard. Er hatte für seinen Wohltäter eine Schwäche, die allerdings der groben Offenheit des alten Burschen wegen, von Geringschätzung nicht frei war. Indessen gab es in Lingards Charakter Züge, denen Willems eine bedingte Achtung zollte. Der redselige Seemann verstand über gewisse Dinge zu schweigen, die von großem Interesse für Willems waren. Überdies war Lingard reich, und allein das genügte, um Willems, wenn auch widerstrebend, Bewunderung abzunötigen. In seinen vertraulichen Unterredungen mit Hudig sprach Willems im allgemeinen von dem wohlwollenden Engländer nur als von dem »alten Narren, der so unverschämtes Glück hat«, und zwar in einem höchst verdrossenen Ton. Hudig pflegte darauf zustimmend zu grunzen, und beide sahen einander dann plötzlich aus unbeweglichen Pupillen an, die Blicke erstarrt in unausgesprochenen Gedanken.
»Sie können wohl nicht dahinter kommen, woher er den vielen Kautschuk bekommt, was, Willems?« fragte Hudig dann zuletzt, wobei er sich abwandte und wieder über die Papiere auf seinem Schreibtisch beugte.
»Nein, Mr. Hudig, noch nicht. Ich versuche es aber immer wieder«, war Willems unwandelbare Antwort, in der Bedauern und die Bitte um Vergebung deutlich zu hören waren.
»Versuchen! Immer versuchen! Versuchen Sie nur! Sie halten sich vielleicht für schlau«, brummelte Hudig, ohne aufzusehen. »Ich mache jetzt schon seit zwanzig – seit dreißig Jahren Geschäfte mit ihm. So ein alter Fuchs. Ich habe es auch versucht. Bah!«
Er streckte sein kurzes dickes Bein aus und betrachtete den nackten Spann und den geflochtenen Pantoffel, der von den Zehen herunterhing. »Sie können ihn wohl nicht betrunken machen?« fragte er dann noch nach einigen röchelnden Atemzügen.
»Nein, Mr. Hudig, das kann ich wirklich nicht«, beteuerte Willems ernsthaft.

»Nun, versuchen Sie es lieber nicht. Ich kenne ihn. Versuchen Sie es nicht«, riet der Prinzipal. Danach beugte er sich von neuem über den Tisch, die starren blutunterlaufenen Augen dicht über dem Papier, und fuhr fort, mit seinen dicken Fingern mühsam in feinen unregelmäßigen Buchstaben seine Briefe aufzusetzen, während Willems achtungsvoll die nächste, huldvolle Anrede seines Chefs erwartete, ehe er selbst ehrerbietig fragte:

»Haben Sie noch Anweisungen für mich, Mr. Hudig?«

»Hm! Ja. Gehen Sie selbst zu Bun-Hin, lassen Sie die eingegangenen Dollars zählen und verpacken und das Geld auf das Postschiff nach Ternate schaffen. Es muß heute nachmittag einlaufen.«

»Jawohl, Mr. Hudig.«

»Und noch was. Wenn das Boot sich verspätet, lassen Sie das Geld bis morgen im Warenlager von Bun-Hin. Versiegeln Sie die Kiste. Acht Siegel, wie gewöhnlich. Holen Sie sie nicht ab, ehe das Schiff angekommen ist.«

»Nein, Mr. Hudig.«

»Und denken Sie an die Behälter mit Opium. Die müssen heute nacht weg. Nehmen Sie dazu meine eigenen Ruderleute. Laden Sie das Zeug von der *Caroline* auf die arabische Barke um«, fuhr der Prinzipal heiser flüsternd fort. »Und erzählen Sie mir nicht noch mal was von einem Behälter, der angeblich ins Wasser gefallen ist, wie letztes Mal«, fügte er in plötzlicher Wut hinzu und sah seinen Prokuristen an.

»Nein, Mr. Hudig. Ich werde achtgeben.«

»Das ist alles. Wenn Sie rausgehen, sagen Sie dem Schwein da draußen, daß ich ihm jeden Knochen im Leib brechen werde, wenn er die Punkah nicht etwas schneller bewegt«, endete Hudig und fuhr sich mit einem roten Seidentuch, das beinahe so groß war wie eine Bettdecke, über das purpurrote Gesicht. Willems ging lautlos hinaus und schloß sorgsam die kleine

Tür hinter sich, durch die er ins Lager gelangt war. Hudig hörte mit dem Federhalter in der Hand zu, wie Willems, eifrig besorgt um das Wohl seines Prinzipals, den Punkahboy anbrüllte; dann erst nahm er seine Schreibarbeit zwischen den Papieren wieder auf, die im Luftzug der über seinem Kopf schwingenden Punkah raschelten.
Willems pflegte dann vertraulich Mr. Vinck zuzunicken, dessen Arbeitstisch nahe der kleinen Tür zum Privatbüro stand, und mit wichtiger Miene durch das Lagerhaus zu stolzieren. Mr. Vinck seinerseits – äußerste Abneigung lauerte in jeder Falte seines vornehmen Gesichtes – ließ seinen Blick nicht von der weißgekleideten Gestalt, die im Halbdunkel zwischen Ballen, Fässern und Kisten umhergeisterte, bis sie durch das breite Tor in das grelle Licht der Straße hinaustrat.

## III

Willems konnte weder der Gelegenheit noch der Versuchung widerstehen, und als er sich unerwartet in Bedrängnis sah, mißbrauchte er jenes Vertrauen, das sein ganzer Stolz, der Beweis für seine Schlauheit und eine Last war, die er eben doch nicht tragen konnte. Eine Pechsträhne im Kartenspiel, das Fehlschlagen einer auf eigene Rechnung unternommenen kleinen Spekulation, eine überraschende Geldforderung des einen oder anderen Mitgliedes der Familie da Souza – und ehe er es noch recht bemerkt hatte, war er vom Weg seiner absonderlichen Rechtschaffenheit abgewichen. Das war ein so schlecht markierter und schwach ausgetretener Pfad, daß Willems erst nach einiger Zeit festzustellen vermochte, wie weit er sich ins Gestrüpp der gefährlichen Wildnis verirrt hatte, an deren Rand er seit so vielen Jahren operierte, ohne einen anderen Führer als sein eigenes Gutdünken und jene

Lehre vom Erfolg, die er für sich selbst im Buch des Lebens entdeckt hatte – in den spannenden Kapiteln nämlich, die man dem Teufel zu schreiben erlaubt hat, auf daß die Schärfe des menschlichen Blickes und die Beständigkeit der Herzen geprüft werde. Einen kurzen, dunklen und einsamen Augenblick lang fühlte er Angst, doch besaß er jenen Mut, der zwar keine Höhen erstürmt, aber doch tapfer durch den Morast watet, wenn es denn keinen anderen Weg gibt. Er machte sich an die Aufgabe, den früheren Zustand wiederherzustellen, und widmete sich der Pflicht, sich nicht entdecken zu lassen. An seinem dreißigsten Geburtstag war die Aufgabe fast vollendet – und die Pflicht war schlau und gewissenhaft erfüllt worden. Er sah sich bereits gerettet. Von neuem konnte er vertrauensvoll das Ziel seines legitimen Ehrgeizes ins Auge fassen. Niemand würde wagen, ihn zu verdächtigen, und in ein paar Tagen würde es keinen Anlaß zum Argwohn mehr geben. Er fühlte sich beschwingt. Er ahnte nicht, daß sein Glück in diesem Augenblick den höchsten Punkt erreicht hatte und daß die Flut schon umgeschlagen war.

Zwei Tage darauf wußte er es. Mr. Vinck, der an seinem Tisch – wo er zitternd dem lauten Wortwechsel im Privatbüro gelauscht hatte – das Knacken des Türdrückers vernahm, sprang auf und verbarg hastig und nervös sein Gesicht in dem großen Geldschrank. Zum letztenmal trat Willems durch die kleine grüne Tür, die zu Hudigs Sanctum führte, das man während der vergangenen halben Stunde angesichts des in ihm ertönenden fürchterlichen Lärms für die Höhle eines wilden Tieres hätte halten können. Als Willems den Ort seiner Erniedrigung verließ, blickte er verstört auf Menschen und Dinge. Er gewahrte den ängstlichen Ausdruck auf dem Gesicht des Punkahboy, er sah die chinesischen Kassengehilfen mit starr gegen ihn erhobenen Gesichtern bewegungslos über den kleinen Häufchen glänzender Guldenstücke hocken, die reihenweise auf dem Fußboden angeordnet waren. Über Mr. Vincks Schultern erblickte er die fleischigen Ränder zweier roter Ohren. Vor ihm erstreckte sich die lange Allee der Ginkisten bis zum gewölbten Torbogen, unter dem er vielleicht wieder frei würde atmen können. Quer über seinem Weg lag ein dünnes Tauende, und obgleich er es deutlich bemerkte, stolperte er doch schwerfällig darüber, als sei es eine Eisenstange. Schließlich fand er sich auf der Straße, bekam aber immer noch nicht genug Luft, um seine Lungen zu füllen. Nach Atem ringend, machte er sich auf den Heimweg.

Als der Lärm von Hudigs Anwürfen, der immer noch in seinen Ohren gellte, allmählich schwächer wurde, trat an Stelle der Scham langsam eine leidenschaftliche Wut gegen sich selbst, und noch mehr gegen das aberwitzige Zusammentreffen von Umständen, das ihn zu dieser törichten Unbesonnenheit getrieben hatte. Törichte Unbesonnenheit: so bezeichnete er vor sich selbst seine Schuld. Konnte ihm bei seiner unbezweifelbaren Schlauheit etwas Schlimmeres passieren? Welch folgenschwere Verwirrung eines scharfen Verstandes! Er erkannte sich darin gar nicht wieder, er mußte wahnsinnig gewesen sein. Jawohl, das war es. Ein plötzlicher Anfall von Irrsinn. Und nun war die Mühe von Jahren völlig umsonst gewesen. Was sollte aus ihm werden?

Ehe er eine Antwort auf diese Frage fand, stand er bereits im Garten seines Hauses, dem Hochzeitsgeschenk Hudigs. Er betrachtete es, überrascht, es noch vorzufinden. Seine Vergangenheit war schon so vollständig von ihm abgefallen, daß es ihm widersinnig vorkam, die Behausung, die ihr zugehörte, unversehrt, freundlich und sauber im Sonnenlicht des heißen Nachmittags vor sich zu sehen. Das hübsche kleine Haus bestand hauptsächlich aus Türen und Fenstern und war auf allen Seiten von einer breiten Veranda umgeben, die auf schlanken Säulen ruhte, die wiederum von grünen Schlingpflanzen bewachsen waren, welche auch die weit überstehenden Traufen des steilen Daches säumten. Willems erstieg langsam die Stufen zur Veranda. Bei jedem Schritt verhielt er. Er mußte es seiner Frau mitteilen. Bei dieser Aussicht fühlte er Angst, und das machte ihn bestürzt. Er fürchtete sich, ihr gegenüberzutreten! Nichts konnte deutlicher zeigen, wie groß die Veränderung war, die mit ihm und in ihm vorgegangen war. Er war ein anderer Mensch, und sein Leben würde anders werden, nun, da sein Selbstvertrauen ihn verlassen hatte. Er konnte wirklich nicht viel taugen, wenn er sich fürchtete, dieser Frau gegenüberzutreten!

Er wagte nicht, das Haus durch die geöffnete Eßzimmertür zu betreten, sondern stand unentschlossen vor dem kleinen Nähtisch, auf dem ein Stück weißer Baumwolle lag, in dem noch die Nadel steckte, als sei die Arbeit hastig aus der Hand gelegt worden. Bei Willems' Erscheinen begann der rot beschopfte Papagei eine schwerfällige Geschäftigkeit zu entfalten; er kletterte mühsam an seiner Stange herauf und herunter und rief undeutlich aber laut »Joanna«, wobei er hartnäckig kreischend die letzte Silbe dehnte, wie in einem Anfall irren Gelächters. Die Jalousie vor der Tür bewegte sich sanft ein- oder zweimal in der Brise, und jedesmal fuhr Willems ein wenig zusammen, da er seine Frau zu sehen erwartete; doch hob er den Blick nicht, wenn er auch die Ohren spitzte, um sich das Geräusch ihrer Schritte nicht entgehen zu lassen. Nach und nach verlor er sich in seine Gedanken, in eine endlose Spekulation darüber, wie sie wohl die Neuigkeit – und seine Befehle aufnehmen werde. So in Gedanken versunken, vergaß er beinahe, sich vor ihrer Anwesenheit zu fürchten. Zweifellos würde sie weinen, laut klagen und so hilflos, verängstigt und passiv sein wie gewöhnlich. Und dieses tote Gewicht würde er denn also immer weiter durch die Dunkelheit seines verpfuschten Lebens schleppen müssen. Grauenhaft! Selbstverständlich konnte er sie und das Kind nicht dem sicheren Elend oder gar dem Hungertod überantworten. Die Frau und das Kind von Willems. Willems dem Erfolgreichen, dem Geriebenen; Willems dem Pro... pah! Und was war Willems jetzt? Willems der... Er würgte den halbgedachten Gedanken ab und räusperte sich, um ein Stöhnen zurückzuhalten. Ah! Wie würden sie wohl heute abend im Billardzimmer – seiner Welt, wo er der Erste gewesen war – über ihn reden, alle jene Männer, die er mit so hochnäsiger Herablassung behandelt hatte. Wie überrascht, mit welch gespieltem Bedauern, mit wie ernsten Gesichtern und weisem Kopfnicken würden sie nicht reden! Manche von ihnen schuldeten ihm Geld, aber er hatte noch nie jemanden gedrängt, er nicht. Willems, der beste Kerl von der Welt, pflegten sie ihn zu nennen. Und jetzt würden sie zweifellos seinen Sturz bejubeln. Schwachköpfige Bande. Selbst in seiner Erniedrigung war er sich seiner Überlegenheit über diese Burschen noch bewußt, die ja nichts weiter als ehrlich waren oder die man einfach noch nicht erwischt hatte. Schwachköpfige Bande! Er schüttelte die Faust drohend gegen das so heraufbeschworene Bild seiner Freunde, und der erschreckte Papagei schlug mit den Flügeln und kreischte in höchster Angst.

Als er jetzt aufblickte, sah Willems seine Frau um die Ecke des Hauses kommen. Er schlug rasch die Augen nieder und wartete stumm, bis sie herangetreten und auf der anderen Seite des Nähtisches stehengeblieben war. Er wollte ihr nicht ins Gesicht blicken, er konnte aber ihren roten Morgenrock sehen, den er so gut kannte. In diesem roten Morgenrock, der schlampig falsch geknöpft und mit schmutzigen blauen Schleifchen besetzt war, schloff sie durchs Leben; ein zerfetzter Volant folgte ihr wie eine Schlange, während sie mit lässig aufgestecktem Haar, aus dem eine zerzauste Strähne ihr über den Rücken hinunterhing, schlaff umherwandelte. Sein Blick tastete sich von Schleife zu Schleife aufwärts, sah, welche davon nur noch an einem Faden hingen, machte aber an ihrem Kinn halt. Er musterte ihren mageren Hals, die vorstehenden Schlüsselbeine, die durch ihre unordentliche Oberkleidung sichtbar waren. Er sah die dünnen Arme und die knöcherne Hand, mit der sie das Kind umfaßt hielt, und er empfand einen außerordentlichen Ekel vor dieser Last, die sein Leben beschwerte. Er wartete darauf, daß sie etwas sage; da sie ihn aber nur immer weiter schweigend anblickte, seufzte er und begann zu reden.

Es war eine schwere Aufgabe. Er sprach langsam und verweilte bei den Erinnerungen an ihr früheres Leben, da es ihm widerstrebte zuzugeben, daß man nun an dessen Ende und am Anfang eines weniger glänzenden Daseins stehe. Er war überzeugt, sie durch die volle Befriedigung all ihrer materiellen Wünsche glücklich gemacht zu haben, und zweifelte daher keinen Augenblick daran, daß sie bereit sein werde, bei ihm zu bleiben, wie hart und steinig der vor ihnen liegende Weg auch sein mochte. Diese Gewißheit beflügelte ihn durchaus nicht. Er hatte diese Frau Hudig zu Gefallen geheiratet, und die Größe dieses Opfers hätte sie auch ohne jede weitere Anstrengung seinerseits glücklich machen müssen. Jahrelang hatte sie die Herrlichkeit, Willems' Gattin zu sein, gekostet, jahrelang hatte sie Bequemlichkeit, treue Fürsorge und so viel Zärtlichkeit genossen, wie sie verdiente. Er hatte sie gewissenhaft vor jedem körperlichen Leid bewahrt; anderes Leid konnte er sich nicht vorstellen. Daß er seine Überlegenheit herausgekehrt hatte, war nur eine weitere der ihr zugedachten Wohltaten. Dies alles war ganz selbstverständlich, doch legte er es weitschweifig dar, um ihr die Größe ihres Verlustes lebhaft vor Augen zu führen. Sie war so schwer von Begriff, daß sie es sonst nicht verstanden hätte. Und nun war man am Ende. Man würde fortgehen, das Haus, die Insel verlassen müssen, um irgendwo unterzukommen, wo ihn niemand kannte. Vielleicht in Malakka.

Dort würde er schon ein Feld für seine Fähigkeiten finden und auch gerechtere Partner als den alten Hudig. Er lachte bitter.
»Hast du noch das Geld, das ich dir heute morgen gegeben habe, Joanna?« fragte er. »Wir werden jetzt alles brauchen.«
Während er so sprach, hielt er sich für einen prächtigen Menschen. Das war nun nichts Neues, doch übertraf er bei dieser Gelegenheit sogar seine eigenen Erwartungen. Zum Kuckuck, schließlich gibt es im Leben gewisse heilige Bande. Dazu gehörte die Ehe, und er war nicht der Mann, sie in die Brüche gehen zu lassen. Die Festigkeit seiner Grundsätze verschaffte ihm große Befriedigung, doch verspürte er trotz alledem keine Neigung, seine Frau anzusehen. Er wartete auf ihre Erwiderung; dann würde er sie trösten, ihr befehlen müssen, sich nicht wie eine greinende Närrin zu benehmen und statt dessen die Abreise vorzubereiten. Wohin? Wie? Wann? Er schüttelte den Kopf. Man mußte sogleich aufbrechen, das war die Hauptsache. Plötzlich fühlte er sich gedrängt, die Abreise zu beschleunigen.
»Nun, Joanna«, sagte er ein wenig ungeduldig, »steh doch nicht so verträumt da herum! Wir müssen ...«
Er sah seine Frau dabei an, und was er auch hatte sagen wollen, blieb unausgesprochen. Sie starrte ihn aus ihren großen, schrägen Augen an, und es schien ihm, als seien sie doppelt so groß wie sonst. Das Kind schlief friedlich, sein schmutziges kleines Gesicht gegen die Schulter der Mutter gelehnt. Das leise Murren des Papageis, der nun unbeweglich auf seiner Stange hockte, unterbrach die tiefe Stille des Hauses nicht, sondern betonte sie eher noch. Während Willems Joanna ansah, verzog sie die Oberlippe, und ihr melancholisches Gesicht nahm einen bösartigen Ausdruck an, der für ihn vollkommen neu war. Überrascht trat er einen Schritt zurück.
»Oh! Du großer Mann!« sagte sie deutlich, aber doch beinahe flüsternd.

Diese Worte und mehr noch ihr Ton verblüfften ihn geradeso, als hätte jemand nahe seinem Ohr ein Gewehr abgefeuert. Er glotzte sie blöde an.

»Oh! Du großer Mann!« wiederholte sie gedehnt und sah verstohlen um sich, als denke sie an Flucht. »Und du glaubst wirklich, daß ich mit dir zusammen hungern werde. Du bist jetzt ein Nichts. Glaubst du denn, meine Mama und Leonard würden mich fortlassen? Und noch dazu mit dir! Mit dir!« wiederholte sie verächtlich und so laut, daß das Kind erwachte und schwächlich zu wimmern begann.

»Joanna!« rief Willems.

»Sprich nicht zu mir. Ich habe nun gehört, was ich all die Jahre zu hören erwartet habe. Du, der du dir die Stiefel an mir abgewischt hast, du bist noch weniger als Dreck. Darauf habe ich gewartet; ich habe keine Angst. Ich will dich nicht; komm mir nicht zu nahe. Ah!« kreischte sie schrill, als er mit beschwörender Bewegung die Hand ausstreckte, »ah! bleib mir vom Leib! Bleib mir vom Leib! Bleib mir vom Leib!«

Angst und Wut in den Augen, wich sie vor ihm zurück. Ohne sich zu rühren, nahm Willems in stummer Verblüffung diesen rätselhaften Zorn, diesen unerklärlichen Aufruhr im Kopf seiner Frau zur Kenntnis. Warum das? Was hatte er ihr jemals angetan? Dies war wirklich ein Tag der Ungerechtigkeiten. Zuerst Hudig – und nun seine Frau. Angesichts dieses Hasses, der ihm insgeheim Jahre hindurch so nahe gewesen war, empfand er Schrecken. Er versuchte zu sprechen, aber sie schrie von neuem auf, und es ging ihm wie ein Stich durchs Herz. Wieder hob er die Hand.

»Zu Hilfe!« schrie Mrs. Willems durchdringend. »Zu Hilfe!«

»Sei doch still, du Närrin!« brüllte Willems in dem Bestreben, das Geschrei von Frau und Kind mit seinem eigenen Zorn zu übertönen, und dabei schlug er in seiner Erbitterung dröhnend auf die Zinkplatte des kleinen Tisches.

Aus dem unteren Teil des Hauses, wo sich die Badezimmer und ein Werkzeugschrank befanden, erschien nun Leonard, eine verrostete Eisenstange in der Hand. Von der untersten Treppenstufe her rief er drohend herauf: »Tun Sie ihr nichts, Mr. Willems! Sie sind wie die Wilden, gar nicht wie wir Weißen.«

»Du auch!« sagte der verstörte Willems. »Ich habe sie ja gar nicht angerührt. Bin ich denn in einem Irrenhaus?« Er trat an die Treppe, Leonard ließ die Eisenstange klirrend fallen und eilte zum Hoftor. Willems wandte sich wieder seiner Frau zu.

»Du hast das erwartet«, sagte er. »Es ist also eine Verschwörung. Wer heult und stöhnt denn da nebenan? Wohl noch jemand von deiner wundervollen Familie, was?«

Sie war jetzt ruhiger, legte rasch das schreiende Kind in den Lehnstuhl und kam, nun ganz furchtlos, näher.

»Das ist meine Mutter«, erklärte sie, »meine Mutter, die hergekommen ist, um mich vor dir zu schützen – einem Mann, der nirgends hingehört, einem Landstreicher!«

»Als du dich mir noch vor unserer Heirat an den Hals geworfen hast, nanntest du mich nicht einen Landstreicher«, erwiderte Willems verächtlich.

»Du hast jedenfalls dafür gesorgt, daß ich mich nach unserer Heirat nicht mehr an deinen Hals geworfen habe«, dabei ballte sie die Hände und hielt ihr Gesicht ganz nahe an das seine, »du hast nur geprahlt, während ich litt und stumm blieb. Was ist denn aus deiner Größe, aus unserer Größe geworden, von der du immer geredet hast? Jetzt werde ich von der Barmherzigkeit deines Prinzipals leben. Jawohl, das ist wahr. Er hat es mir durch Leonard sagen lassen. Und du wirst verschwinden und irgendwo anders große Reden halten und verhungern. So! Ah, jetzt kann ich wieder atmen! Dies Haus gehört mir.«

»Genug!« sagte Willems langsam mit einer Einhalt gebietenden Geste.
Sie schnellte wieder furchtsam zurück, riß das Kind an sich, preßte es gegen die Brust und ließ sich auf einen Stuhl fallen. Dann trommelte sie wie irrsinnig mit den Hacken auf den dröhnenden Bretterboden der Veranda.
»Ich werde gehen«, sagte Willems fest. »Ich danke dir. Zum erstenmal in deinem Leben hast du mich glücklich gemacht. Du begreifst wohl, daß du ein Mühlstein an meinem Hals warst. Ich hätte dir das niemals gesagt, aber jetzt hast du mich dazu gezwungen. Noch ehe ich aus dem Haus bin, werde ich dich vergessen haben. Du hast es mir leicht gemacht. Dafür danke ich dir.«
Er drehte sich um und ging, ohne sie noch einmal anzusehen, die Treppe hinunter, während sie stumm und starr aufgerichtet mit weitgeöffneten Augen sitzen blieb, das plärrende Kind in den Armen. Am Hoftor sah er sich plötzlich Leonard gegenüber, der sich da herumdrückte und ihm nicht rechtzeitig aus dem Weg gegangen war.
»Seien Sie jetzt nicht brutal, Mr. Willems«, stieß Leonard hastig hervor. »Das schickt sich nicht für Weiße, man bietet den Eingeborenen kein solches Schauspiel.« Leonards Knie zitterten stark und seine Stimme überschlug sich, ohne daß er den Versuch machte, ihr Festigkeit zu verleihen. »Zähmen Sie Ihre unpassende Heftigkeit«, fuhr er eilig murmelnd fort. »Ich bin ein geachteter Mann von sehr guter Familie, während Sie... sehr bedauerlich... das sagt man allgemein...«
»Was?« brüllte Willems. Ein irrsinniger Zorn überkam ihn plötzlich, und ehe er noch wußte, was geschah, sah er Leonard da Souza vor seinen Füßen im Schmutz rollen. Er schritt über seinen hingestreckten Schwager weg und rannte blind vor Wut die Straße hinunter. Alle Leute wichen dem rasenden weißen Mann aus. Als er zu sich kam, stolperte er draußen vor der

Stadt über die harte, rissige Erde der abgeernteten Reisfelder. Wie war er dorthin gelangt? Es war dunkel. Er mußte umkehren. Während er langsam zur Stadt zurückging, ließ er die Ereignisse des Tages an sich vorüberziehen und fühlte sich bitter einsam. Seine Frau hatte ihn aus seinem eigenen Haus gewiesen. Er war brutal über seinen Schwager hergefallen, einen Angehörigen der Familie da Souza – seiner Anbeter. Das hatte er getan. Aber nein! Das war jemand anders gewesen. Der jetzt zurückkehrte, war ein anderer Mensch, ein Mensch ohne Vergangenheit, ohne Zukunft, aber erfüllt von Schmerz, Scham und Zorn. Er blieb stehen und sah sich um. Hunde drückten sich auf der leeren Straße herum und rannten mit erschrecktem Knurren an ihm vorüber. Er befand sich mitten im malaiischen Viertel, dessen Bambushütten dunkel und stumm im Grün ihrer kleinen Gärten verborgen lagen. Männer, Frauen und Kinder schliefen dort drinnen. Menschliche Wesen. Würde er je schlafen, und wo? Er fühlte sich von der ganzen Menschheit verstoßen, und als er sich hoffnungslos umblickte, ehe er seinen mühseligen Weg fortsetzte, schien es ihm, als sei die Welt größer, die Nacht endloser und schwärzer; doch ging er verbissen und mit gesenktem Kopf weiter, als kämpfe er sich durch dichtes Gestrüpp. Dann fühlte er plötzlich Planken unter seinen Füssen, und aufschauend bemerkte er das rote Licht am Kopf der Mole. Er ging ganz bis ans Ende, lehnte sich dann unter der Lampe an den Pfosten und sah hinaus zur Reede, wo zwei vor Anker liegende Schiffe ihre schlanke Takelage zwischen den Sternen tanzen ließen. Das Ende der Mole; und nach einem weiteren Schritt auch das Ende des Lebens, das Ende von allem. Das wäre das beste. Was sollte er sonst tun? Nichts kehrt je wieder. Das sah er deutlich. Die Achtung und Bewunderung der anderen, die alten Gewohnheiten und Neigungen sanken mit einem Schlag dahin vor der klaren Einsicht in die Ursache seiner Schande. Er sah

dies alles, und für eine Weile trat er aus sich heraus, aus seiner Ichbesessenheit, aus der ständigen Beschäftigung mit seinen Interessen und seinen Wünschen, aus dem Tempel seines Selbst und der ausschließlichen Hingabe an seine eigenen Gedanken. Er dachte nun an zu Hause. Wie er da in der lauen Stille der sternhellen tropischen Nacht stand, fühlte er den Atem des scharfen Ostwindes, sah die schmalen, hohen Fronten großer Häuser unter einem düsteren, bewölkten Himmel; er sah die schäbige, hochschultrige Gestalt auf schmutzigen Kais – das geduldige, welke Gesicht des erschöpften Mannes, der das Brot für die Kinder verdiente, die in der trübseligen Wohnung auf ihn warteten. Das war jammervoll, jammervoll. Aber es würde nie wiederkehren. Was hatten diese Dinge und Willems, der Kluge, der Erfolgreiche, miteinander gemein? Er hatte sich von diesem Heim schon vor vielen Jahren losgesagt. Das war damals für ihn besser gewesen, und jetzt war es für die anderen besser. Dies alles war vorbei, um niemals wiederzukehren; plötzlich erbebte er, da er sich allein und von unbekannten, von schrecklichen Gefahren umgeben sah.
Zum erstenmal in seinem Leben hatte er Angst vor der Zukunft, denn er hatte das Vertrauen verloren, das Vertrauen zu seinem eigenen Erfolg. Und er hatte es wie ein Tor mit eigener Hand zerstört!

## IV

Seine Überlegungen, die dem langsamen Hintreiben auf den Selbstmord ähnelten, wurden von Lingard unterbrochen, der mit einem lauten »Hab ich dich endlich!« die Hand schwer auf Willems Schulter fallen ließ. Diesmal hatte sich der alte Seemann selbst darum bemüht, dieses wenig einnehmende Strandgut aufzulesen – wenigstens den Rest, der von dem unvermuteten, kläglichen Schiffbruch noch übriggeblieben war. Für

Willems bedeutete die rauhe, freundliche Stimme eine schnell vorübergehende Erleichterung, auf die ein noch schärferer Anfall von Ärger und nutzlosem Bedauern folgte. Diese Stimme versetzte ihn an den Anfang seiner vielversprechenden Laufbahn zurück, deren Ende von der Mole, auf der die beiden standen, sehr deutlich sichtbar war. Er löste sich aus dem freundlichen Griff und fand auch gleich sehr bittere Worte:
»Das ist alles Ihre Schuld. Geben Sie mir einen Stoß, damit ich ins Wasser falle. Ich warte hier schon die ganze Zeit darauf, daß mir jemand hilft. Sie sind dazu der geeignete Mann. Sie haben mir am Anfang geholfen, und Sie sollen auch am Ende beteiligt sein.«
»Ich weiß was Besseres, als dich hier den Fischen vorzuwerfen«, sagte Lingard ernst, nahm Willems beim Arm und zwang ihn sanft, die Mole entlang zu gehen. »Ich bin wie ein Verrückter durch die Stadt gelaufen und habe dich überall gesucht. Ich habe eine Menge Gerede gehört und ich will dir was sagen, Willems: du bist wirklich kein Heiliger, und übermäßig klug warst du auch nicht. Ich will gar keine Steine werfen«, setzte er eilig hinzu, da Willems versuchte, sich von ihm loszumachen, »ich will aber auch kein Blatt vor den Mund nehmen. Das habe ich nie gekonnt! Du bist also still, solange ich rede. Verstanden?«
Mit einer Geste der Resignation und einem halbunterdrückten Stöhnen unterwarf sich Willems dem stärkeren Willen, und beide Männer wandelten langsam auf den dröhnenden Planken hin und her, während Lingard eingehend darlegte, auf welche Weise Willems' Verderben herbeigeführt worden war. Nach dem ersten Schock ging dessen Überraschung in einer überwältigenden Entrüstung unter. Es waren also Vinck und Leonard, die ihm diesen Streich gespielt hatten. Sie hatten ihn beobachtet, seine Fehltritte aufgedeckt und Hudig darüber berichtet. Sie hatten irgendwelche obskure Chinesen bestochen,

sich in das Vertrauen betrunkener Schiffer geschlichen, sich an mehrere Ruderleute herangemacht und auf diese Weise das Mosaik seiner Verfehlungen zusammengesetzt. Das Abgründige dieser schwarzen Intrige erfüllte ihn mit Entsetzen. Vinck konnte er verstehen, sie waren sich beide nicht grün. Aber Leonard! Leonard!

»Aber Kapitän Lingard!« brach es aus ihm hervor, »der Kerl hat mir die Stiefel geleckt!«

»Ja, ja, ja«, bestätigte Lingard ärgerlich, »wir wissen das, und du hast ihm nach Kräften den Stiefel in den Hals gestoßen. Das hat niemand gern, mein Junge.«

»Ich habe der ganzen hungrigen Bande doch immer Geld gegeben«, fuhr Willems erregt fort. »Immer habe ich die Hand in die Tasche gesteckt, sie brauchten nie zweimal um etwas zu bitten.«

»Ganz recht. Deine Freigebigkeit hat sie ängstlich gemacht. Sie haben sich gefragt, wo das wohl alles herkäme, und sind zu dem Schluß gelangt, daß es sicherer sei, dich über Bord gehen zu lassen. Schließlich ist Hudig ein sehr viel bedeutenderer Mann als du, mein Freund, und sie haben ja auch an ihn Ansprüche.«

»Was soll denn das heißen, Kapitän Lingard?«

»Was das heißen soll?« wiederholte Lingard langsam. »Du willst mir doch nicht etwa einreden, du wüßtest nicht, daß deine Frau Hudigs Tochter ist? Das meinst du doch nicht im Ernst!«

Willems blieb unvermittelt stehen. Er wankte.

»Ah! Jetzt verstehe ich«, ächzte er. »Ich habe nie... in letzter Zeit glaubte ich... aber nein, das hab ich niemals vermutet.«

»O du Einfaltspinsel«, sagte Lingard mitleidig. »Weiß der Himmel«, murmelte er vor sich hin, »ich glaube wirklich, er hat es nicht geahnt. Hmhm. Nun mal mit der Ruhe. Nimm dich zusammen. Was hat das schon zu bedeuten? Sie ist dir eine gute Frau.«

»Eine vorzügliche Frau«, bestätigte Willems düster und sah auf das schwarze, funkelnde Wasser hinaus.

»Gut denn«, fuhr Lingard mit wachsender Freundlichkeit fort. »Da fehlt es also nicht. Aber hast du wirklich geglaubt, daß Hudig dich verheiratet, dir ein Haus und ich weiß nicht, was noch alles, draufgibt, nur um deiner schönen Augen willen?«

»Er hatte guten Grund, mit mir zufrieden zu sein«, antwortete Willems, »Sie wissen selbst am besten, daß ich für ihn durch dick und dünn gegangen bin. Ganz gleich, wie schwer die Arbeit oder wie groß das Risiko, ich war stets bereit, war immer zur Stelle.«

Wie gut erkannte er die Größe seiner Verdienste und die maßlose Ungerechtigkeit, die nun sein Lohn war. Sie war also jenes Mannes Tochter! Durch diese Enthüllung gewannen die Ereignisse der vergangenen fünf Jahre ihre unmißverständliche Bedeutung. Zum erstenmal hatte er mit Joanna am Tor ihres Hauses gesprochen, als er in der strahlenden Röte des frühen Morgens auf dem Weg ins Büro war, zu einer Zeit also, wo Frauen und Blumen selbst den stumpfesten Blicken bezaubernd erscheinen. Diese höchst achtbare Familie, zwei Frauen und ein junger Mann, waren seine Nachbarn. Niemand betrat je ihr kleines Haus außer dem Priester, einem Mann, der von den spanischen Inseln stammte und gelegentlich vorbeikam. Den jungen Leonard hatte er in der Stadt kennengelernt, und die unerhörte Achtung, die der kleine Bursche dem großen Willems entgegenbrachte, hatte ihm sehr geschmeichelt. Er ließ es zu, daß Leonard ihm Stühle heranschleppte, die Kellner herbeirief, beim Billardspiel seinen Stock kreidete und seiner Bewunderung in gewählten Worten Ausdruck verlieh. Er ließ sich sogar dazu herbei, geduldig Leonards Anspielungen auf

»unseren geliebten Vater« anzuhören, einen Mann in amtlicher Stellung, einen Regierungsbeamten in Koti, der dort an der Cholera gestorben war, ein Opfer der Pflicht, ein guter Katholik, ein guter Mensch. Das klang durchaus wohlanständig, und Willems billigte solche gefühlvollen Bemerkungen. Überdies war er stolz darauf, keine Rassenvorurteile zu haben. Er erklärte sich eines Nachmittags dazu bereit, auf der Veranda des Hauses der da Souzas einen Likör zu trinken. Er wußte noch, daß Joanna an jenem Tag in einer Hängematte gelegen hatte. Es fiel ihm ein, daß sie schon damals unordentlich gewesen war, und einen anderen Eindruck hatte er bei diesem Besuch nicht erhalten. In jenen herrlichen Tagen hatte er keine Zeit für die Liebe, nicht einmal Zeit für eine kleine Tändelei, doch verfiel er nach und nach in die Gewohnheit, sich fast täglich in dem kleinen Haus einzustellen, wo er von Mrs. da Souzas schriller Aufforderung an Joanna begrüßt wurde, herbeizukommen und den Herrn von Hudig und Co. zu unterhalten. Darauf folgte dann überraschend und unerwartet der Besuch des Priesters. Er sah noch das platte gelbe Gesicht des Menschen, seine dünnen Beine, sein einschmeichelndes Lächeln, die glänzenden schwarzen Augen, das verbindliche Betragen, hörte die verschleierten Andeutungen, die er damals nicht begriff. Wie erstaunt war er doch über das Auftreten dieses Mannes gewesen, und wie ohne alle Umstände hatte er sich seiner entledigt! Dann trat lebhaft die Erinnerung an jenen Morgen vor ihn, als er diesen Burschen Hudigs Büro hatte verlassen sehen; wie lächerlich und ungereimt war ihm jener Besuch vorgekommen! Dann der Vormittag mit Hudig: würde er den je vergessen? Würde er je die Überraschung vergessen, die er empfunden hatte, als der Prinzipal, statt sich sogleich auf die Geschäfte zu werfen, ihn gedankenvoll ansah, ehe er sich verstohlen lächelnd den Papieren auf seinem Tisch zuwandte? Noch jetzt konnte er ihn hören, wie er da, die Nase

über einem Schriftstück, zwischen ächzenden Atemzügen erstaunliche Worte von sich gab.
»Wie ich höre... gehen da öfter hin... höchst achtbare Damen... gut mit dem Vater bekannt... schätzenswert... das beste für einen jungen Menschen... zur Ruhe kommen... persönlich sehr erfreut... veranlassen... entsprechende Anerkennung wertvoller Dienste... das beste, ganz gewiß das beste.«
Und das hatte er geglaubt! Welche Vertrauensseligkeit! Was für ein Esel war er doch gewesen! Hudig war mit dem Vater bekannt gewesen! Das konnte man wohl sagen. So wie alle anderen wahrscheinlich auch, alle, nur er selbst nicht. Wie stolz war er doch auf das wohlwollende Interesse gewesen, das Hudig an seinem Geschick nahm! Wie stolz war er gewesen, als Hudig ihn in sein kleines Landhaus einlud, wo er mit Männern in amtlicher Stellung auf freundschaftlichem Fuße verkehren durfte. Vinck war geradezu grün gewesen vor Neid. O ja! Er hatte geglaubt und das Mädchen wie ein Geschenk der Götter hingenommen. Wie hatte er doch vor Hudig damit geprahlt, keine Rassenvorurteile zu kennen. Der alte Schwindler mußte sich ja insgeheim halb totgelacht haben über seinen törichten Prokuristen. Er hatte das Mädchen ohne den geringsten Argwohn genommen. Woher hätte ihm der auch kommen sollen? Jeder wußte, daß ein Vater vorhanden gewesen war. Man kannte ihn, man sprach von ihm. Anscheinend ein schmächtiger Mensch von unbestimmbarer Abstammung, doch sonst offenbar einwandfrei. Die zweifelhaften Verwandten ließen sich erst später blicken, aber er nahm an ihnen keinen Anstoß – er hatte ja keine Vorurteile –, um so weniger, als sie durch ihr demütiges Vertrauen zu ihm seinen Triumph vollständig machten. Getäuscht! Getäuscht! Hudig hatte das passende Mittel gefunden, diese Horde von Bettlern zu versorgen: er hatte die Last seiner jugendlichen Verfehlungen auf die

Schultern seines Prokuristen abgewälzt; und während Willems sich für den Prinzipal plagte, hatte dieser ihn belogen, ihn um seine Seele betrogen. Er war verheiratet, er gehörte zu dieser Frau, ganz gleich, was sie tun mochte... geschworen... für das ganze Leben! ... Sich weggeworfen... und heute morgen hatte dieser Mensch es gewagt, ihn einen Dieb zu nennen! Hölle und Verdammnis!

»Lassen Sie mich los, Lingard!« rief er, und versuchte, sich mit einem plötzlichen Ruck von dem wachsamen alten Seemann zu befreien. »Lassen Sie mich gehen und den Kerl umbringen...«

»Kommt nicht in Frage!« keuchte Lingard und hielt ihn kräftig gepackt. »Du willst ihn umbringen, was? Du Wahnsinniger. Ah! Jetzt hab ich dich! Ruhig jetzt!«

Sie rangen miteinander, wobei Lingard Willems langsam gegen das Geländer drängte. Unter ihren Füßen dröhnte die Mole in der stillen Nacht wie eine Pauke. Hinter einigen großen Kisten verborgen, sah der eingeborene Hafenwärter dem Kampf zu. Am nächsten Tag teilte er befriedigt seinen Freunden mit, daß zwei betrunkene Weiße sich auf der Mole geprügelt hätten. Es sei ein großartiger Kampf gewesen, sie hätten ohne Waffen, wie wilde Tiere nach Art der Weißen gekämpft. Nein! Niemand sei getötet worden, andernfalls hätte es Ärger gegeben, und ein Bericht wäre fällig gewesen. Wie könne er wissen, weshalb sie sich geprügelt hätten? Wenn weiße Männer sich so aufführen, tun sie das ohne jeden Grund.

Gerade als Lingard zu fürchten begann, er könne den heftigen Anstrengungen des Jüngeren nicht mehr lange widerstehen, fühlte er Willems' Muskeln erschlaffen und nutzte das, um ihn mit letzter Kraft gegen das Geländer zu drücken. Beide keuchten schwer und stumm, die Gesichter dicht voreinander.

»Gut, also«, ächzte Willems schließlich. »Brechen Sie mir nicht das Rückgrat an diesem verdammten Geländer. Ich bin ja schon ruhig.«

»Endlich wirst du vernünftig«, sagte Lingard sehr erleichtert. »Warum bist du überhaupt so wütend geworden?« fragte er und führte Willems wieder ans Ende der Mole. Während er ihn vorsichtshalber immer noch mit einer Hand festhielt, suchte er mit der anderen seine Pfeife hervor, und ließ darauf einen langen, schrillen Pfiff ertönen. Über das glatte Wasser der Reede kam ein schwacher Antwortruf von einem der vor Anker liegenden Schiffe.

»Mein Boot wird gleich hier sein«, sagte Lingard. »Überlege dir, was du tun willst. Ich laufe heute nacht noch aus.«

»Was bleibt mir schon übrig?« versetzte Willems düster.

»Nun hör mal«, sagte Lingard; »ich habe dich als kleinen Jungen aufgegriffen und fühle mich in gewisser Weise für dich verantwortlich. Du hast zwar dein Leben schon vor Jahren selbst in die Hand genommen, aber immerhin ...«

Er hielt inne und lauschte, bis er das regelmäßige Knarren der Riemen in den Dollen des sich nähernden Bootes vernahm und fuhr dann fort: »Ich habe alles mit Hudig geregelt. Du schuldest ihm jetzt nichts mehr. Geh zu deiner Frau zurück. Sie ist eine gute Frau. Geh zu ihr zurück.«

»Ja, aber Kapitän Lingard!« rief Willems. »Sie ...«

»Es war sehr rührend«, fuhr Lingard fort, ohne auf ihn zu achten. »Ich habe in deinem Haus nach dir gesucht und gesehen, wie verzweifelt sie war. Es war herzzerbrechend. Sie rief nach dir; sie flehte mich an, dich zu suchen. Sie war ganz verwirrt, die arme Frau, und tat, als sei sie an allem schuld.«

Willems hörte verblüfft zu. Dieser blinde alte Narr! Was für ein merkwürdiges Mißverständnis! Falls es aber doch wahr sein sollte, falls es wirklich wahr sein sollte ... bei dem bloßen Gedanken an ein Wiedersehen vermochte er nur tiefsten Abscheu zu empfinden. Er wollte sein Ehegelöbnis nicht brechen, aber zurückgehen würde er nicht. Sollte doch sie die Sünde der

Trennung, der Durchschneidung des heiligen Bandes auf sich nehmen. Er genoß diese Lauterkeit seines Gewissens ganz außerordentlich; zurückkehren würde er keinesfalls. Sollte sie doch zu ihm zurückkehren. Er empfand die angenehme Überzeugung, daß er sie nie wiedersehen werde, noch dazu durch ihre eigene Schuld. Überdies versprach er sich feierlich, ihr großmütig zu verzeihen, falls sie zurückkehrte, denn das verlangte die preiswürdige Unerschütterlichkeit seiner Grundsätze. Er zauderte aber, Lingard seine Erniedrigung in ihrer ganzen widerwärtigen Vollständigkeit zu enthüllen. Er war ja aus seinem Haus verwiesen worden, noch dazu von seiner eigenen Frau, jener Frau, die noch gestern in seiner Gegenwart kaum zu atmen gewagt hatte. Er blieb verwirrt und unentschlossen. Nein. Es fehlte ihm der Mut, von dieser würdelosen Begebenheit zu berichten.

Als das Beiboot der Brigg plötzlich auf dem schwarzen Wasser nahe der Mole erschien, brach Lingard die quälende Stille.

»Ich habe«, sagte er traurig, »ich habe dich immer für ziemlich herzlos gehalten, Willems, und geglaubt, daß du dazu neigst, jene von dir zu stoßen, die dich am meisten schätzen. Ich wende mich nun also an deinen guten Kern und bitte dich, diese Frau nicht im Stich zu lassen.«

»Ich habe sie nicht verlassen«, antwortete Willems rasch, ganz überzeugt, die Wahrheit zu sagen. »Warum sollte ich? Wie Sie ganz richtig bemerkt haben, ist sie mir eine gute Frau gewesen. Eine sehr gute, stille, gehorsame, liebevolle Frau, und ich liebe sie ganz ebenso wie sie mich. Aber jetzt an den Ort zurückkehren, wo ich ... mich wieder unter jenen Leuten sehen lassen, die gestern noch mit Wonne vor mir auf dem Bauch gekrochen wären, und nun in meinem Rücken den Stich ihres mitleidigen oder befriedigten Lächelns spüren – nein! Das kann ich nicht. Lieber will ich ins Wasser gehen«, fuhr er entschlossen fort. »Sie begreifen wohl nicht ganz, Kapitän Lingard«, setzte er etwas ruhiger hinzu, »Sie begreifen wohl nicht ganz, was für eine Stellung ich hier eingenommen habe.«

Mit einer weitausholenden Handbewegung umgriff er die schlafende Küste von Norden nach Süden, als entbiete er ihr einen stolzen und drohenden Abschiedsgruß. In der Erinnerung an seine glänzenden Triumphe vergaß er vorübergehend seinen Sturz. Unter den Männern seiner Klasse und seines Berufes, die in jenen dunklen Häusern schliefen, war er ja wirklich der Erste gewesen.

»Es ist hart«, murmelte Lingard nachdenklich. »Aber wer ist schuld daran, wer ist schuld daran?«

»Kapitän Lingard!« rief Willems, von einer glücklichen Eingebung getrieben, »wenn Sie mich hier auf der Mole zurücklassen, so ist das glatter Mord. Es ist mir gleich, daß ich verheiratet bin, ich werde keinesfalls lebend dorthin zurückkehren. Sie können mir geradeso gut gleich die Kehle durchschneiden.«

Der alte Seemann stutzte.

»Versuch nicht, mir Angst einzujagen, Willems«, sagte er streng und verstummte dann.

Über Willems' schamlosen Verzweiflungsausbruch hinweg vernahm er mit einiger Beklommenheit das Flüstern seines eigenen, törichten Gewissens. Eine Weile überlegte er mit unentschlossener Miene.

»Ich könnte ja sagen: Hol dich der Teufel, geh und ersäuf dich«, versetzte er dann, wobei er sich vergeblich bemühte, brutal zu wirken. »Das werde ich aber nicht tun. Wir sind nun einmal einer für den anderen verantwortlich – Gott sei es geklagt. Ich schäme mich fast deswegen, aber ich begreife deinen schändlichen Stolz. Wirklich! Zum ...«

Er unterbrach sich mit einem lauten Seufzen und trat dann schnell zur Treppe, an deren Fuß sein Boot lag, das in der leichten, unsichtbaren Dünung schaukelte.

»He, ihr da unten! Habt ihr eine Lampe im Boot? So, dann zündet sie an, und einer von euch soll sie raufbringen. Aber ein bißchen schnell!«

Er riß eine Seite aus seinem Notizbuch, feuchtete mit großem Nachdruck die Spitze des Bleistiftes an und stapfte ungeduldig umher.

»Jetzt will ich die Sache zu Ende führen«, murmelte er vor sich hin. »Und zwar wird alles tadellos in Ordnung gebracht. Das wollen wir doch mal sehen! Bringst du nun endlich die Lampe, du Sohn einer verkrüppelten Schildkröte? Ich warte immer noch.«

Der Lichtschein auf dem Papier beschwichtigte seinen berufsmäßigen Zorn, und er begann eilig zu schreiben. Der schwungvolle Schnörkel seiner Unterschrift riß ein dreieckiges Loch ins Papier.

»Bring das zum Haus dieses weißen Tuan. Ich lasse dich in einer halben Stunde mit dem Boot abholen.«

Der Bootsführer hob bedächtig die Lampe und leuchtete Willems ins Gesicht.

»Dieses Tuan? Tau. Ich weiß Bescheid.«

»Beeil dich!« sagte Lingard, nahm ihm die Lampe weg, und der Mann eilte davon.

»Kassi mem! Gib es der Frau selbst!« rief Lingard hinter ihm her.

Als der Mann dann verschwunden war, wandte Lingard sich Willems zu.

»Ich habe deiner Frau geschrieben«, erklärte er. »Wenn du nicht mehr zurückwillst, dann sollst du nicht bloß nach Hause gehen, um dich gleich wieder zu verabschieden. Du mußt mitkommen, wie du gehst und stehst. Ich will nicht, daß die arme Frau gequält wird. Ich werde dafür sorgen, daß ihr nicht lange getrennt bleibt. Du kannst dich auf mich verlassen.«

Willems erschauerte und lächelte dann in der Dunkelheit.

»Nur keine Angst«, murmelte er rätselhaft. »Ich vertraue Ihnen unbedingt, Kapitän Lingard«, setzte er lauter hinzu.
Lingard ging als erster die Treppe hinunter, schwenkte die Lampe in der Hand und sprach über die Schulter.
»Das ist nun das zweitemal, daß ich mich deiner annehme, Willems. Sieh zu, daß es das letztemal ist. Das zweitemal; und der einzige Unterschied zwischen damals und jetzt ist, daß du damals barfuß warst, heute aber Schuhe trägst. Nach vierzehn Jahren. Bei all deiner Schlauheit! Das ist ein dürftiges Ergebnis. Ein sehr dürftiges Ergebnis.«
Er stand eine Weile auf dem untersten Treppenabsatz. Das Licht der Lampe fiel in das aufgerichtete Gesicht des Schlagmannes, der den Dollbord des Bootes eng neben der Treppe hielt, damit der Kapitän einsteigen könne.
»Du hast dich nämlich«, fuhr er in seinen Darlegungen fort und hantierte dabei an der Lampe herum, »du hast dich nämlich so mit diesen schlickfressenden Federfuchsern verfitzt, daß du auf gar keine Weise mehr klarkommen kannst. Das ist die Folge davon, wenn man so redet und lebt wie du. Man sieht dann so viel Falschheit, daß man anfängt, sich selber zu belügen. Pah!« sagte er angeekelt, »für einen ehrlichen Menschen gibt es überhaupt nur einen Platz auf der Welt. Die See, mein Junge, die See! Aber das wolltest du ja nie; für dich war da nicht genug Geld zu verdienen; nun siehst du, was dabei herauskommt.«
Er blies das Licht aus, stieg ins Boot und streckte gleich darauf freundlich besorgt die Hand nach Willems aus. Willems setzte sich stumm neben ihn, das Boot legte ab und glitt schnell in weitem Bogen auf die Brigg zu.
»Sie haben offenbar nur mit meiner Frau Mitleid, Kapitän Lingard«, sagte Willems niedergeschlagen. »Glauben Sie denn, daß ich mich sehr glücklich fühle?«
»Nein, nein«, antwortete Lingard munter. »Ich will nun kein

Wort mehr darüber verlieren. Da ich dich sozusagen von Kindesbeinen an kenne, mußte ich mir wenigstens einmal Luft machen, aber jetzt werde ich nicht mehr davon reden. Du bist ja auch noch jung. Das Leben ist sehr lang«, setzte er mit einer ihm nicht bewußten Traurigkeit hinzu; »laß dir das eine Lehre sein.«

Er legte die Hand freundlich auf Willems' Schulter, und beide saßen schweigend, bis das Boot am Fallreep der Brigg längsseits ging.

An Bord angelangt, gab Lingard seinem Maat Anweisungen, führte Willems aufs Schanzdeck und setzte sich auf das Verschlußstück eines der messingnen Sechspfünder, mit denen das Schiff bestückt war. Das Beiboot legte wieder ab, um den Boten zu holen. Kaum sah man es zurückkehren, als auch schon dunkle Gestalten auf den Spieren der Brigg auftauchten; dann lösten sich rauschend die schweren Falten der Segel, sie fielen wie Girlanden und hingen bewegungslos in der windstillen, klaren und tauigen Nacht von den Rahen. Vom Vorderdeck ertönte das Klicken des Ankerspills, und bald darauf rief der Maat dem Kapitän zu, daß die Ankertrosse straff gespannt sei.

»Holt den Anker noch nicht auf«, rief Lingard zurück; »wir müssen erst den Landwind abwarten.«

Er näherte sich Willems, der mit gesenktem Kopf und schlaff zwischen den Knien hängenden Händen auf einem Oberlicht hockte.

»Ich bringe dich nach Sambir«, sagte er. »Den Namen hast du wohl noch nie gehört, was? Nun, es liegt an meinem Fluß, über den die Leute so viel reden und von dem sie so wenig wissen. Ich habe eine Einfahrt entdeckt, durch die ich ein Schiff von der Größe der *Flash* in den Fluß bringen kann. Einfach ist es nicht. Du wirst ja sehen. Ich werde es dir zeigen. Du bist lange genug auf See gewesen, um Interesse an sowas zu haben... wirklich schade, daß du nicht dabei geblieben bist. Also dort fahre ich hin. Ich habe da meine eigene Handelsstation. Almayer ist mein Partner, du kennst ihn noch von Hudig her. Oh, er lebt da glücklich wie ein König. Ich habe sie nämlich alle in der Tasche. Der Raja ist ein alter Freund von mir. Mein Wort ist Gesetz – und ich bin der einzige Händler dort. Kein anderer Weißer außer Almayer ist je in der Niederlassung gewesen. Da wirst du gemütlich leben, bis ich von meiner nächsten Fahrt nach dem Westen zurückkomme. Dann werden wir sehen, was wir für dich tun können. Nur keine Angst. Ich zweifle nicht daran, daß mein Geheimnis sicher bei dir aufgehoben ist. Wenn du wieder mit Händlern zusammenkommst, rede nicht von meinem Fluß. Manch einer würde seine Ohren dafür geben, wenn er was darüber erfahren könnte. Von dort bekomme ich übrigens all meinen Kautschuk und das Rohr. Der Vorrat ist einfach unerschöpflich, mein Sohn.«

Bei Lingards Worten sah Willems auf, doch ließ er gleich wieder entmutigt den Kopf sinken, da er begriff, daß diese Informationen, die zu erlangen Hudig und er sich so bemüht hatten, zu spät kamen. Er saß teilnahmslos da.

»Wenn du Lust hast, kannst du Almayer bei den Geschäften helfen«, fuhr Lingard fort, »damit dir die Zeit schneller vergeht, bis ich dich wieder abhole. Es dauert gewiß nicht länger als sechs Wochen.«

Über ihren Köpfen klatschten die feuchten Segel im ersten schwachen Anhauch des Windes; als die Brise auffrischte, drehte sich die Brigg in den Wind, der die stumm gewordenen Segel gegen die Masten preßte. Aus den Schatten des Achterdecks hörte man gedämpft aber deutlich die Stimme des Maaten.

»Die Brise ist da. Nach welcher Seite sollen wir abfallen, Kapitän Lingard?«

Lingard, der starr nach oben geschaut hatte, blickte nun auf die zusammengesunkene Gestalt des Mannes, der auf dem Oberlicht saß. Er schien einen Augenblick zu zaudern.
»Nach Norden, nach Norden«, befahl er dann gereizt, als sei er über seinen flüchtigen Einfall verärgert, »und haltet euch ran. Hier auf diesen Meeren ist jeder Windhauch Gold wert.«
Er blieb regungslos stehen und hörte auf das Klappern der Blöcke und das Ächzen der Racken, als die Rahen herumschwangen. Die Segel wurden gesetzt, und das Ankerspill wurde wieder bemannt, während er in Gedanken verloren dastand. Er schreckte erst auf, als ein barfüßiger Seemann lautlos auf seinem Weg zum Ruder an ihm vorbeihuschte.
»Ruder nach backbord! Hart backbord!« sagte er in seiner rauhen Seestimme zu dem Mann, dessen Gesicht plötzlich aus der Dunkelheit in dem Lichtkreis erschien, den die Kompaßlampe nach oben warf.
Der Anker wurde eingeholt, die Rahen wurden gebraßt, und die Brigg verließ die Reede. Die See erwachte unter dem Stoß des scharfen Vorderstevens, sie tuschelte vertraulich mit dem dahingleitenden Schiff, sie raunte ihm zärtlich zu, sie sprach zu ihm, wie sie manchmal zu denen spricht, die sie liebt und verwöhnt. Lingard stand an der Heckreling und lauschte befriedigt lächelnd, bis die *Flash* in die Nähe des anderen Schiffes kam, das hier vor Anker lag.
»Komm her«, rief er Willems zu, »siehst du die Barke dort? Das ist ein arabisches Schiff. Die Weißen haben das Spiel fast alle aufgegeben, aber dieser Bursche hängt sich oft hinter mich und lebt in der Hoffnung, mich aus Sambir verdrängen zu können. Zu meinen Lebzeiten soll ihm das aber nicht gelingen. Du mußt nämlich wissen, Willems, daß ich den Leuten dort zu einem gewissen Wohlstand verholfen habe. Ich habe ihre Streitigkeiten geschlichtet, und unter meinem Schutz hat sich ihre Lage sehr verbessert. Jetzt herrschen Glück und Frieden,

und ich bin dort mehr der Gebieter als seine holländische Exzellenz dahinten in Batavia es je sein wird, wenn endlich doch mal irgendein faules Kriegsschiff ganz zufällig auf den Fluß stößt. Ich will die Araber mit ihren Lügen und Intrigen dort nicht haben. Ich werde diese giftige Brut fernhalten, und wenn es mich mein Vermögen kosten sollte.«

Die *Flash* hatte sich fast geräuschlos an die Barke herangeschoben und war im Begriff, sie hinter sich zu lassen, als eine weiße Gestalt auf dem Schanzdeck des arabischen Schiffes erschien und eine Stimme rief: »Sei gegrüßt, Raja Laut!«

»Sei auch du gegrüßt!« antwortete Lingard nach überraschtem Zögern.

Dann wandte er sich grimmig lächelnd an Willems.

»Das war Abdullas Stimme«, sagte er. »Der ist ja plötzlich unerhört höflich! Ich möchte doch wissen, was das bedeuten soll. Das sieht diesem Frechling ähnlich. Aber einerlei! Seine Höflichkeit soll mich ebensowenig kümmern wie seine Unverschämtheit. Ich weiß wohl, daß der Bursche sich hinter mir hermachen wird, aber was schere ich mich schon darum!« Und dann setzte er hinzu: »Auf diesen Meeren fährt kein Schiff, das mich einholen könnte«, und dabei schweifte sein stolzer, liebevoller Blick über die Brigg und heftete sich dann zärtlich an die stattlich aufragenden Masten.

## V

»Es stand auf seiner Stirn geschrieben«, sagte Babalatchi und legte noch einige Stückchen Holz auf das kleine Feuer, vor dem er hockte, ohne Lakamba anzusehen, der auf die Ellenbogen gestützt ihm gegenüber auf der anderen Seite des Feuers lag. »Bei seiner Geburt war geschrieben, daß sein Leben in Dunkelheit enden solle, und jetzt gleicht er einem Mann, der in finsterer Nacht umhergeht – mit offenen Augen und doch nicht sehend. Ich kannte ihn gut, als er noch Sklaven und viele Frauen hatte, als er noch Waren besaß und Praus für den Handel und Praus für den Krieg. Haï-ya! Er war ein großer Kämpfer, ehe der Hauch des Allwissenden das Licht in seinen Augen auslöschte. Er war ein Pilger und hatte viele Tugenden: er war tapfer, seine Hand war stets geöffnet, und er war ein großer Räuber. Viele Jahre lang führte er die Männer, die auf dem Meer Blut tranken: Der erste beim Gebet und der erste im Kampf! Habe ich nicht neben ihm gestanden, als sein Gesicht nach Westen blickte? Habe ich nicht an seiner Seite zugesehen, wie Schiffe mit hohen Masten in lodernden Flammen auf dem unbewegten Meer verbrannten? Bin ich ihm nicht in dunkler Nacht unter Schläfer gefolgt, die nur erwachten, um zu sterben? Sein Schwert war flinker als das Feuer vom Himmel und stieß zu, ehe es blitzte. Haï, Tuan! Das waren Zeiten, und das war ein Führer, und ich selbst war jünger; damals gab es auch noch nicht so viele rauchende Schiffe mit Kanonen, die den feurigen Tod aus der Ferne herübersenden, über Berge und Wälder – o Tuan Lakamba! Sie ließen jaulende Feuerkugeln in die Bucht fallen, in die unsere Praus sich geflüchtet hatten, und wohin sie nicht wagten, Männern zu folgen, die Waffen in den Händen trugen.«

Er schüttelte traurig und bekümmert den Kopf und warf noch eine Handvoll Holz auf das Feuer. Die hell auflodernde Flamme beleuchtete sein breites, dunkles, pockennarbiges Gesicht, in dem die vollen, von Betelsaft feuchten Lippen wie die blutenden Ränder einer tiefen, frischen Wunde klafften. Der Widerschein der Flammen glitzerte in seinem Auge und lieh ihm eine wilde Munterkeit, die zugleich mit der kurzlebigen Flamme erlosch. Geschickt schob er mit bloßen Händen die Glut zusammen, und nachdem er die warme Asche am Lendentuch – seinem einzigen Kleidungsstück – abgestrichen hatte, umklammerte er die dünnen Beine mit den ineinander geschlungenen Händen und legte das Kinn auf die hochgezogenen Knie. Lakamba rührte sich ein wenig, ohne die Haltung zu ändern oder den Blick von der Glut abzuwenden, in die er verträumt starrte.

»Ja«, fuhr Babalatchi leise und eintönig fort, so als nehme er nur laut einen Gedankengang auf, der in der stummen Betrachtung der Unsicherheit aller irdischen Größe seinen Ursprung gehabt hatte – »ja. Er war reich und stark, und nun lebt er von milden Gaben: alt, schwach, blind und ohne Gefährten außer seiner Tochter. Der Raja Patalolo gibt ihm Reis, und die bleiche Frau – seine Tochter – kocht für ihn, denn er hat keinen Sklaven.«

»Ich habe sie von weitem gesehen«, murmelte Lakamba verächtlich. »Eine Hündin mit weißen Zähnen, wie ein Weib der Orang-Putih.«

»Ganz richtig«, stimmte Babalatchi zu; »du hast sie aber nicht aus der Nähe gesehen. Ihre Mutter war eine Frau aus dem Westen, eine verschleierte Frau aus Bagdad. Die Tochter geht nun mit unverhülltem Gesicht wie unsere Frauen, denn sie ist arm, und ihr Vater ist blind, und nie kommt jemand in ihre Nähe, es sei denn, um einen Zauber oder einen Segen zu erbitten und sich schnell wieder zu entfernen, aus Furcht vor seinem Zorn und der Hand des Raja. Du bist nicht mehr auf der anderen Seite des Flusses gewesen?«

»Lange nicht mehr. Wenn ich hinüberfahre ...«

»Gewiß! Gewiß!« unterbrach Babalatchi besänftigend; »ich aber gehe oft allein hinüber – zu deinem Nutzen –, sehe mich um und mache die Ohren auf. Wenn die Zeit kommt, wenn wir beide zusammen den Kampong des Raja aufsuchen werden, dann wird es sein, um einzutreten und dazubleiben.«

Lakamba richtete sich auf und sah Babalatchi finster an.

»Ein- oder zweimal ist das eine gute Rede; wenn man sie aber zu oft hört, dann klingt sie albern wie das Plappern von Kindern.«

»Ich habe viele, viele Male die Wolken am Himmel gesehen und den Wind der Regenzeit gehört«, versetzte Babalatchi mit Nachdruck.

»Und wo ist deine Weisheit? Sie muß bei den Winden und Wolken vergangener Regenzeiten geblieben sein, denn in deiner Rede höre ich nichts davon.«

»Das sind die Worte der Undankbarkeit!« rief Babalatchi erbittert. »Wahrlich, unsere einzige Zuflucht ist der Eine, der Mächtige, der Tröster, der...«

»Ruhe, Ruhe«, knurrte der überraschte Lakamba. »Es ist ja nur die Rede eines Freundes.«

Babalatchi versank in seine vorige Haltung und murmelte vor sich hin. Nach einer Weile sprach er wieder lauter:

»Seitdem der Raja Laut einen anderen weißen Mann in Sambir zurückgelassen hat, hat die Tochter des blinden Omar el Badavi auch zu anderen Ohren als den meinen gesprochen.«

»Würde ein weißer Mann denn der Tochter eines Bettlers Gehör schenken?« fragte Lakamba zweifelnd.

»Haï! Ich habe gesehen...«

»Was hast du gesehen, o Einäugiger?« fragte Lakamba geringschätzig.

»Ich habe den fremden weißen Mann auf dem schmalen Pfad gesehen, noch ehe die Sonne den Tau auf den Blättern getrocknet hat, und ich habe gehört, wie er durch den Rauch des morgendlichen Feuers zu der Frau mit den großen Augen und der hellen Haut sprach. Zu der Frau mit dem Körper eines Weibes und dem Herzen eines Mannes! Sie kennt weder Furcht noch Scham. Und auch ihre Stimme habe ich vernommen.«

Er nickte Lakamba weise zu und überließ sich dann schweigend seinen Gedanken, das Auge starr auf die Mauer des Waldes am jenseitigen Ufer gerichtet. Lakamba lag unbeweglich und stierte gedankenlos vor sich hin. Unter ihnen gurgelte Lingards Fluß gedämpft zwischen den Pfählen, welche die Plattform aus Bambus trugen, auf der das kleine Wächterhaus stand, vor dem sie lagen. Hinter dem Haus stieg das Gelände sanft an; der niedrige Hügel war abgeholzt, von Gestrüpp und Gras wild überwuchert, das jetzt, nach der langen Dürre der Trockenzeit, welk und versengt war. Das alte Reisfeld, das schon seit mehreren Jahren brachlag, war an drei Seiten von undurchdringlichem Urwald umgeben, während die vierte Seite bis zum sumpfigen Ufer reichte. Weder über dem Land noch über dem Fluß rührte sich der geringste Windhauch, doch hoch oben, am durchsichtigen Himmel, huschten kleine Wolken über den Mond, die in seinem schimmernden Licht bald blinkten wie pures Silber, und ihn dann wieder mit der Schwärze von Ebenholz zudeckten. Weit weg, mitten im Fluß sprang ab und an ein Fisch und fiel laut klatschend aufs Wasser zurück, und dieser Lärm zeigte an, wie tief die übermächtige Stille war, die das scharfe Geräusch gleich wieder verschluckte.

Lakamba schlummerte unruhig, aber der wachsame Babalatchi saß tief in Gedanken, seufzte von Zeit zu Zeit und klatschte unablässig auf seinen nackten Oberkörper in dem vergeblichen Bemühen, verirrte Mücken zu erschlagen, die sich von den Schwärmen über dem Fluß entfernt hatten, bis zur Höhe der Plattform aufgestiegen waren und sich mit triumphierendem Sirren auf das unerwartete Opfer stürzten.

Der Mond hatte auf seinem stummen, mühsamen Weg die größte Höhe erreicht und verjagte den Schatten der Dachtraufen von Lakambas Gesicht; er schien nun unbeweglich über ihnen zu stehen. Babalatchi schürte das Feuer und weckte seinen Gefährten, der sich gähnend und mißvergnügt fröstelnd aufrichtete.

Babalatchi begann wieder in jenem Ton zu sprechen, welcher

dem Murmeln des Baches ähnelt, der über die Steine rinnt: leise, eintönig und hartnäckig, unwiderstehlich, wenn es gilt, den härtesten Widerstand abzunutzen und zu überwinden. Lakamba hörte schweigend aber aufmerksam zu. Beide waren malaiische Abenteurer, ehrgeizige Männer, jener Gegend und Zeit zugehörig, die Zigeuner ihrer Rasse. In den frühen Tagen der Niederlassung, ehe der Herrscher Patalolo dem Sultan von Koti die Lehnstreue aufgesagt hatte, war Lakamba mit zwei kleinen Handelsschiffen auf dem Fluß erschienen. Enttäuscht gewahrte er unter den Siedlern der verschiedensten Rassen, welche die behutsame Herrschaft des alten Patalolo anerkannten, schon die Ansätze einer Ordnung, und er war nicht weltklug genug, seine Enttäuschung zu verbergen. Er bezeichnete sich als einen Mann aus dem Osten, aus jenen Gegenden, wo die Weißen nicht herrschen; als Angehörigen einer unterdrückten Rasse, doch als Abkömmling einer Herrscherfamilie. Und wirklich verfügte er über alle Eigenschaften eines Prinzen im Exil. Er war verdrossen, undankbar und heftig; neidisch und zu jeder Intrige bereit, führte er jederzeit tapfere Worte und leere Versprechungen im Mund. Er war starrköpfig, aber nicht vom Willen, sondern nur von Impulsen geleitet, die niemals lange genug vorhielten, um ihn ans Ziel seines Ehrgeizes zu führen. Nachdem der mißtrauische Patalolo ihn kühl empfangen hatte, setzte er es sich in den Kopf – mit oder ohne Erlaubnis –, eine passende Stelle, etwa vierzehn Meilen stromabwärts von Sambir, zu roden und dort ein Haus zu bauen, das er mit einem hohen Zaun befestigte. Da er viel Anhang hatte und einen skrupellosen Eindruck machte, hielt es der alte Raja damals nicht für angebracht, ihm mit Gewalt entgegenzutreten. Kaum hatte Lakamba sich niedergelassen, als er auch schon zu intrigieren begann. Auf sein Konto kam der Streit zwischen Patalolo und dem Sultan von Koti, der aber nicht das erwartete Ergebnis zeitigte, da der Sultan über solche

Entfernungen hinweg Lakamba nicht genügend unterstützen konnte. Von diesem Unternehmen enttäuscht, machte er sich unverzüglich daran, die Bugis aufzuputschen, und belagerte den alten Raja in seinem Hof mit lärmender Kühnheit und recht guten Siegesaussichten; aber da erschien Lingard mit der bewaffneten Brigg auf dem Schauplatz, und der behaarte Zeigefinger, den der alte Seemann ihm drohend unter die Nase hielt, dämpfte Lakambas kriegerischen Eifer. Niemand wünschte, mit dem Raja Laut aneinanderzugeraten, und Lakamba begnügte sich zunächst mit dem Dasein eines Pflanzers und Händlers; in seinem befestigten Haus sitzend, sparte er Groll und Ehrgeiz für eine günstigere Gelegenheit auf. Getreu seiner Rolle als Thronprätendent weigerte er sich, die bestehenden Mächte anzuerkennen, und antwortete dem Boten des Raja, der die Abgaben für die bearbeiteten Felder einzutreiben gekommen war, mißmutig, daß der Raja selber kommen und sie holen möge. Lingards Rat folgend ließ man ihn trotz seiner aufrührerischen Gelüste in Ruhe, und viele Tage lebte er ungestört unter seinen Frauen und Dienstleuten und nährte die hartnäckige, grundlose Hoffnung auf bessere Zeiten, die überall das Privileg der Großen im Exil zu sein scheint.

Aber die Zeit verging, und es trat keine Änderung ein. Die Hoffnung nahm ab, der brennende Ehrgeiz fiel in sich zusammen, und übrig blieben nur ein schwacher, verglimmender Funke in dunkler Asche und eine träge Hinnahme der Fügungen des Schicksals, bis Babalatchi den Funken wieder zur Flamme entfachte. Babalatchi war auf der Suche nach einem sicheren Zufluchtsort für sein in Verruf geratenes Haupt zufällig auf den Fluß gestoßen. Er war ein Vagabund der Meere, ein wahrer Orang-Laut, der in seinen guten Tagen Küsten und Schiffe brandschatzte und plünderte und sich in schlechten Tagen von ehrlicher, wenn auch lästiger Arbeit ernährte. So war er zwar zuzeiten der Anführer der Sulupiraten gewesen, hatte aber auch als Serang auf Schiffen Dienst getan und war auf diese Weise in entfernte Meere gelangt; er hatte die Herrlichkeiten Bombays und die Macht des Sultans von Maskati geschaut, ja, sich sogar unter fromme Pilger gedrängt, um den geweihten Stein in der heiligen Stadt zu küssen. Er sammelte Weisheit und Erfahrungen in vielen Ländern, und nachdem er sich Omar el Badavi angeschlossen hatte, trug er (wie das einem Pilger anstand) große Frömmigkeit zur Schau, wenn er auch nicht fähig war, die vom Geist erfüllten Worte des Propheten zu lesen. Er war tapfer und blutdürstig und haßte die Weißen, die sich in den männlichen Zeitvertreib des Halsabschneidens und Sklavenhandels, der Entführung und Brandstiftung einmischten, also in die einzig würdige Beschäftigung für einen echten Sohn des Meeres. Er fand Gnade vor den Augen seines Gebieters, des furchtlosen Omar el Badavi, Führers der Bruneipiraten, dem er blind ergeben lange Jahre hindurch auf erfolgreiche Beutezüge folgte. Und als die weißen Männer dieser langen Folge von Morden, Plünderungen und Gewalttaten zum erstenmal wirkungsvoll Halt geboten, stand er treu zu seinem Herrn, sah unbewegt auf die explodierenden Granaten, verzagte nicht angesichts der brennenden Festung, des Todes der Gefährten, des Jammers der Frauen und des Schreiens der Kinder, des Unterganges und der Zerstörung alles dessen, was ihm für ein glückliches und ruhmreiches Leben unentbehrlich schien. Der festgestampfte Boden zwischen den Häusern war schlüpfrig vom Blut, und im Schatten der Mangroven an den trüben Wasserläufen seufzten die Sterbenden, die hingestreckt worden waren, ehe sie den Feind zu Gesicht bekommen hatten. Sie waren rettungslos verloren, denn in den undurchdringlichen Wald konnte niemand flüchten, und die schnellen Praus, mit denen sie so oft das Meer und die Küstengewässer durchstreift hatten, lagen dicht beieinander in der engen Bucht und brannten lichterloh. Babalatchi, der das Ende klar vorhersah, richtete seine ganze Kraft darauf, wenigstens eine der Praus zu retten. Das gelang ihm noch rechtzeitig. Als die Explosion des Pulvervorrates das Ende anzeigte, war er bereit, nach seinem Herrn zu suchen. Er fand ihn halb tot und völlig erblindet, allein bis auf seine Tochter Aissa: – die Söhne waren schon vorher gefallen, wie es sich für so mutige Männer schickte. Unterstützt von dem Mädchen mit dem standhaften Herzen, trug Babalatchi den Omar auf die leichte Prau, und es gelang ihm zu entkommen, wenn auch nur mit sehr wenigen Gefährten. Während sie ihr Fahrzeug in das Netz der dunklen, schweigenden Wasserläufe schoben, hörten sie das Geschrei der Bootsbesatzungen des Kriegsschiffes, die nun das Piratendorf stürmten. Aissa, die auf dem erhöhten Achterdeck saß, den geschwärzten, blutenden Kopf ihres Vaters im Schoß, sah furchtlos zu Babalatchi auf.

»Sie werden nur Rauch, Blut und tote Männer finden und Frauen, die vor Angst wahnsinnig sind, aber sonst nichts Lebendiges«, sagte sie bekümmert. Babalatchi preßte die rechte Hand auf eine tiefe Schulterwunde und erwiderte traurig: »Sie sind sehr stark. Wenn wir gegen sie kämpfen, können wir nur sterben. Aber«, fügte er drohend hinzu, »noch sind wir nicht alle tot!«

Eine Weile träumte er von Rache, doch verflüchtigten sich diese Träume vor dem kalten Empfang, den der Sultan von Sulu ihnen bereitete, bei dem sie anfangs Zuflucht suchten und der ihnen nur unwillig Gastfreundschaft gewährte. Während Omar unter Aissas Pflege von seinen Wunden genas, widmete Babalatchi sich eifrig der erhabenen Persönlichkeit, die ihre schützende Hand über sie hielt. Trotzdem war der Sultan sehr zornig, als Babalatchi ihm gewisse Vorschläge ins Ohr flüsterte, die auf einen großen, einträglichen Raubzug abzielten, der über alle Inseln von Ternate bis nach Acheen hinwegfegen sollte. »Ich kenne euch, ihr Männer aus dem Westen«, rief er zornentbrannt. »Eure Worte vergiften das Ohr des Herrschers. Ihr redet von Feuer und Mord und Beute, aber die Rache für das Blut, das ihr trinkt, kommt auf unser Haupt. Entferne dich!«

Da war nichts zu machen. Die Zeiten hatten sich geändert. Sie hatten sich so sehr geändert, daß Babalatchi sich nicht wunderte zu hören, man wolle Omar und seine Leute der politischen Zweckmäßigkeit opfern, als eine vor der Insel liegende spanische Fregatte vom Sultan ihre Auslieferung verlangte. Von dieser kühlen Einschätzung der Gefahr bis zu feiger Unterwerfung war aber noch ein weiter Weg. Es begann nun Omars zweite Flucht, diesmal mit der Waffe in der Hand, denn die kleine Gruppe mußte nachts am Strand um den Besitz der Kanus kämpfen, in denen die Überlebenden schließlich flüchteten. Die Geschichte jener Flucht lebt noch bis zum heutigen Tage in den Herzen tapferer Männer. Sie erzählt von Babalatchi und von der starken Frau, die ihren blinden Vater im Feuer der Kriegsschiffe aus dem Norden durch die Brandung trug. Die Gefährten jenes seeräuberischen und erbenlosen Äneas sind nun tot, doch sie spuken nächtens über Gewässern und Inseln und besuchen, wie es sich für die Geister furchtloser im Kampf gefallener Männer schickt, die Feuer, an denen Krieger sitzen. Dort können sie aus dem Munde der Lebenden von ihren Taten, von ihrem Mut, ihren Leiden und ihrem Tod hören. Ihre Geschichte wird an vielen Orten erzählt. Auf kühlen Matten in luftigen Veranden fürstlicher Häuser sprechen gefühllose Staatsmänner nur geringschätzig davon, aber unter den bewaffneten Männern, die sich in den Höfen drängen, läßt diese Geschichte das Gemurmel der Stimmen und das Klirren der Fußspangen verstummen; der Becher kreist nicht mehr, und die Blicke werden vor Spannung ganz starr. Die Geschichte handelt von dem Kampf, von der furchtlosen Frau, von dem klugen Mann; von der Qual des Durstes auf dem

Meer in lecken Kanus; von jenen, die starben... Viele starben. Einige überlebten. Der Fürst, die Frau und noch einer, der groß werden sollte.

Bei Babalatchis unauffälliger Ankunft in Sambir deutete nichts auf beginnende Größe hin. Er kam mit Omar und Aissa in einer kleinen Prau, die mit grünen Kokosnüssen beladen war, und behauptete, der Eigentümer von Schiff und Ladung zu sein. Wie es dazu kam, daß Babalatchi, der in einem kleinen Kanu um sein Leben floh, es fertigbrachte, seine gefährliche Reise in einem Schiff mit wertvoller Ladung zu beenden, ist eines jener Geheimnisse des Meeres, an denen auch die gründlichste Untersuchung zuschanden wird. Es wurde auch nicht weiter nachgeforscht. Es hieß, daß Menado eine Handelsprau verloren habe, doch war das vages Gerede und blieb unaufgeklärt. Babalatchi gab einen Bericht, der – soweit muß man Patalolos Weltkenntnis Gerechtigkeit widerfahren lassen – keinen Glauben fand. Als der Raja seinen Zweifeln Ausdruck gab, wandte Babalatchi ungerührt ein, ob man denn vernünftigerweise annehmen könne, daß zwei ältliche Männer – die insgesamt über nur ein Auge verfügten – und eine junge Frau sich irgendetwas mit Gewalt verschaffen könnten? Mildtätigkeit sei eine vom Propheten empfohlene Tugend. Es gebe eben barmherzige Menschen, deren Hand für jene offen sei, die das verdienten. Patalolo schüttelte zweifelnd sein altes Haupt, worauf sich Babalatchi gekränkt zurückzog und sich von Stund an unter den Schutz Lakambas begab. Die beiden Männer, welche die restliche Besatzung der Prau bildeten, folgten ihm in den Kampong dieses Magnaten. Der blinde Omar blieb mit Aissa unter dem Schutz des Raja, und der Raja beschlagnahmte die Ladung. Die Prau saß fest im Schlick am Zusammenfluß zweier Arme des Pantai, sie faulte im Regen, verzog sich in der Sonne, fiel auseinander und verschwand Stück um Stück im Rauch der Feuerstellen der Niederlassung. Nur eine Planke und einige

Spanten, die lange Zeit vergessen im glänzenden Schlamm steckten, erinnerten Babalatchi während vieler Monate daran, daß er in diesem Land ein Fremder war.
Im übrigen fühlte er sich in Lakambas Haushalt sehr wohl, wo seine besondere Stellung und sein Einfluß recht bald erkannt und selbst von den Frauen respektiert wurden. Er hatte die Schmiegsamkeit des echten Vagabunden, wenn es darum ging, sich einer neuen Umgebung und veränderten Umständen anzupassen. In seinem Eifer, sich den Abscheu vor altmodischen Prinzipien anzueignen, dessen der Staatsmann ja dringend bedarf, stand er den erfolgreichen Politikern aller Zeitalter nicht nach; seine Überredungsgabe und seine Zielstrebigkeit verschafften ihm die Herrschaft über Lakambas unbeständigen Sinn – in dem nichts von Dauer war als eine alles durchdringende Unzufriedenheit. Diese Unzufriedenheit hielt Babalatchi am Leben, er blies das Feuer des verlöschenden Ehrgeizes wieder an, er dämpfte die nicht unnatürliche Begierde des armen Verbannten, endlich eine hohe und einträgliche Stellung einzunehmen. Er – der Mann der Gewalt – mißbilligte deren Anwendung, denn er sah deutlich, wie schwierig die Lage war. Aus dem gleichen Grunde war er – der die Weißen haßte – bereit, bis zu einem gewissen Grade zuzugeben, daß es am Ende zweckmäßig sein könne, sich den Schutz der Holländer zu verschaffen. Doch dürfe nichts übereilt werden. Was auch immer sein Herr Lakamba denken möge, es sei abwegig, den alten Patalolo zu vergiften. Selbstverständlich sei das durchführbar, aber was dann? Solange Lingards Einfluß übermächtig bleibe – solange Almayer, Lingards Vertreter, der einzige bedeutende Händler in der Niederlassung sei, lohne es einfach Lakambas Mühe nicht, die Herrschaft über den jungen Staat an sich zu reißen, selbst wenn das möglich sein sollte. Almayer und Lingard zu töten, sei so schwierig und gewagt, daß man es als undurchführbar außer acht lassen könne. Was man brau-

che, sei vielmehr ein Bündnis, ein Bündnis mit jemand, der den Weißen die Stirn zu bieten vermöge, jemand, der nicht nur Lakamba wohlgesinnt sei, sondern auch auf gutem Fuß mit den holländischen Behörden stehe. Mit einem Wort, ein reicher und angesehener Händler. Falls ein solcher Mann sich erst einmal in Sambir festgesetzt habe, werde er dabei helfen, den alten Raja aus dem Weg zu schaffen, ihm die Macht, und wenn es denn nicht anders gehe, auch das Leben zu nehmen. Dann werde es an der Zeit sein, die Orang Blanda um eine Flagge zu bitten, um die Anerkennung der Verdienste und um den Schutz einzukommen, der dauernde Sicherheit gewähren würde. Das Wort eines reichen und loyalen Händlers müsse bei dem Herrscher in Batavia Gewicht haben. Das wichtigste sei also, einen solchen Verbündeten aufzutreiben und ihn dazu zu überreden, sich in Sambir niederzulassen. Es dürfe kein weißer Händler sein. Ein Weißer würde sich ihre Gedankengänge nicht zu eigen machen – er würde nicht vertrauenswürdig sein. Der Mann, den man suche, müsse großen Anhang haben, dazu reich, gewissenlos und eine im Archipel bekannte Persönlichkeit sein. Ein solcher Mann mochte unter den arabischen Händlern zu finden sein. Lingards Eifersucht, so sagte Babalatchi, halte alle Händler vom Fluß fern. Einige fürchteten sich, andere wüßten nicht den Weg. Wieder andere nähmen das Vorhandensein von Sambir gar nicht zur Kenntnis. Der Rest schließlich glaube, das Risiko, Lingards Feindschaft auf sich zu ziehen, werde von dem ungewissen Vorteil, den der Handel mit einer verhältnismäßig unbekannten Niederlassung verspreche, nicht aufgewogen. Die große Mehrheit dieser Händler sei ohnehin ungeeignet oder nicht vertrauenswürdig. Und Babalatchi erwähnte bedauernd die Männer, die er in seinen jungen Jahren gekannt hatte: wohlhabende, entschlossene, mutige, waghalsige Männer, zu jeder Unternehmung bereit! Aber was nütze es, die Vergangenheit zu beklagen und von den Toten zu sprechen? Einen allerdings gebe es, der sei am Leben, sei groß und nicht weit entfernt...

Das war die politische Linie, die Babalatchi seinem ehrgeizigen Beschützer vorzeichnete. Lakamba stimmte zu, und sein einziger Einwand war der, daß die Sache nur langsam vonstatten gehen werde. In seiner Gier nach Macht und Reichtümern war dieser unvernünftige Verbannte imstande, sich dem erstbesten hergelaufenen Halsabschneider in die Arme zu werfen, der bereit wäre, Beistand zu leisten, und Babalatchi hatte große Mühe, ihn an unüberlegten Gewalttaten zu hindern. Keinesfalls durfte ruchbar werden, daß sie sich damit befaßten, Veränderungen im gesellschaftlichen und politischen Leben von Sambir herbeizuführen. Es bestand immer die Möglichkeit eines Fehlschlages, und in einem solchen Fall würde Lingards Rache schnell und unabwendbar sein. Da durfte kein Risiko eingegangen werden. Es hieß warten.

Unterdessen durchstreifte er die Siedlung, hockte täglich an vielen Feuern, prüfte die Stimmung und die Meinung der Öffentlichkeit – und sprach stets von seiner bevorstehenden Abreise. Nachts nahm er oft Lakambas kleinstes Kanu und verschwand lautlos, um seinem alten Herrn auf der anderen Seite des Flusses geheimnisvolle Besuche abzustatten. Omar lebte im Geruche der Heiligkeit, unter dem Schutz von Patalolo. Zwischen dem Bambuszaun, der die Häuser des Raja umschloß, und dem Urwald befand sich eine Bananenpflanzung, an deren äußerstem Rand zwei kleine Häuser standen, die auf niedrigen Pfählen unter einigen kostbaren Obstbäumen errichtet waren. Die wuchsen am Ufer eines klaren Baches, der hinter dem Haus entsprang und seinen kurzen, schnellen Lauf hinab zum großen Fluß nahm. Am Bach entlang führte ein schmaler Pfad durch die vernachlässigte und schon wieder überwucherte Rodung zu der Bananenpflanzung und den Häusern, die der Raja dem Omar zur Wohnung angewiesen hatte. Der

Raja war tief beeindruckt von Omars aufdringlich zur Schau getragener Frömmigkeit, von seinen orakelhaften Sprüchen, seinen zahllosen Mißgeschicken und der würdevollen Standhaftigkeit, mit der er sein Gebrechen ertrug. Der alte Herrscher von Sambir stattete dem blinden Araber oftmals einen formlosen Besuch ab und lauschte während der heißen Stunden des Nachmittags ernst seinen Worten. Des Nachts erschien dann Babalatchi und unterbrach ungetadelt Omars Ruhe. Aissa, die schweigend im Eingang einer der Hütten zu stehen pflegte, konnte die beiden alten Freunde unbeweglich am Feuer sitzen sehen, das auf dem festgestampften Boden zwischen den beiden Hütten brannte, wo sie sich murmelnd weit in die Nacht hinein unterredeten. Sie vermochte die Worte nicht zu hören, aber sie beobachtete neugierig die beiden schattenhaften Gestalten. Babalatchi pflegte dann schließlich aufzustehen, ihren Vater an der Hand zu nehmen und ins Haus zurückzuführen, ihm seine Matten zurechtzulegen und sich leise zu entfernen. Statt nun aber wegzugehen, setzte Babalatchi, der nicht wußte, daß Aissa ihm zusah, sich oft wieder ans Feuer und versank in langes Grübeln. Aissa sah achtungsvoll auf diesen klugen und tapferen Mann – solange sie sich erinnern konnte, war sie gewöhnt, ihn an der Seite ihres Vaters zu erblicken – der da allein und nachdenklich in der schweigenden Nacht vor dem sterbenden Feuer saß, unbeweglich, während sein Geist im Reich der Erinnerungen wanderte oder – wer weiß? – vielleicht die leeren Räume einer ungewissen Zukunft auf der Suche nach einem Weg durchstreifte.

Babalatchi bemerkte Willems' Ankunft mit Sorge, da er darin eine Verstärkung der Gegenpartei erblickte. Hinterher änderte er seine Ansicht. Er begegnete Willems eines Abends auf dem Pfad, der zu Omars Haus führte, und gewahrte später, und nur mit mäßiger Überraschung, daß der blinde Araber nichts von den Besuchen zu wissen schien, die der neue Weiße in der

Nachbarschaft seiner Behausung abstattete. Als Babalatchi einmal unerwartet am Tage erschien, glaubte er im Gebüsch auf der anderen Seite des Baches den Schimmer einer weißen Jacke zu sehen. An jenem Tage beobachtete er Aissa nachdenklich, während sie den abendlichen Reis zubereitete. Er lehnte die im Namen Allahs an ihn ergehende, gastfreundliche Einladung zum Abendessen ab und ging eilig noch vor Sonnenuntergang weg. An diesem Abend verblüffte er Lakamba mit der Ankündigung, daß nun endlich der Augenblick gekommen sei, in dem lange hinausgezögerten Spiel den ersten Zug zu tun. Lakamba verlangte erregt eine Erklärung. Babalatchi schüttelte den Kopf und deutete auf die flüchtigen Schatten umhergehender Frauen und auf die verwischten Umrisse der Männer, die vor den Abendfeuern im Hof saßen. Nicht ein Wort wolle er hier sprechen, erklärte er. Erst als der gesamte Haushalt sich zur Ruhe begeben hatte, gingen Babalatchi und Lakamba leise durch die Gruppen der Schläfer zum Fluß, nahmen ein Kanu und paddelten verstohlen zu der verfallenen Wächterhütte auf dem alten Reisfeld. Hier waren sie vor fremden Augen und Ohren sicher und konnten, falls erforderlich, ihre Fahrt für eine Jagdpartie ausgeben, denn jedermann wußte, daß an dieser Stelle allerlei Wild zur Tränke ging. Hier, in ungestörter Zurückgezogenheit, entdeckte Babalatchi dem aufmerksamen Lakamba seinen Plan. Es war ihm der Gedanke gekommen, sich Willems' zu bedienen, um Lingards Macht zu brechen.

»Ich kenne die weißen Männer, Tuan«, sagte er zusammenfassend. »Ich habe sie in vielen Ländern beobachtet; sie sind stets die Sklaven ihrer Begierden und immer bereit, ihre Kraft und ihre Vernunft in die Hände einer Frau zu legen. Das Schicksal der Gläubigen ist von der Hand des Allmächtigen geschrieben, aber die, die viele Götter anbeten, werden mit glatten Stirnen auf die Welt geworfen, damit die Frauen das Zeichen des Unterganges daraufsetzen können. Mögen die

Weißen sich gegenseitig vernichten. Sie sind Toren nach dem Willen des Höchsten. Sie verstehen es, redlich gegen ihre Feinde zu handeln, aber untereinander kennen sie nur Verrat. Haï! Ich habe es gesehen!«

Er streckte sich der Länge nach vor dem Feuer aus und schloß das Auge. Er schlief ein oder tat wenigstens so. Lakamba war noch nicht ganz überzeugt und blieb lange sitzen; er blickte starr in die erloschene Glut. Als die Nacht vorschritt, stieg vom Fluß leichter weißer Nebel auf, und der abnehmende Mond, dessen Sichel über den Wipfeln des Waldes hing, schien sich nach einem friedlichen Lager auf der Erde zu sehnen, wie ein unsteter, widerspenstiger Liebhaber, der endlich doch zurückkehrt, um sein müdes, stummes Haupt an der Brust der Liebsten auszuruhen.

## VI

»Leihen Sie mir mal Ihre Büchse, Almayer«, sprach Willems über den Tisch hinweg, auf dem eine verrußte Lampe ihren rötlichen Schein über die Reste der Mahlzeit verbreitete. »Ich habe Lust, heute bei Mondaufgang nach Wild Ausschau zu halten.«

Almayer, der quer vor dem Tisch saß, den Ellenbogen zwischen schmutzigen Tellern aufgestützt, das Kinn auf der Brust und die Beine steif von sich gestreckt, hielt den Blick unverwandt auf seine Strohsandalen gerichtet und lachte kurz auf.

»Sagen Sie ja oder nein, aber machen Sie kein so abstoßendes Geräusch«, bemerkte Willems kühl, wenn auch gereizt.

»Ja, wenn ich Ihnen auch nur ein einziges Wort glauben könnte!« antwortete Almayer, ohne die Haltung zu verändern. Er sprach gedehnt und machte lange Pausen, als lasse er jedes Wort einzeln zu Boden fallen. »Sie wissen, wo die Büchse ist; nehmen Sie sie oder lassen Sie sie stehen. Büchse. Wild.

Quark! Auf die Jagd gehen! Pah! Sie sind hinter einer... einer Gazelle her, verehrter Gastfreund. Für ein solches Wild braucht man aber goldene Fußspangen und seidene Sarongs, Sie kühner Jäger. Und so etwas wird einem nicht nachgeworfen, das kann ich Ihnen versichern. Den ganzen Tag treiben Sie sich bei den Eingeborenen herum. Sie sind mir eine schöne Hilfe.«

»Sie sollten nicht soviel trinken, Almayer«, versetzte Willems und verbarg seine Wut hinter einem affektiert unbeteiligten Tonfall. »Sie haben keinen Verstand; soweit ich mich erinnern kann, haben Sie früher in Makassar auch keinen gehabt. Sie trinken zuviel.«

Almayer sah ruckartig auf und warf Willems einen zornigen Blick zu. »Wenigstens bezahle ich selbst dafür«, polterte er.

Diese beiden Exemplare einer höherstehenden Rasse stierten sich eine Weile wütend an, drehten dann wie auf Verabredung im gleichen Augenblick die Köpfe zur Seite und standen auf. Almayer schleuderte die Pantoffeln von den Füßen und kroch in seine Hängematte, die zwischen zwei hölzernen Verandapfosten hing, damit sie während der Trockenzeit auch der geringste Windhauch treffe, und Willems, der zunächst unentschlossen am Tisch stehengeblieben war, ging wortlos die Stufen hinunter, überquerte den Hof und trat auf die kleine hölzerne Mole hinaus, wo mehrere Kanus und zwei große weiße Walboote vertäut lagen, die an ihren kurzen Fangleinen zerrten und von der schnellen Strömung des Flusses gegeneinander gedrückt wurden. Er sprang in das kleinste Kanu, hielt sich mühsam im Gleichgewicht, löste die geflochtene Leine und stieß sich mit einem überflüssig heftigen Ruck ab, der ihn beinahe kopfüber ins Wasser geworfen hätte. Als er schließlich wieder das Gleichgewicht erlangt hatte, war das Kanu gute fünfzig Meter flußabwärts getrieben. Er kniete sich auf den Boden des schmalen Fahrzeuges hin und kämpfte mit weitausholenden Paddelschlägen gegen die Strömung an. Almayer richtete sich in der Hängematte auf, umklammerte seine Füße und guckte mit offenem Mund auf den Fluß hinaus, bis er den schattigen Umriß des Mannes und des Kanus erblickte, die sich gegen die Strömung an der Mole vorbeikämpften.

»Dachte ich's doch!« brüllte er. »Wollen Sie nicht die Büchse mitnehmen, was?« kreischte er so laut er konnte. Dann sank er in seine Hängematte zurück und lachte leise vor sich hin, bis er einschlief. Auf dem Fluß draußen tauchte Willems das Paddel abwechselnd rechts und links ins Wasser. Er sah angespannt nach vorn und achtete nicht auf die Worte, die schwach zu ihm drangen.

Es war nun drei Monate her, seitdem Lingard ihn in Sambir an Land gesetzt und Almayers Fürsorge überantwortet hatte, ehe er eilig wieder aufgebrochen war. Die beiden Weißen kamen nicht gut miteinander aus. Almayer, der sich an die gemeinsame Dienstzeit bei Hudig erinnerte, als er von dem ihm vorgesetzten Willems mit schnöder Herablassung behandelt worden war, konnte seinen Gast nicht leiden. Er neidete ihm auch Lingards Zuneigung. Almayer hatte ein malaiisches Mädchen geheiratet, das der alte Seemann in einer seiner Anfälle unbedachter Gutartigkeit adoptiert hatte, und da die Ehe keine glückliche war, betrachtete er Lingards Vermögen als Entschädigung für das entgangene Eheglück. Das Auftauchen von Willems, der Ansprüche gegen Lingard zu haben schien, erfüllte Almayer mit tiefer Besorgnis, um so mehr, als es der alte Seemann nicht für nötig gehalten hatte, den Ehemann seiner Adoptivtochter mit Willems' Geschichte bekannt zu machen oder ihn im Vertrauen wissen zu lassen, welche Absichten er in Hinblick auf die Zukunft dieses Individuums verfolgte. Da er also von der ersten Stunde an mißtrauisch war, lehnte Almayer es strikte ab, sich von Willems bei den Geschäften helfen zu lassen, und als Willems sich daraufhin zurückzog, beklagte Almayer sich mit einer für ihn bezeichnenden Perversität laut über diese Gleichgültigkeit. Die anfänglich zwischen den beiden Männern herrschende kühle Höflichkeit verwandelte sich bald in stumme Gereiztheit und dann in offene Feindschaft; beide sehnten Lingards Rückkehr und das Ende einer Lage herbei, die von Tag zu Tag unerträglicher wurde. Die Zeit kroch dahin. Willems fragte sich beim Anblick des Sonnenaufganges jedesmal niedergeschlagen, ob wohl vor Abend irgend etwas die tödliche Langeweile seines Lebens unterbrechen werde? Es fehlte ihm die rege Tätigkeit jenes Daseins, das nun so weit entfernt, so unwiederbringlich verloren war, begraben unter den Trümmern seiner früheren Erfolge – die auf immer dahin waren. Er wanderte mürrisch auf Almayers Hof umher und sah aus der Ferne teilnahmslos zu, wie die Kanus aus dem Inneren des Landes ihre Ladungen von Rohr oder Kautschuk löschten, und dafür an der Mole von Lingard und Co. Reis und Industrieprodukte luden. Obwohl Almayer ein recht großes Grundstück besaß, fühlte Willems sich doch innerhalb der ordentlich gehaltenen Umzäunung beengt. Dieser Mensch, der sich im Laufe der Jahre daran gewöhnt hatte, für unentbehrlich zu gelten, war von einer bitteren, unbezähmbaren Wut besessen, weil er sich überflüssig und nutzlos vorkam und weil er im Blick des einzigen anderen Weißen, mit dem er in diesem fernen Winkel der Erde lebte, nur kalte Feindseligkeit las. Bei dem Gedanken daran, daß er gezwungen war, in der Gesellschaft dieses mürrischen, mißtrauischen Narren ganze Tage zu verschwenden, ja, einen Teil seines Lebens zu vertun, knirschte er mit den Zähnen. Das Gurgeln des Flusses, das unaufhörliche Raunen der großen Wälder schien ihn für seine Trägheit zu tadeln. Alles um ihn her rührte sich, war in Bewegung, rauschte eilends vorüber, selbst die Erde unter seinen Füßen und der Himmel über ihm. Sogar die Wilden mühten sich, kämpften, arbeiteten – und sei es nur, um ihr jämmerliches Leben zu verlängern; aber sie lebten wenigstens! Einzig er schien außerhalb des Schöpfungsplanes zu bleiben, in aussichtsloser Untätigkeit von Zorn gequält und vom Stachel der Reue gepeinigt.

Er gewöhnte sich an, in der Niederlassung umherzuspazieren. Das später aufblühende Sambir war in einem Morast geboren worden und verbrachte seine jungen Jahre in übelriechendem Matsch. Die Häuser drängten sich am Fluß zusammen und traten, als wollten sie dem ungesunden Ufer entgehen, kühn ins Wasser hinaus, überwucherten es mit einer Reihe eng beieinander liegender Bambusplattformen, die sich auf hohen Pfählen erhoben, unter denen die Strömung leise und mit unaufhörlicher Klage glucksend dahinwirbelte. Im ganzen Ort gab es nur einen einzigen Pfad, der an der rückwärtigen Seite der Häuser und den geschwärzten runden Flekken vorüberführte, welche den Platz der Haushaltsfeuer bezeichneten. Auf der anderen Seite wurde der Pfad vom Urwald begrenzt, der sich vordrängte, als fordere er die Vorübergehenden schamlos dazu auf, das Rätsel seiner finsteren Tiefen zu lösen. Diese tückische Herausforderung wurde indessen von niemandem angenommen. Es waren nur einige schwache Versuche gemacht worden, hier und dort den Wald zu roden, doch war das Land flach, und wenn der Fluß nach den jährlichen Hochwassern zurücktrat, hinterließ er in jeder dieser Rodungen einen langsam austrocknenden Morast, in dem sich die importierten Büffel der Bugis während der heißen Stunden vergnüglich suhlten. Als Willems diesen Pfad entlangging, betrachteten ihn die träge im Schatten der Häuser ausgestreckten Männer mit gelassener Neugier, die an den Feuern beschäftigten Frauen sandten ihm verwunderte und schüchterne Blicke nach, während die Kinder ihn nur kurz anschauten und dann ängstlich schreiend davonliefen, erschreckt von dem gräßlichen Anblick des Mannes mit dem roten und weißen Gesicht. Durch diese Kundgebungen kindischer Abscheu und Furcht fühlte sich Willems unsinnigerweise gedemütigt; bei seinen Spaziergängen hielt er sich also an die selten von Menschen betretenen, in den Anfängen steckengebliebenen Rodungen, aber selbst die Büffel schnauften bei seinem Anblick beängstigt, sie erhoben sich schwerfällig aus dem kühlen Morast, drängten sich aneinander und glotzten ihn verstört an, während er versuchte, sich ungesehen am Rande des Waldes entlangzuschleichen. Als er dabei eines Tages eine unbedachte, heftige Bewegung machte, raste die ganze Herde den Pfad hinunter, trat die Feuer aus, zerstreute die schreienden Frauen und ließ eine Fährte von zerbrochenen Töpfen, zertrampeltem Reis, umgestoßenen Kindern und wütenden Männern hinter sich, die brüllend und mit drohend geschwungenen Knüppeln zur Verfolgung ansetzten. Die unschuldige Ursache dieses Aufruhrs lief mit beschämtem Gesicht Spießruten durch eine Gasse böser Blicke und unfreundlicher Bemerkungen und rettete sich hastig in Almayers Kampong. Nach diesem Vorfall mied Willems die Siedlung.

Als diese erzwungene Beschränkung dann lästig wurde, nahm Willems eines von Almayers vielen Kanus und überquerte den Hauptarm des Pantai auf der Suche nach einem abgelegenen Plätzchen, wo er mit seiner Mutlosigkeit und Unlust allein sein könnte. In seinem kleinen Boot fuhr er am Rande des wild durcheinander wuchernden Grüns dahin, hielt sich im toten Wasser nahe dem Ufer, wo zahllose Nipapalmen ihm mit ihren breiten Blättern zunickten, als wollten sie dem umherirrenden Ausgestoßenen verächtlich ihr Mitgefühl ausdrücken. Hier und dort sah er den Anfang eines ausgehauenen Pfades, und da er von der fixen Idee besessen war, sich der Sicht vom geschäftigen Fluß her zu entziehen, landete er und folgte dem engen, gewundenen Pfad, nur um festzustellen, daß er nirgendwohin führte, sondern unvermutet vor abweisendem, dornigem

Dickicht endete. Er ging dann langsam zurück, ganz unsinnig enttäuscht und traurig, bedrückt von dem heißen Brodem der Erde, der Feuchtigkeit und Fäulnis in diesem Wald, der ihn ohne Erbarmen in den glitzernden Sonnenschein des Flusses zurückzustoßen schien. Und dann nahm er von neuem mit müden Armen das Paddel auf, um einen anderen Einstieg zu suchen, an dessen Ende ihn dann eine neue Enttäuschung erwartete.

Als er auf die Stelle zuhielt, wo der Hof des Raja an den Fluß grenzte, blieben die Nipas mit den über dem braunen Wasser raschelnden Blättern zurück, und statt dessen tauchten am Ufer große Bäume auf, hoch aufragend in der gewaltigen Kraft ihres Lebens, das ganze Zeitalter überdauert; gleichgültig blickten sie auf das flüchtige, kurze Leben im Herzen des Mannes, der sich da mühsam in ihrem Schatten fortbewegte, auf der Suche nach Zuflucht vor den unablässigen Selbstvorwürfen. Zwischen ihren glatten Stämmen schlängelte sich eine Zeitlang ein klarer Bach dahin, ehe er sich dazu entschloß, sich über den Rand des steilen Ufers in den eiligen Fluß zu stürzen. Auch hier gab es einen Pfad; er schien benutzt zu werden. Willems ging an Land, folgte dem launischen Versprechen des Pfades und befand sich bald auf einer kleinen Rodung. Licht sickerte in Flecken und Streifen durch das Blattgewirr der Baumkronen und traf auch den Bach, der hier eine leichte Krümmung machte und aufblinkte wie eine Säbelklinge, die vergessen im hohen Gras liegt.

Der Pfad verengte sich hier und führte in dichtes Unterholz. Am Ende einer Biegung schimmerte es weiß und bunt, Gold blinkte wie ein im Schatten verirrter Sonnenstrahl, und dann sah Willems etwas Schwarzes, das viel dunkler war als der tiefste Schatten des Waldes.

Er blieb überrascht stehen, denn er glaubte leichte Schritte gehört zu haben, die sich entfernten und verstummten. Er sah sich aufmerksam um. Das Gras am Ufer des Baches zitterte, und vom Wasser bis zum Rande des Dickichts zog sich eine Spur aus bebenden silbergrauen Rispen. Es rührte sich aber kein Hauch. Jemand war dort entlanggegangen. Er sah nachdenklich zu, wie das Gras nach einem letzten kurzen Zittern zur Ruhe kam; nun stand es wieder bewegungslos und hoch aufgerichtet mit hängenden Rispen in der warmen stillen Luft. Plötzlich erwachte Neugier trieb ihn weiter. Er folgte dem enger werdenden, gewundenen Pfad durchs Gebüsch und sah von neuem das bunte Gewand und das schwarze Haar einer Frau hinter einer Biegung des Pfades verschwinden. Er beschleunigte seine Schritte und hatte gleich darauf den Gegenstand seiner Verfolgung in voller Größe vor sich. Die Frau, die zwei mit Wasser gefüllte Bambusgefäße trug, hörte seine Schritte, blieb stehen und setzte ihre Last ab, wobei sie sich halb umwandte, um zurückzuschauen. Auch Willems blieb stehen, setzte dann aber festen Schrittes seinen Weg fort. Die Frau trat zur Seite, um ihn vorüberzulassen. Er blickte starr geradeaus, nahm dabei aber, fast ohne es zu bemerken, jede Einzelheit der schlanken anmutigen Gestalt in sich auf. Als er sich näherte, warf die Frau den Kopf ein wenig zurück, griff mit einer leichten Bewegung ihres kräftigen runden Armes in die Masse des locker herabhängenden Haares, warf es über die Schulter nach vorn und verbarg den unteren Teil ihres Gesichtes darin. Im nächsten Augenblick ging Willems steif wie ein Nachtwandler an ihr vorüber. Er hörte sie hastig atmen und fühlte den Blick, der ihn aus halb geöffneten Lidern traf; er traf sein Bewußtsein und seine Seele. Dieser Blick schien ihm zugleich laut und aufrüttelnd wie ein Schrei, stumm und durchdringend wie eine Inspiration. Nun war er an ihr vorüber, doch schon packten ihn Überraschung, Neugier und Begehren und zwangen ihn, sich umzudrehen.

Sie hatte ihre Last schon wieder aufgenommen und war im

Begriff, ihren Weg fortzusetzen. Seine plötzliche Bewegung ließ sie jedoch schon beim ersten Schritt innehalten, und wieder stand sie hoch aufgerichtet, schlank, erwartungsvoll, und die gespannte Unbeweglichkeit ihrer Haltung ließ erkennen, daß sie bereit war, sogleich zu fliehen. Hoch über ihr woben die Zweige einen durchsichtigen Schleier aus schimmerndem, wogendem Grün, durch den goldgelbe Strahlen auf ihr Haupt herniederfluteten, glitzernd über ihr schwarzes Haar strömten, ihr Gesicht wie im wechselnden Widerschein schmelzenden Metalles erglühen ließen und sich mit erlöschenden Funken in den düsteren Tiefen ihrer Augen verloren, die nun weit geöffnet und mit vergrößerten Pupillen unbeweglich auf den vor ihr stehenden Mann blickten. Und Willems starrte sie an, berückt von jenem Zauber, dem schon die Trauer über einen unersetzlichen Verlust beigemischt ist, erbebend unter der Empfindung, die beginnt wie eine Liebkosung, aber endet wie ein Schlag, gepeinigt von dem überraschenden Schmerz, mit dem eine unbekannte Gemütsbewegung sich in das menschliche Herz drängt, erschauernd vor dem jähen Erwachen schlafender Empfindungen unter dem Ansturm neuer Hoffnungen, neuer Furcht, neuen Begehrens – bis zur Flucht des gewohnten eigenen Ichs.

Sie machte einen Schritt vorwärts und blieb wieder stehen. Ein Windhauch, der durch die Bäume strich, Willems aber von ihrer Bewegung auszugehen schien, rieselte wie eine heiße Welle um seinen Körper und versengte sein Gesicht mit brennendem Hauch. Willems sog ihn tief ein: der letzte tiefe Atemzug des Soldaten vor der Schlacht, des Liebenden, ehe er die angebetete Frau umfängt; der Atemzug, der den Mut verleiht, der Drohung des Todes oder dem Ansturm der Leidenschaft die Stirn zu bieten.

Wer war sie? Wo kam sie her? Verwundert wandte er den Blick von ihrem Gesicht und ließ ihn über die dicht beieinander stehenden Bäume schweifen, die, groß und stumm aufragend, mit angehaltenem Atem zuzusehen schienen. Das unbändige Wachstum der tropischen Vegetation, die nach Sonne verlangt, aber im Dunkel wirkt, hatte ihn bislang nur verwirrt, abgestoßen, ja, beinahe geängstigt – jene Vegetation, die sich ganz als anmutige Form und Farbe, immer leuchtend und immer lächelnd gibt, und in Wahrheit nichts anderes ist als das Blühen des Todes; deren Geheimnis Freude und Schönheit verspricht und doch nichts weiter birgt als Gift und Fäulnis.

Bislang hatte er unklar empfunden, daß ihm von diesem wuchernden Leben Gefahr drohe; als er es aber jetzt von neuem anschaute, schien es ihm, er könne durch den fremdartigen Schleier aus Blättern und Schlingpflanzen hindurch, hinter den mächtigen Stämmen und im unheimlichen Halbdunkel das Geheimnis erblicken – berückend, schön und bezwingend.

Er sah die Frau an, die im flimmernden Licht mit der ungreifbaren Deutlichkeit einer Traumgestalt vor ihm stand wie die Seele dieses Landes der geheimnisvollen Wälder, eine Erscheinung hinter einem durchsichtigen Schleier – einem Schleier aus Sonnenstrahlen und Schatten.

Sie trat nun auf ihn zu, und bei ihrer Annäherung empfand er eine unerklärliche Ungeduld; wirre Gedanken jagten ihm durch den Kopf, ungeformte, verworrene, betäubende Gedanken. Dann hörte er sich fragen: »Wer bist du?«

»Ich bin die Tochter des blinden Omar«, erwiderte sie leise, aber fest, »und du«, fuhr sie ein wenig lauter fort, »du bist der weiße Händler – du bist mächtig hier am Fluß.«

»Ja«, sagte Willems; er hielt ihrem Blick nur mit äußerster Mühe stand. »Ja, ich bin ein Weißer.« Dann setzte er hinzu, und es schien ihm, als spreche er von jemand anderem, »aber mein Volk hat mich verstoßen«.

Sie hörte ihm ernst zu. Hinter dem Schleier der Haare wirkte ihr Gesicht wie das Antlitz einer goldenen Statue mit lebenden Augen. Die schweren Lider waren ein wenig gesenkt, und unter den langen Wimpern sandte sie ihm von der Seite her einen Blick zu, hart und scharf wie blanker Stahl. Ihre vollen Lippen waren anmutig geschwungen, doch die geblähten Nasenflügel und die hochmütig abwehrende Haltung des Kopfes verliehen ihr einen wilden, einen trotzig herausfordernden Ausdruck.

Willems' Gesicht verdüsterte sich. Er preßte die Hand an den Mund, wie um Worte aufzuhalten, die sich unwiderstehlich auf die Lippen drängten: Worte, die dem alles beherrschenden Impuls Ausdruck geben, der übermächtig vom Herzen ins Hirn aufsteigt, Worte, die auch im Angesicht von Zweifel, von Gefahr und Furcht, ja, der Vernichtung gesprochen werden müssen.

»Du bist schön«, flüsterte er.

Sie sah ihn wieder an, und ihre aufleuchtenden Augen wanderten über sein sonnverbranntes Gesicht, seine breiten Schultern, seine aufgereckte, hochgewachsene, unbewegliche Gestalt und blickten endlich auf den Boden vor seinen Füßen. Dann lächelte sie. Auf der düsteren Schönheit ihres Gesichtes stand dieses Lächeln wie der erste Schimmer einer stürmischen Dämmerung, der fahl und flüchtig durch dunkle Wolken bricht: Vorläufer der Sonne und des Unwetters.

## VII

Es gibt Augenblicke in unserem Leben, die im Gedächtnis nicht anders haften denn als Erinnerung an ein Gefühl. Wir entsinnen uns keiner Geste, keiner Handlung, überhaupt keiner sichtbaren Lebensäußerung; diese sind im überirdischen Glanz oder der unirdischen Dunkelheit solcher Momente verloren. Während ihrer Dauer achten wir einzig auf das, was in uns jubelt oder leidet, während der Körper weiteratmet, instinktiv flüchtet oder, nicht weniger instinktiv, kämpft, – vielleicht sogar stirbt. In solchen Augenblicken zu sterben ist jedoch das Vorrecht der Glücklichen, es ist eine große, seltene Vergünstigung, die höchste Gnade.

Willems wußte später nicht mehr, wie und wann er sich von Aissa getrennt hatte. Er ertappte sich dabei, daß er aus der hohlen Hand schmutziges Wasser trank, während die Strömung sein Kanu an den letzten Häusern von Sambir vorbeitrug. Als er seiner Sinne wieder mächtig war, stellte sich Furcht ein vor etwas, das ihm unbekannt war, etwas, das sein Herz in Besitz genommen hatte, etwas, das unverständlich und überwältigend, das stumm war und dem er gehorchen mußte. Seine erste Regung war Auflehnung. Er würde nie wieder dorthin zurückkehren. Niemals! Er betrachtete nachdenklich die in mörderischem Sonnenlicht glitzernde Welt und nahm das Paddel zur Hand. Wie verändert doch alles schien! Der Fluß breiter, der Himmel höher. Wie schnell flog das Kanu vor seinen Paddelschlägen dahin! Seit wann besaß er die Kraft von zwei oder noch mehr Männern? Beim Anblick der Bäume am Ufer überkam ihn die absurde Vorstellung, er könne mit einer einzigen Handbewegung ganze Wälder in den Strom werfen. Sein Gesicht glühte. Er trank wieder, und es schauderte ihn, als er merkte, daß er den schleimigen Nachgeschmack des Wassers geradezu genoß.

Erst spät erreichte er Almayers Haus, doch ging er beschwingten Schrittes über den dunklen, unebenen Hof, sozusagen im Schein eines eigenen Lichtes, das anderen Augen unsichtbar bleibt. Die mißmutige Begrüßung seines Gastgebers traf ihn wie ein heftiger Stoß. Er nahm Almayer gegenüber am Tisch Platz und versuchte, seinen verdrossenen Gefährten aufzuheitern. Als das Mahl vorüber war und sie stumm rauchend dasaßen, befiel ihn jedoch Mutlosigkeit; er verspürte Mattigkeit in allen Gliedern und grenzenlose Trauer wie nach einem schweren Verlust. Die Dunkelheit der Nacht und mit ihr Zweifel, Unschlüssigkeit und ein dumpfer Zorn gegen sich selbst und die ganze Welt drangen in sein Herz. Er fühlte sich versucht, gräßliche Flüche auszustoßen, mit Almayer zu streiten, eine Gewalttat zu begehen. Ganz unvermittelt kam ihm der Gedanke, diesen jämmerlichen Griesgram zu prügeln. Er warf ihm wütende Blicke zu. Der nichtsahnende Almayer rauchte nachdenklich; vermutlich machte er Pläne für den kommenden Tag. Die Gelassenheit dieses Menschen wirkte auf Willems wie eine unverzeihliche Beleidigung. Warum konnte denn der Idiot ausgerechnet heute den Mund nicht aufmachen, heute, da Willems ihn nur zu gerne hätte reden hören? Er war doch sonst so geschwätzig! Und was für langweiligen Unsinn wußte er nicht zu erzählen! Bemüht, seinen sinnlosen Zorn so gut es ging zu beherrschen, stierte Willems durch den dichten Tabaksqualm auf die schmutzige Tischdecke.

Wie gewöhnlich zogen sie sich früh zurück, doch sprang Willems mitten in der Nacht mit einem unterdrückten Fluch aus der Hängematte und rannte die Treppe in den Hof hinunter. Die beiden Nachtwächter, die leise und eintönig plaudernd vor dem kleinen Feuer saßen, hoben die Köpfe und sahen verwundert in das verzerrte Gesicht des weißen Mannes, als er im Schein des Feuers auftauchte. Er verschwand in der Dunkelheit, kam dann wieder zurück und ging dicht an ihnen vorüber, offenbar ohne sich ihrer Gegenwart bewußt zu sein. Unaufhörlich vor sich hin murmelnd ging er auf und ab, und nach einer geflüsterten Beratung zogen die beiden Malaien sich geräuschlos vom Feuer zurück, da sie es für gefährlich hielten, in der Nähe eines weißen Mannes zu bleiben, der sich so merkwürdig benahm. Sie verbargen sich hinter dem Warenschuppen und beobachteten Willems neugierig, bis die Sonne sich nach der kurzen Morgendämmerung strahlend erhob und Almayers Haushalt zu Leben und Tätigkeit erwachte.

Sobald er sich in dem geschäftigen Treiben am Ufer unbemerkt entfernen konnte, überquerte Willems den Fluß und kehrte an die Stelle zurück, wo er Aissa begegnet war. Er warf sich neben dem Bach ins Gras und wartete auf ihre Schritte. Grelles Tageslicht brach durch die Baumkronen und strömte gedämpft zwischen den Schatten der großen Stämme dahin. Hier und da tupfte ein schmaler Sonnenstrahl sein Gold auf die rauhe Rinde eines Baumes, blinkte auf dem dahineilenden Wasser des Baches oder ruhte auf einem Blatt, das glänzend und scharf vor dem eintönigen Hintergrund dunkelgrüner Farbflecken stand. Durch das hohe klare Blau zogen in eiligem Flug weiße Reisvögel, deren Schwingen in der Sonne blitzten; Glut strömte vom Himmel, hielt die dampfende Erde umklammert, rollte zwischen den Bäumen dahin und hüllte Willems in die weiche, aromatische Luft, die gesättigt war vom schwachen Duft der Blüten und dem ätzenden Geruch der Fäulnis. Es besänftigte Willems, dem Wirken der Natur so aus der Nähe zuzusehen; dieser Anblick lullte ihn ein. Er vergaß seine Vergangenheit, und die Zukunft ließ ihn gleichgültig. Die Erinnerung an seine Triumphe, an das erlittene Unrecht und an seinen Ehrgeiz löste sich auf in jener Glut, die alle Reue und Hoffnung, allen Zorn und alle Kraft aus seinem Herzen zu schmelzen schien. So lag er dort verträumt und zufrieden in lauer, duftender Geborgenheit und dachte an Aissas Augen, rief sich den Klang ihrer Stimme und das Beben ihrer Lippen, ihr Stirnrunzeln und ihr Lächeln ins Gedächtnis zurück.

Selbstverständlich kam sie. Für sie war er etwas Neues, etwas Seltsames und Unbekanntes. Er war größer und kräftiger als die Männer, die sie bis dahin gesehen hatte, und anders als alle, die sie kannte. Er gehörte der siegreichen Rasse an. Da sie sich noch lebhaft an die große Katastrophe in ihrem Leben

erinnerte, besaß er für sie den Reiz des Übermächtigen, des Gefährlichen, die Faszination, die von einem Schrecken ausgeht, der überwunden, gezähmt, zum Spielzeug geworden ist. Diese sieggewohnten Männer sprachen alle so wie er mit tiefer Stimme, blickten wie er aus harten blauen Augen auf ihre Feinde. Und zu ihr sprach diese Stimme sanft, diese Augen ruhten zärtlich auf ihrem Gesicht! Wahrhaftig – er war ein Mann. Sie begriff zwar nicht alles, was er ihr von seinem Leben erzählte, aber aus dem, was sie verstand, setzte sie für sich die Geschichte eines Mannes zusammen, der groß war unter seinem eigenen Volk, tapfer und unglücklich, ein unverzagter Flüchtling, der auf Rache an seinen Feinden sinnt. Für sie besaß er den ganzen Reiz des Ungewissen und Unbekannten – des Überraschenden und Unvorhergesehenen; den Reiz eines starken, gefährlichen, lebhaften Menschen, der bereit ist, sich versklaven zu lassen.
Sie fühlte, daß er dazu bereit sei, sie fühlte es mit der untrüglichen Intuition des primitiven Weibes, das sich einem elementaren Trieb gegenübersieht. Tag für Tag trafen sie sich, lauschte sie, ein wenig entfernt von ihm stehend, seinen Worten, bannte ihn mit ihren Blicken, und ihre unbestimmte Furcht vor dieser Eroberung nahm täglich ab, verwischte sich wie die Erinnerung an einen Traum, und statt ihrer stellte sich Gewißheit ein, wurde klar und überzeugend und sichtbar wie ein Ding im Sonnenlicht. Es war eine tiefe Freude, ein großer Stolz, eine greifbare Süße, die sie auf den Lippen schmeckte wie Honig. Er lag unbeweglich zu ihren Füßen hingestreckt, denn er wußte aus Erfahrung, daß die geringste Bewegung in jenen ersten Tagen ihrer Bekanntschaft genügte, um sie zu verscheuchen. Er lag sehr still, und die ganze Inbrunst seines Begehrens klang in seiner Stimme, leuchtete aus seinen Augen, während sein Körper regungslos blieb wie der eines Toten. Und er sah sie an, wie sie über ihm stand, den Kopf im Schat-

ten der breiten zierlichen Blätter, die ihre Wangen berührten, während die schlanken Spitzen blaßgrüner Orchideen von den Zweigen herunterhingen und sich mit dem schwarzen Haar vermischten, das ihr Gesicht einrahmte, ganz als machten alle diese Pflanzen Anspruch auf sie – auf die beseelte, strahlende Blüte jenes üppigen Lebens, das in der Dunkelheit geboren wird und unaufhörlich um das Licht kämpft.
Jeden Tag kam sie etwas näher. Er beobachtete ihre langsamen Fortschritte – die allmähliche Zähmung dieser Frau durch seine Liebesworte. Es war der eintönige Gesang von Anbetung und Begehren, der die Welt seit dem ersten Schöpfungstage einhüllt und erst mit dem Ende aller Dinge enden wird – wenn kein Mund mehr singt und kein Ohr mehr den Gesang vernimmt. Er sagte ihr, daß sie schön und begehrenswert sei und wiederholte das immer wieder; denn wenn er ihr das gesagt hatte, war alles gesagt, sein einziger Gedanke, das einzige Gefühl. Er beobachtete, wie Staunen und Mißtrauen im Lauf der Tage von ihrem Gesicht schwanden, wie ihr Blick nachgiebiger wurde, das Lächeln immer länger auf ihren Lippen blieb; das Lächeln eines Menschen, der in einem beseligenden Traum befangen und schon erregt ist von dem berauschenden Triumphgefühl, das unter der erwachenden Zärtlichkeit lauert.
Wenn sie ihm nahe war, gab es für diesen müßigen Menschen in der ganzen Welt nichts anderes als ihren Blick und ihr Lächeln. Nichts in der Vergangenheit, nichts in der Zukunft; und der Augenblick war ganz von ihrer leuchtenden Gegenwart erfüllt. Ihr Fortgehen stürzte ihn in Dunkelheit, ließ ihn schwach und hilflos zurück, als sei er alles dessen beraubt, was sein Wesen ausmachte. Er, der niemals an etwas anderes gedacht hatte als an seine Karriere, der geringschätzig und gleichgültig auf Frauen und mit Verachtung auf Männer gesehen hatte, die sich ihrem Einfluß auch nur im geringsten unterwarfen, er, der selbst dort, wo er irrte, noch so stark, so überlegen

war, er begriff endlich, daß er mit Leib und Seele einer Frau ausgeliefert war. Wo waren sein Selbstvertrauen und der Stolz auf seine Klugheit? Der Glaube an seinen Erfolg, der Zorn über sein Scheitern, der Wunsch, noch einmal sein Glück zu machen, und die Zuversicht, daß es ihm gelingen werde? Dahin. Alles dahin, was männlich in ihm gewesen, und übrig nur ein gequältes Herz – dieses erbärmliche Ding, das durch einen Blick oder ein Lächeln in Verwirrung gesetzt, von einem Wort gefoltert, durch ein Versprechen besänftigt werden konnte.

Als der ersehnte Tag endlich kam, als sie neben ihm ins Gras sank und mit einer schnellen Bewegung seine Hand in die ihre nahm, richtete er sich jäh auf, und er glich dabei einem Menschen, der von dem Krachen des über ihm einstürzenden Hauses erwacht. All sein Blut, seine Empfindungen, seine Kraft schienen aus seiner Hand in die ihre zu strömen, und er fiel schlaff und zitternd, von kaltem Schweiß bedeckt in sich zusammen wie ein Mensch, der tödlich verwundet ist. Brutal, als fürchte er, sich daran zu verbrennen, stieß er ihre Hand zurück. Er blieb mit gesenktem Kopf unbeweglich sitzen, stierte zu Boden und rang nach Luft. Dieser Anfall von Furcht und offenkundigem Entsetzen entmutigte sie nicht im geringsten. Sie sah ihn ernst an. Ihre Finger berührten das Haar an seiner Schläfe, strichen liebkosend über seine Wangen, zupften leicht an seinem langen Schnurrbart; und während er noch zitternd von dieser Berührung dasaß, huschte sie hell auflachend davon und verschwand im Nicken der Gräser, im Schwingen der jungen Zweige über ihrem Pfad; hinter ihr blieb einzig eine vergehende Spur von Bewegung und Geräusch.

Er erhob sich so langsam und mühevoll wie ein Mensch, der eine Last auf den Schultern trägt, und ging ans Ufer. Er schwelgte in der Erinnerung an seine Furcht und sein Entzükken, sagte sich aber wieder und wieder, daß dieses Abenteuer nun ein Ende nehmen müsse. Nachdem das Kanu in den Strom hinausgeglitten war, blickte er lange unverwandt nach dem Ufer, als wolle er von dieser Stätte bezaubernder Erinnerungen Abschied nehmen. Er marschierte auf Almayers Haus mit der gestrafften Miene und dem entschlossenen Schritt eines Mannes los, der soeben einen unerhörten Entschluß gefaßt hat. Seine Miene war starr und gestrafft, seine Bewegungen waren langsam und gemessen. Er hatte sich fest, ganz fest in der Gewalt und kam sich dabei so vor, als beaufsichtige er einen fluchtverdächtigen Gefangenen. Während des Essens – es war die letzte gemeinsame Mahlzeit – saß er Almayer mit völlig unbewegtem Gesicht gegenüber, aber die Angst, daß er außer sich geraten werde, nahm ständig zu. Von Zeit zu Zeit knirschte er in einem Anfall von Verzweiflung mit den Zähnen und klammerte sich an die Tischkante wie jemand, der die Fingernägel in die zerbröselnde Oberfläche des Steilhanges krallt, über den er hilflos dem Abgrund und dem sicheren Untergang entgegenrollt.

Dann plötzlich entspannten sich seine Muskeln, sein Wille gab nach. Ihm war, als zerberste etwas in seinem Kopf, und jener Wunsch, jener Gedanke, den er seit Stunden von sich ferngehalten hatte, loderte mit der Glut und dem Lärm einer Feuersbrunst in ihm auf. Er mußte sie sehen! Sofort! Auf der Stelle! Noch heute abend! Der Gedanke, noch eine Stunde, ja, nur einen Augenblick zu verlieren, machte ihn toll. Von Widerstand konnte gar nicht mehr die Rede sein. Und doch, mit der instinktiven Furcht vor dem Unwiderruflichen, mit der dem menschlichen Herzen eingeborenen Falschheit wünschte er, sich den Rückzugsweg offenzuhalten. Er hatte noch nie eine Nacht außerhalb des Hauses verbracht. Was wußte Almayer? Was würde Almayer denken? Es war besser, ihn um das Gewehr zu bitten. Eine mondhelle Nacht... nach Wild Ausschau halten... eine plausible Ausrede. Er würde Almayer anlügen.

Kam es denn darauf noch an? Er belog sich doch selbst tagein, tagaus. Und warum das? Einer Frau wegen. Und so...

Almayers Antwort zeigte ihm, daß Lügen nutzlos waren, daß alles an den Tag kam, selbst hier. Nun, das kümmerte ihn nicht. Ihn kümmerte einzig, daß die Zeit verging. Wenn er nun plötzlich stürbe? Stürbe, bevor er sie sähe? Bevor er...

Almayers Gelächter noch in den Ohren, trieb er das Kanu schräg gegen die schnelle Strömung und redete sich ein, daß er jederzeit umkehren könne; daß er nur einen Blick auf den Ort werfen wolle, an dem sie zusammengekommen waren, auf den Baum, unter dem er gelegen, als sie seine Hand genommen, auf die Stelle, wo sie neben ihm gesessen hatte. Einfach nur hingehen und wieder umkehren, weiter nichts; als aber sein kleines Boot ans Ufer stieß, sprang er heraus und vergaß die Fangleine; das Kanu hing noch einen Augenblick im Gebüsch und dann trieb es fort, ehe er dazu kam, ins Wasser zu springen und es festzuhalten. Zunächst war er wie vom Donner gerührt – nun konnte er nicht mehr zurück, es sei denn, er bäte die Leute des Raja um ein Boot und Ruderer – und der Weg nach Patalolos Kampong führte am Hause Aissas vorüber.

Mit dem erwartungsvollen Blick und dem zögernden Schritt eines Menschen, der ein Gespenst verfolgt, ging er den Pfad entlang, und als er zu der Stelle kam, wo eine schmale Abzweigung nach links zu Omars Behausung führte, blieb er stehen und sah nun so aufmerksam, so gespannt aus, als lausche er einer fernen Stimme – der Stimme seines Schicksals, unverständlichen, aber bedeutungsvollen Lauten, die ihm das Herz zerrissen. Er rang die Hände, Schweiß stand in kleinen, perlenden Tropfen auf seiner Stirn. Er blickte verstört um sich. Über der formlosen Dunkelheit des Unterholzes standen die Wipfel hoch und schwarz vor dem bleichen Himmel; Blätter und Zweige trieben auf Mondstrahlen hin wie Splitter der

Nacht. Unter seinen Füßen dampfte die warme Erde. Um ihn war eine große Stille.

Er sah sich nach Hilfe um. Dieses Schweigen, diese Regungslosigkeit seiner Umgebung nahm er für kalten Tadel, für strenge Abweisung, für grausame Gleichgültigkeit. Da draußen war für ihn keine Geborgenheit – und in ihm war keine Zuflucht; da war nur das Abbild jener Frau. Plötzlich überkam ihn die Erleuchtung, jene grausame Erleuchtung, die auch dem umnachtetsten Menschen einmal im Leben kommt. Er glaubte zu sehen, was in ihm vorging, und war von diesem seltsamen Anblick entsetzt. Er, ein Weißer, dessen größter Fehler bis jetzt nichts weiter als ein geringer Mangel an Urteilsfähigkeit und ein zu großes Vertrauen in die Redlichkeit seiner Mitmenschen gewesen war! Diese Frau war ganz einfach eine Wilde und... Er versuchte sich einzureden, daß die ganze Angelegenheit bedeutungslos sei. Umsonst. Das Ungewohnte der Empfindungen, die ihm bis dahin ganz und gar fremd gewesen waren, die er, ohne sie zu kennen, aus seiner unangreifbaren Stellung als zivilisierter Mann verachtet hatte, benahm ihm den Mut. Er war von sich enttäuscht. Es schien ja, als liefere er einem wilden Geschöpf die fleckenlose Reinheit seines Lebens, seiner Rasse, seiner Zivilisation aus. Er glaubte sich unter formlosen Dingen verloren, die bedrohlich waren und angsterregend. Er kämpfte gegen die Überzeugung, unwiderruflich verloren zu sein – geriet ins Schwanken – fiel in die Dunkelheit zurück. Mit einem schwachen Aufschrei warf er die Arme hoch und ergab sich in sein Schicksal wie ein ermüdeter Schwimmer: weil das vollgelaufene Boot unter den Füßen gesunken, weil die Nacht dunkel ist und die Küste fern – weil es besser ist zu sterben als zu kämpfen.

# ZWEITER TEIL

## VIII

Licht und Hitze fielen auf die Häuser, die Rodungen und den Fluß nieder, wie von einer zornigen Hand geschleudert. Stumm, regungslos und glühend lag das Land unter der Lawine sengender Strahlen, die Geräusch und Bewegung unter sich begrub, jeglichen Schatten aufsog und allen Atem erstickte. Kein Lebewesen wagte die Klarheit dieses wolkenlosen Himmels zu verfluchen, sich gegen das Regiment dieses herrlichen, grausamen Sonnenscheins aufzulehnen. Stärke und Entschlußkraft, Körper und Geist waren wehrlos und suchten Schutz vor dem Ansturm des vom Himmel strömenden Feuers. Nur die zarten Schmetterlinge, diese furchtlosen Kinder der Sonne, die launenhaften Tyrannen der Blumen, flatterten verwegen umher, und ihre winzigen Schatten umtanzten in Scharen die schlaffen Blüten, huschten über das welke Gras, glitten über der trockenen, rissigen Erde dahin. In der heißen Mittagsstunde vernahm man keine Stimme außer dem leisen Murmeln des Flusses, dessen glitzernde Wellen auf der vergnüglichen Fahrt zu den schützenden Tiefen, der kühlen Zuflucht des Meeres, wirbelnd hintereinander herjagten.

Almayer hatte seine Arbeiter zur Mittagspause entlassen und eilte, seine kleine Tochter auf dem Rücken, über den Hof und dem Schatten der Veranda seines Hauses zu. Er nahm aus seiner eigenen Hängematte ein Kissen, legte es in den großen Schaukelstuhl und bettete das schläfrige Kind darauf. Dann betrachtete er es mit zärtlichen, nachdenklichen Blicken. Müde und erhitzt wälzte sich das Kind unruhig umher und blickte dann seufzend und mit schlafverschleierten Augen zu ihm empor. Er nahm einen zerbrochenen Palmblattfächer vom Fußboden auf und fächelte sanft das heiße kleine Gesicht. Seine Tochter blinzelte, und Almayer lächelte. Ein erwiderndes Lächeln verklärte flüchtig ihre schläfrigen Augen, und auf ihrer zarten Wange erschien ein Grübchen. Dann fielen ihre Augenlider plötzlich zu, sie atmete tief durch den geöffneten Mund und war fest eingeschlafen, ehe noch das Lächeln von ihrem Gesicht verschwunden war.

Almayer trat leise zur Seite, stellte einen der hölzernen Lehnstühle nahe ans Geländer der Veranda und setzte sich mit einem Seufzer der Erleichterung. Er legte die Arme auf das Geländer, stützte das Kinn in die verschlungenen Hände und sah zerstreut über den Fluß, beobachtete den Tanz des Lichtes auf dem fließenden Wasser. Allmählich wurde der Wald am gegenüberliegenden Ufer kleiner, als sinke er unter das Niveau des Flusses. Seine Umrisse verschwammen, wurden schwächer und lösten sich in der Luft auf. Er sah nur noch wellenförmiges Blau, einen großen leeren Himmel, der manchmal dunkel wurde ... wo war die Sonne? ... Er fühlte sich glücklich und unbeschwert, so als habe ihm eine freundliche, unsichtbare Hand die Last des Körpers von der Seele genommen. Gleich darauf schien er in eine kühle Helligkeit hinauszutreiben, wo es weder Erinnerung noch Schmerz gab. Köstlich. Seine Lider schlossen sich – öffneten sich – schlossen sich wieder.

»Almayer!«

Mit einem Ruck setzte er sich auf, packte mit beiden Händen das Geländer und blinzelte blöde.

»Was? Was ist denn?« murmelte er und sah sich verwirrt um.

»Hier! Hier unten, Almayer.«

Almayer erhob sich halb von seinem Stuhl, sah über das Geländer hinunter und ließ sich mit einem erstaunten Pfiff wieder in den Stuhl fallen.

»Beim Himmel, ein Gespenst!« flüsterte er vor sich hin.
»Wollen Sie mich anhören?« klang die heisere Stimme aus dem Hof herauf. »Darf ich hinaufkommen, Almayer?«
Almayer stand auf und lehnte sich übers Geländer.
»Unterstehen Sie sich!« sagte er leise, aber deutlich. »Wagen Sie das ja nicht! Meine Tochter schläft hier oben. Außerdem wünsche ich weder von Ihnen zu hören noch mit Ihnen zu sprechen.«
»Sie müssen mich aber anhören! Es ist wichtig.«
»Für mich gewiß nicht.«
»Doch! Gerade für Sie. Äußerst wichtig!«
»Sie sind doch ein Schwindler«, sagte Almayer nach kurzem Schweigen nachsichtig. »Sie sind immer einer gewesen! Ich kann mich noch gut erinnern. Es gab ja Leute, die glaubten, daß niemand so gerissen sei wie Sie, aber mir haben Sie nie was vormachen können, mir nicht. Ich habe Ihnen nie getraut, Mr. Willems.«
»Ich ziehe vor Ihrer überlegenen Klugheit den Hut«, erwiderte Willems verächtlich und ungeduldig von unten. »Wenn Sie mir zuhören wollen, so wird das ein weiterer Beweis für Ihre Klugheit sein. Wenn Sie es nicht tun, werden Sie es bedauern.«
»Was sind Sie doch für ein lustiger Bruder«, scherzte Almayer. »Also kommen Sie schon herauf. Machen Sie keinen Lärm, aber kommen Sie herauf. Sonst bekommen Sie da unten noch einen Hitzschlag und sterben auf meiner Türschwelle. Ich will aber keine Tragödie, kommen Sie also herauf.«
Noch ehe er diesen Satz beendet hatte, erschien Willems' Kopf auf der Verandatreppe, dann folgten seine Schultern, und schließlich stand er vor Almayer – ein Gespenst, das in der Maske des vormals hochgeachteten Prokuristen des reichsten Händlers im Archipel auftrat. Seine Jacke war schmutzig und zerrissen; um die Hüfte trug er einen ausgebleichten, zerschlis-

senen Sarong. Er riß den Hut vom Kopf und entblößte sein langes wirres Haar, dessen Strähnen auf der verschwitzten Stirn klebten und ihm über die Augen fielen, die tief in ihren Höhlen glommen wie die letzten Funken in der schwarzen Asche eines ausgebrannten Feuers. Ein ungepflegter Bart wucherte auf den tief eingefallenen sonnverbrannten Wangen. Die Hand, die er Almayer zur Begrüßung hinstreckte, zitterte. Der einstmals so feste Mund war schlaff und sprach unmißverständlich von seelischem Leid und körperlicher Erschöpfung. Willems war barfuß. Almayer musterte ihn behäbig.

»Sieh da!« sagte er schließlich, ohne die ausgestreckte Hand zu ergreifen, die Willems langsam sinken ließ.

»Ich bin gekommen ...«, begann Willems.

»Das sehe ich«, unterbrach ihn Almayer. »Auf diese Überraschung hätte ich gerne verzichtet. Wenn ich nicht irre, sind Sie jetzt seit fünf Wochen fort. Ich bin sehr gut ohne Sie ausgekommen. Nun sind Sie zwar wieder da, aber Sie bieten durchaus keinen schönen Anblick.«

»So lassen Sie mich doch reden!« rief Willems.

»Brüllen Sie nicht so. Sie denken wohl, Sie sind im Wald bei Ihren ... Ihren Freunden! Sie sind aber im Hause eines zivilisierten Menschen. Eines Weißen! Verstanden?«

»Ich bin«, begann Willems wieder, »ich bin Ihretwegen und meinetwegen gekommen.«

»Sie sehen aus, als wären Sie gekommen, um sich mal satt zu essen«, konnte Almayer sich nicht verkneifen zu sagen, worauf Willems mit einer matten Handbewegung antwortete. »Sie kriegen wohl nicht genug zu essen«, fuhr Almayer neckend fort, »bei diesen – wie soll ich denn nur Ihre neuen Verwandten nennen? Der blinde alte Schuft muß ja von Ihrer Anwesenheit entzückt sein. Zu seiner Zeit war er der berüchtigtste Räuber und Mordbrenner weit und breit. Ihr vertraut euch wohl gegenseitig eure Geheimnisse an? Übrigens Willems, sagen Sie mir doch: haben Sie in Makassar jemanden umgebracht oder nur gestohlen?«

»Das ist nicht wahr!« rief Willems heftig. »Ich habe nur etwas geborgt ... das ist alles gelogen! Ich ...«

»Schsch«, zischte Almayer warnend mit einem Blick auf das schlafende Kind. »Also gestohlen haben Sie«, fuhr er mit unterdrücktem Jubel fort. »Ich habe mir schon so was gedacht. Und hier stehlen Sie nun wieder!«

Willems sah jetzt zum erstenmal Almayer ins Gesicht.

»Oh, nicht mich haben Sie bestohlen. Ich vermisse nichts«, versicherte Almayer mit gespielter Eilfertigkeit. »Aber die Frau. Nichtwahr! Die haben Sie gestohlen. Dem alten Knaben haben Sie nichts für sie bezahlt, und jetzt hat er doch nichts mehr von ihr.«

»Hören Sie auf damit, Almayer!«

Irgend etwas in Willems' Ton ließ Almayer einhalten. Er sah den Mann scharf an und war gegen seinen Willen von dessen Anblick betroffen.

»Almayer«, fuhr Willems fort, »hören Sie mir jetzt zu, wenn Sie ein Herz haben. Ich leide entsetzlich, und zwar ihretwegen.«

Almayer runzelte die Stirn. »Ach nein! Wie denn das? Aber Sie reden irre«, fügte er nachlässig hinzu.

»Ah! Sie wissen ja nichts davon«, flüsterte Willems. »Sie ist fort. Fort!« wiederholte er mit Tränen in der Stimme. »Seit zwei Tagen ist sie fort.«

»Nein!« rief der überraschte Almayer. »Fort! Diese Neuigkeit habe ich noch nicht gehört.« Er brach in ein unterdrücktes Gelächter aus. »Wie komisch! Hat sie schon genug von Ihnen? Das ist nun durchaus nicht schmeichelhaft für Sie, mein hochmögender Landsmann.«

Ganz als habe er ihn nicht gehört, lehnte sich Willems an eine der Säulen, die das Dach trugen, und sah auf den Fluß hinaus.

»Zu Anfang«, flüsterte er träumerisch, »war mein Leben wie eine himmlische Vision – oder wie eine höllische Vision, genau weiß ich das nicht. Seit sie weg ist, weiß ich, was es heißt, verdammt zu sein, was Finsternis bedeutet. Ich weiß, wie es ist, lebendig in Stücke gerissen zu werden. So ist mir nämlich zumute.«
»Meinethalben können Sie wieder hierher kommen«, sagte Almayer kühl. »Lingard – den ich meinen Vater nenne, und entsprechend achte – Lingard hat Sie mir anvertraut. Sie haben es für richtig gehalten wegzugehen. Sehr schön. Nun wollen Sie zurückkommen. Bitte sehr. Ich bin nicht Ihr Freund, ich handle nur in Kapitän Lingards Auftrag.«
»Zurückkommen?« wiederholte Willems leidenschaftlich. »Zurückkommen und sie verlassen? Halten Sie mich denn für wahnsinnig? Ohne sie leben! Mann! Woraus sind Sie denn gemacht? Zu denken, daß sie fern von mir lebt, umhergeht, atmet! Ich bin eifersüchtig auf den Wind, der sie streichelt, auf die Luft, die sie atmet, auf die Erde, die sie mit ihren Füßen liebkost, auf die Sonne, die auf sie heruntersieht, während ich ... zwei Tage lang habe ich sie nicht gesehen – zwei Tage lang.«
Die Intensität von Willems' Empfindungen rührte Almayer ein wenig, doch verbarg er das unter einem umständlichen Gähnen.
»Sie langweilen mich wirklich«, brummte er. »Warum suchen Sie sie denn nicht, anstatt hierherzukommen?«
»Ja, warum wohl nicht?«
»Wissen Sie denn nicht, wo sie ist? Weit weg kann sie nicht sein. In den letzten vierzehn Tagen hat kein Schiff der Eingeborenen den Fluß verlassen.«
»Ganz recht! Weit weg ist sie nicht, und ich will Ihnen auch sagen, wo sie ist. Sie ist in Lakambas Kampong.« Und dabei sah Willems Almayer scharf an.

»So! Patalolo hat mir gar nicht Bescheid sagen lassen. Merkwürdig«, sagte Almayer gedankenvoll. »Fürchten Sie sich vor diesen Leuten?« fügte er nach einem kurzen Schweigen hinzu.
»Ich, mich fürchten!«
»Sie können es wohl nicht mit Ihrer Würde vereinbaren, ihr dorthin zu folgen, mein erhabener Freund?« fragte Almayer mit gespielter Anteilnahme. »Wie edel von Ihnen.«
Es trat eine kurze Pause ein, dann sagte Willems ruhig: »Sie sind ein Esel. Ich sollte Ihnen einen Tritt versetzen.«
»O nein«, erwiderte Almayer geringschätzig, »dafür sind Sie zu schwach. Sie sehen ganz verhungert aus.«
»Ich glaube, ich habe seit zwei Tagen nichts mehr gegessen, vielleicht auch schon länger nicht – ich weiß es nicht mehr. Es ist auch gleichgültig. Ich brenne innerlich«, sagte Willems düster. »Sehen Sie mal her!« und dabei entblößte er einen Arm, der mit frischen Narben bedeckt war. »Ich habe mich gebissen, um bei diesem Schmerz das Feuer zu vergessen, das hier drinnen brennt!« Dabei schlug er sich heftig mit der Faust gegen die Brust, sackte unter seinem eigenen Streich zusammen, sank in einen Stuhl und schloß die Augen.
»Was für ein ekelhafter Auftritt«, sagte Almayer hochnäsig. »Wie hat Vater nur jemals Gefallen an Ihnen finden können? Sie sind ebenso schätzenswert wie ein Misthaufen.«
»So wagen Sie zu reden! Sie, der Sie Ihre Seele für ein paar Gulden verkauft haben«, murmelte Willems erschöpft, ohne die Augen zu öffnen.
»So wenige waren das gar nicht«, erwiderte Almayer unwillkürlich und schwieg dann verwirrt. Er faßte sich aber schnell und fuhr fort: »Sie aber – Sie haben Ihre Seele einfach weggeworfen, haben sie einer elenden Wilden zu Füßen gelegt, die Sie schon zu dem gemacht hat, was Sie jetzt sind, und die Sie mit ihrer Liebe oder ihrem Haß auf die eine oder die andere

Weise bald genug töten wird. Sie sprachen gerade von Gulden. Damit meinten Sie wohl Lingards Geld. Nun, ob ich mich verkauft habe und um welchen Preis – Sie jedenfalls, ausgerechnet Sie, sollen mir jenen Handel nicht verderben. Jetzt habe ich aber keine Angst mehr. Selbst Vater, selbst Kapitän Lingard würde Sie nicht einmal mehr mit der Zange anfassen...«

Er hatte diesen Satz erregt und atemlos hervorgestoßen. Jetzt verstummte er plötzlich, warf Willems einen wütenden Blick zu und schnob dabei grollend durch die Nase.

Willems sah ihn durchdringend an und stand dann auf. »Almayer«, sagte er entschlossen, »ich will mich hier als Händler niederlassen.«

Almayer zuckte die Achseln.

»Jawohl. Und Sie sollen mich mit dem Nötigen versorgen. Geben Sie mir ein Haus und Handelsware – vielleicht auch etwas Geld. Ich fordere das hiermit von Ihnen.«

»Wollen Sie vielleicht noch was? Meine Jacke vielleicht?« und dabei knöpfte Almayer die Jacke auf – »vielleicht mein Haus oder meine Stiefel?«

»Schließlich ist es nur selbstverständlich«, fuhr Willems fort, ohne Almayer zu beachten, »daß sie die Annehmlichkeiten erwartet, die... dann könnte ich auch diesem alten Bösewicht den Mund stopfen und dann...«

Er verstummte, sein Gesicht erglühte in verträumter Glückseligkeit, und er blickte nach oben. So hager und abgerissen, wirkte er wie ein asketischer Einsiedler, der den Lohn für ein enthaltsames Leben in einer Vision von berückender Herrlichkeit findet. Leidenschaftlich flüsternd fuhr er fort: »Dann würde ich sie ganz für mich haben... weg von ihren Leuten... ganz für mich... unter meinem Einfluß... könnte sie bilden, sie formen... sie anbeten... Oh, ...Entzücken! Und dann, dann würde ich mit ihr weit weggehen, an einen Ort, wo sie niemanden kennt, wo ich allein ihre Welt bin, ihre ganze Welt!«

Sein Gesicht veränderte sich plötzlich, seine Augen wanderten unruhig umher, dann wurde sein Blick wieder fest.

»Selbstverständlich werde ich jeden Pfennig zurückzahlen«, sagte er geschäftsmäßig, und in seinem Ton lag etwas von seiner alten Sicherheit, dem alten Selbstvertrauen. »Jeden Pfennig. Ich würde Ihnen nicht ins Gehege kommen. Ich werde den kleinen eingeborenen Händlern Konkurrenz machen. Ich habe gewisse Ideen – aber das braucht jetzt nicht erörtert zu werden. Kapitän Lingard würde das gewiß billigen. Schließlich wäre es nur eine Anleihe, denn ich bleibe ja hier. Es ist ein sicheres Geschäft für Sie.«

»Pah! Kapitän Lingard würde das also billigen! Er würde das bill...« Almayer erstickte fast. Die Vorstellung, Lingard könne etwas für Willems tun, machte ihn rasend. Sein Gesicht lief rot an. Er sprudelte Beleidigungen heraus. Willems betrachtete ihn kühl.

»Ich versichere Ihnen, Almayer«, sagte er milde, »daß ich gute Gründe für meine Forderung habe.«

»Ja, Ihre verdammte Unverschämtheit!«

»Glauben Sie mir, Almayer, Ihre Position hier ist gar nicht so sicher, wie Sie denken. Ein skrupelloser Rivale würde Ihr Geschäft innerhalb eines Jahres zugrunderichten. Das wäre das Ende. Lingards lange Abwesenheit hat gewisse Individuen schon ermutigt. Vielleicht wissen Sie davon. Ich habe in letzter Zeit allerhand gehört. Man hat mir Vorschläge gemacht... Sie sind recht allein hier. Selbst Patalolo...«

»Der Teufel hole Patalolo! Hier bin ich der Herr!«

»Aber begreifen Sie denn nicht, Almayer...«

»Jawohl, ich begreife. Ich begreife, daß Sie ein geheimnistuerischer Esel sind«, unterbrach Almayer heftig. »Was sollen denn diese versteckten Drohungen bedeuten? Halten Sie mich vielleicht für ahnungslos? Seit Ewigkeiten intrigieren diese Kerle, und nichts ist geschehen. Die Araber drücken sich seit Jahren an der Flußmündung herum – aber ich bin immer noch der einzige Händler hier, ich bin hier der Herr. Überbringen Sie mir etwa eine Kriegserklärung? Das dürfte dann einzig Ihre eigene sein. Ich kenne alle meine anderen Feinde. Ich sollte Ihnen den Schädel einschlagen. Sie sind keinen Schuß Pulver wert, man müßte Sie mit einem Stock erschlagen wie eine Schlange.«

Bei Almayers Rede war das kleine Mädchen erwacht, und hatte sich weinend auf dem Kissen aufgerichtet. Er rannte zu ihr, nahm sie auf und ging, ohne etwas zu sehen, hin und her. Dabei stolperte er über Willems Hut, der auf dem Boden lag, und trat ihn wütend die Treppe hinunter.

»Scheren Sie sich raus! Scheren Sie sich raus!« brüllte er.

Willems versuchte zu Worte zu kommen, aber Almayer überbrüllte ihn.

»Machen Sie, daß Sie wegkommen! Sehen Sie nicht, daß Sie das Kind erschrecken, Sie Vogelscheuche! Nein, nein, Herzchen«, sagte er besänftigend zu seiner kleinen Tochter, während Willems langsam die Stufen hinunterging. »Nein, weine nicht. Guck doch! Schlechter Mann geht weg. Guck doch! Er fürchtet sich vor Papa. Böser, böser Mann, kommt nicht wieder. Er soll im Wald bleiben und meinem kleinen Mädchen nie zu nahe kommen. Falls er kommt, wird Papa ihn töten – so!« Er schlug mit der Faust auf das Geländer, um zu zeigen, wie er Willems töten würde. Dann hob er das getröstete Kind auf die Schulter und hielt es mit einer Hand fest, während er mit der anderen auf die abziehende Gestalt seines Besuchers zeigte.

»Sieh nur, wie er wegläuft«, sagte er schmeichelnd. »Wie komisch er ist! Ruf ›Schwein‹ hinter ihm her, Liebchen. Ruf hinter ihm her.«

In ihrem Gesicht erschienen freundliche Grübchen. Unter den langen Wimpern, in denen noch die Tränen glänzten, tanzten und funkelten die großen Augen. Sie packte Almayers Haar mit der einen Hand und schwenkte die andere vergnügt, wobei sie aus Leibeskräften deutlich und klar wie ein Vogel zwitscherte: »Schwein! Schwein! Schwein!«

## IX

Ein Hauch unter dem flammenden Blau, ein Zittern auf der schlafenden See, ein kühler Luftzug, als sei eine Tür zur eisigen Unendlichkeit des Alls aufgestoßen worden, und unter dem Rascheln der Blätter, dem Nicken der Zweige, dem Beben der schlanken Äste traf die Seebrise die Küste, jagte den Fluß herauf, fegte von einer seiner weit ausschwingenden Biegungen zur nächsten und zog über sanft gekräuseltem, dunkler werdendem Wasser weiter, begleitet vom Raunen der Zweige und vom Rascheln der Blätter der erwachten Wälder. In Lakambas Kampong fachte sie das trübe Rot verlöschender Feuer zu heller Glut; unter ihrem Anhauch zerstoben die Rauchfäden, die dünn und senkrecht von den Feuerstellen aufgestiegen waren, und der aromatische Duft des brennenden Holzes wogte durch das Dämmerlicht unter den Gruppen der schattenspendenden Bäume.

Die Männer, die während der heißen Nachmittagsstunden im Schatten geschlafen hatten, erwachten und störten die Stille des geräumigen Hofes mit dem Murmeln ihrer verschlafenen Stimmen, ihrem Husten und Gähnen, ihrem Gelächter, mit lauten Zurufen oder Scherzen. Sie hockten in kleinen Gruppen um niedrige Feuer, und leises, monotones Geschwätz füllte den Hof, das Gespräch von Barbaren, das unaufhörlich und wiederholsam mit den weichen Silben und in den melodischen Klängen der Redeweise jener Menschen des Meeres und der Wälder geführt wird, die den größten Teil des Tages und die ganze Nacht verplaudern, die niemals einen Gesprächsgegenstand erschöpfen, niemals eine Angelegenheit endgültig abtun können, denen das Gespräch die Dichtung, die Malerei und die Musik ersetzt, überhaupt die ganze Kunst und die Geschichte obendrein. Denn nur dazu sind sie begabt, das Gespräch ist ihre einzige Fertigkeit, ihre einzige Zerstreuung. An den Lagerfeuern erzählt man von Tapferkeit und List, von seltsamen Ereignissen und fernen Ländern, von den Neuigkeiten des gestrigen und den Erwartungen des morgigen Tages. Man spricht von den Toten und den Lebenden, von denen, die gekämpft und von denen, die geliebt haben.

Lakamba trat auf die Plattform vor seinem Haus und setzte sich schwitzend, verschlafen und mißmutig im Schatten des Giebels auf einen hölzernen Lehnstuhl. Das verhaltene Zirpen seiner Frauen, die geschäftig am Webstuhl saßen und seine karierten Galasarongs webten, drang durch den dunklen Eingang zu ihm heraus. Diejenigen seiner Gefolgsleute, denen ihre vornehme Abkunft, langjährige Treue oder besondere Verdienste das Vorrecht eingebracht hatten, das Haus des Gebieters zu teilen, hatten ihre Matten neben ihm auf der schwankenden Bambusplattform ausgebreitet. Manche schliefen noch, andere rieben sich verschlafen die Augen, und die muntersten hatten immerhin die Energie aufgebracht, mit rotem Lehm ein Schachbrett auf eine dünne Matte zu zeichnen und überlegten nun stumm ihre Züge. Über den Spielern, die, der Länge nach auf dem Bauch liegend, den Kopf in die Ellenbogenbeuge gestützt und ganz in ihr Spiel vertieft unschlüssig die angewinkelten Unterschenkel hin und her bewegten, ragten die Gestalten einzelner Zuschauer auf, die leidenschaftslos, aber tief interessiert zusahen. Am Rande der Plattform stand sorgfältig ausgerichtet eine Reihe hochhackiger Ledersandalen, und gegen das rohe Holzgeländer lehnten die schlanken Schäfte der diesen Herren gehörenden Speere, deren matte stählerne Spitzen im rötlichen Licht des nahenden Sonnenunterganges sehr schwarz aussahen.

Ein Knabe von etwa zwölf Jahren – der persönliche Diener Lakambas – hockte zu Füßen seines Gebieters und hielt ihm die silberne Siridose hin. Lakamba öffnete sie bedächtig, riß ein Stück von einem grünen Blatt ab, legte einen Krümel Kalk, ein wenig Gambir und Betelnuß hinein und rollte das ganze zusammen. Als er damit fertig war, stutzte er, schien etwas zu vermissen, drehte schwerfällig wie ein Mensch, der einen steifen Nacken hat, den Kopf nach links und nach rechts und rief verdrossen und in tiefstem Baß: »Babalatchi!«

Die Spieler sahen rasch auf und senkten gleich darauf wieder die Köpfe. Die Stehenden wurden unruhig, als habe sie die Stimme des Gebieters aufgeschreckt. Der Mann neben Lakamba rief nach einem Weilchen Babalatchis Namen über das Geländer in den Hof hinunter. Die Männer an den Feuern sahen auf und gaben im Singsang den Namen durch den ganzen Hof weiter. Das Klopfen der hölzernen Stößel, mit denen der Abendreis gestampft wurde, brach vorübergehend ab, und wieder wurde Babalatchis Name gerufen, diesmal in den verschiedensten Tonarten von schrillen Frauenstimmen. Weit entfernt rief jemand etwas, der Ruf wurde in der Nähe wiederholt; es entstand eine Unruhe, die aber ganz plötzlich erstarb. Der erste Rufer wandte sich zu Lakamba und sagte träge: »Er ist bei dem blinden Omar.«

Lakambas Lippen bewegten sich lautlos. Der Mann, der gerade gesprochen hatte, war schon wieder ganz in das Spiel zu seinen Füßen vertieft; der Gebieter saß – ganz, als habe er die Angelegenheit bereits vergessen – mit ausdruckslosem Gesicht zwischen seinem schweigenden Gefolge, lehnte sich aufrecht im Stuhl zurück, die Hände auf den Lehnen, die Knie gespreizt, und blinzelte andächtig aus seinen großen, blutunterlaufenen Augen, als bestaune er die vornehme Leere seiner Gedanken.

Babalatchi hatte sich schon am späten Nachmittag zum alten Omar aufgemacht. Die diplomatischen Anstrengungen im Verkehr mit dem ehrwürdigen Seeräuber und die Notwendigkeit, Aissas heftiges Temperament zu beschwichtigen, beanspruchten ihn bis zur Ausschließlichkeit, hinderten ihn daran, jederzeit seinem Herrn und Beschützer zur Verfügung zu stehen, hatten sogar in den letzten drei Nächten seinen Schlaf gestört. Als er seine eigene Bambushütte verließ – die zwischen anderen Behausungen in Lakambas Kampong stand –, war sein Herz schwer von Sorge, und er zweifelte ernstlich am Erfolg seiner Intrige. Er schritt gemächlich und wie gewöhnlich mit zerstreuter Miene dahin, ganz als wisse er nicht, daß der ganze Hof mit schläfrigen Augen beobachtete, wie er sich einem kleinen Tor am oberen Teil der Umzäunung näherte. Dieses Tor führte zu einem zweiten Hof, in dem auf Anweisung von Lakamba ein festes Haus zum Empfang von Omar und Aissa errichtet worden war. Es war dies eine besonders schöne Behausung, die Lakamba zum Wohnsitz für seinen obersten Ratgeber bestimmt hatte, dessen Talente eine solche Würdigung wohl verdienten. Nach der Beratung auf dem verlassenen Reisfeld – wo Babalatchi seinen Plan vorgetragen – hatten sie jedoch übereinstimmend beschlossen, daß das neue Haus Omar und Aissa aufnehmen solle, sobald man sie mit Überredung oder Gewalt aus dem Bereich des Raja entfernt haben würde. Babalatchi war durchaus nicht darüber verärgert, daß er dieses ihm zu Ehren errichtete Haus noch nicht beziehen sollte, denn er konnte es mit Vorteil bei der unauffälligen Verwirklichung seiner Pläne benutzen. Es lag zurückgezogen hinter einer eigenen Umzäunung und grenzte an Lakambas Privathof, der dem weiblichen Anhang des Gebieters vorbehalten war. Der einzige Weg vom neuen Haus zum Fluß führte durch Lakambas geräumigen Vorhof, in dem es stets von wachsamen Bewaffneten wimmelte. Hinter dieser ganzen Anlage dehnten sich flache

Reisfelder aus, die ihrerseits von der Mauer des Urwalds eingefaßt waren, dessen Unterholz so dicht war, daß einzig eine Flintenkugel – und auch die nur, wenn sie auf kurze Entfernung abgefeuert wurde – hindurchdringen konnte.
Babalatchi schlüpfte lautlos durch das kleine Tor und zog es sorgfältig hinter sich zu. Vor dem Haus lag ein rechteckiger, hartgestampfter, beinahe asphaltglatter Platz. Ein gewaltiger, von Pfählen gestützter Baum, ein Riese, den man beim Roden absichtlich hatte stehenlassen, wölbte sich mit seinen knorrigen Ästen und den schweren, dunklen Blättern wie ein Dach über den Platz. Zur Rechten und etwas entfernt vom großen Haus hatte man eine Hütte aus Schilfrohr errichtet und mit Matten gedeckt. Diese war als besondere Aufmerksamkeit für Omar gedacht, der ja, blind und gebrechlich, nur mit Mühe die steile Planke hätte ersteigen können, die zu dem festeren Haus führte, das auf niedrigen Pfeilern stand und von einer offenen Veranda umgeben war. Nahe dem Stamm des Baumes und gegenüber dem Eingang zur Hütte glühte in einem breiten Kreis weißer Asche schwach das Herdfeuer. Eine alte Frau – eine unbedeutende Verwandte einer der Frauen Lakambas, die zur Dienerin Aissas bestimmt worden war – hockte am Feuer und sah Babalatchi gleichgültig aus triefenden Äuglein an, als er sich jetzt schnell durch den Hof näherte.
Babalatchi musterte mit scharfem Auge den Hof und murmelte eine Frage, ohne die Alte anzusehen. Die Frau streckte stumm einen mageren zitternden Arm gegen die Hütte. Babalatchi trat auf die Hütte zu, blieb aber draußen in der Sonne stehen.
»Oh! Tuan Omar, Omar Besar! Ich bin es, Babalatchi.«
Aus der Hütte ertönte ein schwaches Ächzen, dann ein Hustenanfall und schließlich undeutliches, klagendes Murmeln. Babalatchi, ganz offenbar von diesen armseligen Lebenszeichen aus der Hütte ermutigt, trat ein und kam nach einiger Zeit wieder

heraus, wobei er mit steifer Behutsamkeit vor dem blinden Omar herging, der beide Hände auf die Schultern seines Führers gelegt hatte. Unter dem Baum befand sich eine roh zugehauene Bank, und dorthin lenkte Babalatchi seinen alten Gebieter, der erleichtert seufzend niedersank und sich erschöpft gegen die rauhe Rinde des Baumes lehnte. Die Strahlen der untergehenden Sonne fielen durch das Geäst auf die weißgekleidete Gestalt, die würdevoll und steif aufgerichtet dasaß, auf die abgemagerten Hände, die ruhelos umhertasteten, auf das ausdruckslose Gesicht und die von den Lidern bedeckten, zerstörten Augäpfel; ein Gesicht, so starr wie eine vom Alter gelb gewordene Gipsmaske.

»Geht die Sonne bald unter?« fragte Omar mit dumpfer Stimme.

»Sehr bald«, erwiderte Babalatchi.

»Wo bin ich? Warum hat man mich von dem Ort weggebracht, der mir vertraut war – wo ich, der Blinde, mich ohne Furcht bewegen konnte? Hier ergeht es mir nicht besser als den Sehenden in rabenschwarzer Nacht. Und nun nähert sich der Sonnenuntergang, und seit dem Morgen habe ich ihre Schritte nicht mehr gehört! Mein Essen wurde mir heute zweimal von fremder Hand gereicht. Warum? Warum? Wo ist sie?«

»Sie ist in der Nähe«, sagte Babalatchi.

»Und er?« fuhr Omar in plötzlichem Eifer und mit leiserer Stimme fort. »Wo ist er? Hier nicht! Hier nicht!« wiederholte er und bewegte dabei den Kopf, ganz so, als schaue er sich um.

»Nein! Er ist jetzt nicht hier«, beschwichtigte Babalatchi. Nach einer Pause setzte er sehr leise hinzu: »Er wird aber bald zurückkehren.«

»Zurückkehren! O du Listenreicher! Wird er denn wirklich zurückkehren? Dreimal habe ich ihn verflucht«, rief Omar in kläglichem Zorn.

»Zweifellos ist er verflucht«, stimmte Babalatchi versöhnlich zu, »und doch wird er bald hier sein – ich weiß es!«
»Du bist treulos und verschlagen. Ich habe dich groß gemacht. Du warst Schmutz unter meinen Füßen – weniger noch als Schmutz«, sagte Omar mit aufflackernder Energie.
»Ich habe viele Male an deiner Seite gekämpft«, entgegnete Babalatchi ungerührt.
»Warum ist er gekommen?« fuhr Omar fort. »Hast du ihn hergeschickt? Warum ist er gekommen, die Luft zu verpesten, die ich atme, mein Schicksal zu verhöhnen, ihre Seele zu vergiften und ihren Körper zu stehlen? Sie hat ihr Herz gegen mich verhärtet. Es ist kalt und mitleidlos und tückisch wie die Klippen, die unter der glatten Oberfläche des Meeres lauern, um das Schiff zu zerreißen.« Er atmete tief ein, kämpfte gegen seinen Ärger und wurde plötzlich von seinem Kummer überwältigt. »Ich bin hungrig gewesen«, jammerte er, »ich habe Hunger und Kälte und Vernachlässigung erduldet, und niemand war bei mir. Sie hat mich oft vergessen, und meine Söhne sind tot, und jener Mensch ist ein Ungläubiger und ein Hund. Warum nur kam er? Hast du ihm den Weg gewiesen?«
»Er hat den Weg ganz allein gefunden, o Führer der Furchtlosen«, versetzte Babalatchi bekümmert. »Ich... ich habe nur eine Möglichkeit erdacht, die jene in den Untergang führen, uns aber groß machen soll. Und wenn ich mich nicht geirrt habe, dann sollst du nie wieder über Hunger klagen müssen. Dann werden wir in Frieden, in Pracht und Reichtum leben.«
»Und morgen werde ich sterben«, murmelte Omar bitter.
»Wer kann das wissen? Diese Dinge stehen von Anbeginn geschrieben«, flüsterte Babalatchi gedankenvoll.
»Sorge, daß er nicht zurückkommt«, stieß Omar hervor.
»Er wird seinem Schicksal nicht entgehen«, fuhr Babalatchi fort, »er wird zurückkommen, und die Macht jener Männer, die du und ich immer gehaßt haben, wird unter unseren Händen

in Staub zerfallen.« Von dieser Vorstellung angenehm berührt, setzte er hinzu: »Sie sollen gegeneinander kämpfen und beide untergehen.«

»Und du wirst das alles sehen, aber ich...«

»Sehr wahr«, murmelte Babalatchi bedauernd, »für dich ist das Leben Dunkelheit.«

»Nein! Feuer!« rief der alte Araber, erhob sich ein wenig und fiel dann auf die Bank zurück. »Das Feuer jenes letzten Tages! Immer noch sehe ich es – das Letzte, das ich jemals sah! Und ich höre den Lärm, mit dem die Erde barst – als alle starben. Nur ich«, fügte er mit ungerechtfertigtem Mißmut hinzu, »nur ich mußte am Leben bleiben, um zum Spielzeug eines Listenreichen zu werden.«

»Du bist immer noch mein Gebieter«, sagte Babalatchi demütig. »Du bist sehr weise – und in deiner Weisheit sollst du zu Syed Abdulla sprechen, wenn er herkommt – du sollst zu ihm sprechen, wie ich geraten habe, ich, dein Diener, der viele Jahre zu deiner Rechten gekämpft hat. Ich habe von einem Boten erfahren, daß Syed Abdulla heute nacht, vielleicht spät erst, kommt; denn diese Dinge müssen im geheimen getan werden, damit der Weiße, der Händler am Fluß, nichts davon erfährt. Abdulla wird kommen. Lakamba hat eine Botschaft erhalten, in der Syed Abdulla mitteilt, daß er heute um die Mittagsstunde sein Schiff verläßt, welches in der Flußmündung vor Anker liegt. Wenn Allah will, wird er vor Tagesgrauen hier sein.«

Während er sprach, hatte er zu Boden gesehen und Aissas Gegenwart erst bemerkt, als er nach Beendigung seiner Rede den Kopf hob. Sie war so lautlos herangetreten, daß selbst Omar ihre Schritte nicht vernommen hatte, und nun stand sie da, sah die beiden Männer voller Unruhe an, und ihre Lippen waren geöffnet, als wolle sie sprechen. Auf eine beschwörende Geste Babalatchis blieb sie aber stumm. Omar saß in Gedanken versunken da.

»Ay wa! Und doch!« sagte er schließlich mit matter Stimme. »Ich soll sprechen, wie deine Weisheit mir vorschreibt, o Babalatchi! Ihn auffordern, dem weißen Mann zu vertrauen! Ich verstehe dich nicht. Ich bin alt und blind und schwach. Ich verstehe nichts. Ich friere sehr«, fuhr er leiser fort und erschauerte. »Diese Weißen sind Söhne von Hexen, und ihr Vater ist der gesteinigte Satan. Hexenbrut. Hexenbrut«, murmelte er gedankenverloren. Nach einer Weile fragte er mit festerer Stimme: »Wie viele weiße Männer leben jetzt hier, o Listenreicher?«

»Zwei sind jetzt hier. Zwei weiße Männer, die sich gegenseitig bekämpfen sollen«, antwortete Babalatchi bereitwillig.

»Und wieviele werden übrigbleiben? Wieviele? Sag es mir, du, der du so klug bist.«

»Der Untergang eines Feindes ist der Trost des Unglücklichen«, zitierte Babalatchi. »Sie fahren auf allen Meeren; nur die Weisheit des Höchsten kennt ihre Zahl – aber du sollst wissen, daß wenigstens einige von ihnen leiden.«

»Sage mir, Babalatchi, werden sie sterben? Werden sie beide sterben?« fragte Omar in plötzlicher Erregung.

Aissa rührte sich. Babalatchi warnte sie durch eine Handbewegung.

»Sie sollen ganz gewiß sterben«, sagte er bestimmt und sah das Mädchen dabei fest an.

»Ay wa! Sie sollen aber bald sterben! So bald, daß ich ihre Gesichter noch mit meiner Hand berühren kann, wenn sie nach Allahs Willen starr geworden sind.«

»Gewiß – wenn es dir und ihnen beschieden ist«, antwortete Babalatchi, ohne zu zögern. »Gott ist groß!«

Ein heftiger Hustenanfall schüttelte Omar, und er schwankte hin und her, wobei er abwechselnd keuchte und stöhnte; Babalatchi und das Mädchen betrachteten ihn wortlos. Dann lehnte er sich erschöpft gegen den Baum zurück.

»Ich bin allein, allein«, klagte er matt und machte mit seinen zitternden Händen unsichere Bewegungen. »Ist jemand hier? Ist irgend jemand hier? Ich fürchte mich an diesem fremden Ort.«

»Ich bin bei dir, o Führer der Tapferen«, sagte Babalatchi und berührte ihn leicht an der Schulter. »Immer bin ich bei dir, ganz wie in den Tagen, da wir beide jung waren: in den Tagen, als wir noch Waffen in den Händen trugen.«

»Hat es wirklich jemals solche Tage gegeben, Babalatchi?« fragte Omar verstört; »ich weiß es nicht mehr. Wenn ich nun sterben werde, wird kein unerschrockener Mann von der Tapferkeit seines Vaters sprechen. Einzig eine Tochter ist mir geblieben! Eine Frau! Aber sie hat mich um eines ungläubigen Hundes willen verlassen. Fürwahr, die Hand des Barmherzigen lastet schwer auf meinem Haupt! Oh, mein Unglück! Oh, meine Schande!«

Ein wenig später hatte er sich beruhigt und fragte:

»Ist die Sonne untergegangen, Babalatchi?«

»Sie steht nun so niedrig wie der höchste Baum, den ich von hier aus sehen kann«, antwortete Babalatchi.

»Es ist die Zeit des Gebetes«, sagte Omar und versuchte aufzustehen.

Babalatchi half seinem alten Herrn pflichtschuldigst aufzustehen, und beide gingen langsam zur Hütte. Omar wartete draußen, während Babalatchi eintrat und gleich wieder zum Vorschein kam. Er schleifte den Gebetsteppich des alten Arabers hinter sich her. Aus einem Messinggefäß goß er Wasser für die religiöse Waschung über Omars ausgestreckte Hände und half ihm behutsam niederzuknien, denn der ehrwürdige Räuber war viel zu gebrechlich, um zu stehen. Als Omar dann die ersten Worte des Gebetes intonierte und sich zum erstenmal gegen die Heilige Stadt verneigte, trat Babalatchi lautlos zu Aissa, die sich all diese Zeit über nicht gerührt hatte.

Aissa sah den einäugigen Weisen, der sich ihr langsam und höchst respektvoll näherte, fest an. Für eine Weile standen sie sich Auge in Auge stumm gegenüber. Babalatchi schien verlegen. Mit einer unerwarteten, schnellen Bewegung packte sie seinen Arm und wies mit der anderen Hand auf die versinkende rote Scheibe, die strahlenlos durch den ziehenden Abendnebel glühte.

»Der dritte Sonnenuntergang! Der letzte! Und er ist nicht hier«, flüsterte sie. »Was hast du getan, Treuloser?«

»Wahrlich, ich habe mein Wort gehalten«, murmelte Babalatchi ernst. »Heute morgen hat sich Bulangi mit dem Kanu auf die Suche nach ihm gemacht. Bulangi ist ein merkwürdiger Mensch, aber er ist unser Freund und wird sich in seiner Nähe halten und ihn unauffällig beobachten. In der dritten Stunde des Tages habe ich überdies noch ein Boot mit vier Ruderleuten abgeschickt. Der Mann, den du herbeisehnst, o Tochter des Omar, kann also kommen, sobald es ihm gefällt.«

»Aber er ist nicht hier! Ich habe gestern auf ihn gewartet und heute! Morgen gehe ich.«

»Nicht lebendig«, murmelte Babalatchi bei sich. »Und zweifelst du denn an deiner Macht«, fuhr er lauter fort, »du, die du ihm schöner erscheinst als eine Houri des siebenten Himmels? Er ist dein Sklave.«

»Auch ein Sklave entläuft manchmal«, erwiderte sie düster. »Und dann muß der Herr gehen und ihn suchen.«

»Und willst du denn leben und sterben wie eine Bettlerin?« fragte Babalatchi ungeduldig.

»Es ist mir gleich«, rief sie mit gerungenen Händen, und die weit aufgerissenen Augen mit den schwarzen Pupillen waren ebenso ruhelos wie Sturmvögel vor dem Unwetter.

»Schsch!« zischte Babalatchi mit einem Seitenblick auf Omar. »Glaubst du denn aber, o Mädchen, er wolle wie ein Bettler leben, und sei es auch mit dir?«

»Er ist groß«, sagte sie leidenschaftlich. »Er verachtet euch alle! Er verachtet euch alle! Er ist wirklich ein Mann!«

»Das wirst du am besten wissen«, murmelte Babalatchi mit flüchtigem Lächeln, »vergiß aber nicht, du Frau mit dem starken Herzen: wenn du ihn jetzt halten willst, mußt du für ihn sein wie das Meer für durstige Männer – eine unaufhörliche Qual und ein Wahnsinn.«

Er verstummte, und beide standen schweigend, die Blicke zu Boden gerichtet. Für eine Weile hörte man außer dem Knacken des Feuers nichts als die Stimme Omars, der Gott pries – seinen Gott, und den Glauben – seinen Glauben. Dann neigte Babalatchi den Kopf zur Seite, und es schien, als lausche er gespannt auf die Stimmen im großen Hof. Das dumpfe Murmeln schwoll zu deutlichen Rufen an, dann entstand ein großes Stimmengewirr, das erstarb, von neuem begann, lauter wurde und plötzlich abbrach; in den kurzen Pausen stiegen die schrillen Schreie der Frauen wie befreit zum stummen Himmel auf. Aissa und Babalatchi schraken zusammen, doch packte der Mann den Arm des Mädchens und hielt es mit festem Griff zurück.

»Warte«, flüsterte er.

Die kleine Tür, die in den festen Zaun eingelassen war, der Lakambas Privathof von Omars Gelände trennte, schwang heftig auf, und der edle Verbannte erschien mit verstörtem Gesicht, in der Hand das bloße Schwert. Sein Turban war halb aufgewickelt, und das Ende schleifte auf dem Boden hinter ihm her. Seine Jacke stand offen. Er keuchte, ehe er endlich Worte fand.

»Er ist in Bulangis Boot gekommen«, berichtete Lakamba, »und war ganz ruhig. Aber als er mich erblickte, packte ihn die unvernünftige Wut der weißen Männer, so daß er sich auf mich warf. Ich habe in großer Gefahr geschwebt«, fuhr der ehrgeizige Edelmann gekränkt fort. »Hörst du, Babalatchi?

Dieser Schweinefresser hat seine unreine Hand gegen mein Gesicht erhoben. Er versuchte, sich auf mein Gefolge zu stürzen. Jetzt halten ihn sechs Männer fest.«
Neues Geschrei unterbrach Lakambas Erklärung. Zornige Stimmen riefen: »Haltet ihn! Schlagt ihn nieder! Schlagt ihn auf den Kopf!« Dann verstummte der Lärm so plötzlich, als sei er von einer mächtigen Hand abgewürgt worden, und nach dieser überraschend eingetretenen Stille vernahm man einzig Willems' Stimme, der auf malaiisch, holländisch und englisch Verwünschungen brüllte.
»Hört«, sagte Lakamba mit bebenden Lippen, »er lästert seinen Gott. Seine Rede ist wie das Heulen eines tollen Hundes. Können wir ihn denn noch länger festhalten? Man muß ihn töten!«
»Narr!« murmelte Babalatchi und blickte zu Aissa auf, die mit zusammengebissenen Zähnen, glühenden Augen und geblähten Nasenflügeln, doch immer noch dem Druck seiner Einhalt gebietenden Hand gehorchend, dastand. »Es ist der dritte Tag, und ich habe mein Versprechen gehalten«, sagte er sehr leise zu ihr. »Vergiß nicht«, fügte er warnend hinzu, – »wie das Meer für die Durstigen! Und nun«, sagte er laut, gab sie frei und trat einen Schritt zurück, »nun geh, furchtlose Tochter, geh!«
Stumm und beschwingt wie ein Pfeil flog sie dahin und verschwand durch das Tor zum Hof. Lakamba und Babalatchi sahen ihr nach. Sie hörten neuen Lärm und gleich darauf die helle Stimme des Mädchens:
»Laßt ihn los!« Dann, als der Lärm für die Länge eines halben Atemzuges verstummte, ertönte der Name Aissa laut, schrill und durchdringend, ein Schrei, der die Männer unwillkürlich erschauern ließ. Der alte Omar rutschte auf seinem Teppich zusammen und stöhnte matt; Lakamba starrte mit düsterer Verachtung in die Richtung, aus der dieser unmenschliche Laut

herübergedrungen war. Babalatchi aber zwang sich zu einem Lächeln, stieß seinen vornehmen Beschützer durch die schmale Tür in den Hof und folgte ihm, nachdem er die Tür flink verriegelt hatte.

Die alte Frau, die am Feuer gehockt hatte, stand nun auf, blickte sich ängstlich um und kauerte sich hinter den Baum. Das Tor zum großen Hof wurde mit einem krachenden Fußtritt aufgestoßen, und Willems stürzte herein, Aissa in den Armen. Wie ein Wirbelsturm fegte er über den Hof, das Mädchen an die Brust gedrückt. Ihre Arme umklammerten seinen Hals, und ihr Kopf hing mit geschlossenen Augen über seinen Arm herunter, ihr langes Haar berührte beinahe den Boden. Eine Sekunde lang sah man sie im Schein des Feuers, dann rannte er mit großen Schritten die Planke hinauf und verschwand mit seiner Last im Eingang des großen Hauses.

Im Hof und auch außerhalb war es still geworden. Omar lag auf die Ellenbogen gestützt da, und sein entsetztes Gesicht mit den geschlossenen Augen verlieh ihm das Aussehen eines Menschen, den ein Alptraum foltert.

»Was geht hier vor? Hilfe! Helft mir aufstehen!« rief er schwach.

Die alte Hexe, die immer noch im Schatten kauerte, starrte aus trüben Augen auf den Eingang zum großen Haus und beachtete seinen Ruf nicht. Er lauschte eine Weile, dann gaben seine Arme nach, und mit einem tiefen Seufzer der Entmutigung ließ er sich auf den Teppich fallen.

Die Zweige des Baumes bebten und schwankten im Anhauch des schwachen, umlaufenden Windes. Von einem der oberen Äste löste sich ein Blatt, schwebte herab und lag reglos im Feuerschein, als wolle es dort für immer ausruhen; bald schon regte es sich aber, wirbelte plötzlich auf und wurde von der würzigen Brise hilflos in die dunkle Nacht geweht, die sich auf das Land gesenkt hatte.

# X

Seit mehr als vierzig Jahren hatte Abdulla einen seinem Gott wohlgefälligen Wandel geführt. Sohn des vermögenden und in den *Straits* einflußreichen mohammedanischen Handelsherren Syed Selim ben Sali, war er als Beauftragter seines Vaters im Alter von siebzehn Jahren an Bord eines Pilgerschiffes zu seiner ersten geschäftlichen Unternehmung aufgebrochen; der reiche Araber hatte das Schiff gechartert, um einer Schar frommer Malaien die Reise nach den heiligen Stätten zu ermöglichen. Damals waren jene Meere noch nicht von Dampfschiffen befahren, wenigstens noch nicht so sehr wie heute. Die Reise war lang, und die Wunder vieler Länder eröffneten sich den Augen des jungen Abdulla. Allah hatte bestimmt, daß er schon sehr früh in seinem Leben ein Pilger werden sollte. Das war eine große Gnade des Himmels, und niemand hätte sie höher schätzen, sich ihrer würdiger erweisen könnnen durch unwandelbare Frömmigkeit und ein von ernster Gottesfurcht bestimmtes Auftreten. Später zeigte sich, daß ihm im Buch des Schicksals ein Wanderleben vorgezeichnet war: Er besuchte Bombay und Kalkutta und erblickte auch die steilen, verödeten Küsten des Golfes von Suez; weiter nach Westen gelangte er nicht. Damals war er siebenundzwanzig Jahre alt, und die Schrift auf seiner Stirn bestimmte, daß es nun an der Zeit für ihn sei, nach den *Straits* zurückzukehren und aus der Hand seines sterbenden Vaters die zahlreichen Fäden der Geschäfte zu übernehmen, die sich über den gesamten Archipel erstreckten; von Sumatra nach Neu Guinea, von Batavia nach Palavan. Bald schon erblickte man in ihm – seiner Geschicklichkeit, seiner starken, schon an Starrsinn grenzenden Willenskraft und einer Klugheit wegen, die seinen Jahren weit voraus war – das Haupt einer Familie, die überall anzutreffen war und überall Verbindungen besaß. Hier einen Onkel, dort einen Bruder; einen Schwiegervater in Batavia, wieder einen in Palembang; die Ehemänner zahlreicher Schwestern, zahllose Vettern in allen Himmelsrichtungen, überall, wo gehandelt wurde: die große Familie spannte sich wie ein Netz über alle Inseln. Sie lieh den Fürsten Geld, hatte Einfluß in den Beratungszimmern und trat notfalls friedfertig, aber beherzt den weißen Herrschern entgegen, die Land und Meer unter der Schneide ihrer scharfen Schwerter hielten; und alle begegneten sie Abdulla mit großem Respekt, hörten auf seinen Rat, fügten sich seinen Plänen – denn er war weise, fromm und vom Glück begünstigt.

In seiner Haltung drückte sich die Demut aus, die sich für den Gläubigen ziemt, der niemals, in keinem Augenblick seines bewußten Lebens vergißt, daß er der Diener des Höchsten ist. Er war außerordentlich wohltätig, denn der Wohltäter ist der Freund Allahs, und wenn er sein Haus verließ – ein festes Steinhaus unmittelbar vor der Stadt Penang –, um sich zu seinen Speichern am Hafen zu begeben, mußte er die Hand oft brüsk von den Lippen von Menschen seiner Rasse und seines Glaubens wegziehen, mißbilligende Worte murmeln, ja, sogar jene streng tadeln, die versuchten, seine Knie dankbar oder flehend mit den Fingerspitzen zu berühren. Er war schön und trug das kleine Haupt hoch, sanftmütig und ernst. Seine hohe Stirn, die gerade Nase und das schmale, dunkle Gesicht mit den feingemeißelten Zügen verliehen ihm das edle Aussehen, das von reinblütiger Herkunft sprach. Er hatte einen Spitzbart. Seine großen braunen Augen blickten ruhig und mild, doch widersprach dieser Milde der Ausdruck des schmallippigen Mundes. Abdulla wirkte gelassen. Sein Glaube an das eigene Glück war unerschütterlich.

Ruhelos wie alle Männer seines Volkes, hielt er sich nur selten mehrere Tage hintereinander in seinem prächtigen Haus in Penang auf. Da ihm zahlreiche Schiffe gehörten, befand er sich oft an Bord des einen oder anderen und bereiste das Gebiet seiner geschäftlichen Operationen nach allen Richtungen. In jedem Hafen erwartete ihn ein Haushalt – sein eigener oder der eines Verwandten –, wo man seine Ankunft überschwenglich begrüßte. In jedem Hafen gab es vermögende und einflußreiche Männer, die darauf bedacht waren, mit ihm zusammenzukommen. Man hatte über Geschäfte zu reden, wichtige Briefe waren zu lesen: eine ungeheuer ausgedehnte Korrespondenz, in seidene Umschläge verschlossen – eine Korrespondenz, die nicht durch die Ungläubigen in den Postämtern der Kolonialgebiete befördert wurde, sondern auf umständlichen, aber zuverlässigen Wegen in seine Hände gelangte. Wortkarge Nakhodas von Handelsschiffen oder vom Reisestaub bedeckte, erschöpfte Männer händigten ihm Briefe ein und zogen sich dann aus seiner Gegenwart zurück, nachdem sie den Segen Allahs auf den großmütigen Spender prächtiger Belohnungen herabgefleht hatten. Und stets lauteten die Nachrichten gut, stets gelangen seine Unternehmungen, und stets hallte in seinen Ohren ein Chor der Bewunderung, der Dankbarkeit und der demütigen Bitten.

Ein glücklicher Mann. Und sein Glück war vollkommen, weil die guten Geister, die in der Stunde seiner Geburt den Stand der Sterne bestimmten, in einem für solch primitive Wesen geradezu raffinierten Wohlwollen nicht unterlassen hatten, einen Wunsch in ihn zu pflanzen, der nur schwer zu befriedigen, und ihm einen Feind beizugeben, der nur schwer zu überwinden war. Der Neid auf Lingards politische und geschäftliche Erfolge, und der Wunsch, ihn in jeder Weise zu übertreffen, wurden bei Abdulla zur fixen Idee, füllten sein Leben aus, waren die Würze seines Daseins.

Seit einigen Monaten hatte er aus Sambir geheimnisvolle Botschaften erhalten, die ihn zu einer entscheidenden Tat drängten. Er hatte schon vor einigen Jahren den Fluß entdeckt und mehr als einmal vor der Mündung gelegen, wo der bis dahin schnell fließende Pantai sich gemächlich in den Niederungen ausbreitet und zu zögern scheint, ehe er sich sanft durch zwanzig Mündungsarme, durch ein Labyrinth von Schlammlöchern, Untiefen und Sandbänken in das erwartungsvolle Meer ergießt. Abdulla hatte nie versucht, in den Fluß einzulaufen, denn die Männer seiner Rasse sind zwar tapfere und abenteuerlustige Reisende, doch fehlt ihnen der Instinkt des echten Seemannes, und Abdulla fürchtete, Schiffbruch zu erleiden. Er konnte den Gedanken nicht ertragen, daß der Raja Laut sich solle rühmen können, auch Abdulla ben Selim sei, wie andere und geringere Männer, bei dem Versuch, ihm sein Geheimnis zu entreißen, zuschanden geworden. Unterdessen schickte er an seine unbekannten Freunde in Sambir ermutigende Antworten und wartete in der ruhigen Gewißheit des unausbleiblichen Triumphes auf die passende Gelegenheit.

Das war also der Mann, den Lakamba und Babalatchi an jenem Abend zum erstenmal zu sehen erwarteten, an dem Willems zu Aissa zurückgekehrt war. Babalatchi, den seit drei Tagen die Furcht gequält hatte, er habe sich bei seiner kleinen Verschwörung übernommen, fühlte sich nun seines weißen Mannes sicher und überwachte glücklich und unbesorgt die Vorbereitungen, die im Hof zu Abdullas Empfang getroffen wurden. Auf dem halben Weg zwischen Lakambas Haus und dem Fluß wurde trockenes Holz aufgeschichtet, das in dem Augenblick, da Abdulla an Land gehen würde, mit einer Fackel in Brand gesetzt werden sollte. Zwischen diesem Holzstoß und dem Haus waren im Halbkreis niedrige Bambusgerüste errichtet worden, auf welche alle in Lakambas Haushalt vorhandenen Teppiche und Polster gehäuft wurden. Man hatte beschlossen, den Empfang im Freien zu veranstalten und ihm durch die große Zahl von Lakambas Gefolge Glanz zu verleihen, das in sauberen, weißen Gewändern, die roten Sarongs um die Hüf-

ten, das Haumesser an der Seite und die Lanze in der Hand, im Hof umherwandelnd oder in engen Gruppen zusammenstehend, eifrig über die bevorstehende Zeremonie redete.
Zwei kleine Feuer brannten hell am Ufer zu beiden Seiten der Lände. An jedem Feuer lag ein Stoß Fackeln, und zwischen ihnen ging Babalatchi auf und ab. Er blieb immer wieder stehen; das Gesicht dem Fluß zugewandt, den Kopf auf die Seite geneigt, lauschte er den Geräuschen, die aus der Dunkelheit vom Wasser herdrangen. Die Nacht war mondlos und der Himmel klar, doch seitdem die Abendbrise nach einigen launischen Böen erstorben war, hing Nebel über der blinkenden Oberfläche des Pantai, wurde nun, besonders am Ufer, immer dichter und entzog die Mitte des Stromes den Blicken.
Ein Ruf im Nebel, noch einer, und ehe Babalatchi antworten konnte, hielten zwei kleine Kanus auf die Lände zu, und zwei der bedeutendsten Bürger Sambirs, Daoud Sahamin und Hamed Bahassoen, die insgeheim zu Abdullas Begrüßung entsandt worden waren, eilten an Land und, nachdem sie Babalatchi hastig begrüßt hatten, durch den dunklen Hof zum Haus.
Die kleine Unruhe, die ihre Ankunft hervorgerufen hatte, legte sich bald wieder, und zögernd verging eine weitere, schweigende Stunde, in der Babalatchi zwischen den Feuern umherstapfte, während sein Gesicht mit jeder vergehenden Minute sorgenvoller wurde.
Schließlich hörte man flußabwärts einen lauten Anruf. Auf Geheiß von Babalatchi liefen mehrere Männer zum Ufer, ergriffen die Fackeln, stießen sie ins Feuer und schwenkten sie über ihren Köpfen, bis sie entflammten. Ihr Rauch stieg in dicken Schwaden auf und hing als eine rötliche Wolke über dem Feuerschein, der den Hof erleuchtete und über das Wasser blitzte, und in dem nun drei lange Kanus sichtbar wurden, die noch etwas vom Ufer ablagen und von vielen Paddlern be-

mannt waren; diese hoben die Paddel und stießen sie gleichmäßig leicht ins Wasser; auf diese Weise hielten sie die kleine Flottille unbeweglich in der starken Strömung genau gegenüber der Lände. Im größten der Boote erhob sich nun ein Mann und rief: »Syed Abdulla ben Selim ist hier!«
Babalatchi antwortete laut und zeremoniös: »Allah beglückt unsere Herzen! Kommt an Land!«
Abdulla betrat als erster das Ufer und stützte sich dabei auf Babalatchis ausgestreckten Arm. In dem kurzen Augenblick, da er vom Boot ans Land stieg, wechselten die beiden einen durchdringenden Blick und einige schnelle Worte.
»Wer bist du?«
»Babalatchi. Der Freund Omars, der Schutzbefohlene Lakambas.«
»Hast du geschrieben?«
»Es waren meine Worte, die geschrieben wurden, o Spender von Almosen!«
Darauf schritt Abdulla gelassen durch die beiden Reihen der Fackelträger und traf vor dem großen Feuer, das nun knisternd aufloderte, Lakamba. Sie gaben sich die Hand und wünschten einer auf des anderen Haupt Frieden herab, dann führte Lakamba, seinen geehrten Gast immer noch an der Hand haltend, Abdulla zu den vorbereiteten Sitzen.
Babalatchi ging dicht hinter seinem Beschützer, Abdulla wurde von zwei Arabern begleitet. Ebenso wie diese beiden trug er ein Gewand von gestärktem Nesseltuch, das in steifen Falten herabhing. Es war vom Hals herunter mit einer dichten Reihe sehr kleiner goldener Knöpfe geschlossen; die engen Ärmel waren mit einer schmalen Goldborte besetzt. Auf dem geschorenen Kopf trug er ein Käppchen aus geflochtenem Stroh. Die nackten Füße steckten in Pantoffeln aus Lackleder. Von seinem rechten Handgelenk hing eine Gebetsschnur aus großen Holzperlen. Er ließ sich langsam auf dem Ehrenplatz

nieder, streifte die Pantoffeln ab und zog, wie es der Anstand erforderte, die Beine unter sich.

Der improvisierte Beratungsraum bildete einen weiten Halbkreis, dessen vom Feuer entferntester Punkt – der Abstand betrug etwa zehn Meter – auch Lakambas Behausung am nächsten lag. Als die Hauptpersonen Platz genommen hatten, füllte sich die Veranda lautlos mit den vermummten Gestalten der zu Lakambas Haushalt gehörenden Frauen. Sie drängten sich gegen das Geländer und sahen flüsternd hinab. Unten setzte sich der förmliche Austausch von Komplimenten zwischen Lakamba und Abdulla, die nebeneinander saßen, noch ein Weilchen fort. Babalatchi hockte demütig zu Füßen seines Beschützers, und einzig eine dünne Matte schützte ihn vor der Härte des Bodens.

Es trat nun eine Pause ein. Abdulla blickte sich erwartungsvoll um, und nach einem Weilchen begann Babalatchi, der bislang sehr still und nachdenklich dagesessen hatte und sich nur mit Mühe von seinen Gedanken loszumachen schien, leise und überredend zu sprechen. Er schilderte beredt die Anfänge von Sambir, den Streit des gegenwärtigen Herrschers Patalolo mit dem Sultan von Koti und die daraus entstandenen Unruhen, die mit dem Aufstand der Bugis unter Führung Lakambas geendet hatten. Dabei wandte er sich gelegentlich um Bestätigung an Sahamin und Bahassoen, die eifrig zuhörten und jedesmal mit einem gedämpften »Betul! Betul! Ganz recht! Ganz recht!« zustimmten.

Im Laufe seines Berichtes erwärmte Babalatchi sich für seinen Gegenstand und kam dann auf die Umstände zu sprechen, die sich aus Lingards Eingreifen im kritischen Augenblick dieses internen Zwistes ergaben. Er sprach immer noch zurückhaltend, aber doch schon mit wachsender Entrüstung. Wer er denn sei, dieser wild aussehende Mensch, daß er die ganze Welt von Sambir fernhalte? Sei er etwa eine Regierung? Wer habe ihn denn zum Herrscher bestellt? Er habe sich in Patalolos Hirn eingenistet und ihm das Herz verhärtet; er lege ihm strenge Worte in den Mund und bediene sich der Hand Patalolos, um nach rechts und links Schläge auszuteilen. Dieser Heide lasse die Gläubigen unter der Last seiner unvernünftigen Herrschaft ächzen. Man müsse mit ihm Geschäfte machen – jene Waren von ihm nehmen, die er anbiete, seinen Kredit in Anspruch nehmen, soweit er ihn gewähre. Und jedes Jahr fordere er Zahlung...

»Sehr wahr!« riefen Sahamin und Bahassoen gleichzeitig.

Babalatchi warf ihnen einen anerkennenden Blick zu und wandte sich an Abdulla.

»Höre, was diese Männer sagen, o Beschützer der Geknechteten!« rief er. »Was können wir tun? Schließlich müssen wir Handel treiben, und es gibt keinen anderen Händler hier.«

Nun erhob sich Sahamin mit dem Stock in der Hand und redete zu Abdulla mit schwerfälliger Höflichkeit, wobei er seine Worte mit feierlichen Bewegungen des rechten Armes unterstrich.

»So ist es. Wir haben es satt, dem weißen Mann hier, dem Sohn des Raja Laut, unsere Schulden zu bezahlen. Diesem weißen Mann – möge das Grab seiner Mutter geschändet werden – genügt es nicht, uns grausam in den Klauen zu halten. Nein, er versucht geradezu, uns umzubringen. Er treibt Handel mit den Dayaks aus den Wäldern, die nicht besser sind als Affen. Er kauft Kautschuk und Rohr von ihnen, während wir hungern. Vor zwei Tagen erst ging ich zu ihm und sagte: ›Tuan Almayer‹ – denn zu allem Überfluß müssen wir diesem Freund Satans auch noch höflich begegnen – ›Tuan Almayer, ich habe die und die Ware zu verkaufen. Willst du sie kaufen?‹ Und er – denn diese weißen Männer haben keinen Schimmer von Höflichkeit – er sagte zu mir, als sei ich ein Sklave: ›Daoud, du bist sehr glücklich‹ – beachte, o Erster unter den

Gläubigen, daß er durch diese Worte Unglück über mich hätte bringen können! – ›du bist glücklich, daß du in diesen schlechten Zeiten überhaupt etwas zu verkaufen hast. Bring mir schnell deine Waren, und ich werde sie auf das verrechnen, was du mir vom vergangenen Jahr noch schuldest.‹ Und dabei lachte er und schlug mir mit der Hand auf die Schulter. Möge er in Gehenna enden!«

»Wir werden gegen ihn kämpfen«, sagte der junge Bahassoen kurz. »Wir werden gegen ihn kämpfen, falls wir Hilfe bekommen und einen Führer finden. Tuan Abdulla, willst du mit uns sein?«

Abdulla antwortete nicht sogleich. Seine Lippen bewegten sich lautlos, und die Holzperlen glitten mit trockenem Klicken durch seine Finger. Alle Anwesenden schwiegen ehrerbietig. Schließlich sagte Abdulla feierlich: »Ich werde kommen, wenn mein Schiff diesen Fluß befahren kann.«

»Das kann es, Tuan«, rief Babalatchi, »es ist hier ein weißer Mann, der...«

»Ich will jetzt mit Omar el Badavi sprechen und dann den Weißen sehen, von dem du geschrieben hast«, unterbrach Abdulla.

Babalatchi stand rasch auf, und alle anderen erhoben sich ebenfalls. Die Frauen verschwanden von der Veranda ins Haus, und aus der Menge, die sich achtungsvoll in die weiter entfernten Teile des Hofes zurückgezogen hatte, lösten sich nun zwei Männer und eilten mit trocknem Holz herbei, das sie aufs Feuer warfen. Auf ein Zeichen von Babalatchi trat einer dieser beiden heran, erhielt seine Anweisungen und ging durch die kleine Tür in Omars Hof. Während man seine Rückkehr erwartete, unterredeten sich Lakamba, Abdulla und Babalatchi leise miteinander. Sahamin saß abseits und kaute schläfrig und mit trägen Bewegungen seines schweren Unterkiefers auf einer Betelnuß. Bahassoen stolzierte im Feuerschein auf und ab, die

Hand auf seinem kurzen Schwert, und sah sehr kriegerisch und kühn aus; Lakambas Gefolge, das in Gruppen umherstand oder geräuschlos in den Schatten des Hofes wandelte, beneidete und bewunderte ihn.

Der Bote, der an Omar abgeschickt worden war, kehrte zurück und blieb etwas entfernt stehen, um zu warten, daß jemand ihn bemerke. Babalatchi winkte in heran.

»Was waren seine Worte?« fragte Babalatchi.

»Er sagt, daß Syed Abdulla ihm willkommen ist«, erwiderte der Mann.

Lakamba sprach leise zu Abdulla, der ihm mit großer Aufmerksamkeit zuhörte.

»... wir können notfalls achtzig Männer zusammenbringen«, sagte er gerade – »achtzig Männer in vierzehn Kanus. Es fehlt uns einzig an Schießpulver ...«

»Haï! Es wird gar nicht zum Kampf kommen«, unterbrach Babalatchi, »der Schrecken deines Namens und das Entsetzen über deine Ankunft werden völlig ausreichen.«

»Möglicherweise wird es auch Schießpulver geben«, murmelte Abdulla gleichmütig, »es kommt nur darauf an, daß das Schiff ungefährdet in den Fluß einläuft.«

»Wenn das Herz stark ist, wird auch das Schiff ungefährdet sein«, versetzte Babalatchi. »Wir wollen jetzt Omar el Badavi und den weißen Mann aufsuchen, den ich hier habe.«

Lakambas trübe Augen belebten sich plötzlich.

»Sieh dich vor, Tuan Abdulla«, warnte er, »sieh dich vor. Dieser unreine verrückte Weiße benimmt sich äußerst wild. Er drohte ...«

»Bei meinem Kopf, es wird dir nichts geschehen, o Spender von Almosen«, fiel Babalatchi ein.

Abdulla blickte von einem zum anderen, und der Schatten eines flüchtigen Lächelns huschte über sein ernstes Gesicht. Dann wandte er sich an Babalatchi und sagte entschlossen:

»Gehen wir«.
»Hier entlang, o Beglücker unserer Herzen!« Babalatchi redete unaufhörlich und legte umständlichen Diensteifer an den Tag. »Nur noch wenige Schritte, und dann wirst du Omar den Tapferen erblicken und einen Weißen von großer List und Stärke. Hier entlang.«
Er bedeutete Lakamba zurückzubleiben, und mit respektvollen Berührungen des Ellbogens dirigierte er Abdulla zur Tür am oberen Ende des Hofes. Während sie langsam, von den beiden Arabern gefolgt, dahinschritten, fuhr er fort, leise und rasch auf den großen Mann einzureden, der ihn nicht ein einziges Mal anblickte, obgleich es schien, daß er ihm mit schmeichelhafter Aufmerksamkeit zuhöre. Als man die Tür erreicht hatte, machte Babalatchi einen Schritt nach vorn, blieb stehen und sah Abdulla an, eine Hand auf dem Türriegel.
»Du wirst sie nun beide sehen«, sagte er. »Alles, was ich über sie gesagt habe, ist wahr. Als ich erkannte, daß er der Sklave jener geworden ist, die ich erwähnte, wußte ich, daß er in meiner Hand so weich sein würde wie der Schlamm des Flusses. Zunächst erwiderte er auf meine Rede mit bösen Worten in seiner eigenen Sprache, ganz nach Art der Weißen. Als er dann aber der Stimme lauschte, die er liebt, zögerte er. Er zögerte viele Tage lang – zuviele Tage. Ich, der ich ihn gut kenne, veranlaßte Omar, sich mit seinem … seinem Haushalt hierher zurückzuziehen. Da tobte dieser rotgesichtige Mann drei Tage lang wie ein schwarzer Panther, der hungrig ist. Und heute abend, heute abend erst ist er gekommen. Ich habe ihn hier. Er wird festgehalten von ihr, die ein unerbittliches Herz hat. Ich habe ihn hier«, endete Babalatchi und tippte frohlockend mit der Hand auf den Türpfosten.
»Das ist gut«, murmelte Abdulla.
»Und er soll deinem Schiff den Weg weisen und im Kampf führen – wenn es denn zum Kampf kommt«, fuhr Babalatchi

fort. »Falls Blut vergossen werden muß, soll er es vergießen. Es wäre gut, ihm Waffen zu geben – ein kurzes Gewehr, das viele Male schießt.«

»Ja, bei Allah!« stimmte Abdulla nachdenklich zu.

»Und du wirst auch die Hand auftun müssen, o Erster unter den Großherzigen! Du wirst die Habsucht eines weißen Mannes und auch die Gier jener befriedigen müssen, die kein Mann ist, und die es daher nach Putz gelüstet.«

»Sie sollen zufriedengestellt werden«, sagte Abdulla, »jedoch...« Er zögerte, sah vor sich zu Boden und strich sich den Bart, während Babalatchi besorgt mit geöffneten Lippen wartete. Nach einer Weile sprach Abdulla abgerissen und undeutlich flüsternd, so daß Babalatchi näherkommen mußte, um die Worte zu verstehen: »Ja. Doch ist Omar der Sohn des Onkels meines Vaters... und wer zu ihm gehört, ist unseres Glaubens... jener Mensch aber ist ein Ungläubiger. Es ist höchst unziemlich... sehr unziemlich. Er kann nicht in meinem Schatten leben. Dieser Hund nicht. Buße! Ich vertraue mich meinem Gott an«, murmelte er hastig. »Wie kann er denn unter meinen Augen mit jener Frau zusammenleben, die eine Rechtgläubige ist? Welches Ärgernis! Welcher Greuel!«

Er hatte diese letzten Worte überstürzt gesprochen und atmete nun tief ein. Dann fügte er zweifelnd hinzu: »Und was soll mit diesem Mann geschehen, wenn er alles getan hat, was wir wollen?«

Sie standen nachdenklich und schweigend nahe beieinander und ließen die Blicke müßig durch den Hof hingehen. Das große Begrüßungsfeuer loderte hell, und in der Dunkelheit zu ihren Füßen tanzte ein breiter Lichtflecken, während schimmernder Rauch sich träge zwischen den schwarzen Zweigen hindurchschlängelte. Sie konnten Lakamba sehen, der zu seinem Sitz zurückgekehrt war und nun verzagt auf den Polstern hockte, und Sahamin, der wieder aufgestanden war und offenbar eifrig, aber nicht ohne Würde auf ihn einredete. In Gruppen zu zweien oder dreien schlenderten Männer aus dem Schatten ins Licht und wieder ins Dunkel zurück, maßvoll gestikulierend, die Gesichter einander zugekehrt. Bahassoen umkreiste regelmäßig das Feuer wie ein Planet die Sonne, das Haupt stolz zurückgeworfen; sein Schmuck, die Stickereien und der Schwertgriff funkelten im Flammenschein. Ein kühler Anhauch feuchter Luft kam aus der Finsternis über dem Fluß; er ließ Abdulla und Babalatchi erschauern und weckte sie aus ihrer Versunkenheit.

»Öffne die Tür und geh voran«, sagte Abdulla; »es ist doch keine Gefahr?«

»Bei meinem Leben, nein!« antwortete Babalatchi und löste den Riegel. »Er ist satt und zufrieden wie ein Verdurstender, der nach vielen Tagen getrunken hat.«

Er öffnete die Tür weit, tat ein paar Schritte in den düsteren Hof und kam plötzlich zurück.

»Er kann uns noch auf viele Weise nützlich sein«, flüsterte er Abdulla zu, der stehengeblieben war, als er sah, daß Babalatchi zurückkam.

»O Sünde! O Versuchung!« seufzte Abdulla schwach. »Unsere Zuflucht ist der Allmächtige. Soll ich denn diesen Ungläubigen in alle Ewigkeit füttern?« setzte er unwirsch hinzu.

»Nein«, hauchte Babalatchi. »Nein! Nicht in Ewigkeit. Nur solange er deinen Plänen nützlich ist, o Spender von Allahs Gaben! Wenn die Zeit kommt – und du den Befehl gibst ...«

Er drängte sich nahe an Abdulla und berührte vorsichtig die Hand, welche die Gebetsschnur hielt und schlaff herabhing.

»Ich bin dein Sklave und will mich auch opfern«, murmelte er deutlich und ehrerbietig in Abdullas Ohr. »Wenn es dir in deiner Klugheit gefällt zu sprechen, dann findet sich wohl ein kleines Gift, das nicht trügt. Wer weiß?«

## XI

Babalatchi sah, wie Abdulla durch den niedrigen, engen Eingang in die Dunkelheit von Omars Hütte verschwand; er hörte den Austausch der hergebrachten Begrüßungsformeln und dann die ernste Frage des vornehmen Besuchers: »Du hast außer deiner Blindheit hoffentlich kein Mißgeschick zu beklagen?« Dann bemerkte er, daß die beiden Araber, die Abdulla begleitet hatten, ihm mißbilligende Blicke zuwarfen, und ihrem Beispiel folgend zog er sich aus der Hörweite zurück. Er tat es recht unwillig, denn er mußte sich darüber im klaren sein, daß die Vorgänge in der Hütte nun ganz seiner Einwirkung entzogen waren. Eine Weile wanderte er unentschlossen auf und ab. Endlich trat er nachlässig ans Feuer, das vom Baum weg näher an die Hütte und ein wenig mehr zur Windseite verlegt worden war. Hier hockte er sich nieder und spielte versonnen mit Stücken glühender Holzkohle, wie er das in Augenblicken des Nachdenkens zu tun pflegte. Hin und wieder riß er die Hand schnell zurück, wenn er sich in seiner Versunkenheit verbrannte. Von seinem Platz aus hörte er die gemurmelte Unterhaltung in der Hütte, er konnte auch die Stimmen unterscheiden, nicht aber die Worte verstehen. Abdulla sprach mit tiefer Stimme, und seine eintönig fließende Rede wurde ab und an durch einen jammernden Ausruf, ein schwaches Ächzen oder eine zitternde Klage des alten Mannes unterbrochen. Ja, es war verdrießlich, daß er nicht verstehen konnte, was da gesagt wurde, dachte Babalatchi, während er starr in die flimmernde Glut des Feuers sah. Aber es würde schon recht sein. Alles würde gut ausgehen. Abdulla erfüllte ihn mit Vertrauen, er entsprach ganz und gar seinen Erwartungen. Der erste Blick schon, den er da auf ihn getan, hatte Babalatchi davon überzeugt, daß dieser Mann, den er bis dahin nur seinem Ruf nach kannte, ein sehr entschlossener Mensch sei. Vielleicht zu entschlossen. Vielleicht würde er später zu große Ansprüche stellen. Ein Schatten glitt über Babalatchis Gesicht. Am Vorabend der Erfüllung seiner Wünsche erfuhr er, wie bitter jener einzige Tropfen des Zweifels schmeckt, welcher der Süße eines jeden Erfolges beigemischt ist.

Als er Schritte auf der Veranda des großen Hauses vernahm, hob er den Kopf, der Schatten des Unmutes verlor sich von seinen Zügen, und statt dessen erschien darauf ein Ausdruck von Wachsamkeit. Willems kam über die Planke in den Hof herunter. Licht drang durch die Ritzen der schlecht gefugten Wände des Hauses, und im beleuchteten Eingang erschien Aissa. Auch sie trat in die Nacht hinaus und entschwand seinem Blick. Babalatchi fragte sich, wohin sie wohl verschwunden sein könne, und vergaß dabei ganz, daß Willems näher kam. Als die rauhe Stimme des weißen Mannes über ihm ertönte, sprang er auf, wie von einer starken Feder hochgeschnellt.

»Wo ist Abdulla?«

Babalatchi wies mit der Hand auf die Hütte und lauschte gespannt. Drinnen waren die Stimmen verstummt, doch begann das Gespräch nun von neuem. Er blickte von der Seite auf Willems, dessen undeutliche Gestalt über der Glut des sterbenden Feuers aufragte.

»Schüre das Feuer«, befahl Willems kurz. »Ich will dein Gesicht sehen.«

Babalatchi nahm eilfertig Reisig von einem bereitliegenden Haufen und warf es auf die Glut, ließ dabei Willems aber nicht aus dem Auge. Als er sich wieder aufrichtete, wanderte seine Hand ganz mechanisch nach links, um den zwischen den Falten des Sarongs verborgenen Griff des Kris zu berühren, doch bemühte er sich, unter Willems' zornigem Blick unbeteiligt zu erscheinen.

»Ich hoffe, du bist bei guter Gesundheit«, murmelte er.
»Ja!« antwortete Willems überraschend laut, und Babalatchi schreckte nervös zusammen. »Ja! ... was denn ... Gesundheit! ... du ...«
Er machte einen großen Schritt nach vorn und ließ beide Hände schwer auf die Schultern des Malaien fallen. In dieser mächtigen Umklammerung schwankte Babalatchi schlaff hin und her, doch sah er dabei genauso friedfertig aus wie zuvor, als er noch gedankenverloren am Feuer gesessen hatte. Willems löste seinen Griff überraschend und heftig, wandte sich um und hielt die Hände über das Feuer. Babalatchi taumelte zurück, gewann sein Gleichgewicht wieder und bewegte mühsam die Schultern.
»Ts! Ts! Ts!« machte er mißbilligend. Nach kurzem Schweigen fuhr er dann mit übertriebener Bewunderung fort: »Was für ein Mann! Was für ein starker Mann! Ein Mann«, schloß er im Ton versonnenen Staunens, »ein Mann, der Berge versetzen könnte – Berge!«
Eine Weile blickte er erwartungsvoll Willems' breite Schultern an und sprach dann leise und überredend auf diesen feindseligen Rücken ein:
»Warum aber bist du zornig auf mich? Auf mich, der doch nur dein Bestes will? Habe ich ihr nicht in meinem eigenen Haus Zuflucht gewährt? Ja Tuan! Dieses ist mein eigenes Haus. Ich werde es dir kostenlos überlassen, denn sie muß ein Dach über dem Kopf haben. Ihr beide sollt hier wohnen. Wer kennt schon die Gedanken einer Frau? Und noch dazu einer solchen Frau! Sie wollte jenen anderen Ort verlassen, und wer bin ich denn, daß ich nein sagen könnte! Ich bin Omars Diener. Und ich sagte also: ›Erfreue mein Herz dadurch, daß du in dieses Haus ziehst.‹ Habe ich recht daran getan?«
»Ich will dir mal was sagen«, versetzte Willems, ohne seine Stellung zu ändern; »falls es ihr beikommen sollte, auch die-

sen Ort zu verlassen, dann wirst du die Konsequenzen tragen. Dann drehe ich dir den Hals um.«

»Wenn das Herz von Liebe voll ist, hat die Gerechtigkeit darin keinen Platz«, begann Babalatchi wieder ungerührt und mit sanftem Nachdruck. »Weshalb willst du mich erschlagen? Du weißt schon, was sie verlangt, Tuan. Wie jede Frau wünscht sie sich eine glänzende Zukunft. Man hat dir Unrecht getan, und dein Volk hat dich verstoßen. Das weiß sie. Aber du bist tapfer, du bist stark – du bist ein Mann; und, Tuan – ich bin älter als du – du bist in ihrer Hand. Das ist das Schicksal der starken Männer. Und sie ist von edler Abkunft und kann nicht wie eine Sklavin leben. Du kennst sie – und du bist in ihrer Hand. In all deiner Kraft hast du dich wie ein Vogel in der Schlinge gefangen. Vergiß nicht, daß ich ein Mensch bin, der viel gesehen hat – füge dich, Tuan! Füge dich... sonst...«

Dieses letzte Wort sprach er zögernd und undeutlich aus und verstummte dann. Willems, der immer noch die Hände über das Feuer hielt und sich nicht umgewandt hatte, lachte kurz und bekümmert auf und fragte: »Sonst – sonst was?«

»Sonst geht sie vielleicht wieder fort. Wer kann das wissen?« beendete Babalatchi sanft und einschmeichelnd seine Drohung.

Diesmal wirbelte Willems herum. Babalatchi trat zurück.

»Wenn sie das tut, wird es dir schlecht ergehen«, sagte Willems drohend. »Dann steckst du dahinter, und ich...«

Babalatchi ließ sich von außerhalb des Feuerscheins mit kühler Verachtung vernehmen:

»Haï-ya! Das hast du schon einmal gesagt. Falls sie geht, soll ich sterben. Sehr gut! Aber wird sie deshalb zurückkommen – Tuan? Falls ich dahinterstecke, dann wird es gut gemacht, o Weißer! Und – wer weiß – du wirst dann ohne sie leben müssen.«

Willems schnappte nach Luft und schreckte zurück wie ein Wanderer, der munter auf einem Weg dahinschreitet, den er für ungefährlich hält, und gerade noch im letzten Augenblick den bodenlosen Abgrund bemerkt, der sich vor seinen Füßen auftut. Babalatchi trat nun wieder ins Licht und näherte sich Willems von der Seite, wobei er den Kopf schräg zurückgeneigt hielt, um mit dem einzigen ihm verbliebenen Auge den großen weißen Mann voll anblicken zu können.

»Du drohst mir«, sagte Willems undeutlich.

»Ich, Tuan!« rief Babalatchi, und in seiner gespielten Überraschung klang eine Spur von Ironie. »Ich, Tuan? Wer hat denn vom Sterben gesprochen? Ich etwa? Nein! Ich habe nur vom Leben gesprochen! Nur vom Leben. Von einem langen Leben für einen einsamen Mann.«

Beide standen schweigend am Feuer, und jeder von ihnen war sich auf seine Weise der Bedeutung der vergehenden Minuten bewußt. Babalatchi gewann aus seinem Fatalismus nur geringen Trost in dieser Spannung, denn kein Fatalismus kann den Gedanken an die Zukunft, den Wunsch nach Erfolg, die Pein ertöten, die man empfindet, wenn man die Offenbarung der unabänderlichen Verordnungen des Himmels erwartet. Fatalismus wird aus der Angst vor dem Mißerfolg geboren, denn alle glauben wir, daß wir den Erfolg in Händen tragen, doch ahnen wir, daß unsere Hände schwach sind. Babalatchi sah Willems an und beglückwünschte sich zu der Geschicklichkeit, mit der er diesen weißen Mann behandelte. Da stand der Lotse für Abdulla – das Opfer, mit dem Lingards Zorn im Fall des Mißlingens beschwichtigt werden sollte. Babalatchi wollte schon dafür sorgen, daß Willems bei jeder Gelegenheit vorgeschoben würde. Sollten die weißen Männer doch alles unter sich ausmachen. Sie waren Narren. Er haßte sie, diese starken Narren, und wußte, daß seiner redlichen Klugheit am Ende doch der sichere Sieg zufallen mußte.

Willems ermaß bekümmert den Grad seiner Erniedrigung. Er, ein Weißer, der von Weißen bewundert worden war, befand sich in den Händen dieser erbärmlichen Wilden und war im Begriff, zu ihrem Werkzeug zu werden. Er haßte sie – sein Blut, sein sittliches Empfinden, seine Klugheit haßten sie. Mit Schrecken und Mitleid sah er sich selbst. Er war Aissa verfallen. Er hatte von solchen Dingen gehört, hatte von Frauen gehört, die... Aber solche Geschichten hatte er nie geglaubt... und doch waren sie wahr. Nur schien seine eigene Gefangenschaft noch vollständiger, noch schrecklicher und endgültiger, ohne jede Hoffnung auf Erlösung. Er staunte über die Bosheit der Vorsehung, die ihn zu dem gemacht hatte, was er war; die, schlimmer noch, Kreaturen wie Almayer am Leben ließ. Almayer gegenüber hatte er mit seinem Besuch seine Pflicht erfüllt. Warum hatte Almayer ihn nicht verstanden? Alle Menschen waren Narren. Er hatte ihm eine Chance geboten, aber der Kerl hatte ihn einfach nicht begriffen. Das war auch für ihn, Willems, sehr übel. Er wollte Aissa von ihrem eigenen Volk absondern, und deshalb hatte er sich herabgelassen, Almayer aufzusuchen. Er prüfte sich. Mit sinkendem Mut kam ihm die Überzeugung, daß er ganz einfach ohne sie nicht leben könne. Das war entsetzlich und zugleich beseeligend. Er erinnerte sich der ersten Tage, ihrer Erscheinung, ihres Gesichtes, ihres Lächelns, ihrer Augen, ihrer Worte. Eine Wilde! Aber er merkte, daß er an nichts anderes denken konnte als an die drei Tage der Trennung und die wenigen Stunden, die seit der Wiedervereinigung verstrichen waren. Nun wohl. Konnte er sie nicht fortbringen, würde er eben zu ihr gehen... einen Augenblick lang verspürte er ein boshaftes Vergnügen bei dem Gedanken, daß seine Handlungen nicht mehr ungeschehen gemacht werden konnten. Er hatte sich aufgegeben. Er war stolz darauf. Er war bereit, sich allem entgegenzustellen, alles zu tun. Er scherte sich um nichts, um niemanden. Er hielt sich für sehr mutig, tatsächlich war er aber nur trunken; berauscht von dem Gift leidenschaftlicher Erinnerungen.

Er streckte die Hände über das Feuer, sah auf und rief: »Aissa!«

Sie mußte sehr nahe gewesen sein, denn sie tauchte sogleich im Feuerschein auf. Ihr Oberkörper war von den schweren Falten eines Kopftuches verhüllt, das sie tief in die Stirn gezogen und dessen Ende sie über beide Schultern geworfen hatte, so daß es auch den unteren Teil ihres Gesichtes verbarg. Einzig ihre Augen waren sichtbar – dunkel und schimmernd wie eine sternhelle Nacht.

Beim Anblick dieser befremdlichen, vermummten Gestalt war Willems gereizt, verblüfft und ratlos. Der ehemalige Prokurist des reichen Hudig hatte ganz bestimmte Vorstellungen von Schicklichkeit. Bei diesen Vorstellungen suchte er nun Schutz vor den traurigen Mangroven, der Dunkelheit der Wälder und den heidnischen Seelen der Wilden, die seine Herren waren. Aissa hatte sich so vermummt, weil ein Mann ihrer Rasse in der Nähe war. Er hatte es ihr ausdrücklich verboten, aber sie hörte einfach nicht auf ihn. Sie sah aus wie ein wandelndes Bündel billiger Baumwolle. Er war wütend. Ob seine Vorstellungen sich je so ändern würden, daß sie mit Aissas Auffassungen von dem, was kleidsam, schicklich und wohlanständig war, übereinstimmten? Er fürchtete wirklich, daß es mit der Zeit dazu kommen könne. Das schien ihm entsetzlich. Sie jedenfalls würde sich nie ändern! Diese Äußerung ihres Begriffes von Wohlanständigkeit war nur ein weiterer Beweis für ihr hoffnungsloses Anderssein, so etwas wie ein weiterer Schritt hinab für ihn. Sie war gar zu verschieden von ihm. Er war so zivilisiert! Es wurde ihm plötzlich klar, daß er nichts mit ihr gemeinsam hatte – keinen Gedanken, keine Empfindung; er konnte ihr auch nicht den einfachsten Beweggrund für irgendeine seiner Handlungen verständlich machen ... und er konnte ohne sie nicht leben.

Der mutige Mann, der Babalatchi gegenüberstand, keuchte

plötzlich, und dieses Keuchen war fast ein Ächzen. In dieser geringfügigen Angelegenheit – daß sie sich nämlich gegen seinen Willen verschleiert hatte – sah er die Offenbarung eines unermeßlichen Unglücks. Sie steigerte noch die Verachtung, die er für sich als den Sklaven einer Leidenschaft empfand, die er stets verspottet hatte. Er verachtete sich dafür, daß er nicht imstande war, seinen Willen durchzusetzen. Sein Wille, seine Empfindungen, seine Persönlichkeit – dies alles schien untergegangen in seiner abscheulichen Begierde, in der überwältigenden Verlockung, die von dieser Frau ausging. Selbstverständlich war er nicht imstande, die Ursachen seines Elends deutlich zu erkennen; niemand aber ist so einfältig, daß er nicht das Leiden erkennt, niemand so stumpf, daß er nicht den Anprall widerstreitender Triebe fühlt und darunter leidet. Der Unwissende muß unter dieser Verwirrung ebenso leiden wie der Weise, doch erscheint ihm die Pein des Kampfes und der Niederlage befremdlich, geheimnisvoll, unnötig und nicht gerechtfertigt. Er sah sie, und er sah sich selbst. Er bebte am ganzen Leib vor Zorn, als habe man ihm ins Gesicht geschlagen. Plötzlich lachte er; aber sein Lachen war wie das verzerrte Echo einer fernen, verkrampften Lustigkeit.
Von der anderen Seite des Feuers sagte Babalatchi hastig: »Tuan Abdulla kommt.«

## XII

Als Abdulla aus Omars Hütte trat, fiel sein Blick sogleich auf Willems. Selbstverständlich hatte er einen weißen Mann zu sehen erwartet, nicht aber diesen, den er so gut kannte. Wer zwischen den Inseln Handel trieb und irgendwelche Geschäfte mit Hudig hatte, kannte Willems. Während der letzten beiden Jahre seines Aufenthaltes in Makassar hatte der Prokurist, nur von

Hudig unauffällig beaufsichtigt, den gesamten örtlichen Handelsverkehr des Hauses abgewickelt. Willems war also jedermann und auch Abdulla bekannt – doch wußte dieser nicht, daß Willems in Ungnade war. Die ganze Angelegenheit war in der Tat ganz diskret beigelegt worden, so diskret, daß eine Menge Leute in Makassar annahmen, er befinde sich auf einer vertraulichen Mission. Überrascht zögerte Abdulla auf der Schwelle. Er hatte sich darauf vorbereitet, irgendeinem Seemann zu begegnen – einem ehemaligen Besatzungsmitglied Lingards, einem gemeinen Mann – mit dem er vielleicht Schwierigkeiten haben, der ihm aber keinesfalls gewachsen sein würde. Statt dessen sah er sich einem Individuum gegenüber, dessen Ruf, ein gerissener Geschäftsmann zu sein, ihm wohlbekannt war. Wie kam Willems hierher? Und warum? Abdulla erholte sich von seiner Überraschung und näherte sich würdevoll dem Feuer, wobei er Willems fest anblickte. Zwei Schritte vor Willems blieb er stehen und hob gemessen die rechte Hand zur Begrüßung. Willems neigte leicht den Kopf, und nach einer Weile begann er zu sprechen.

»Wir kennen einander, Tuan Abdulla«, sagte er und gab sich dabei eine gleichmütige Miene.

»Wir hatten Geschäfte miteinander«, erwiderte Abdulla feierlich, »aber das war an einem weit entfernten Ort.«

»Vielleicht haben wir auch hier Geschäfte miteinander«, sagte Willems.

»Auf den Ort kommt es nicht an. Das Geschäft verlangt nur, daß man keine Vorurteile und ein aufrichtiges Herz habe.«

»Sehr wahr. Ich habe keine Vorurteile, und mein Herz ist aufrichtig. Ich will dir sagen, warum ich hier bin.«

»Ist das notwendig? Man verläßt die Heimat und lernt das Leben kennen. Man reist. Reisen bedeutet Sieg! Du wirst klüger als zuvor zurückkehren.«

»Ich werde niemals zurückkehren«, versetzte Willems. »Ich

habe mit meinem Volk gebrochen. Ich bin ein Mann ohne Brüder. Ungerechtigkeit vernichtet die Treue.«

Abdulla drückte sein Erstaunen aus, indem er die Brauen hob. Gleichzeitig vollführte er mit dem Arm eine unbestimmte Geste, die für ein zustimmendes und versöhnliches »Ganz recht« gelten konnte.

Bis dahin hatte der Araber von Aissa, die am Feuer stand, noch keine Notiz genommen, doch nun unterbrach sie das Schweigen, das auf Willems' Erklärung gefolgt war. Mit einer Stimme, die sehr durch ihren Umhang gedämpft wurde, richtete sie einige Begrüßungsworte an Abdulla, wobei sie ihn als einen Verwandten ansprach. Abdulla warf ihr einen schnellen Blick zu, sah dann aber als wohlerzogener Mann vor sich zu Boden. Sie streckte die Hand gegen ihn aus, die mit einem Zipfel ihres Schleiers bedeckt war, er ergriff sie und drückte sie zweimal. Dann ließ er sie los und wandte sich Willems zu. Aissa sah beide Männer durchdringend an, dann zog sie sich zurück und schien von einem Augenblick zum nächsten mit der Nacht zu verschmelzen.

»Ich weiß, weshalb du hier bist, Tuan Abdulla«, sagte Willems; »jener Mann dort hat es mir gesagt.« Er nickte zu Babalatchi hin und fuhr dann langsam fort, »es wird nicht einfach sein.«

»Allah macht alles leicht«, warf der etwas entfernt stehende Babalatchi fromm ein.

Beide Männer drehten sich rasch zu ihm um und betrachteten ihn nachdenklich, als erwögen sie den Wahrheitsgehalt dieser Behauptung. Unter ihrem beharrlichen Blick überkam Babalatchi ein ungewohntes Gefühl der Schüchternheit, und er wagte nicht näherzutreten. Schließlich machte Willems eine leichte Bewegung, Abdulla schloß sich bereitwillig an, und beide wandelten den Hof hinunter; ihre Stimmen erstarben in der Dunkelheit. Bald hörte man sie zurückkommen, und als ihre Gestalten sich aus der Dunkelheit lösten, wurden auch ihre Stimmen deutlich. Am Feuer angelangt, wandten sie sich wieder um, und Babalatchi fing einige Worte auf. Willems sagte gerade:

»In meiner Jugend bin ich jahrelang mit ihm auf See gewesen. Als wir nun dieses Mal in den Fluß einliefen, habe ich mir alles gut gemerkt.«

Abdulla machte eine allgemeingehaltene zustimmende Bemerkung.

»In der Vielfalt des Wissens liegt Sicherheit«; sagte er; dann waren sie wieder außer Hörweite.

Babalatchi lief zum Baum hinüber, huschte in die undurchdringliche Schwärze unter dem Gezweig und lehnte sich gegen den Stamm. Er war hier etwa in der Mitte zwischen dem Feuer und dem anderen Ende der Strecke, welche die beiden Männer hin und her wandelnd zurücklegten. Sie gingen dicht an ihm vorüber. Abdulla schlank, steif aufgerichtet, den Kopf erhoben; seine Hände hingen ruhig herunter und bewegten mechanisch die Gebetsschnur. Willems groß und breit, und im Vergleich zu der zierlichen, weiß gekleideten Gestalt, neben der er nachlässig dahinschlenderte, noch größer und stärker wirkend; wenn der andere zwei Schritte machte, tat Willems nur einen; er gestikulierte heftig mit den Armen und beugte sich immer wieder vor, um Abdulla ins Gesicht zu sehen.

Sie gingen ein halb Dutzend Male dicht an Babalatchi vorüber, und jedesmal, wenn sie sich zwischen ihm und dem Feuer befanden, konnte er sie deutlich sehen. Gelegentlich blieben sie stehen, Willems redete heftig, und Abdulla lauschte mit gespannter Aufmerksamkeit, und wenn der andere zu Ende gesprochen hatte, neigte er leicht den Kopf, als gebe er irgendeiner Forderung nach oder stimme einer Behauptung zu. Hin und wieder verstand Babalatchi ein Wort, einen halben Satz, einen Ausruf. Von Neugier getrieben, wagte er sich bis

an den Rand des schützenden Schattens. Sie kamen wieder näher, und er hörte, wie Willems sagte:
»Du zahlst, sobald ich an Bord komme. Das muß ich haben.«
Abdullas Antwort verstand er nicht. Als sie wieder vorüberkamen, sagte Willems:
»Mein Leben ist ohnehin in deiner Hand. Das Boot, das mich zu deinem Schiff bringt, muß Omar das Geld bringen. Du mußt es in einem versiegelten Beutel bereithalten.«
Wieder waren sie außer Hörweite, statt aber umzukehren, blieben sie am Feuer stehen und sahen einander an. Willems fuchtelte mit der erhobenen Hand über dem Kopf herum und redete ununterbrochen. Dann zog er mit einem Ruck den Arm an sich und stampfte mit dem Fuß auf. Eine Weile standen beide unbeweglich. Der gespannt hinschauende Babalatchi beobachtete, wie Abdullas Lippen sich fast unmerklich bewegten. Plötzlich ergriff Willems die herabhängende Hand des Arabers und schüttelte sie. Babalatchi atmete erleichtert auf. Die Besprechung war vorüber. Offenbar war alles gut verlaufen.
Er wagte es nun, sich den beiden Männern zu nähern, die ihn erblickten und schweigend warteten. Willems hatte sich schon wieder ganz in sich selbst zurückgezogen und sah finster und unbeteiligt drein. Abdulla trat einige Schritte zur Seite. Babalatchi sah ihn fragend an.
»Ich gehe jetzt«, sagte Abdulla, »und werde bis zum zweiten Sonnenuntergang an der Flußmündung auf dich warten, Tuan Willems. Ich weiß, daß du nur ein Wort hast.«
»Nur ein Wort«, wiederholte Willems.
Abdulla und Babalatchi gingen zusammen über den Hof und ließen den Weißen allein beim Feuer zurück.
Die beiden Araber, die Abdulla begleitet hatten, schritten vor ihnen her und traten durch die kleine Tür in den hellen, von Stimmengemurmel erfüllten Haupthof, doch Babalatchi und Abdulla hielten sich noch diesseits des Zaunes. Abdulla sagte:

»Es ist alles geordnet. Wir haben viele Dinge beredet. Er ist einverstanden.«

»Wann?« fragte Babalatchi eifrig.

»Heute über zwei Tage. Ich habe alles versprochen. Ich habe die Absicht, vieles davon zu halten.«

»Deine Hand ist immer offen, o Großmütigster unter den Gläubigen! Du wirst auch deinen Diener nicht vergessen, der dich herbeigerufen hat. Habe ich nicht die Wahrheit gesprochen? Frißt er ihr nicht aus der Hand wie ein Hund?«

Abdulla schien diese letzte Behauptung mit einer weitausholenden Armbewegung wegwischen zu wollen und sagte langsam und eindringlich:

»Es darf ihm nichts geschehen, verstehst du mich? Es darf ihm ebensowenig geschehen, als wäre er bei seinem eigenen Volk – bis...«

»Bis wann?« flüsterte Babalatchi.

»Bis ich es sage«, versetzte Abdulla. »Was nun Omar angeht...«, er zögerte ein wenig und sagte dann leise: »Er ist sehr alt.«

»Haï-ya! Alt und krank«, murmelte Babalatchi, plötzlich ganz melancholisch.

»Er wollte, daß ich den weißen Mann töte. Er flehte mich an, ihn auf der Stelle töten zu lassen«, sagte Abdulla verächtlich und ging auf die Tür zu.

»Er ist ungeduldig«, sagte Babalatchi entschuldigend, »wie alle, die den Tod nahen fühlen.«

»Omar soll bei mir wohnen«, fuhr Abdulla fort, »wenn... aber das ist jetzt nicht wichtig. Vergiß nicht: dem Weißen darf nichts geschehen.«

»Er lebt in deinem Schatten«, erwiderte Babalatchi feierlich. »Mehr bedarf es nicht!« Er berührte seine Stirn und trat zurück, um Abdulla vorangehen zu lassen.

Und nun sind sie wieder im Hof, aus dem sich bei ihrem Erscheinen alle Teilnahmslosigkeit verflüchtigt. Alle Gesichter sehen wieder gespannt und interessiert auf. Lakamba nähert sich seinem Gast, blickt dabei aber Babalatchi an, der ihm zuversichtlich und bestätigend zunickt. Lakamba bemüht sich ungeschickt um ein Lächeln, und während er mit seiner angeborenen und nicht zu verbergenden Verdrossenheit unter gerunzelten Brauen her den Mann betrachtet, den er ehren möchte, fragt er ihn, ob er die Güte haben wolle, seinen Sitz einzunehmen und zu speisen? Oder ob er es vorziehe, der Ruhe zu pflegen? Das Haus samt allem was darin sei, stehe ihm ebenso zur Verfügung wie all die vielen Männer, die aus ehrerbietiger Entfernung das Gespräch beobachten. Syed Abdulla drückt die Hand seines Gastgebers an die Brust und murmelt ihm vertraulich zu, daß er die Gewohnheiten des Asketen und ein zur Melancholie neigendes Temperament habe. Keine Ruhe; keine Speisen; keinerlei Aufträge für die vielen Männer, die seinem Gastgeber gehorchen. Syed Abdulla will so schnell wie möglich abfahren. Lakamba ist bekümmert, aber höflich auf seine schwerfällige, düstere Manier. Tuan Abdulla müsse wenigstens viele ausgeruhte Bootsleute nehmen, um die dunkle, ermüdende Reise abzukürzen. Heda! Boote!

Am Ufer stürzen sich undeutliche Gestalten in eine lärmende, ungeordnete Tätigkeit. Man vernimmt Rufe und Befehle, Scherzworte und Schimpfreden. Fackeln lodern auf und verbreiten viel mehr Rauch als Licht, und in ihrem roten Schein tritt Babalatchi heran, um zu melden, daß die Boote bereit liegen.

Durch dieses geisterhafte Licht wandelt Syed Abdulla in seinem langen, weißen Gewand wie ein würdevolles Gespenst, zwei untergeordnete Schatten zur Seite, und steht nun an der Lände, um Abschied zu nehmen von seinem Gastgeber und Verbündeten – den er liebt. Syed Abdulla sagt dies klar und deutlich, ehe er sich einschifft; er nimmt in der Mitte eines der Kanus unter einem kleinen Baldachin Platz, einer Bahn blauen Tuches, die über vier Pfosten gebreitet ist. Vor und hinter Abdulla hocken Männer mit erhobenem Paddel, bereit, sie gleichzeitig ins Wasser zu tauchen. Fertig! Nein, noch nicht. Das Ganze halt! Syed Abdulla läßt sich noch einmal vernehmen, während Lakamba und Babalatchi am Ufer stehen, um seine Worte zu hören. Seine Rede ist ermutigend. Ehe noch die Sonne zum zweitenmal aufgeht, werden sie sich wiedersehen, und endlich wird Syed Abdullas Schiff auf dem Wasser dieses Flusses schwimmen! Lakamba und Babalatchi zweifeln nicht daran – wenn es denn Allahs Wille ist. Sie befinden sich in den Händen des Allgütigen, daran kann kein Zweifel sein. Und das gilt auch für Syed Abdulla, den großen Handelsherrn, der gar nicht weiß, was das Wort Fehlschlag bedeutet; und ebenso gilt es für den Weißen – den gerissensten Geschäftsmann im Archipel –, der nun an Omars Feuer liegt, den Kopf in Aissas Schoß, während Syed Abdulla auf dem schlammigen Strom, zwischen den schwarzen Mauern schlafender Wälder dahinfliegt, von Strömung und Paddeln getrieben; auf dem Weg nach der offenen See, wo der *Herr der Inseln* (ehemaliger Heimathafen Greenock, dann für seeuntüchtig erklärt, verkauft, und nun in seinem neuen Heimathafen Penang registriert) seinen Eigentümer erwartet und in der launischen Strömung unter den zerbröckelnden roten Klippen von Tanjong Mirrah an seiner Ankertrosse zerrt.

Eine Zeitlang blickten Lakamba, Sahamin und Bahassoen schweigend in die feuchte Schwärze, die das große Kanu verschluckt hatte, das Abdulla und sein unwandelbares Glück davontrug. Dann begannen die beiden Gäste ein Gespräch, in dem sich ihre freudige Erwartung ausdrückte. Der ehrwürdige Sahamin fand, wie es seinem vorgeschrittenen Alter zukam, großes Vergnügen daran, Pläne für eine doch immerhin noch fernliegende Zukunft zu schmieden. Er würde Praus kaufen, Expeditionen den Fluß hinauf schicken, seinen Handel vergrößern und mit Hilfe von Abdullas Kapital in wenigen Jahren ein reicher Mann sein. In sehr wenigen Jahren. Unterdessen konnte es nicht schaden, morgen noch einmal bei Almayer vorzusprechen; es galt, den letzten Tag des Wohlstandes dieses verhaßten Menschen zu nutzen und Waren auf Kredit von ihm zu nehmen. Sahamin glaubte, dies durch geschickt angebrachte Schmeichelei bewerkstelligen zu können. Jener Sohn Satans war schließlich ein Tropf, und die Sache würde sich unbedingt lohnen, da die bevorstehende Revolution alle Schulden tilgen würde. Sahamin fand auch nichts dabei, diesen Gedanken unter reichlichem senilem Kichern seinen Gefährten mitzuteilen, während sie gemächlich vom Fluß auf das Haus zuschritten. Der stiernackige Lakamba hörte schmollend ohne die Spur eines Lächelns und ohne das geringste Funkeln in seinen trüben blutunterlaufenen Augen zu, während er zwischen seinen beiden Gästen über den Hof schlurfte. Plötzlich aber unterbrach Bahassoen in seiner jugendlichen Begeisterung das Gefasel des alten Mannes... Handel sei ja schön und gut, doch schließlich habe die Wendung, die ihrer aller Glück herbeiführen solle, noch nicht stattgefunden. Man müsse unbedingt mit starker Hand den weißen Mann seiner Schätze berauben! ... Er wurde erregt, sprach immer lauter, und seine weiteren Ausführungen, die er mit der Faust auf dem Schwertgriff von sich gab, befaßten sich etwas unzusammenhängend mit den altehrwürdigen Themen des Halsabschneidens und der Brandstiftung wie auch mit der weithin berühmten Tapferkeit seiner Vorfahren.

Babalatchi blieb zurück, allein mit seinen großen Plänen. Der weise Staatsmann von Sambir schickte seinem edlen Beschützer und den Freunden dieses edlen Beschützers einen verächtlichen Blick nach und vertiefte sich dann in Spekulationen über jene Zukunft, die den anderen schon als so gesichert erschien. Auf Babalatchi traf dies nicht zu. Er büßte für seine Klugheit mit einem unbestimmten Mißtrauen, das seinem ermüdeten Körper den Schlaf fernhielt. Als es ihm schließlich an der Zeit schien, sich vom Ufer zu entfernen, schlängelte er sich am Zaun entlang und vermied die Mitte des Hofes, wo kleine Feuer glühten und flackerten, als reflektiere die dort herrschende unheimliche Dunkelheit die Sterne, die am klaren Himmel standen. Er drückte sich an der Tür zu Omars Hof vorbei und schlich geduldig am Bambuszaun dahin, bis er die Stelle erreichte, wo dieser Zaun an die schwerere Pfahlbefestigung von Lakambas Privathof grenzte. Von hier aus konnte er über den Zaun Omars Hütte und das Feuer vor dem Eingang sehen. Er konnte auch die Schatten zweier Menschen sehen, die zwischen ihm und der roten Glut des Feuers saßen. Ein Mann und eine Frau. Dieser Anblick erfüllte den sorgenzerfurchten Weisen mit dem frivolen Wunsch, sich ein Liedchen zu singen. Man konnte es kaum ein Lied nennen, es war mehr ein Rezitativ ohne Rhythmus, das hastig aber deutlich mit krächzender, schwankender Stimme vorgetragen wurde; und wenn Babalatchi es für ein Lied hielt, so war es doch ein Lied zu einem bestimmten Zweck und vielleicht deshalb künstlerisch mangelhaft. Es zeigte alle Unvollkommenheiten laienhafter Improvisation und handelte von einem grausigen Gegenstand. Es erzählte von Schiffbruch, von Durst und von dem Bruder, der den Bruder um eines Wasserschlauches willen tötet. Eine abstoßende Erzählung, die wohl einen Zweck haben mochte, jedoch keinerlei Moral besaß. Doch muß Babalatchi Vergnügen daran gefunden haben, denn er wiederholte sie zweimal, das zweite Mal sogar noch lauter, und scheuchte damit die weißen Vögel und die wilden Tauben auf, die in den Zweigen des großen Baumes in Omars Hof nisteten. Im dichten Laub über dem Kopf des Sängers wurden verwirrtes Flügelschlagen, verschlafene Bemerkungen in der Vogelsprache und lautes Rascheln vernehmbar. Die Gestalten am Feuer bewegten sich; der Schatten der Frau veränderte seine Form, und Babalatchis Lied erstarb plötzlich in einem Anfall gedämpften, hartnäckigen Hustens. Nach dieser Unterbrechung nahm er seine Bemühungen nicht noch einmal auf, sondern schlich sich von dannen, um, wenn schon nicht den Schlaf, dann doch wenigstens Ruhe zu finden.

## XIII

Abdulla und seine Begleiter hatten kaum den Hof verlassen, als Aissa zu Willems trat und neben ihm stehenblieb. Er nahm keine Notiz davon, daß sie ganz offenbar etwas von ihm erwartete; erst als sie ihn sanft anrührte, drehte er sich wütend um, riß ihr den Schleier ab und trampelte darauf herum, als sei dieser Schleier sein Todfeind. Sie betrachtete ihn mit dem leisen Lächeln beharrlicher Neugier, mit dem verblüfften Interesse, mit dem der Laie der Arbeit einer hochkomplizierten Maschine zusieht. Nachdem er seinem Zorn Luft gemacht hatte, stand er wieder kalt und unnahbar da und blickte ins Feuer; der harte Zug um seinen Mund verschwand aber augenblicklich, als er ihre Finger in seinem Nacken fühlte; seine Augen flackerten, seine Lippen bebten. Schnell und gefügig wie ein Metallsplitter, der, eben noch ruhend, im nächsten Augenblick schon dem starken Magneten entgegenfliegt, stürzte er zu ihr, schloß sie in die Arme und drückte sie ungestüm an die Brust. Er ließ sie dann aber ebenso plötzlich los; sie stolperte ein wenig, trat zurück, atmete heftig mit offenem Mund und sagte entzückt und gleichzeitig vorwurfsvoll: »O du Narr! Was hättest du nun angefangen, wenn du mich in deinen starken Armen erdrückt hättest?«

»Du möchtest also leben... und wieder fortlaufen«, sagte er leise. »Nicht wahr?«
Sie näherte sich ihm mit kleinen Schritten, den Kopf zur Seite geneigt, die Hände in die Hüften gestemmt, und wiegte sich leicht hin und her; diese Annäherung war noch quälender als eine Flucht. Er sah ihr zu, erwartungsvoll – verzaubert.
Sie sagte scherzend: »Was soll ich zu einem Mann sagen, der mich drei Tage allein gelassen hat? Drei!« wiederholte sie und hielt schalkhaft drei Finger hoch. Willems haschte nach ihrer Hand, doch Aissa war schneller und versteckte sie hinter dem Rücken.
»Nein!« sagte sie. »Ich lasse mich nicht fangen. Aber ich werde kommen. Ich komme von ganz allein, weil es mir so gefällt. Rühr dich nicht. Faß mich nicht an mit deinen gewaltigen Händen, o Kind!«
Während dieser Worte trat sie einen Schritt näher, dann noch einen. Willems blieb unbeweglich. Sie preßte sich an ihn, stellte sich auf die Zehenspitzen, um ihm in die Augen zu sehen, und ihre eigenen Augen öffneten sich weit, leuchtend und zärtlich, fordernd und gewährend. Sie sog ihm förmlich die Seele durch die unbeweglichen Pupillen aus dem Leib. Unter ihrem saugenden Blick schwand auch die letzte Spur von Vernunft aus Willems' Zügen, und statt dessen erschien darauf ein Ausdruck physischen Behagens, ein Widerschein der verzückten Sinnenlust, die von seinem erstarrten Körper Besitz ergriffen hatte; eine Verzückung, die Reue, Zaudern und Zweifel wegfegte, und von deren verheerendem Werk ein Ausdruck stumpfsinniger Glückseligkeit auf seinem Gesicht deutlich genug sprach. Er rührte sich nicht, atmete kaum, sog nur mit allen Poren die Wonne ein, welche diese enge Berührung ihm verschaffte.
»Näher! Näher!« murmelte er.
Sie hob langsam die Arme, legte sie um seine Schultern und

verschränkte die Hände hinter seinem Nacken. Dann ließ sie sich mit gestreckten Armen an ihm heruntergleiten, ihr Kopf fiel zurück, die Augenlider schlossen sich ein wenig, und ihr dichtes Haar hing senkrecht herab: eine ebenholzschwarze Fülle, in der die roten Lichter des Feuers spielten. Unter dieser Last gab er keinen Finger breit nach, er stand aufrecht und bewegungslos wie einer der großen Bäume in den Wäldern ringsum; er blickte dabei auf die Linie ihres Kinnes, den Umriß ihres Halses und ihres schwellenden Busens mit dem gierigen und gesammelten Blick des Hungernden, der Nahrung sieht. Sie zog sich an ihm hinauf und rieb ihren Kopf sanft und zärtlich an seiner Wange. Er seufzte. Die Hände immer noch auf seinen Schultern, blickte sie zu den ruhigen Sternen auf und sagte: »Die Nacht ist halb vorüber. Wir wollen hier am Feuer bleiben. Hier am Feuer sollst du mir alles berichten: deine Worte und Syed Abdullas Worte; und während ich dir zuhöre, will ich die drei Tage vergessen – denn ich bin gut. Sag – bin ich gut?«

Er antwortete verträumt: »Ja«, und sie lief zum großen Haus hinüber.

Als sie zurückkam, trug sie auf dem Kopf ein Bündel Matten; er hatte das Feuer geschürt und half ihr nun bereitwillig, ein Lager an der der Hütte zugekehrten Seite des Feuers herzurichten. Sie ließ sich mit schnellen, aber sehr anmutigen und beherrschten Bewegungen nieder, während er sich ungeduldig der Länge nach hinwarf, als wünsche er, jemandem zuvorzukommen. Sie legte seinen Kopf auf ihre Knie, und als er ihre Hand auf seinem Gesicht, ihre Finger in seinem Haar spürte, sah er aus wie jemand, von dem Besitz ergriffen wird; er empfand Frieden, Ruhe und Glück, ein besänftigendes Wohlgefühl. Seine Hand hob sich und legte sich um ihren Hals, und er zog sie zu sich herunter, damit ihr Gesicht über dem seinen sei. Dann flüsterte er: »So möchte ich sterben – jetzt!«

Sie sah ihn aus ihren großen dunklen Augen an, in denen kein erwiderndes Aufleuchten sichtbar wurde. Sein Einfall entzog sich so vollständig ihrem Begriffsvermögen, daß sie diese Worte achtlos hingehen ließ wie den Hauch des Windes, wie eine vorüberziehende Wolke. Obwohl sie eine Frau war, begriff sie in ihrer Einfalt doch nicht, welch ungeheuerliche Schmeichelei diese Worte enthielten, vernahm sie nicht das Flüstern eines tödlichen Glückes, das so aufrichtig, so triebhaft, so geradenwegs aus dem Herzen drang – wie alle Verderbtheit. Was da sprach, war der Wahnsinn, war die aberwitzige Illusion, Frieden gefunden zu haben, war jenes Glück, das so verrucht, so feige und so köstlich ist, daß ein verblendetes Hirn sich weigert, an das Ende zu denken: denn das Ende bedeutet für die Opfer solchen Glückes den Neubeginn jener Qual, mit der es bezahlt werden muß.
Mit leicht gerunzelter Stirn und ganz ihren eigenen Wunschvorstellungen hingegeben, sagte sie: »Nun berichte ausführlich, wiederhole alle Worte, die zwischen dir und Syed Abdulla gesprochen wurden.«
Was berichten? Welche Worte? Ihre Stimme hatte das Schuldbewußtsein wieder geweckt, das unter ihrer Berührung verlorengegangen war, und er wurde sich der vergehenden Minuten bewußt, deren jede wie ein Vorwurf war; jener Minuten, die langsam und zögernd, aber unaufhaltsam in die Vergangenheit fielen und seine Schritte auf dem Wege ins Verderben bezeichneten. Nicht etwa, daß er eine feste Vorstellung, ja auch nur eine Ahnung davon gehabt hätte, wie dieser Leidensweg einmal enden könnte. Er spürte nur, daß ihm Leid drohte, er empfand das undeutlich, wie die noch unbestimmte Ankündigung einer bevorstehenden Krankheit, wie eine unverständliche Warnung vor dem Bösen, eine Warnung gemischt aus Furcht und Lust, aus Gefügigkeit und Auflehnung. Er schämte sich seines Gemütszustandes. Wovor fürchtete er sich

eigentlich? Hatte er etwa Gewissensbisse? Warum zögerte er denn, an sein Vorhaben zu denken, davon zu sprechen? Gewissensbisse hatten nur Schwachköpfe. Es war seine eindeutige Pflicht, für sein eigenes Glück zu sorgen. Hatte er denn Lingard je einen Treueid geschworen? Nein. Nun – dann wollte er nicht dulden, daß die Interessen dieses alten Esels sich zwischen Willems und sein Glück stellten. Glück? War er vielleicht auf der falschen Fährte? Glück war gleichbedeutend mit Geld, mit viel Geld. Jedenfalls hatte er das geglaubt, bis er jenen neuen Empfindungen ausgeliefert wurde, die...

Aissas ungeduldig wiederholte Frage unterbrach sein Grübeln. Er sah zu ihr auf, deren Gesicht im schwachen Feuerschein glänzte, streckte sich behaglich aus, und ihrem Wunsch gehorchend, begann er flüsternd zu erzählen. Den Kopf nahe seinen Lippen hörte sie aufmerksam und reglos zu. Nach und nach wurde es im Hof nebenan still, der Schlaf brachte alle Stimmen zum Verstummen, schloß alle Augen. Dann begann jemand ein Lied zu summen und zog dabei das Ende eines jeden Verses näselnd in die Länge. Willems wurde unruhig. Aissa legte ihm plötzlich die Hand auf den Mund und richtete sich auf. Man hörte gedämpftes Husten, das Rascheln von Blättern. Dann senkte sich vollkommene Stille über das Land; eine Stille, kalt, trauervoll und tief, dem Tode ähnlicher als dem Frieden, schwerer zu ertragen als der heftigste Lärm. Kaum hatte sie die Hand zurückgezogen, als er auch schon zu reden begann, denn diese vollkommene, absolute Stille, in der seine Gedanken wie Schreie widerzuhallen schienen, war ihm unerträglich.

»Wer hat denn da gesungen?« fragte er.

»Ich weiß es nicht. Jedenfalls ist er jetzt fort«, antwortete sie hastig. »Nun hör gut zu: du wirst nicht zu deinem Volk zurückkehren, weder ohne mich noch mit mir. Versprichst du das?«

»Ich habe es schon versprochen; ich habe kein Volk mehr. Habe ich dir nicht gesagt, daß ich niemanden habe außer dir?«

»Ja, schon«, sagte sie langsam, »ich möchte aber hören, daß du es immer wieder sagst – jeden Tag und jede Nacht, immer, wenn ich es will, und du darfst auch nie böse werden, wenn ich dich darum bitte. Ich fürchte die weißen Frauen, die schamlos sind und grausame Augen haben.« Sie betrachtete ihn aufmerksam und sagte dann: »Sind sie sehr schön? Sie müssen wohl schön sein.«

»Ich weiß es nicht«, flüsterte er nachdenklich, »und wenn ich es je gewußt habe, so habe ich es bei deinem Anblick vergessen.«

»Vergessen! Und drei Tage und zwei Nächte lang hast du auch mich vergessen! Warum? Warum warst du zornig auf mich, als ich dir zum erstenmal von Tuan Abdulla sprach, damals, als wir noch am Bach wohnten? Damals fiel dir etwas ein. Du erinnertest dich an jemanden, der in dem Land lebt, aus dem du kommst. Deine Zunge ist falsch. Wahrlich, du bist ein Weißer, und dein Herz ist voller Trug. Ich weiß es. Und trotzdem kann ich es nicht ändern: ich glaube dir, wenn du von deiner Liebe zu mir sprichst. Doch ich fürchte mich!« Ihre Heftigkeit schmeichelte ihm und irritierte ihn doch auch.

»Nun, ich bin ja hier. Ich bin zurückgekommen und in Wirklichkeit warst ja du es, die fortging.«

»Erst wenn du Abdulla gegen den Raja Laut geholfen hast, der ja der Erste unter den Weißen ist, erst dann werde ich mich nicht mehr fürchten«, flüsterte sie.

»Du mußt mir glauben, wenn ich sage, daß es nie eine andere Frau für mich gegeben hat, daß ich nichts zu bedauern habe, und daß ich mich einzig an meine Feinde erinnere.«

Sie wechselte plötzlich das Thema und flüsterte leidenschaftlich: »Wo kommst du her? Was für ein Land ist das hinter dem großen Meer, aus dem du kommst? Ein Land der Lüge und des Bösen, von dem uns, die wir nicht weiß sind, nur Unglück kommt. Hast du mich nicht aufgefordert, mit dir dorthin zu reisen? Deshalb bin ich fortgegangen.«

»Ich werde dich nie wieder darum bitten.«

»Und es erwartet dich dort wirklich keine Frau?«

»Nein«, sagte Willems fest.

Sie neigte sich über ihn. Ihre Lippen schwebten über seinem Gesicht, und ihr langes Haar streifte seine Wangen.

»Du hast mich die Zärtlichkeiten deines Volkes gelehrt, die der Teufel erdacht hat«, murmelte sie und dann, noch tiefer über ihn geneigt, »so?«

»Ja, so!« antwortete er sehr leise und mit einer Stimme, die vor Begierde zitterte; und plötzlich drückte sie ihre Lippen auf die seinen, während er in einem Übermaß von Wonne die Augen schloß.

Es wurde für eine Weile ganz still. Sie strich zärtlich über seinen Kopf hin, und er lag verträumt da; sein Glück wurde nur von einer Vision gestört, die ihn immer wieder heimsuchte, in der er eine bekannte Gestalt sich von ihm entfernen sah; es war dies ein Mann, der unter seltsamen Bäumen dahinging, deren Blätter ihm wie Augen nachblickten, ein Mann, der nie ganz außer Sichtweite geriet, obwohl er sich immer weiter entfernte, immer kleiner wurde. Er wartete darauf, diese Gestalt verschwinden zu sehen, wünschte ungeduldig ihren Abgang herbei, erwartete ihn mit einer geradezu quälenden Aufmerksamkeit. Irgend etwas an dieser Gestalt kam ihm bekannt vor. Wie denn! Das war er selbst! Er schreckte zusammen und öffnete die Augen, er bebte noch von der schnellen Rückkehr aus so großer Entfernung, von dem Schock, sich so in Blitzesschnelle wieder ans Feuer zurückversetzt zu sehen. Das war ein Wachtraum gewesen; er hatte einige Sekunden in ihren Armen geschlummert. Es war nur der Anfang eines Traumes gewesen, nichts weiter. Aber es bedurfte einiger Zeit, ehe er sich von dem Schrecken erholte, den es ihm versetzt hatte, sich selbst so entschieden, so endgültig, so sorglos davongehen zu sehen; und wohin denn eigentlich? Wenn er nicht noch rechtzeitig erwacht wäre, würde er wohl von dort, von jenem Ort, auf den er sich hinbewegt hatte, nie wieder hierher zurückgekehrt sein. Er war entrüstet. Das war ja wie eine Flucht; das Ding, das da verstohlen fortschlich, während er schlief, war ja nicht besser als ein auf Ehrenwort entlassener Gefangener, der wortbrüchig wird. Er war sehr empört und gleichzeitig wunderte er sich über die Lächerlichkeit seiner Empfindung.

Sie fühlte, wie er zitterte und preßte unter zärtlichem Gemurmel seinen Kopf an ihre Brust. Und wieder kehrte Frieden in ihn ein, ein Frieden so vollkommen wie die Stille um ihn.

Er murmelte: »Du bist müde, Aissa.«

Sie antwortete so leise, daß es mehr wie ein Seufzen klang: »Ich werde deinen Schlaf bewachen, o Kind!«

Nun lag er still da und lauschte dem Pochen ihres Herzens. Leise, schnell, beharrlich und regelmäßig fühlte er ihr Leben gegen seine Wange pochen, und das befestigte sein Besitzergefühl, stärkte seine Überzeugung, tatsächlich der Eigentümer dieses Menschen zu sein, war wie die Verheißung eines unbestimmten, zukünftigen Glücks. Er verspürte nun keine Reue, keine Zweifel und kein Zögern mehr. War das überhaupt jemals der Fall gewesen? Das alles lag so weit zurück, war Jahrhunderte her – war so unwirklich und verblaßt wie die schwindende Erinnerung an einen Fiebertraum. All das Leid, die Sorge, die Kämpfe der letzten Tage; sein erniedrigender Sturz und der Zorn darüber: das alles war ein niederträchtiger Alptraum, eine Schlafgeburt, die vergessen werden und spurlos vergehen mußte. Das wahre Leben aber war: in verträumter Bewegungslosigkeit den Kopf an ihr Herz zu pressen, das so regelmäßig schlug.

Er war jetzt hellwach, von der prickelnden Überwachheit befallen, die den ermüdeten Körper nach wenigen erfrischenden Augenblicken unabweisbaren Schlafes überkommt, und sah aus weit geöffneten Augen auf den Eingang zu Omars Hütte. Die geflochtenen Wände glänzten im Schein des Feuers, Rauch wogte dünn und blau vor dem Eingang, dessen leere Schwärze Willems undurchdringlich und rätselhaft erschien wie ein Vorhang, der große Räume voller Überraschungen verbirgt. Natürlich bildete er sich das nur ein, aber diese Phantasiegebilde waren immerhin so fesselnd, daß er auch den plötzlich aus dem Düstern auftauchenden Kopf für ein solches Gebilde hielt oder doch für den Beginn eines kurzen Traumes, eine neue Grille seines übermüdeten Gehirns. Was er sah, war ein Gesicht mit hängenden Augenlidern, alt, mager und gelb über einem zerzausten, langen, weißen Bart, der die Erde berührte. Ein Kopf ohne Körper also, der sich etwa eine Handbreit über dem Boden am Rande des Lichtkreises leicht hin und her bewegte, als wolle er die Wangen an der Glut des Feuers wärmen. Willems sah mit trägem Erstaunen zu, wie dieser Kopf deutlicher wurde, als komme er näher, und bemerkte nun auch die noch verschwommenen Umrisse eines auf allen vieren daherkriechenden Körpers, der sich Zentimeter um Zentimeter mit lautlosen und kaum wahrnehmbaren Bewegungen ans Feuer heranschob. Er war verblüfft beim Anblick dieses blinden Kopfes, der den gebrechlichen Körper hinter sich herschleifte, ohne einen Laut, ohne die geringste Veränderung des gelassenen Ausdruckes auf dem blinden Gesicht, das im unruhig spielenden Licht des Feuers, von dem es angezogen wurde, bald deutlich sichtbar, bald in den Schatten getaucht war. Ein stummes Gesicht mit einem Kris zwischen den Lippen. Das war kein Traum. Omars Gesicht. Doch warum? Was beabsichtigte er?

Willems war zu träge, zu tief in der beglückenden Erschlaffung

des Augenblickes befangen, um sich diese Frage zu beantworten. Sie schoß ihm durch den Kopf und verschwand gleich wieder, so daß er ungestört dem Pochen ihres Herzens lauschen konnte, jenem kostbaren, feinen Geräusch, das die stille Unendlichkeit der Nacht erfüllte. Als er aufsah, blickte er in das reglose Antlitz der Frau, sah er das zärtliche Schimmern der feuchten weißen Augäpfel hinter den langen Wimpern, deren Schatten auf der sanften Wölbung ihrer Wange ruhte. Unter der Liebkosung dieses Blickes verlor sich das beklemmende Staunen, schmolz die unklare Furcht vor jener Erscheinung, die sich kriechend dem Feuer näherte, das als Wegweiser diente – alles versank in der Besänftigung seiner Sinne, wie Schmerz in der wohligen Gelassenheit schwindet, die auf eine Dosis Opium folgt.
Er änderte die Lage seines Kopfes ein wenig und konnte nun mühelos jene Erscheinung beobachten, die er eine Minute zuvor erblickt und fast schon vergessen hatte. Das Wesen war nähergekommen, lautlos dahingleitend wie der Schatten eines Alptraumes, und nun war es hier, sehr nahe, regungslos, als lausche es; eine Hand und ein Knie vorgestellt, den Hals gereckt und den Kopf dem Feuer zugewandt. Willems konnte das abgemagerte Gesicht, die straff und glänzend über die vorstehenden Backenknochen gespannte Haut sehen, die schwarzen Schatten in den Höhlungen von Schläfen und Wangen und über den Augen, die erstorben waren und nichts erblickten.
Was nur trieb den blinden Krüppel dazu, in die Nacht hinaus und ans Feuer zu kriechen? Willems betrachtete hingerissen dieses Gesicht, auf dem Licht und Schatten wechselten und das, verschlossen und undurchdringlich wie eine vermauerte Tür, nichts verriet. Omar erhob sich nun auf beide Knie, dann ließ er sich auf die Fersen nieder, und seine Hände hingen schlaff herab. Der in seinen Träumen erstarrte Willems sah deutlich den Kris zwischen den Lippen, der wie ein Riegel

quer vor dem Gesicht lag; auf der einen Seite ragte der Griff heraus, dessen glattes Holz die rote Glut des Feuers reflektierte, und auf der anderen Seite endete die Klinge in einer schwärzlichen Spitze. Er wurde von einer heftigen Erregung befallen, die seinen Körper, den Aissa umfangen hielt, vollständig lähmte und ihn in ohnmächtigen Schrecken stürzte. Er begriff plötzlich, daß es sein eigener Tod war, was sich da herantastete, daß es der Haß gegen ihn und der Haß gegen Aissas Liebe zu ihm war, der das hilflose Wrack dieses einst prächtigen und beherzten Seeräubers dazu trieb, eine verzweifelte Tat zu wagen, die der herrliche, der erhabene Trost seines vom Unglück geplagten Alters sein würde. Und während Willems von Grauen gelähmt dem Vater zusah, der nun von neuem behutsam näherkam – blind wie das Schicksal, beharrlich wie das Verhängnis –, lauschte er gleichzeitig mit gierigem Eifer dem Herzen der Tochter, das leise, schnell und regelmäßig neben ihm schlug.

Gräßliche Angst hielt ihn gepackt; eine Angst, deren kalte Hand ihr Opfer jeden Willens und aller Kraft beraubt, die den Wunsch zu entkommen, Widerstand zu leisten, ja sich überhaupt zu bewegen erstickt, die die Hoffnung ebenso zunichte macht wie die Verzweiflung, und schließlich den entleerten, nutzlosen Körper wie in einen Schraubstock preßt und dem niedersausenden Schlag darbietet. Es war nicht die Furcht vor dem Tod – Willems hatte sich schon früher Gefahren gegenübergesehen – es war nicht einmal die Furcht vor dieser besonderen Form des Todes. Es war nicht die Furcht vor dem Ende, denn er wußte sehr wohl, daß dies nicht das Ende sein könne. Eine Bewegung, ein Sprung, ein Schrei würden ihn vor der schwachen Hand des blinden alten Mannes retten, vor dieser Hand, die jetzt, in diesem Augenblick, behutsam über den Boden tastete, um seinen Körper in der Dunkelheit zu finden. Was er empfand, war vielmehr die vernunftwidrige Furcht, in die

der flüchtige Einblick in das Unbekannte, in jene Beweggründe, Antriebe und Begierden ihn versetzt hatte, die er bislang nicht zur Kenntnis genommen, die aber gleichwohl in der Seele verachteter Menschen ganz in seiner Nähe vorhanden waren, und die ihm nun eine Sekunde lang sichtbar wurden, um sich sogleich wieder hinter den schwarzen Nebeln des Zweifels und der Täuschung zu verbergen. Nicht der Tod ängstigte ihn, sondern ihm graute vor einem verworrenen Leben, in dem er nichts und niemanden begreifen, nichts und niemanden leiten, lenken und verstehen konnte – nicht einmal sich selber.
Er fühlte, wie ihn jemand anrührte. Diese Berührung, die noch behutsamer war als die liebkosende Hand der Mutter auf der Wange des schlafenden Kindes, wirkte auf ihn wie ein vernichtender Schlag. Omar war dicht herangekommen, kniete nun über ihm und hielt in einer Hand den Kris, während die andere über die Jacke nach dem Herzen tastete; aber das blinde Gesicht, immer noch der Wärme des Feuers zugewandt, war starr und unbewegt, von steinerner Gleichgültigkeit gegen alles, was es doch nicht mehr sehen konnte. Mit großer Anstrengung wandte Willems den Blick von diesem leichenhaften Gesicht zu Aissa auf. Sie saß so bewegungslos da, als sei sie ein Teil der schlafenden Erde, aber plötzlich sah er, wie ihre großen dunklen Augen sich in einem durchdringenden Blick weit öffneten, und er fühlte, wie sie krampfhaft seine Arme gegen seinen Körper preßte. Ein Sekunde schlich dahin, endlos und bitter wie ein Tag des Grames; eine Sekunde der Reue und der Trauer um seinen Glauben an sie, der nun in diesem Zusammenbruch seines Vertrauens unterging. Sie hielt ihn fest! Auch sie! Er fühlte, wie ihr Herz einen Satz tat, sein Kopf rutschte auf ihre Knie, er schloß die Augen und – nichts! Nichts! Es war, als sei sie gestorben, als sei ihr Herz in die Nacht hinaus geflohen, habe ihn allein und hilflos einer leeren Welt ausgeliefert.

Sein Kopf schlug schwer auf den Boden, als Aissa ihn zur Seite stieß und aufsprang. Er lag wie betäubt mit dem Gesicht nach oben da, wagte nicht, sich zu bewegen, sah nicht den Kampf, hörte aber den durchdringenden Schrei wahnsinniger Angst, ihre gedämpfte, wütende Stimme, und dann noch einen Schrei, der gurgelnd verstummte. Als er schließlich aufstand, sah er Aissa über ihren Vater gebeugt, sah, wie sie ihn mit aller Kraft am Boden hielt, sah Omars verrenkte Glieder, seine ausgestreckte Hand und die schnelle Bewegung, mit der sie sein Handgelenk packte. Instinktiv machte er einen Schritt auf sie zu, aber da wandte sie ihm ihr erregtes Gesicht zu und rief über die Schulter: »Bleib da! Nicht näher! Nicht...«

Und er blieb stehen, seine Arme hingen leblos herab, als hätten diese Worte ihn zu Stein verwandelt. Aissa wollte ihn zurückhalten, weil sie einen Ausbruch seines Zornes befürchtete, doch Willems, dessen Überzeugungen allesamt ins Wanken geraten waren, wurde von dem gräßlichen Gedanken befallen, sie ziehe es vor, ihren Vater mit eigener Hand zu töten; und das letzte Stadium des Kampfes, dem Willems wie durch einen roten Nebel hindurch zusah, war überschattet von einer unnatürlichen Wildheit, gewann die unheimliche Bedeutung von etwas Ungeheuerlichem und Verderbtem, das ihm unter der Hülle dieser grauenhaften Nacht eine Mittäterschaft aufzwang. Er war entsetzt und zugleich dankbar; er fühlte sich unwiderstehlich hingezogen zu ihr und war doch auch bereit, fortzulaufen. Anfangs konnte er sich nicht bewegen – dann wollte er es nicht mehr. Es verlangte ihn, zu sehen, was geschehen würde. Er sah, wie sie mit außerordentlicher Mühe den anscheinend leblosen Körper aufhob und in die Hütte trug, und selbst nachdem die beiden verschwunden waren, sah er immer noch den Kopf des Alten vor sich, wie er über ihre Schulter herabhing, mit klaffendem Mund, ohnmächtig, willenlos und ausdruckslos wie der Kopf einer Leiche.

Nach einer Weile hörte er, daß sie in der Hütte rauh, erregt und abgerissen sprach, daß auf ihre Worte Ächzen und erschöpftes Murmeln antwortete. Sie sprach lauter. Er hörte sie heftig sagen: »Nein, nein, niemals.«
Und wieder ein klagendes, flehendes Murmeln, als bitte jemand mit dem letzten Atemzug um eine höchste Gunst. Dann sagte sie: »Niemals! Eher will ich es mir selbst ins Herz stoßen.«
Sie trat heraus und stand einen Augenblick keuchend im Eingang, ehe sie ans Feuer trat. Durch die Dunkelheit hinter ihr drang die Stimme, die, immer lauter, immer schriller, die Rache des Himmels auf ihr Haupt beschwor, wieder und wieder den Fluch ausstieß – bis sie sich schließlich in einem gellenden Schrei überschlug und in ein heiseres Murren überging, das in einem tiefen, langen Seufzen ausklang. Aissa stand Willems gegenüber, eine Hand hinter dem Rücken, die andere in einer Aufmerksamkeit heischenden Gebärde erhoben, und blieb lauschend so stehen, bis in der Hütte alles still geworden war. Dann kam sie noch einen Schritt näher und ließ die Hand langsam sinken.
»Nichts als Unglück«, flüsterte sie abwesend vor sich hin. »Nichts als Unglück für uns, die wir keine Weißen sind.« Zorn und Erregung verloren sich aus ihrem Gesicht, und sie blickte Willems kummervoll an.
Mit einem Ruck kehrte ihm das Bewußtsein zurück, fand er die Sprache wieder.
»Aissa«, rief er, und die Worte kamen mit nervöser Hast von seinen Lippen, »Aissa! Wie kann ich hier leben? So vertraue mir doch! Glaube mir! Laß uns hier weggehen, ganz weit weg! Ganz weit, nur du und ich!«
Er fragte sich dabei gar nicht, ob er denn überhaupt entfliehen könne, wie und wohin? Eine Flut von Haß riß ihn mit sich fort, von Ekel und Verachtung, die der weiße Mann für das

Blut empfindet, das nicht das seine ist, für die Rasse, die nicht seine Rasse ist, für die dunkle Haut, für die Herzen, die tückischer sind als das Meer, schwärzer als die Nacht. Dieser Abscheu überwältigte seine Vernunft und weckte in ihm die eindringliche Überzeugung, daß er unmöglich unter ihrem Volk leben könne. Er drängte sie leidenschaftlich, mit ihm zu fliehen, denn unter all diesen abscheulichen Menschen gelüstete es ihn doch nach dieser einen Frau; aber er wollte sie absondern, sie von jener Rasse der Sklaven und Halsabschneider trennen, der sie entstammte. Er wollte sie für sich allein – weit von allen Menschen entfernt, in irgendeiner ungestörten und stummen Einsamkeit. Und während er sprach, nahmen seine Wut und seine Verachtung zu, sein Haß verwandelte sich beinahe in Furcht, und seine Begierde nach ihr wurde unermeßlich, brennend, vernunftwidrig, unbarmherzig; alle seine Sinne schrien nach ihr unter der Qual dieser Begierde, die lauter war als sein Haß, stärker als seine Furcht, tiefer als seine Verachtung – unwiderstehlich und unausweichlich wie der Tod selbst.

Ein wenig entfernt, gerade noch im Lichte stehend – aber schon an der Schwelle jenes Dunkels, aus dem sie hervorgetreten war –, so hörte sie ihm zu, eine Hand noch auf dem Rücken, den anderen Arm vorgestreckt und die Hand halb geöffnet, als wolle sie die Worte einfangen, die sie umschwirrten, leidenschaftliche, drohende, flehende Worte, gesättigt von der Qual seiner Leiden, beflügelt von der Ungeduld, die an ihm zehrte. Und während sie ihm zuhörte, fühlte sie, wie ihr Herzschlag stockte, als die Bedeutung dieser Bitten vor ihren empörten Blicken immer deutlicher wurde, als sie in Zorn und Schmerz ansehen mußte, wie das Gebäude ihrer Liebe, ihr eigenes Werk, langsam zusammenfiel, zerstört von der Angst und der Falschheit dieses Mannes. Sie erinnerte sich der Tage am Bach, als sie ganz anderen Worten gelauscht, ganz andere

Gedanken vernommen – als dieser Mann ein ermunterndes Lächeln, ein Neigen ihres Kopfes, ein Flüstern ihrer Lippen mit Bitten und Versprechungen erwidert hatte. So trug er also wirklich noch ein anderes Bild als das ihre im Herzen, andere Wünsche als den Wunsch nach ihrer Liebe, andere Befürchtungen als die Angst, sie zu verlieren? Wie war das möglich? War sie denn innerhalb von Minuten häßlich geworden oder alt? Sie war entsetzt und überrascht und zornig über diese unerwartete Erniedrigung; sie sah starr und finster auf jenen Mann, der im Lande der Gewalttätigkeit und des Bösen geboren war, aus dem nichts als Unglück für alle jene kommt, die nicht weiß sind. Statt an ihre Zärtlichkeiten zu denken, anstatt die ganze Welt in ihrer Umarmung zu vergessen, dachte er immer noch an sein Volk, an das Volk, das alle Länder stiehlt, alle Meere bezwingt, weder Gnade noch Ehrlichkeit kennt, sondern nur die eigene Kraft. Oh, du mit dem starken Arm und dem falschen Herzen! Ihn in das ferne Land begleiten, und sich unter den kalten Augen und falschen Herzen verirren – ihn dort verlieren – niemals! Er war wahnsinnig – vor Angst wahnsinnig, doch er sollte ihr nicht entkommen! Sie wollte ihn hier festhalten als Sklaven und als Herrn, hier, wo er mit ihr allein war und wo er für sie leben mußte – oder sterben. Sie hatte ein Recht auf seine Liebe, die sie geweckt hatte, auf diese Liebe, die ihn auch jetzt erfüllte, während er diese sinnlosen Worte sagte. Es war notwendig, zwischen ihm und den anderen Weißen eine Schranke des Hasses zu errichten. Er sollte nicht nur bleiben, er sollte auch sein Abdulla gegebenes Versprechen erfüllen, denn diese Erfüllung bedeutete ihre Sicherheit...

»Aissa, laß uns fortgehen! Wenn du bei mir bist, gehe ich mit bloßen Händen auf sie los. Oder halt! Morgen werden wir ja auf Abdullas Schiff sein. Du sollst mitkommen und dann könnte ich... wenn das Schiff aus irgend einem Grund aufliefe, könnten wir ein Kanu stehlen und uns in der Verwirrung davonmachen... du fürchtest dich ja nicht vor der See... vor der See, die mir die Freiheit geben würde...«

Er ging mit ausgestreckten Armen auf sie zu, und seine flehenden, hastig und unzusammenhängend hervorgestoßenen Worte überschlugen sich förmlich. Sie wich zurück, hielt ihren Abstand von ihm und beobachtete das Widerspiel von Zweifel und Hoffnung auf seinem Gesicht mit bohrenden Blicken, die bis in die innersten Tiefen seiner Gedanken zu dringen schienen, und es war, als habe sie die Nacht um sich zusammengezogen, sich in die wallenden Falten der Dunkelheit gehüllt, die sie nur noch verschwommen und undeutlich sichtbar werden ließen. Er folgte ihr Schritt um Schritt, bis sie sich schließlich unter dem großen Baum gegenüberstanden. Dieser einsame Verbannte der Wälder ragte hoch und gerade über ihren Köpfen auf, und obwohl die seinen Stamm umkriechenden Zwerge das Wachstum von Jahrhunderten um ihn her vernichtet hatten, stand er in all seiner Verlassenheit immer noch groß, reglos und feierlich da. Es war, als sehe er ihnen zu, als breite er, gelassen und Ehrfurcht gebietend in seiner einsamen Größe, weit seine Zweige aus, um ihnen gnädig Schutz zu gewähren, sie in die dunkle Geborgenheit zahlloser Blätter aufzunehmen; es schien, als treibe ihn das geringschätzige Mitleid des Starken, das mit Verachtung gemischte Mitgefühl des uralten Riesen dazu, den Kampf dieser beiden Menschenherzen vor dem kalt prüfenden Blick der glitzernden Sterne zu verbergen.

Noch einmal flehte Willems um ihr Erbarmen, seine Stimme stieg bebend zum düsteren Blätterdach auf, drang zwischen die Zweige, erschreckte die weißen Vögel, die dicht aneinander gedrängt dort schliefen, und erstarb ohne Echo, erstickt in der dichten Masse unbewegten Laubes. Er konnte ihr Gesicht nicht sehen, doch hörte er sie seufzen und verstörte Worte murmeln. Als er noch mit angehaltenem Atem lauschte, rief sie plötzlich:

»Hast du ihn gehört? Er hat mich verflucht, weil ich dich liebe. Du hast mir Leid gebracht und Kummer und seinen Fluch. Und nun willst du mich auch noch weit fortnehmen, dorthin, wo ich dich verlieren würde, wo ich mein Leben verlieren würde; denn deine Liebe ist jetzt mein Leben. Was bleibt mir denn sonst noch? Rühr dich nicht«, rief sie heftig, als er eine Bewegung machte, »kein Wort! Da! Schlaf in Frieden!«

Er sah die schattenhafte Bewegung ihres Armes. Irgend etwas sauste an ihm vorüber und fiel hinter ihm nahe beim Feuer zu Boden. Instinktiv drehte er sich danach um. Ein blanker Kris lag neben der Asche; ein gebogener, dunkler Gegenstand, der aussah wie etwas, das lebendig gewesen ist und nun zerschmettert, tot und harmlos daliegt; ein schwarzer wellenförmiger Umriß, der sich deutlich und unbeweglich im mattroten Feuerschein abzeichnete. Gedankenlos ging er hin, um ihn aufzunehmen, beugte sich mit der traurigen, demütigen Bewegung eines Bettlers herab, der die in den Staub der Straße geworfenen Almosen aufliest. War dies die Antwort auf sein Flehen, auf die heißen Worte, die aus seinem Herzen geströmt waren? War dies die Antwort, ihm wie eine Beleidigung hingeschleudert, dieses Ding aus Holz und Eisen, klein und giftig, zerbrechlich und tödlich? Er hielt die Klinge in der Hand und betrachtete stumpfsinnig den Griff, ehe er den Kris wieder zu Boden fallen ließ; als er sich umwandte, sah er sich allein in der Nacht, in der unendlichen, tiefen, stillen Nacht; in einem Meer von Dunkelheit, in dem sie versunken war, ohne eine Spur zu hinterlassen.

Er machte einige unsichere Schritte und streckte gequält die Hände aus wie ein Mensch, der plötzlich erblindet ist.

»Aissa!« rief er, »komm zu mir.«

Er spähte lauschend umher, doch sah er nichts und hörte auch nichts. Nach einer Weile schien die dichte Finsternis vor seinen Augen wie ein Vorhang zu flattern, der Bewegung ahnen läßt, aber die Gestalten verbirgt, und er vernahm leichte eilige Schritte, dann das Knarren der Tür, die zu Lakambas Privathof führte. Er rannte los und stieß gerade noch rechtzeitig gegen die rohen Pfähle, um die Worte »Schnell! Schnell!« und das Geräusch zu vernehmen, mit dem der Riegel auf der anderen Seite vorgeschoben wurde, der die Tür sicherte. Mit aufgeworfenen Armen, die Handflächen gegen das Holz gepreßt, sank er in sich zusammen.

»Aissa!« rief er flehend und preßte die Lippen an eine Ritze zwischen den Pfählen. »Aissa, hörst du mich? Komm zurück! Ich will ja tun, was du willst, dir alles geben, was du verlangst – und wenn ich ganz Sambir in Brand stecken und das Feuer mit Blut löschen müßte. Aber komm zurück. Jetzt! Sofort! Bist du da? Hörst du mich? Aissa!«

Auf der anderen Seite flüsterten erschreckte Frauenstimmen; plötzlich erklang ein ängstliches kleines Lachen, eine Frau murmelte bewundernd: »Das sind kühne Worte!«, und nach einer kurzen Stille rief Aissa:

»Schlaf in Frieden – denn die Zeit deiner Abreise ist nahe. Ich fürchte mich jetzt vor dir, fürchte mich vor deiner Angst. Wenn du mit Tuan Abdulla zurückkehrst, wirst du groß sein. Du wirst mich hier finden, und es wird nichts geben außer unserer Liebe. Nichts sonst! Immer! Bis zum Tod!«

Er lauschte den sich entfernenden Schritten und erhob sich taumelnd, sprachlos vor Wut, in einem unbändigen Zorn gegen dieses Wesen, das so wild, das so bezaubernd war. Er haßte sie, haßte sich selbst, haßte alle Menschen, denen er je begegnet war; er haßte die Erde, den Himmel, ja, selbst die Luft, die er in seine beklommene Brust sog. Er haßte die Luft, weil sie ihn am Leben hielt, und er haßte Aissa, weil sie ihn leiden ließ. Und doch konnte er sich nicht von der Tür losreißen, durch die sie gegangen war. Er entfernte sich ein wenig, schlug einen

Bogen, kam zurück und ließ sich am Zaun niederfallen, nur um wieder aufzustehen und von neuem zu versuchen, den Zauber zu durchbrechen, der ihn bannte, ihn dorthin zurücktrieb, stumm, gehorsam und wütend. Unter der Geste gnädig gewährten Schutzes, zu der das Gezweig hoch über seinem Kopf erstarrt war, unter den hohen Ästen, auf denen weiße Vögel dicht aneinandergedrängt im Schutz unzähliger Blätter schliefen, wurde er umhergewirbelt wie ein Staubkorn im Wind, bald steigend, bald fallend, immer rundherum, immer in der Nähe der Tür. Die ganze laue, stille Nacht hindurch kämpfte er gegen das Ungreifbare, gegen die Schatten, die Finsternis, die Stille. Er kämpfte lautlos, teilte wirkungslose Schläge aus, rannte hin und her, eigensinnig, verzweifelt und immer wieder zurückgeworfen wie ein Behexter in einem unsichtbaren Zauberkreis.

# DRITTER TEIL

## XIV

»Jawohl! Eine Katze, ein Hund, die Hauptsache ist, daß es kratzt oder beißt, daß es bösartig und räudig genug ist. Am glücklichsten würde dich wohl ein kranker Tiger machen, ein halbtoter Tiger, über den du in Tränen ausbrechen und den du dann einem armen Teufel, der von dir abhängig ist, aufhalsen könntest, damit er ihn für dich gesund pflegt. Auf die Folgen kommt es gar nicht an – die hat ja dieser arme Teufel zu tragen. Soll er doch zerfleischt oder gefressen werden! Für die Opfer deiner verfluchten Liebeswerke hast du jedenfalls kein Mitleid. Du nicht! Dein weiches Herz blutet nur für das, was giftig, was tödlich ist. Ich verfluche den Tag, an dem dir dieser Kerl unter die Augen gekommen ist. Ich verfluche den Tag...«

»Sachte, sachte!« knurrte Lingard in seinen Bart. Almayer, der sich so in Zorn geredet hatte, daß er fast erstickte, holte tief Luft und fuhr dann fort:

»Jawohl! So war es immer! Immer. Solange ich denken kann. Oder hast du das alles vergessen? Hast du den halbverhungerten Hund vergessen, den du in Bangkok auf dem Arm an Bord trugst? Jawohl, auf dem Arm! Schon am nächsten Tag bekam er die Tollwut und biß den Serang, das weißt du vielleicht noch! Du hast selbst gesagt, daß du nie einen besseren Serang gehabt hast, als wir ihn festbanden, ehe er unter seinen Anfällen starb. Oder etwa nicht? Der Mann hinterließ zwei Frauen und einen Haufen Kinder. Daran warst du schuld... Und was nun die Chinesen angeht, für die du dein eigenes

Schiff riskiert hast, um sie aus der leck geschlagenen Dschunke in der Straße von Formosa zu retten, so war das ja auch ein hervorragender Einfall. Nicht wahr? Denn diese verfluchten Chinesen gingen auf dich los, noch ehe zwei Tage verstrichen waren. Diese armen Fischer waren nämlich Halsabschneider. Außerdem wußtest du, daß es Seeräuber waren, ehe du dich dazu entschlossest, bei Sturm dicht unter die Küste zu laufen, um sie zu retten. Was für ein Wahnsinn! Aber wenn es keine Schufte, keine Erzschufte gewesen wären, dann hättest du dein Schiff ihretwegen nicht riskiert, das weiß ich genau. Dann hättest du weder dein eigenes Leben noch das Leben deiner Mannschaft riskiert – die du ja so liebst! Das war im höchsten Grade idiotisch. Außerdem war es auch nicht anständig von dir. Angenommen, du wärest ertrunken? Dann hätte ich hier mit deiner Adoptivtochter in der Klemme gesessen. Deine erste Pflicht wäre gewesen, an mich zu denken. Ich habe das Mädchen nur geheiratet, weil du versprochen hast, ich würde zusammen mit dir reich werden. Das weißt du auch sehr gut! Und kaum drei Monate später gehst du hin und vollführst diese Wahnsinnstat – noch dazu für eine Horde Chinesen. Ausgerechnet Chinesen! Du hast überhaupt keine Moral. Dieser mörderischen Lumpenhunde wegen, die du dann schließlich noch über Bord werfen lassen mußtest, nachdem sie einen Teil deiner Mannschaft – deiner heißgeliebten Mannschaft – umgebracht hatten, wäre ich ruiniert gewesen! Nennst du das vielleicht anständig?«

»Na, na!« brummte Lingard und kaute nervös auf dem Stummel seiner erloschenen Zigarre, wobei er Almayer – der heftig auf der Veranda umherstapfte – so ansah wie der Hirte ein Lieblingsschaf, das plötzlich wütend gegen ihn aufbegehrt. Er schien betroffen, verärgert und auch wieder amüsiert; daneben aber auch ein wenig verletzt, als höre er einen schlechten Witz auf seine Kosten. Almayer blieb unvermittelt stehen, kreuzte die Arme über der Brust, beugte sich vor und nahm seine Rede wieder auf:

»Damals also hätte ich ganz schön reinfallen können – und zwar einzig wegen deines grotesken Leichtsinnes –, doch habe ich dir deshalb nicht gegrollt. Ich kannte ja deine Schwächen. Jetzt aber – ich darf gar nicht daran denken! Jetzt sind wir ruiniert. Ruiniert! Ruiniert! Meine arme kleine Nina. Ruiniert!«

Er schlug sich auf die Schenkel, trippelte erregt auf und ab, packte einen Stuhl, stellte ihn mit einem Knall vor Lingard hin, setzte sich und starrte den alten Seemann grämlich an. Lingard erwiderte diesen Blick, ohne zu blinzeln, und suchte umständlich in allen Taschen, bis er schließlich Zündhölzer fand; er machte sich daran, sorgsam seine Zigarre in Brand zu setzen, drehte sie immer wieder zwischen den Lippen und ließ den bekümmerten Almayer auch nicht einen Moment aus den Augen. Dann sprach er ruhig durch eine Wolke von Tabaksrauch:

»Wenn du so oft in der Patsche gesessen hättest wie ich, mein Junge, dann würdest du dich nicht so aufregen. Ich war schon öfter ruiniert. Und wie du siehst, bin ich immer noch da.«

»Ja, du bist da«, unterbrach Almayer. »Nur kaufe ich mir jetzt nichts mehr dafür. Vor einem Monat hättest du hier von Nutzen sein können, aber jetzt könntest du geradeso gut tausend Meilen weit weg sein.«

»Du keifst wie ein betrunkenes Fischweib«, versetzte Lingard ungerührt. Er erhob sich und trat gemächlich an das Geländer der Veranda; unter seinen schweren Schritten bebte der Fußboden, und das ganze Haus erzitterte. Ein Weilchen hielt er Almayer den Rücken zugekehrt und sah auf den Fluß und die Wälder am Ostufer; dann drehte er sich um und blickte Almayer nachsichtig an.

»Heute morgen ist es hier ja recht ruhig, wie?« stellte er fest.

Almayer hob den Kopf.

»So fällt es dir also auch auf? Jawohl, man darf wohl sagen, daß es hier ruhig ist. Deine Rolle in Sambir ist ausgespielt, Kapitän Lingard. Vor einem Monat noch hätten sich die Leute hier auf der Veranda gedrängt, um dich zu begrüßen, hätten sich grinsend vor dir und vor mir verbeugt. Aber damit ist es vorbei, und ich bin daran jedenfalls nicht schuld. Das kannst du nicht behaupten. Das hat einzig und allein dieser Gauner angerichtet, für den du ja offenbar eine besondere Vorliebe hast. Ah! Der ist wirklich ein Prachtstück! Du hättest ihn an der Spitze dieser Höllenbrut sehen sollen, dann hättest du stolz sein können auf deinen Liebling.«

»Ein geriebener Bursche«, murmelte Lingard gedankenvoll. Almayer fuhr kreischend in die Höhe.

»Weiter hast du also nichts zu sagen! Ein geriebener Bursche. Ach du lieber Gott!«

»Mach nicht so ein Theater! Setz dich hin und laß uns ruhig miteinander reden. Ich möchte alle Einzelheiten erfahren. Er war also der Anführer?«

»Er war die Seele des Ganzen. Er lotste Abdullas Schiff herein, er erteilte alle Befehle, gab alle Anordnungen«, berichtete Almayer, der nun wieder resigniert dasaß.

»Und wann ist das alles passiert?«

»Am sechzehnten hörte ich zum erstenmal das Gerücht, Abdullas Schiff befinde sich auf dem Fluß; ich weigerte mich zunächst, daran zu glauben. Am nächsten Tag gab es allerdings keinen Zweifel mehr. In Lakambas Hof wurde eine große Ratsversammlung abgehalten, der fast ganz Sambir beiwohnte. Am achtzehnten ankerte der *Herr der Inseln* vor Sambir in Höhe meines Hauses. Das ist also heute genau sechs Wochen her.«

»Und das passierte alles einfach so... so plötzlich? Du hast vorher überhaupt nichts gehört – keine Ankündigung, nichts, hattest gar keine Ahnung, daß irgendwas bevorstand? Das willst du doch nicht im Ernst behaupten, Almayer!«

»Gehört! Ja, selbstverständlich habe ich jeden Tag etwas gehört. Meistens Lügen. Was anderes hört man hier ja nicht.«

»Du hättest sie nicht zu glauben brauchen«, bemerkte Lingard. »Ja, du hättest nicht alles glauben dürfen, was man dir erzählt hat. Du bist doch kein grüner Junge mehr!«

Almayer wetzte unruhig auf seinem Stuhl hin und her. »Der Schuft kam eines Tages her«, berichtete er. »Er war schon mehrere Wochen nicht mehr dagewesen und lebte bei diesem Weib. Ich hörte nur gelegentlich etwas von Patalolos Leuten über ihn, wenn sie an unser Ufer herüberkamen. Eines Tages nun, so um die Mittagszeit, erschien er hier auf dem Hof, als habe ihn die Hölle ausgespuckt – wo er übrigens hingehört.«

Lingard nahm die Zigarre aus dem Mund und hörte aufmerksam zu, während der weiße Zigarrenrauch langsam zwischen seinen Lippen hervorquoll. Almayer fuhr nach kurzer Pause mit mürrisch gesenktem Blick fort:

»Ich muß schon sagen, daß er schrecklich aussah. Wahrscheinlich hatte er einen üblen Fieberanfall gehabt. Das linke Ufer ist ja sehr ungesund. Es ist doch merkwürdig, daß allein die Breite des Flusses...«

Er versank in tiefes Nachdenken, und es schien, als habe er seine Beschwerden in einem erbitterten Grübeln über die ungesunden Zustände in den Urwäldern am linken Ufer vergessen. Lingard benutzte diese Gelegenheit, um eine mächtige Rauchwolke auszustoßen und dann den Stummel der Zigarre wegzuwerfen.

»Los, weiter«, sagte er nach einer Weile. »Er kam also her...«

»Leider ist die Gegend nicht so ungesund, daß sie ihm den Garaus gemacht hätte!« fuhr Almayer fort und schüttelte seine Gedanken ab. »Wie gesagt, er trat hier mit geradezu atemberaubender Unverschämtheit auf. Er wollte mich einschüchtern, er sprach versteckte Drohungen aus. Er wollte mich ängstigen, mich erpressen. Ausgerechnet mich! Und beim Himmel – er behauptete sogar, du würdest das billigen. Du! Kannst du dir eine solche Frechheit vorstellen? Ich verstand nicht genau, was er eigentlich wollte. Wenn ich es begriffen hätte, dann hätte ich ihm schon Beifall gespendet und zwar mit einem Schlag auf den Kopf. Wie konnte ich aber ahnen, daß er schlau genug wäre, ein Schiff durch die Einfahrt zu lotsen, von der du immer behauptet hast, sie sei so schwierig. Und das war ja schließlich die einzige Gefahr. Ehe Abdulla kam, konnte ich hier mit allen fertig werden... aber sein Schiff ist bewaffnet. Er hat zwölf Sechspfünder aus Messing und etwa dreißig Mann, Desperados, Leute aus Sumatra, aus Deli und Acheen. Die schlagen sich den ganzen Tag und am liebsten auch noch die Nacht über. Solche Leute sind das!«

»Weiß ich, weiß ich«, sagte Lingard ungeduldig.

»Nachdem ihr Schiff auf der Höhe unserer Mole vor Anker gegangen war, benahmen sie sich natürlich so frech wie irgend möglich. Willems selbst hatte es eigenhändig auf den besten Liegeplatz dirigiert. Hier, von dieser Veranda aus, konnte ich ihn zusammen mit dem halbblütigen Kapitän auf dem Vordeck stehen sehen. Das Weib war übrigens auch dabei, ganz in seiner Nähe. Wie man sagt, wurde sie auf der Höhe von Lakambas Haus an Bord genommen. Willems verschwor sich, daß er ohne sie keinen Meter mehr stromauf fahren würde, er tobte und schrie und hat ihnen wohl Angst gemacht. Abdulla mußte selbst eingreifen. Sie kam allein in einem Kanu, und kaum war sie an Deck, als sie auch schon vor versammelter Mannschaft vor ihm niederfiel, seine Knie umschlang, weinte, raste und ihn um Verzeihung bat. Ich frage mich: warum wohl? Alle Leute hier reden darüber. Etwas Derartiges hatten sie noch nie gesehen. Alle diese Neuigkeiten erfahre ich von Ali, der in der Siedlung umhergeht und Nachrichten sammelt. Du findest doch auch, daß ich mich über die Vorgänge orientieren muß? Soweit ich dahinterkommen kann, betrachtet man ihn und das Weib als etwas Geheimnisvolles, etwas Unverständliches. Manche halten sie für verrückt. Sie wohnen allein in einem Haus außerhalb von Lakambas Hof und sind höchst geachtet oder besser gesagt gefürchtet, er jedenfalls. Er ist sehr jähzornig. Sie kommt mit niemandem zusammen, will mit niemandem sprechen außer mit ihm. Sie läßt ihn keinen Augenblick allein, jedenfalls erzählt man sich das. Nur eine alte Frau ist als Dienerin bei ihnen. Es gehen auch noch andere Gerüchte. Nach dem, was ich höre, vermute ich, daß Lakamba und Abdulla ihn satt haben. Es heißt auch, er solle als eine Art Agent Abdullas auf dem *Herrn der Inseln* abgehen, wenn das Schiff nach Süden ausläuft. Jedenfalls muß er wieder als Lotse mit hinaus, denn der halbblütige Kapitän schafft es noch nicht.«

Lingard, der bis dahin gespannt zugehört hatte, begann nun gemessen auf und ab zu schreiten. Almayer verstummte und folgte ihm mit den Augen, wie er mit seinem Achterdeckschritt hin und her ging, ratlos und nachdenklich seinen langen weißen Bart zwirbelte.

»Er kam also zu allererst zu dir?« fragte Lingard, ohne stehen zu bleiben.

»Ja. Das habe ich doch gesagt. Er kam. Er kam, um Geld und Waren zu erpressen, und ich weiß nicht, was sonst noch. Er wollte sich einen Handel einrichten – der Schweinehund! Ich hab' seinen Hut mit einem Fußtritt in den Hof befördert, und er ist dann hinterhergelaufen; seitdem habe ich ihn nicht mehr gesehen, bis er in Gesellschaft von Abdulla wieder auftauchte. Woher sollte ich wissen, daß er auf diese Weise Schaden anrichten könnte, daß er überhaupt Schaden anrichten könnte! Jeden örtlichen Aufstand hätte ich mit meinen eigenen Leuten und mit Patalolos Hilfe mühelos niedergeschlagen.«

»Ach richtig, Patalolo! Der hat sich wohl nicht gerührt, wie? Hast du dich überhaupt an ihn gewendet?«

»Und ob!« rief Almayer. »Am zwölften bin ich selbst zu ihm gegangen. Das war vier Tage, bevor Abdulla auf dem Fluß erschien. Am gleichen Tage übrigens, an dem Willems versucht hatte, mich reinzulegen. Da war ich etwas beunruhigt. Patalolo versicherte mir, daß jedermann in Sambir mir von Herzen wohlwolle. Dabei sah er so weise aus wie eine Eule. Er sagte, ich solle nicht auf die Lügen hören, die von bösen Leuten weiter flußabwärts verbreitet würden. Damit meinte er Bulangi, der an der Küste wohnt und mich davon benachrichtigt hatte, daß ein fremdes Schiff vor der Mündung ankere – was ich natürlich Patalolo wissen ließ. Er wollte es nicht glauben, murmelte immer nur nein, nein, nein, wie ein alter Papagei, und dabei wackelte er mit dem Kopf, und sein Gesicht war ganz von Betelsaft beschmiert. Irgend etwas kam mir allerdings merkwürdig vor. Er wirkte unruhig und so, als habe er es eilig, mich loszuwerden. Na schön. Am Tage darauf erschien der einäugige Bösewicht, der bei Lakamba wohnt, wie heißt er doch – Babalatchi. Er kam um die Mittagszeit dahergeschlendert, stand hier auf der Veranda und schwätzte über dies und das, fragte, wann ich dich erwarte und so weiter. Dann, so ganz nebenbei, erwähnte er, daß sein Gebieter und auch er sehr unter einem tollen Weißen zu leiden hätten – meinem Freund nämlich –, der sich unaufhörlich bei Omars Tochter herumtreibe. Er bat mich um Rat, alles höchst achtungsvoll und wie es sich gehört. Ich sagte ihm, daß der Weiße nicht mein Freund sei, und daß sie ihn rausschmeißen sollten. Nach längeren umständlichen Freundschaftsbeteuerungen zog er dann endlich unter vielen Verbeugungen ab. Jetzt weiß ich natürlich, daß dieser Höllenhund nur kam, um zu spionieren und einige von meinen Leuten zu beschwätzen. Jedenfalls waren bei der abendlichen Zählung acht nicht anwesend. Da bekam ich es denn

doch mit der Angst. Weil ich es nicht riskieren konnte, das Haus unbewacht zu lassen, – du kennst ja meine Frau – und weil es auch schon so spät war, daß ich das Kind nicht mitnehmen wollte, ließ ich Patalolo sagen, wir müßten uns beraten, denn in der Siedlung herrsche Unruhe, und es gingen alle möglichen Gerüchte um. Weißt du, was für eine Antwort er mir schickte?«
Lingard hielt in seinem Spaziergang vor Almayer inne, der nach einer eindrucksvollen Pause mit wachsender Bewegung fortfuhr:
»Ali brachte die Antwort: der Raja sendet Freundesgrüße und versteht den Inhalt der Botschaft nicht. Das war alles. Ali konnte kein Wort weiter aus ihm herausbringen. Es war deutlich zu sehen, daß Ali Angst hatte. Er drückte sich hier herum, machte sich an meiner Hängematte zu schaffen, tat dies und das. Im Hinausgehen erwähnte er dann, der Raja habe sein Wassertor fest verbarrikadieren lassen, doch seien nur sehr wenige Leute im Hof zu sehen. Schließlich sagte er noch: ›Im Hause unseres Raja herrscht Dunkelheit, aber kein Schlaf. Nur Dunkelheit und Furcht und das Klagegeschrei der Frauen.‹ Sehr lustig, nicht wahr? Das jagte mir einen Schauer über den Rücken. Nachdem Ali sich verdrückt hatte, stand ich hier am Tisch und lauschte dem Geschrei und den Trommeln im Ort. Es war genug Lärm für zwanzig Hochzeiten. Das war kurz nach Mitternacht.«
Wieder unterbrach sich Almayer in seiner Erzählung und schloß den Mund so fest, als habe er alles gesagt, was zu sagen war; Lingard starrte ihn schweigend und nachdenklich an. Eine dicke blaue Schmeißfliege flog in die kühle Veranda und summte um die beiden Männer herum. Lingard schlug mit dem Hut nach ihr. Die Fliege machte einen Bogen, und Almayer wich ihr aus. Nun tat Lingard einen weiteren vergeblichen Schlag; Almayer sprang auf und fuchtelte mit den

Armen. Die Fliege brummte verzweifelt, und das Schwirren ihrer winzigen Flügel klang durch den heiteren Morgenfrieden wie ein weit entferntes Streichorchester, welches das dumpfe, entschlossene Stampfen der beiden Männer begleitete, die mit zurückgeworfenen Köpfen und hoch erhobenen Armen um sich schlugen oder wütend tief am Boden entlang fuhren, ganz besessen von der Idee, den Eindringling zu töten. Plötzlich erstarb das Brummen, und ein feines Sirren entfernte sich über den offenen Hof. Lingard und Almayer blieben allein in der frischen Stille des frühen Tages zurück. Sie sahen einander höchst erstaunt an und ließen die Arme hängen, wie Männer, die von einem folgenschweren Fehlschlag entmutigt sind.

»Nun sieh mal an«, murmelte Lingard, »da ist sie doch glatt entwischt.«

»So ein Geschmeiß«, sagte Almayer im gleichen Ton. »Hier am Fluß wimmelt es davon. Das Haus steht am falschen Platz... Mücken... und dann diese großen Fliegen... letzte Woche haben sie Nina gestochen... vier Tage krank... das arme Kind... da fragt man sich doch, zu welchem Zweck diese Viecher erschaffen worden sind!«

## XV

Almayer hatte sich wieder vor dem Tisch niedergelassen, stützte den Kopf in die Hände und stierte vor sich hin. Lingard ging von neuem auf und ab. Nach längerem Schweigen räusperte er sich und fragte: »Was sagtest du vorhin?«

»Ja, richtig! An jenem Abend hättest du Sambir sehen müssen. Ich glaube nicht, daß irgend jemand schlafen ging. Ich beobachtete sie vom Ufer aus. Im Palmenwäldchen brannten sie große Freudenfeuer ab und saßen da schwatzend bis zum

Morgen. Als ich schließlich umkehrte und mich hier vor dem stillen Haus auf die dunkle Veranda setzte, fühlte ich mich so entsetzlich einsam, daß ich leise hineinging, das Kind aus dem Bettchen nahm und es in meine Hängematte legte. Ohne Nina wäre ich bestimmt verrückt geworden, so verlassen und hilflos kam ich mir vor. Du darfst nicht vergessen, daß ich vier Monate lang nichts mehr von dir gehört hatte, daß ich nicht wußte, ob du am Leben warst oder tot. Patalolo wollte nichts mit mir zu tun haben, meine eigenen Leute desertierten wie die Ratten von einem sinkenden Schiff. Das war eine böse Nacht für mich, Kapitän Lingard, eine böse Nacht, als ich hier saß und nicht wußte, was als nächstes passieren würde. Die Leute waren so aufgebracht und unverschämt, daß ich wirklich befürchtete, sie würden mir das Haus über dem Kopf anstekken. Ich holte meinen Revolver und legte ihn geladen auf den Tisch. Ab und zu hörte man gräßliche Schreie. Glücklicherweise wachte das Kind davon nicht auf, und wie ich es so hübsch und friedlich vor mir sah, beruhigte mich das auch ein bißchen. Als ich es da ruhig und nichtsahnend schlafen sah, konnte ich gar nicht glauben, daß es Mord und Totschlag gibt auf der Welt. Aber so war es. Alles war zu Ende. Du mußt dir klarmachen, daß es an jenem Abend in Sambir keine Autorität gab, nichts, was diese Kerle hätte zurückhalten können. Patalolo war zusammengebrochen, ich war von meinen eigenen Leuten verlassen worden, und diese Banditen hätten ohne weiteres ihr Mütchen an mir kühlen können. Dankbarkeit kennen sie ja nicht. Wie oft habe ich die Siedlung vor dem Hungertod bewahrt! Erst vor drei Monaten habe ich eine ganze Menge Reis auf Kredit ausgeteilt, es gab in diesem höllischen Ort mal wieder nichts zu essen. Auf den Knien haben sie mich darum angefleht. In ganz Sambir gibt es niemanden, der Lingard und Co. nicht verschuldet wäre. Ich hoffe, daß du darüber glücklich bist, du hast ja immer gesagt, das sei die richtige Politik für uns. Nun ja, ich habe sie ausgeführt. Ah! Kapitän Lingard, hinter einer solchen Politik müssen geladene Gewehre stehen...«

»Du hattest ja welche!« rief Lingard, ohne stehenzubleiben; er ging schneller, als Almayer redete, und bald so hastig wie ein Mensch, der einem Kampfplatz entgegeneilt. Überall auf der Veranda lag Staub, der jetzt unter den Schritten des alten Seemannes aufwirbelte; Almayer mußte immer wieder husten.

»Ganz recht! Zwanzig Gewehre! Und nicht einen Finger, um am Abzug zu ziehen. Du hast leicht reden«, sprudelte er mit hochrotem Gesicht hervor.

Lingard ließ sich auf einen Stuhl fallen und lehnte sich zurück. Einen Arm hatte er vor sich auf dem Tisch ausgestreckt, mit dem anderen umfaßte er die Stuhllehne. Der Staub legte sich, und die über dem Wald heraufsteigende Sonne überschüttete die Veranda mit Licht. Almayer stand auf und ließ die Jalousien aus gespaltenem Rohr herab, die zwischen den Pfosten der Veranda hingen.

»Puh!« sagte Lingard, »es wird heiß heute. So ist es recht, mein Sohn, laß die Sonne nicht herein, wir wollen hier ja nicht lebendig gebraten werden.«

Almayer setzte sich nun wieder auf seinen Stuhl und fuhr ganz gefaßt fort:

»Am nächsten Morgen setzte ich über, um Patalolo aufzusuchen. Selbstverständlich nahm ich das Kind mit. Ich fand das Wassertor versperrt und mußte durch die Büsche gehen. Patalolo empfing mich im Dunkeln bei geschlossenen Fensterläden. Er lag auf dem Fußboden. Ich konnte nichts aus ihm herausbringen als Klagen und Stöhnen. Er meinte, du seiest gewiß tot, und Lakamba werde nun mit Abdullas Kanonen anrücken und uns sämtlich umbringen. Er sei ein alter Mann und fürchte sich nicht vor dem Tod, doch sei es immer noch sein Herzenswunsch, auf Pilgerfahrt zu ziehen. Er habe genug von der Undankbarkeit der Menschen, besitze keine Erben und wünsche einzig, in Mekka zu sterben. Er wolle Abdulla bitten, ihn gehen zu lassen. Dann schimpfte er unter Tränen auf Lakamba und auch ein wenig auf dich. Du habest ihn daran gehindert, um eine Flagge zu bitten, die respektiert worden wäre – damit hatte er ganz recht –, und jetzt, da seine Feinde stark seien, sei er schwach, und du seist nicht da, um ihm zu helfen. Als ich versuchte, ihm Mut zu machen, ihm sagte, daß er immerhin vier Kanonen habe – du weißt ja, die Sechspfünder aus Messing, die du letztes Jahr hiergelassen hast –, daß ich Pulver besorgen würde, und daß wir uns vielleicht Lakambas erwehren könnten, da heulte er einfach los. Einerlei was er auch tue – so kreischte er –, die weißen Männer würden sein Tod sein, während er doch einzig wünsche, auf Pilgerfahrt zu ziehen und Frieden zu finden. Ich glaube«, fuhr Almayer nach kurzem Schweigen fort und sah Lingard dabei trübe an, »der alte Narr hat dies schon lange kommen sehen, und er war nicht nur zu ängstlich, um selbst etwas zu unternehmen, sondern er hat sich so sehr gefürchtet, daß er weder dir noch mir seinen Verdacht mitzuteilen wagte. Patalolo ist auch einer von deinen bevorzugten Schützlingen! O ja! Man muß wirklich sagen, daß du eine glückliche Hand hast!«

Lingard schlug mit der Faust auf den Tisch. Man hörte, wie das Holz zersplitterte. Almayer fuhr mit einem Ruck auf, sank dann in den Stuhl zurück und starrte den Tisch an.

»Da hast du es«, sagte er verdrossen. »Du weißt selbst nicht, wie stark du bist. Dieser Tisch ist nun hinüber, der einzige, den ich vor meiner Frau habe in Sicherheit bringen können. Mit der Zeit werde ich wohl beim Essen auf dem Fußboden hocken wie ein Eingeborener.«

Lingard lachte aus vollem Halse. »Nörgele gefälligst nicht an mir herum wie eine Frau an ihrem betrunkenen Mann!« Dann wurde er sehr ernst: »Wenn ich die *Flash* nicht verloren hätte, dann wäre ich schon drei Monate früher gekommen, und alles wäre gut gegangen. Es hat aber keinen Sinn, jetzt Tränen darüber zu vergießen. Sei nicht so bedrückt, Kaspar, wir werden hier schon sehr bald alles in Ordnung gebracht haben.«

»Was? Du glaubst doch nicht etwa, daß du Abdulla mit Gewalt hinauswerfen kannst? Ich sage dir doch, es geht nicht!«

»Fällt mir gar nicht ein«, rief Lingard. »Das ist wohl für immer vorbei. Schade. Die Leute hier werden noch ihr blaues Wunder erleben. Er wird sie auspressen. Sehr schade. Verdammt noch mal! Sie tun mir so leid, daß ich es mit Gewalt versuchen würde, wenn ich die *Flash* hier hätte. Eh! Warum nicht? Die arme *Flash* ist aber leider abgesoffen und damit basta. Armer alter Kahn! Du bist doch auch mal mitgefahren. Sie war doch ein herrliches Schiff, was Almayer? Sie konnte alles, bloß nicht sprechen. Sie war mir lieber als eine Frau. Kein Gezänk, kein Gekeife. Was? ... Und dann muß es so ein Ende nehmen, ausgerechnet ich muß ihr armes altes Gerippe auf ein Riff setzen, als wäre ich ein Kriegsschiffkommandant und brauchte immer eine halbe Meile Wasser unter dem Kiel! Na ja, nur wer gar nichts tut, begeht keine Irrtümer. Aber es ist schon ein Elend.«

Er nickte bekümmert mit niedergeschlagenen Augen. Almayer sah ihn mit wachsender Empörung an.

»Du bist wirklich herzlos«, brach es dann aus ihm hervor; »absolut herzlos und selbstsüchtig. Es kommt dir offenbar gar nicht in den Sinn, daß du uns durch den Verlust deines Schiffes, an dem zweifellos dein Leichtsinn schuld ist, ruiniert hast, mich und dich und meine kleine Nina. Was soll aus mir und ihr werden? Das möchte ich gerne wissen. Du hast mich hergeschleppt, mich zu deinem Teilhaber gemacht und jetzt, wo alles beim Teufel ist –, und zwar durch deine Schuld, da redest du von deinem Schiff... Schiff! Du kannst dir ein anderes Schiff beschaffen, aber der Handel hier, der Handel, der ist für uns verloren, und das haben wir Willems zu danken... deinem lieben Willems!«

»Kümmere dich nicht um Willems. Das werde ich schon besorgen«, sagte Lingard streng. »Und was nun den Handel angeht... ich werde dein Glück schon noch machen, mein Junge... nur keine Angst. Hast du eine Ladung für den Schoner, der mich hergebracht hat?«

»Im Speicher liegt Rohr«, erwiderte Almayer, »und es sind auch ungefähr achtzig Tonnen Kautschuk da. Bestimmt das letztemal, daß ich so eine Fracht zusammenbringe«, setzte er bitter hinzu.

»Na, dann hat man dir doch wenigstens nichts gestohlen. Du hast also gar keine Verluste gehabt. Dann mußt du... na nu! Was ist denn los... hier...«

»Nichts gestohlen!« kreischte Almayer und warf die Hände in die Höhe.

Er ließ sich im Stuhl zurückfallen, und sein Gesicht lief rot an. Weißer Schaum trat auf seine Lippen und tropfte über sein Kinn, während er zurückgelehnt dasaß und von seinen Augen nur das Weiße zu sehen war. Als er zu sich kam, stand Lingard über ihn gebeugt, einen leeren Wasserkrug in der Hand.

»Du hast einen Anfall gehabt«, sagte der alte Seemann besorgt. »Was ist denn nur? Du hast mich mächtig erschreckt. Es kam so plötzlich...«

Almayer, dessen Haar so naß am Kopf klebte, als käme er gerade aus dem Wasser, setzte sich auf und schnappte nach Luft.

»Verbrechen! Teuflisches Verbrechen! Ich...«

Lingard stellte den Krug auf den Tisch und blickte Almayer schweigend und aufmerksam an. Dieser strich mit der Hand über die Stirn und sprach unsicher weiter:

»Der bloße Gedanke daran raubt mir jede Fassung«, sagte er. »Ich habe doch erzählt, daß er Abdullas Schiff auf der Höhe

unserer Mole vor Anker gehen ließ, aber drüben am anderen Ufer, in der Nähe von Patalolos Haus. Um das Schiff herum wimmelte es von Booten, jeder Einbaum aus Sambir war da. Durchs Fernglas konnte ich die Gesichter der Leute auf dem Achterdeck unterscheiden – alle waren da, Abdulla, Willems, Lakamba. Auch der kriecherische Schuft Sahamin. Alles war sehr gut zu sehen. Es schien eine längere Auseinandersetzung stattzufinden. Schließlich sah ich, wie das Schiff ein Boot aussetzte. Ein Araber stieg ein, und das Boot nahm Kurs auf Patalolos Mole. Angeblich hat man ihm den Zutritt verweigert. Ich selbst glaube, daß das Wassertor dem hochnäsigen Boten nicht schnell genug geöffnet wurde. Jedenfalls kam das Boot fast sogleich zurück. Ich schaute noch ziemlich verwundert hin, aber da sah ich Willems schon mit einigen anderen nach dem Vordeck gehen, wo sie sich mit allem möglichen zu schaffen machten. Auch das Weibsstück war dabei. Ach, dieses Weib...«
Almayer röchelte, und es schien als solle er einen Rückfall erleiden, doch gelang es ihm mit großer Mühe, einigermaßen seine Fassung zu bewahren.

»Ganz plötzlich«, fuhr er fort, »machte es Bum! Sie gaben einen Schuß auf Patalolos Wassertor ab, und noch ehe ich mich recht besonnen hatte – du darfst mir glauben, daß ich erschrocken war –, sprengten sie mit einem zweiten Schuß das Tor auf. Das schien ihnen für eine Weile zu genügen, sie waren wohl auch hungrig, denn nun begann auf dem Achterdeck ein Festmahl. Abdulla saß wie ein Götze mit untergeschlagenen Beinen, die Hände im Schoß, zwischen ihnen. Selbstverständlich ist er zu vornehm, um gleichzeitig mit anderen zu essen, aber immerhin führte er den Vorsitz. Willems lief immer wieder aufs Vordeck. Er kümmerte sich gar nicht um die anderen und sah durch das Fernglas zu mir herüber. Ich konnte nicht widerstehen und drohte ihm mit der Faust.«

»So ist es richtig«, sagte Lingard ernst. »So muß man es

selbstverständlich machen. Wenn man schon nicht gegen jemanden kämpfen kann, muß man ihn wenigstens reizen.«
Almayer machte eine herablassende Handbewegung und fuhr ungerührt fort:
»Sag was du willst, meine Empfindungen kannst du doch nicht nachfühlen. Er sah mich, hob den Arm, als erwidere er meinen Gruß, und dabei setzte er das Fernrohr nicht ab. Da ich glaubte, daß ich nach Patalolo das nächste Opfer der Beschießung werden sollte, zog ich die englische Flagge am Mast im Hof auf. Einen anderen Schutz hatte ich nicht. Außer Ali hielten nur noch drei Männer zu mir, und das waren Krüppel, die zu krank waren, um sich aus dem Staub zu machen. Ich glaube, ich hätte auch allein den Kampf aufgenommen, so wütend war ich, aber ich mußte an das Kind denken. Was sollte ich mit Nina machen? Ich konnte sie schließlich nicht mit der Mutter stromaufwärts schicken. Du weißt ja, daß ich mich auf meine Frau nicht verlassen kann. Ich beschloß also, mich ganz still zu verhalten, aber niemanden an unserem Ufer landen zu lassen. Es ist schließlich ein Privatgrundstück, das wir von Patalolo gekauft haben. Ich war also in meinem Recht, nicht wahr? Der Vormittag verlief ruhig. Nachdem die Gesellschaft mit Abdulla auf der Barke gespeist hatte, gingen die meisten nach Hause; nur die maßgebenden Leute blieben zurück. Gegen drei Uhr kam Sahamin allein in einem kleinen Kanu herüber. Ich ging mit dem Gewehr an die Mole, um mit ihm zu sprechen, ließ ihn aber nicht an Land. Der alte Heuchler sagte, Abdulla sende seine Grüße und wünsche, mich in Geschäften zu sprechen; ob ich an Bord kommen wolle? Ich sagte, nein, das wolle ich nicht. Ich sagte ihm weiter, Abdulla möge schreiben, und ich würde ihm antworten, ich wolle aber weder an Bord seines Schiffes noch an Land mit ihm sprechen. Ich sagte dann noch, daß ich auf jeden schießen werde, der versuche, innerhalb meiner Umzäunung an Land zu gehen – ganz gleich, wer es sei.

Als er das hörte, reckte er empört die Arme zum Himmel und paddelte eilig davon – wohl um Bericht zu erstatten. Etwa eine Stunde später sah ich, wie Willems mit einer Bootsbesatzung auf dem Gelände des Rajas an Land ging. Alles verlief ruhig. Es fiel kein Schuß, und es gab weiter keinen Lärm. Sie rollten die Kanonen, die du Patalolo voriges Jahr geschenkt hast, die Böschung hinunter in den Fluß. Die Fahrrinne verläuft dicht unter dem Ufer, und es ist da sehr tief. Gegen fünf ging Willems zurück an Bord, und ich sah, wie er sich achtern neben Abdulla ans Ruder stellte. Er redete ziemlich viel, fuchtelte mit den Armen herum und schien etwas zu erklären. Er zeigte auf mein Haus und dann den Fluß hinunter. Kurz vor Sonnenuntergang verholten sie das Schiff etwa eine halbe Meile stromabwärts bis zum Zusammenfluß der beiden Arme – wie du vielleicht bemerkt hast, liegt es jetzt noch dort.«

Lingard nickte.

»Wie ich höre, ist Abdulla am gleichen Abend nach Einbruch der Dunkelheit zum erstenmal in Sambir an Land gegangen. In Sahamins Haus wurde für ihn ein Empfang veranstaltet. Ich schickte Ali hin, damit er sich umhören solle. Er kehrte gegen neun Uhr zurück und berichtete, daß Patalolo links von Abdulla vor Sahamins Feuer sitze. Man hielt eine große Beratung ab. Ali schien zu glauben, daß Patalolo als Gefangener dort sei, darin irrte er sich aber. Die ganze Sache wurde höchst geschickt arrangiert. Soweit ich weiß, war alles schon vor Mitternacht erledigt. Patalolo wurde von einem Dutzend Booten unter Fackelbeleuchtung in seinen beschädigten Hof eskortiert. Wie es scheint, hat er Abdulla um Passage auf dem *Herrn der Inseln* bis Penang gebeten. Von dort will er dann weiter nach Mekka. Die Schießerei wurde als ein Irrtum bezeichnet, was sie in gewisser Weise ganz sicher auch war. Patalolo hatte nämlich gar nicht daran gedacht, Widerstand zu leisten. Er wird also abfahren, sobald das Schiff reisefertig ist. Schon am nächsten Tag begab er sich mit drei Frauen und einer Handvoll Kerlen an Bord, die eben so alt sind wie er. Auf Abdullas Befehl wurde er mit siebenschüssigem Salut empfangen und hat seitdem – seit fünf Wochen also – an Bord gewohnt. Ich glaube nicht, daß er lebend den Fluß verläßt. Keinesfalls wird er lebendig in Penang ankommen. Lakamba hat alle seine Waren übernommen und ihm einen Wechsel auf Abdullas Bank in Penang ausgestellt. Er muß also auf alle Fälle sterben, ehe er dort ankommt. Verstehst du?«

Almayer saß eine Weile schweigend und grübelte niedergeschlagen vor sich hin, ehe er fortfuhr:

»Während der Nacht gab es natürlich zahllose Raufereien. Mehrere Leute machten sich die allgemeine Unsicherheit zunutze, um alte Rechnungen zu begleichen. Ich verbrachte die Nacht hier auf diesem Stuhl und döste vor mich hin. Ab und zu ertönte von irgendwoher fürchterliches Geschrei, und dann setzte ich mich auf, den Revolver in der Hand. Es wurde jedoch niemand getötet, es gab nur ein paar zerbeulte Köpfe. Am nächsten Morgen regte Willems eine neue Unternehmung an, die mich, wie ich sagen muß, nicht wenig erstaunte. Kaum war der Tag gekommen, als sie sich daran machten, auf dem freien Platz, am anderen Ende der Siedlung, wo Abdulla jetzt seine Häuser bauen läßt, einen Flaggenmast aufzustellen. Kurz nach Sonnenaufgang gingen alle dort hin und versammelten sich um den Mast. Willems stand gegen den Mast gelehnt, einen Arm um die Schulter dieses Weibes. Für Patalolo hatte man einen Lehnstuhl gebracht, und Lakamba stand rechts von dem alten Mann, der eine Rede hielt. Ganz Sambir war dort versammelt: Frauen, Sklaven, Kinder – einfach alle! Da hielt also Patalolo seine Rede. Er sagte, daß er nach dem gütigen Willen des Allerhöchsten eine Pilgerfahrt unternehmen dürfe. Sein Herzenswunsch werde damit in Erfüllung gehen. Dann wandte er sich an Lakamba und bat ihn, während seiner –

Patalolos – Abwesenheit ein gerechtes Regiment zu führen. Hierbei wurde etwas Theater gespielt. Lakamba sagte, er sei solcher Ehre unwürdig, aber Patalolo bestand darauf. Armer alter Idiot! Es muß ihn schwer angekommen sein. Man zwang ihn, diesen Halsabschneider geradezu anzuflehen. Stell dir vor, du wärst gezwungen, einen Räuber anzuflehen, dich zu berauben! Der alte Raja war aber völlig verängstigt. Er tat also alles, und Lakamba nahm schließlich auch an. Dann hielt Willems der Menge eine Rede. Er sagte, daß der Raja – damit meinte er Patalolo – auf seinem Weg nach dem Westen beim großen weißen Herrscher in Batavia vorsprechen und ein Schutzversprechen für Sambir erhalten werde. Unterdessen, so fuhr er fort, will ich, ein Orang Blanda und euer Freund, die Fahne aufziehen, unter deren Schatten wir alle geborgen sind. Damit zog er eine holländische Fahne am Mast hoch. Man hatte sie eilig aus Baumwollstücken während der Nacht zusammengenäht, und nun hing sie schwer vom Mast, während die Menge zusah. Ali berichtete mir, daß ein Seufzer der Überraschung hörbar wurde, daß aber kein Wort fiel, ehe Lakamba vortrat und mit lauter Stimme verkündete, jeder, der an diesem Tag an der Fahne vorbeigehe, müsse das Haupt entblößen und sich vor der Flagge verneigen.«

»Aber zum Henker«, rief Lingard, »Abdulla ist doch britischer Untertan.«

»Abdulla war gar nicht da, er ist an diesem Tage nicht an Land gegangen. Ali, der ein gewitzter Bursche ist, bemerkte aber, daß der Platz, auf dem die Menge stand, im Feuerbereich der Kanonen des *Herrn der Inseln* lag. Sie hatten eine Trosse aus Kokosfasern ausgebracht und die Barke so vertäut, daß die Breitseite gegen den Flaggenmast gekehrt war. Schlau, was? Aber kein Mensch dachte an Widerspruch. Als die Leute sich von ihrer Überraschung erholt hatten, fielen ein paar spöttische Zurufe, und Bahassoen beschimpfte Lakamba heftig, bis ihm einer von Lakambas Leuten mit einem Stock auf den Kopf schlug. Wie man mir erzählte, hat es ganz schön geknallt. Danach hörten alle Zwischenrufe auf. Unterdessen war Patalolo weggegangen, und Lakamba saß in dem Stuhl am Fuße des Mastes, während die Menge um ihn her wogte, als könne sie sich nicht entschließen wegzugehen. Plötzlich ertönte hinter Lakambas Stuhl ein furchtbarer Lärm. Es war dieses Weib, und sie ging auf Willems los. Ali behauptete, sie hätte sich wie ein wildes Tier auf ihn gestürzt, aber er verdrehte ihr das Handgelenk, und sie mußte vor ihm im Staub kriechen. Niemand weiß genau, was da eigentlich los war. Manche sagen, daß es wegen der Flagge gewesen sei. Jedenfalls schleppte er sie weg, warf sie in ein Kanu und fuhr zu Abdullas Schiff. Sahamin war dann der erste, der die Flagge grüßte, und andere taten es ihm nach. Noch vor der Mittagszeit hatte sich die Siedlung beruhigt, und Ali kam zurück und berichtete mir alles.«

Almayer holte tief Atem. Lingard streckte die Beine von sich. »Weiter«, verlangte er.

»Das Schlimmste kommt erst noch. Eine unerhörte Begebenheit! Ein Verbrechen! Ein teuflisches Verbrechen!«

## XVI

»Na, dann mal heraus damit! Ich kann mir nicht vorstellen ...«, sagte Lingard, nachdem er eine Weile schweigend abgewartet hatte.

»Du kannst dir nicht vorstellen! Wie solltest du auch«, unterbrach ihn Almayer. »Aber nun hör zu. Nachdem Ali zurückgekommen war, fühlte ich mich etwas erleichtert. Immerhin war wieder so etwas wie Ordnung in Sambir eingezogen. Seit dem frühen Morgen wehte die englische Flagge über meinem Haus, und ich fing an, mich sicherer zu fühlen. Einige meiner Leute tauchten am Nachmittag wieder auf. Ich stellte keine Fragen, sondern schickte sie an die Arbeit, als sei gar nichts geschehen. Gegen Abend – es mag fünf gewesen sein oder halb sechs – stand ich mit dem Kind auf unserer Mole, als ich am anderen Ende der Siedlung Geschrei hörte. Zunächst nahm ich davon kaum Notiz, aber dann kam Ali und sagte: ›Herr, gib mir das Kind, in der Siedlung ist es sehr unruhig.‹ Ich gab ihm also Nina, ging ins Haus, holte meinen Revolver und ging dann in den hinteren Hof hinaus. Als ich die Treppe hinunterkam, sah ich, daß die Hausmädchen aus dem Küchenschuppen wegliefen, und hörte auf der anderen Seite des trokkenen Grabens, der die Grenze unseres Grundstückes bildet, großen Lärm. Ich konnte niemanden sehen, weil am Graben entlang Büsche wachsen, es war aber kein Zweifel: eine wütende Menge war hinter irgend jemandem her. Als ich da noch so stand und überlegte, erschien Jim-Eng; du kennst doch den Chinesen, der sich hier vor einigen Jahren niedergelassen hat?«

»Er war mein Passagier, ich habe ihn hergebracht«, sagte Lingart. »Ein ganz vorzüglicher Chinese.«

»So? Das hatte ich vergessen. Dieser Jim-Eng also brach durch das Gebüsch und fiel mir sozusagen in die Arme. Er erklärte mir keuchend, daß die Menge hinter ihm her sei, weil er sich geweigert habe, die Fahne zu grüßen. Er war gar nicht besonders ängstlich, sondern nur furchtbar wütend und empört. Selbstverständlich hatte er davonlaufen müssen, es waren ungefähr fünfzig Leute hinter ihm her – Anhänger von Lakamba – aber es juckte ihn in allen Fingern. Er sagte, er sei Engländer und ziehe vor keiner Fahne den Hut außer der englischen. Ich versuchte, ihn zu beruhigen, und unterdessen grölte die Menge auf der anderen Seite des Grabens. Ich riet ihm, eins meiner Kanus zu nehmen, über den Fluß zu setzen und ein paar Tage drüben zu bleiben. Das wollte er aber nicht. Er nicht. Er sei Engländer und werde es mit der ganzen Bande aufnehmen: ›Das sind doch nur Schwarze‹, sagte er, ›wir Weißen‹, und damit meinte er sich und mich, ›wir können es doch mit jedem in Sambir aufnehmen‹. Er war ganz verrückt vor Wut. Die Menge beruhigte sich ein wenig, und ich glaubte schon, ich könne Jim-Eng ohne großes Risiko bei mir aufnehmen, als ich plötzlich Willems' Stimme vernahm. Er brüllte auf englisch: ›Lassen Sie vier Mann herein, damit sie den Chinesen abholen!‹ Ich sagte nichts und bedeutete Jim-Eng, den Mund zu halten. Nach einer Weile rief Willems wieder: ›Keinen Widerstand, Almayer! Ich rate Ihnen gut. Ich halte die Leute noch zurück. Leisten Sie keinen Widerstand!‹ Die Stimme dieses Lumpen versetzte mich in Wut, und ich konnte nicht an mich halten. Ich schrie ihm zu: ›Sie sind ein Lügner!‹ Und gerade in diesem Augenblick riß mir Jim-Eng, der seine Jacke weggeworfen und sich für die bevorstehende Prügelei die Hosen aufgekrempelt hatte, den Revolver aus der Hand und knallte ihnen durch das Gebüsch hindurch eins auf den Pelz. Es erfolgte ein gellender Schrei – er muß jemanden getroffen haben – dann ein gräßliches Gebrüll, und ehe ich zur Besinnung kam, waren sie schon über den Graben weg durchs Gebüsch und über uns hergefallen! An Widerstand war überhaupt nicht zu denken. Ich wurde einfach umgerannt, Jim-Eng kriegte ein Dutzend Messerstiche ab, und im ersten Ansturm trieben sie uns über den halben Hof. Ich hatte Mund und Augen voller Staub, lag auf dem Rücken und drei oder vier Kerle saßen auf mir. Nicht weit entfernt konnte ich Jim-Eng ächzen hören. Sie würgten ihn, und er röchelte. Ich bekam selbst kaum Luft, weil die beiden schweren Kerle auf meiner Brust hockten. Dann kam Willems herbeigelaufen und befahl ihnen, mich aufzurichten, aber gut festzuhalten. Sie führten mich auf die Veranda. Ich blickte mich um, konnte aber weder Ali noch das Kind sehen. Da wurde mir etwas leichter. Ich versuchte mich loszumachen ... o mein Gott!«

Almayers Gesicht wurde von einem vorübergehenden Wutanfall verzerrt. Lingard rutschte auf seinem Stuhl hin und her. Nach kurzer Pause fuhr Almayer fort:

»Sie hielten mich fest und brüllten mir Drohungen ins Gesicht. Willems nahm meine Hängematte ab und warf sie ihnen hin. Er zog diese Tischschublade hier heraus und fand darin eine Nadel und Segelmachergarn. Wir nähten damals gerade die Sonnensegel für deine Brigg, wie du es vor deiner letzten Abreise angeordnet hattest. Selbstverständlich wußte er, wo sich alles befand, was er brauchte. Auf seine Anweisung legten sie mich auf den Fußboden, wickelten mich in meine Hängematte ein, und er fing an, mich einzunähen wie eine Leiche. Bei den Füßen fing er an. Und dabei lachte er boshaft. Ich warf ihm alle Schimpfworte an den Kopf, die mir einfielen, worauf er den Leuten befahl, mir mit ihren dreckigen Pfoten Mund und Nase zuzuhalten. Ich wäre beinahe erstickt. Wenn ich mich rührte, stießen sie mich in die Rippen. Er fädelte immer wieder neu ein und arbeitete emsig. Er nähte mich bis zum Hals ein. Dann stand er auf und sagte: das reicht, laßt ihn los. Das Weib stand die ganze Zeit dabei, sie hatten sich wohl wieder versöhnt. Sie klatschte in die Hände. Ich lag da auf dem Fußboden wie ein Warenballen, er glotzte mich an, und das Weibsstück kreischte vor Entzücken. Wie ein Ballen Ware! Die ganze Veranda war voller Leute, und alle grinsten. Ich wäre am liebsten gestorben, wirklich, Kapitän Lingard! Und auch jetzt, jedesmal wenn ich daran denke, möchte ich am liebsten tot sein!«

Lingards Gesicht drückte teilnehmende Entrüstung aus. Almayer ließ den Kopf auf die Arme sinken und sprach in dieser Haltung undeutlich und gedämpft weiter, ohne aufzublicken.

»Schließlich wurde ich auf seinen Befehl in den großen Schaukelstuhl geworfen. Ich war so fest eingenäht, daß ich steif war wie ein Brett. Er erteilte mit lauter Stimme Befehle, und der Kerl, der Babalatchi, sorgte dafür, daß sie befolgt wurden. Alle gehorchten ihm aufs Wort. Unterdessen lag ich dort im Stuhl wie ein Klotz, und das Weib tänzelte vor mir herum und schnitt Grimassen und schnippte mir die Finger unter die Nase. Frauen sind wirklich schlecht, nicht wahr? Soviel ich weiß hatte ich sie bis dahin überhaupt noch nicht gesehen, ihr nie etwas zuleide getan, und doch führte sie sich auf wie eine Teufelin. Verstehst du das? Gelegentlich ließ sie mich in Ruhe, um sich ihm ein bißchen an den Hals zu hängen, aber dann kam sie wieder zurück und fing aufs neue mit ihren Freiübungen an. Er sah ihr dabei nachsichtig zu. Der Schweiß lief mir übers Gesicht, in die Augen – ich konnte mich ja nicht rühren. Die meiste Zeit war ich blind, gelegentlich konnte ich allerdings auch was sehen. Sie zerrte ihn vor meinen Stuhl. ›Ich bin wie weiße Frauen‹, sagte sie, die Arme um seinen Hals geschlungen. Du hättest die Gesichter von den Kerlen sehen müssen, die auf der Veranda herumstanden! Sie waren sehr beschämt und genierten sich geradezu wegen dieses Weibes. Plötzlich fragte sie: ›Wann wirst du ihn töten?‹ Und damit meinte sie mich. Kannst du dir vorstellen, wie mir zumute war? Ich muß wohl ohnmächtig geworden sein. Genau weiß ich es nicht mehr. Es gab dann offenbar Streit, er war jedenfalls wütend. Als ich wieder zur Besinnung kam, saß er neben mir, und sie war verschwunden. Soweit ich erfahren habe, schickte er sie zu meiner Frau, die sich im Hinterzimmer versteckt hielt und während dieses ganzen Vorfalles nicht erschien. Willems sagte zu mir – und ich kann seine heisere, Stimme immer noch hören –: ›Es soll Ihnen kein Haar gekrümmt werden.‹ Ich gab keinen Ton von mir. Dann fuhr er fort: ›Nehmen Sie zur Kenntnis, daß die Flagge, die Sie aufgezogen haben, respektiert worden ist – obwohl es, nebenbei gesagt, nicht die Ihre ist. Das können Sie Kapitän Lingard sagen, falls Sie ihn sehen. Dabei haben Sie das Feuer auf die Menge eröffnet!‹ ›Sie sind ein Lügner, ein Betrüger!‹ rief ich. Er zuckte zusammen, und es ärgerte ihn ganz bestimmt, daß ich mich nicht fürchtete. ›Nun, jedenfalls ist von Ihrem Haus her geschossen worden und es wurde jemand verwundet. Ihr Eigentum wird aber mit Rücksicht auf die englische Flagge respektiert werden. Außerdem habe ich keinen Streit mit Kapitän Lingard, dem Seniorchef der Firma. Was nun Sie angeht, so werden Sie diesen Tag nicht vergessen und sollten Sie auch hundert Jahre alt werden – oder ich müßte mich sehr in Ihrem Charakter täuschen. Den bitteren Geschmack dieser Demütigung werden Sie Ihr ganzes Leben lang nicht loswerden, und das ist der gerechte Lohn für die Freundlichkeiten, die Sie mir erwiesen haben. Ich werde nun Ihre Schießpulvervorräte wegschaffen lassen. Die Küste steht unter dem Schutz der Niederlande, und Sie haben kein Recht, Schießpulver in Ihrem Besitz zu halten. So lauten die Anweisungen des Gouverneurs, wie Sie sehr wohl wissen. Sagen Sie mir jetzt, wo der Schlüssel zum kleinen Schuppen ist.‹ Ich sagte gar nichts. Er wartete ein wenig, stand dann aber auf und sagte: ›Falls irgendwelcher Schaden angerichtet wird, sind Sie selbst schuld.‹ Er befahl Babalatchi, die Tür zum Büro aufbrechen zu lassen. Da wühlte er in den Schubladen herum, konnte den Schlüssel aber nicht finden. Dann forderte dieses Weib Aissa den Schlüssel von meiner Frau, und sie gab ihn heraus. Nach einer Weile rollten sie sämtliche Pulverfässer in den Fluß. Achtzig Fässer! Er beaufsichtigte die Arbeiten selbst und achtete darauf, daß jedes einzelne versank. Die Zuschauer murrten, Babalatchi war wütend und versuchte ihm dreinzureden, aber Willems stauchte ihn gehörig zusammen. Ich muß zugeben, daß er nicht die geringste Angst vor den Kerlen hatte. Dann kam er wieder auf die Veranda zurück, setzte sich neben mich und sagte: ›Wir haben Ihren Diener Ali gefunden, der sich mit Ihrer kleinen Tochter flußaufwärts im Wald versteckt hatte. Wir haben beide hergebracht. Selbstverständlich wird ihnen nicht das geringste geschehen. Ich möchte Ihnen übrigens zu der hervorragenden Intelligenz Ihrer Tochter gratulieren, Almayer. Sie erkannte mich sofort und nannte mich ebenso selbstverständlich ›Schwein‹, wie Sie es selbst tun würden. Aber auch Gefühle passen sich den Umständen an, und Sie hätten sehen sollen, wie ängstlich Ali ihr die Hand auf den Mund legte. Mir scheint, Sie verwöhnen Ihre Tochter, Almayer. Ich bin aber deshalb nicht ärgerlich. Sie sehen nämlich in diesem Stuhl da so lächerlich aus, daß ich beim besten Willen nicht böse sein kann.‹ Ich machte einen verzweifelten Versuch, die Hängematte zu zerreißen und dem Schuft an die Gurgel zu springen, aber ich fiel nur herunter und riß den Stuhl hinter mir her. Er lachte und sagte: ›Ich lasse Ihnen die Hälfte Ihrer Revolvermunition und nehme die andere Hälfte mit. Die Patronen passen auch in meinen Revolver. Wir sind beide Weiße und sollten uns gegenseitig unterstützen. Vielleicht brauche ich die Munition noch.‹ Ich brüllte unter dem Stuhl hervor: ›Sie sind ein Dieb!‹ Aber er sah gar nicht her und ging weg, eine Hand um die Taille dieses Weibes, die andere auf Babalatchis Schulter; dem erteilte er irgendwelche Anweisungen. In weniger als fünf Minuten war unser Hof leer. Nach einer Weile kam Ali, der mich gesucht hatte, und schnitt die Hängematte auf. Seitdem habe ich Willems nicht wieder gesehen – übrigens auch sonst niemanden. Ich bin seither allein geblieben. Dem Verwundeten bot ich sechzig Dollars an, die er auch nahm. Am nächsten Tag wurde Jim-Eng entlassen, nachdem die Flagge eingezogen war. Er hat mir sechs Kisten Opium zur Aufbewahrung geschickt, hat sich aber noch nicht wieder aus dem Haus getraut. Ich glaube, daß er jetzt nicht mehr gefährdet ist. Überall herrscht Ruhe.«

Gegen Ende seines Berichtes hatte Almayer den Kopf gehoben und nun saß er in den Stuhl zurückgelehnt und starrte die Bambusstämme an, auf denen das Dach ruhte. Lingard lag mit weit von sich gestreckten Beinen in seinem Sessel. Im friedlichen Halbdunkel der Veranda, hinter den herabgelassenen Jalousien, vernahmen sie die gedämpften Geräusche der im glühenden Sonnenschein liegenden Welt: einen Ruf auf dem Fluß, die Antwort vom Ufer her, das Quietschen einer Winde; kurze Laute, die so schnell verstummten, als seien sie von der Mittagsglut verschlungen worden. Lingard erhob sich langsam, trat an das Geländer, schob eine der Jalousien beiseite und sah schweigend hinaus. Über das Wasser und den verlassenen Hof hörte man deutlich eine Stimme von dem kleinen Schoner her, der auf der Höhe von Lingards Mole im Fluß vor Anker lag:

»Serang! Die Gaffel hängt ja fast bis zum Großbaum runter! Mal ran an die Fallen, Leute!«

Ein schriller Pfiff auf der Bootsmannspfeife, dann ertönte der Gesang der Männer, die rhythmisch an einem Tau zogen. Die Stimme sagte scharf: »Genug!« Eine andere Stimme – wahrscheinlich die des Serang – rief: »Ikat!«, und als Lingard die Jalousie losließ und sich abwandte, war alles wieder still, als habe sich auf der anderen Seite der hin und her schwingenden Jalousie nichts ereignet, als gebe es dort nichts als das Licht, das gleißende, schwere, rohe Licht, das wie ein Bahrtuch aus Feuer über totes Land gebreitet war. Lingard setzte sich Almayer gegenüber, stemmte die Ellenbogen auf den Tisch und versank in tiefes Nachdenken.

»Hübscher kleiner Schoner«, murmelte Almayer müde. »Hast du ihn gekauft?«

»Nein«, erwiderte Lingard, »nachdem die *Flash* verloren war, kamen wir in den Rettungsboten nach Palembang. Dort habe ich den Schoner für sechs Monate gechartert, er gehört dem jungen Ford. Er wollte mal eine Weile an Land bleiben, und da habe ich den Schoner übernommen. Natürlich ist Fords Besatzung an Bord. Für mich sind das Fremde. Wegen der Versicherung mußte ich nach Singapore und dann natürlich nach Makassar. Die Reisen dauerten ewig, weil wir keinen Wind hatten. Es war wie verhext. Dann hab' ich noch Ärger mit dem alten Hudig gehabt, und das hat mich auch lange aufgehalten.

»So? Mit Hudig? Wieso denn das?« fragte Almayer gedankenlos.

»Oh! Wegen einer... wegen einer Frau...«, murmelte Lingard.

Almayer sah ihn mit matter Überraschung an.

Der alte Seemann hatte seinen weißen Kinnbart zu einer Spitze gedreht und zwirbelte jetzt seinen Schnurrbart. Seine kleinen roten Augen – diese Augen, die von der Salzgischt aller Meere verbrannt worden waren, die ohne zu blinzeln in den Stürmen aller Breitengrade luvwärts geblickt hatten – funkelten nun Almayer unter gerunzelten Brauen her an, wie zwei erschreckte, wilde Tiere, die im Busch kauern.

»Na sowas! Das sieht dir ähnlich! Was hast denn du mit Hudigs Frauen zu tun? So ein alter Sünder!« sagte Almayer wegwerfend.

»Was du nur redest! Es ist die Frau eines Freundes, vielmehr eines Menschen, den ich kenne...«

»Trotzdem begreife ich's nicht...«, unterbrach ihn Almayer achtlos.

»...eines Menschen, den auch du kennst. Gut kennst, sehr gut kennst.«

»Ich habe viele Leute gekannt, ehe ich mich deinetwegen hier in diesem Loch begraben ließ!« knurrte Almayer unfreundlich. »Wenn diese Frau irgendwas mit Hudig zu tun gehabt hat, dann kann nicht viel mit ihr los sein. Ihr Mann kann einem leid tun«, fügte er hinzu, und die Erinnerung an den Klatsch früherer Zeiten, da er noch als junger Mann in der zweiten Hauptstadt des Archipels gelebt hatte, heiterte ihn etwas auf. Wie gut war er doch stets unterrichtet gewesen! Er lachte. Lingard sah noch finsterer drein.

»Rede keinen Unsinn! Es ist Willems' Frau.«

Almayer hielt sich am Stuhl fest und riß Mund und Augen auf. »Wie? Was?« stammelte er verwirrt.

»Willems' – Frau«, wiederholte Lingard langsam und deutlich. »Du bist doch wohl nicht taub? Die Frau von Willems. Es handelt sich da um ein Versprechen; außerdem konnte ich ja nicht wissen, was inzwischen hier geschehen ist.«

»Und was ist mit ihr? Du hast ihr gewiß Geld gegeben«, rief Almayer.

»Noch nicht«, sagte Lingard bedächtig. »Ich werde es aber wohl tun müssen...«

Almayer stöhnte.

»Tatsache ist«, fuhr Lingard langsam und eintönig fort, »Tatsache ist, daß ich... daß ich sie mitgebracht habe, hierher nach Sambir.«

»Um Himmelswillen! Wozu denn das?« schrie Almayer und sprang auf. Sein Stuhl neigte sich und fiel langsam um. Er rang die Hände über dem Kopf und ließ dann die Arme jählings sinken, wobei er nur mit größter Mühe die ineinandergeschlungenen Finger zu lösen vermochte. Lingard nickte mehrmals kurz mit dem Kopf.

»Ja, ich habe sie hergebracht. Peinlich, was?« sagte er und schaute dabei ratlos zur Decke hinauf.

»So wahr ich hier stehe«, verschwor sich Almayer weinerlich, »ich begreife dich überhaupt nicht. Was wirst du dir denn noch einfallen lassen! Willems' Frau!«

»Frau und Kind. Er hat nämlich einen kleinen Jungen. Beide befinden sich an Bord des Schoners.«

Almayer sah Lingard mit jäh erwachtem Mißtrauen an, dann wandte er sich ab und beschäftigte sich damit, den Stuhl wieder aufzurichten. Er setzte sich nun mit dem Rücken zu dem alten Seemann und versuchte zu pfeifen, gab es aber sogleich wieder auf. Lingard fuhr fort:

»Es verhält sich nämlich so: der Bursche hat mit Hudig Ärger bekommen und dann an mein Mitgefühl appelliert. Ich habe ihm versprochen, alles in Ordnung zu bringen, und das ist mir unter großen Schwierigkeiten auch gelungen. Hudig hat furchtbar mit Willems' Frau geschimpft, weil sie zu ihrem Mann zurück wollte. Das ist überhaupt ein charakterloser alter Kerl. Du weißt ja, daß sie seine Tochter ist. Nun, ich sagte, ich würde mich schon um alles kümmern und auch Willems bei einem neuen Anfang behilflich sein. Ich habe in Palembang mit Craig gesprochen. Er wird alt und wünscht sich einen Geschäftsführer oder Teilhaber. Ich habe mich dafür stark gemacht, daß Willems sich anständig benimmt, und wir haben alles vereinbart. Craig ist ein alter Freund von mir, wir fuhren in den vierziger Jahren auf dem gleichen Schiff. Er erwartet Willems jetzt. Was für eine erbärmliche Angelegenheit! Was hältst du denn davon?«

Almayer zuckte die Achseln.

»Auf meine Versicherung hin, daß alles gut gehen würde, hat Willems' Frau mit Hudig gebrochen«, fuhr Lingard mit wachsendem Unbehagen fort. »Jawohl, das hat sie getan. Selbstverständlich ist es das einzig Richtige. Schließlich sind sie Mann und Frau... gehören zusammen... schickt sich so... schlaues Bürschchen... unbeschreiblicher Lump! ... Schöne Schweinerei! O verdammt!«

Almayer lachte hämisch.

»Er wird entzückt sein«, sagte er sanft. »Du wirst zwei Leute glücklich machen, mindestens zwei!« Wieder lachte er, und Lingard betrachtete verblüfft den vor Lachen bebenden Rücken.

»Dieses Mal sitze ich wirklich in der Tinte«, murmelte Lingard.
»Schick sie so schnell wie möglich zurück«, schlug Almayer vor und unterdrückte einen neuen Lachanfall.
»Was gibt es denn da zu feixen?« knurrte Lingard ärgerlich. »Ich bringe die Sache schon in Ordnung, und bis dahin mußt du sie hier aufnehmen.«
»In meinem Haus?« schrie Almayer und drehte sich um.
»Ein bißchen gehört es ja wohl auch mir, nicht wahr?« versetzte Lingard. »Keine Widerrede!« brüllte er, als Almayer den Mund aufmachte. »Gehorche gefälligst und halt den Mund!«
»Jaaaaaa! Wenn du so einen Ton anschlägst«, murmelte Almayer verstimmt und machte eine willfährige Handbewegung.
»Du kannst mich wirklich ärgern, mein Junge«, sagte der alte Seemann unerwartet milde. »Du mußt mir doch Zeit lassen, mich zurechtzufinden. Ich kann sie nicht unentwegt an Bord festhalten. Irgendwas muß ich ihr doch erzählen, zum Beispiel, daß er den Fluß hinaufgefahren ist, und daß wir ihn jeden Tag zurück erwarten. Das ist überhaupt das beste, klar? Du wirst sie behutsam diesen Kurs steuern, während ich die Lage bereinige. Beim Himmel!« rief er bekümmert nach kurzem Schweigen, »das Leben ist wirklich jämmerlich! Und doch... und doch... man muß sehen, daß das Schiff richtig auf Kurs liegt, ehe man für immer von der Brücke abtritt.« Dann setzte er scharf hinzu: »Und wenn du keinen Streit mit mir willst, mein Junge, dann tu gefälligst, was ich sage.«
»Ich will keinen Streit mit dir«, murmelte Almayer, gegen seinen Willen respektvoll. »Ich wollte nur, ich könnte dich begreifen. Ich weiß, daß du es gut mit mir meinst, Kapitän Lingard; aber, beim Himmel, manchmal verstehe ich dich nicht! Ich wollte, ich könnte es...«
Lingard brach in lautes Gelächter aus, das aber sehr bald in

ein tiefes Seufzen überging. Er schloß die Augen und lehnte den Kopf zurück: sein Gesicht, das die grellen Sonnen vieler harter Jahre ausgedörrt hatten, zeigte tiefe Müdigkeit und schien so gealtert, daß Almayer erschrak wie vor einer unerwarteten Offenbarung von Unheil.

»Ich bin ganz erledigt«, sagte Lingard leise. »Vollständig erledigt. Die ganze Nacht auf Deck, um den Schoner den Fluß herauf zu bringen, und jetzt dieses Gespräch mit dir. Ich glaube, ich könnte im Stehen einschlafen. Allerdings möchte ich erst noch etwas essen. Kümmere dich darum, Kaspar.«

Almayer klatschte in die Hände, und da keine Antwort erfolgte, wollte er gerade rufen, als man vom Korridor her, hinter dem roten Vorhang, der den Eingang zur Veranda verschloß, die herrschsüchtige, schrille Stimme eines Kindes vernahm.

»Trag mich raus! Ich will in die Veranda getragen werden! Trag mich raus, oder ich werde ganz böse!«

Die gedämpfte Stimme eines Mannes brachte demütig Einwände vor. Sogleich erhellten sich die Gesichter von Almayer und Lingard. Der alte Seemann rief: »Bring das Kind her! Lekas!«

»Du wirst sehen, wie sie gewachsen ist«, rief Almayer frohlockend.

Ali trat nun auf die Veranda, Nina Almayer auf dem Arm. Das Kind umklammerte mit einem Arm Alis Hals, und mit der anderen Hand hielt es einen reifen Pumelo an sich gepreßt, der fast ebenso groß war wie ihr Kopf. Das ärmellose, rosa Kleidchen war ihr von den Schultern gerutscht, aber das lange schwarze Haar, das ihr olivfarbenes Gesicht umrahmte, aus dem die großen schwarzen Augen mit kindlichem Ernst blickten, fiel reich über ihre Schultern und über Alis Arme, wie ein dichtes, zartes Netz von Seidenfäden. Lingard trat auf Ali zu, und kaum hatte sie den alten Seemann erblickt, als sie auch schon die Frucht fallen ließ und jauchzend die Hände nach ihm ausstreckte. Er nahm sie dem Malaien ab, und sie packte die Enden seines Schnurrbartes so kräftig, daß in seine kleinen roten Augen ungewohnte Tränen traten.

»Sachte, Kleine, sachte«, murmelte er und preßte ihr Gesicht mit einer riesigen Hand an sich, die den Kopf des Kindes ganz umspannte.

»Heb meinen Pumelo auf, o Raja des Meeres!« schwätzte sie mit hoher, klarer Stimme. »Da, unter dem Tisch. Beeil dich! Schnell! Du bist fort gewesen und hast gegen viele Männer gekämpft. Ali hat das gesagt. Du bist ein großer Krieger. Ali hat das gesagt. Du warst auf dem großen Meer, weit weit weg!« Sie winkte mit der Hand und starrte verträumt in die Ferne, während Lingard sie betrachtete und sich dann niederbeugte, um unter dem Tisch nach dem Pumelo zu suchen.

»Wo hat sie nur diese Einfälle her?« erkundigte sich Lingard, indem er sich vorsichtig aufrichtete, bei Almayer, der Ali inzwischen Anweisungen gegeben hatte.

»Sie steckt immer bei den Männern. Ich habe sie oft dabei ertappt, daß sie abends mit ihnen zusammen die Finger in die Reisschüssel steckt. Für ihre Mutter hat sie nichts übrig – Gott sei Dank. Wie hübsch sie ist, nicht wahr? Und so klug! Ganz der Vater!«

Lingard hatte das Kind auf den Tisch gesetzt, und beide Männer betrachteten es strahlend.

»Eine perfekte kleine Frau«, flüsterte Lingard. »Jawohl, mein Junge, wir werden noch was aus ihr machen, du wirst schon sehen!«

»Dafür sind die Aussichten ziemlich schlecht«, bemerkte Almayer traurig.

»Du hast ja keine Ahnung«, rief Lingard. Er nahm das Kind wieder auf und begann auf der Veranda hin und her zu gehen. »Ich habe gewisse Pläne... Pläne... hör mal zu.«

Und er begann, dem gespannt zuhörenden Almayer seine Pläne darzulegen. Er wollte mit Abdulla und Lakamba sprechen. Da diese Burschen nun im Vorteil seien, würden sie ja mit sich reden lassen. An dieser Stelle unterbrach er sich und fluchte ausgiebig, während die Kleine, die eifrig an seinem Hals gesucht hatte, die Bootsmannspfeife entdeckte und hin und wieder dicht an seinem Ohr einen lauten Pfiff ertönen ließ, wobei er jedesmal zusammenzuckte, lachend ihre Hände von sich abwehrte und sie zärtlich schalt. Jawohl – das könnte mühelos arrangiert werden. Er sei nach wie vor ein Mann, mit dem man zu rechnen habe, und niemand wisse das besser als Almayer. So weit, so gut. Man müsse nun geduldig versuchen, den Handel wenigstens in geringem Umfang aufrechtzuerhalten, das werde auch gehen. Das Entscheidende aber – und hier senkte Lingard die Stimme und blieb plötzlich vor dem verzückten Almayer stehen – der große Coup aber sei die Goldsuche am Oberlauf des Flusses. Dieser Aufgabe werde er – Lingard – sich widmen. Er sei schon früher im Landesinneren gewesen. Es gebe dort enorme Ablagerungen von Schwemmgold. Er habe selber solche Stellen gesehen. Selbstverständlich sei das eine gefährliche Arbeit. Aber welcher Lohn winke da! Er werde suchen und finden. Daran könne nicht der geringste Zweifel sein. Zum Teufel mit der Gefahr! Anfangs werde man die Sache ganz unter sich im geheimen betreiben und erst nach einer Weile eine Gesellschaft gründen, entweder in Batavia oder in England. Jawohl, in England, das sei viel besser. Großartig! Selbstverständlich! Und dieses Kind hier werde die reichste Frau der Welt sein. Er – Lingard – werde das vielleicht nicht mehr erleben, wenn er wohl auch noch einige Jahre vor sich habe – aber Almayer gewiß. So gebe es doch noch einen Lebenszweck! Was?

Aber die reichste Frau der Welt hatte schon während der letzten Minuten unablässig gekreischt:

»Raja Laut! Raja Laut! Haï! Hör zu!« während der alte Seemann, ohne es zu bemerken, immer lauter gesprochen hatte, um mit seiner tiefen Baßstimme den Aufruhr zu übertönen. Nun brach er ab und sagte zärtlich:

»Was willst du denn, kleine Frau?«

»Ich bin keine kleine Frau. Ich bin ein weißes Kind. Anak Putih. Ein weißes Kind; und die weißen Männer sind meine Brüder. Das hat Vater gesagt. Und Ali sagt es auch. Ali ist ebenso klug wie Vater. Er weiß alles.«

Almayer konnte sich gar nicht lassen vor väterlichem Entzücken. »Das hab' ich ihr beigebracht. Ich hab' ihr das beigebracht«, wiederholte er lachend mit Tränen in den Augen. »Ist sie nicht klug?«

»Ich bin der Sklave des weißen Kindes«, sagte Lingard mit gespielter Ehrerbietung. »Was steht zu Diensten?«

»Ich will ein Haus«, zwitscherte sie eifrig. »Ich will ein Haus und dann noch ein Haus auf dem Dach und wieder eins auf dem Dach – hoch. Ganz hoch! Wie die Häuser, in denen meine Brüder wohnen – in dem Land, wo die Sonne schläft.«

»Im Westen«, erklärte Almayer flüsternd, »sie vergißt nichts. Du sollst ihr ein Kartenhaus bauen, wie letztes Mal, als du hier warst.«

Lingard setzte sich mit dem Kind auf den Knien hin, und auf der Suche nach einem Kartenspiel riß Almayer eine Schublade nach der anderen heraus, als hinge das Schicksal der Welt von seiner Eile ab. Er brachte ein schmutziges Spiel zum Vorschein, das nur während der Besuche Lingards in Sambir benutzt wurde. Er pflegte dann gelegentlich abends mit Almayer ein Spiel zu machen, das er chinesisches Bezique nannte. Es langweilte Almayer, aber der alte Seemann war davon entzückt, denn er hielt es für ein bemerkenswertes Produkt des Genies der Chinesen – einer Rasse, für die er eine unerklärliche Neigung und Bewunderung empfand.

»Dann wollen wir mal anfangen, mein Herzblatt«, sagte er und stellte mit äußerster Vorsicht zwei Karten gegeneinander, die in seinen großen Händen lächerlich klein wirkten. Nina sah ihm ernst und gespannt zu, wie er das Erdgeschoß aufbaute; dabei sprach er weiter mit Almayer, den Kopf abgewandt, um das Gebilde nicht mit seinem Atem zu gefährden.

»Ich weiß sehr wohl, wovon ich rede... ich war im Jahre neunundvierzig in Kalifornien... viel habe ich da ja nicht gefunden ... dann auch ganz zu Anfang in Victoria... ich kenne mich aus. Verlaß dich nur auf mich. Übrigens könnte da auch ein Blinder... ganz still, kleine Schwester, sonst bringst du das Haus zum Einsturz... Meine Hand ist noch ganz ruhig, was, Kaspar? Und jetzt, du Stolz meines Herzens, wollen wir ein drittes Haus auf diesen beiden anderen errichten... ganz still jetzt... wie ich schon sagte, man braucht sich nur zu bücken und kann den Goldstaub händeweise aufsammeln... so. Jetzt haben wir's. Drei Häuser übereinander. Großartig!«

Er lehnte sich im Stuhl zurück, streichelte mit einer Hand mechanisch den Kopf des Kindes und mit der anderen unterstrich er seine an Almayer gerichteten Worte.

»Wenn wir erst mal da sind, brauchen wir das Zeug nur aufzusammeln. Dann reisen wir alle zusammen nach Europa. Das Kind muß eine anständige Erziehung haben. Wir werden reich sein, das heißt, reich ist gar nicht das richtige Wort. In Devonshire, wo ich geboren bin, hat sich jemand am Teignmouth ein Haus gebaut, das ebenso viele Fenster hat wie ein Dreidecker Geschützpforten. Der hat irgendwo hier draußen in der guten alten Zeit ein Vermögen gemacht. Die Leute behaupteten, er sei ein Seeräuber gewesen, und wir Jungens – ich fuhr damals als Schiffsjunge auf einem Fischkutter – glaubten das auch. Er ließ sich im Rollstuhl umherfahren und hatte ein Glasauge...«

»Höher! Höher!« rief Nina und zupfte den alten Seemann am Bart.
»Du kannst mich doch wirklich nicht in Ruhe lassen!« tadelte Lingard milde und gab ihr einen zärtlichen Kuß. »Was denn! Noch ein Haus auf alle diese Häuser drauf? Nun, ich werde es versuchen.«
Das Kind sah ihm mit angehaltenem Atem zu. Als der schwierige Akt bewerkstelligt war, klatschte es in die Hände und konnte den Blick gar nicht abwenden. Nach einem Weilchen stieß es einen tiefen Seufzer der Befriedigung aus.
»Oh! Paß auf!« rief Almayer.
Das Bauwerk stürzte unter dem leichten Anhauch ihres Seufzers zusammen. Einen Augenblick lang sah Lingard ganz verstört aus. Almayer lachte, doch das kleine Mädchen fing an zu weinen.
»Hier, nimm sie«, sagte der alte Seemann schroff. Nachdem Almayer mit dem weinenden Kind hinausgegangen war, blieb er am Tisch sitzen und starrte finster den Kartenhaufen an.
»Der Teufel soll diesen Willems holen«, murmelte er vor sich hin, »aber ich werde es schon noch schaffen.«
Er erhob sich und wischte ärgerlich die Karten vom Tisch. Dann ließ er sich in den Stuhl zurückfallen.
»Hundemüde«, ächzte er und schloß die Augen.

## XVII

Männer, ob sie sich dessen nun bewußt werden oder nicht, sind stolz auf ihre Festigkeit, auf die Standhaftigkeit, mit der sie ihre Zwecke verfolgen, auf die Unbeirrbarkeit, mit der sie ihren Zielen zustreben. Wenn sie unentwegt die Erfüllung ihrer Wünsche betreiben, und dabei gute – manchmal auch verbrecherische – Taten vollbringen, so beflügelt sie dabei das

Bewußtsein eben dieser ihrer Festigkeit. Im allgemeinen aufrichtig, immer aber dumm, ziehen sie auf ihrem Lebensweg dahin, auf diesem Weg, der von ihrem Gutdünken und ihren Vorurteilen, von ihren Abneigungen und ihren Schwärmereien eingezäunt wird, und sie sind stolz darauf, daß sie sich niemals verirren. Bleiben sie einmal stehen, so nur, um einen Blick über den Zaun zu werfen, der ihnen Sicherheit bedeutet, und die nebeldurchzogenen Täler, die fernen Bergspitzen, die Klippen und Sümpfe, die düsteren Wälder und die im Dunst liegenden Ebenen zu betrachten, wo andere Menschen sich zeitlebens mühsam vorantasten, über die Gerippe der Weisen und die unbestatteten Reste ihrer Vorgänger stolpern, die einsam und auf halbem Wege verloren im Licht oder in der Dunkelheit gestorben sind. Der zielbewußte Mann hat dafür kein Verständnis und setzt voller Verachtung seinen Weg fort. Er verirrt sich niemals. Er weiß genau, wohin er geht und was er will. Er dringt auf schmalem Pfad weit vor, ohne an Breite zu gewinnen, und berührt endlich zerschlagen, beschmutzt und erschöpft sein Ziel; nun hat er den Lohn für seine Ausdauer, seine Tugend, seinen gesunden Optimismus in Händen: einen Stein mit verlogener Inschrift auf einem dunklen und bald vergessenen Grab.

Lingard hatte nie in seinem Leben gezaudert. Warum auch? Er war im Handel erfolgreich, bei seinen Kämpfen vom Glück begünstigt, zur Seefahrt geschickt und ohne Zweifel in jenen Meeren der tüchtigste Seemann. Er wußte das. Sagten das nicht alle? Sagte das nicht jene Welt, in der er so geachtet und die ihm die ganze Welt war – denn für uns wird das Universum genau durch jene Menschen begrenzt, die uns bekannt sind. Es existiert nichts für uns außerhalb des schmeichelhaften oder tadelnden Geschwätzes von vertrauten Lippen, und jenseits des letzten uns bekannten Menschen befindet sich nur ein unendliches Chaos; ein Chaos von Gelächter und Tränen, die uns nichts angehen; Gelächter und Tränen, die das Ohr, das sich gegen die fremden Geräusche auflehnt, nur undeutlich vernimmt, und die uns unerfreulich, bösartig, krankhaft und abscheulich dünken. Lingard – der selbst einfach war – hielt alles für einfach. Er las selten. Mit Büchern hatte er wenig zu schaffen; Seefahrt und Handel nahmen ihn stark in Anspruch, und überdies frönte er ja seinem menschenfreundlichen Hang, an allen möglichen Orten verirrte Seelen aufzusammeln und ihr Leben zu ordnen. Er gedachte dabei der Sonntagsschulstunden in seinem Heimatdorf und der Ansprachen des schwarzröckigen Herrn von der Seemannsmission; zu seinen köstlichsten Jugenderinnerungen gehörte das Bild der Missionsjolle, die vor Regenböen zwischen den Küstenschiffen dahinjagte, welche in der Bay von Falmouth durch widrige Winde aufgehalten wurden. »Einen tüchtigeren Himmelslotsen kann man sich gar nicht vorstellen«, sagte er gelegentlich mit Überzeugung. »Und ich habe nie jemanden gesehen, der besser mit einem Boot umzugehen verstand, einerlei in welchem Wetter!« Solcherart waren die Einflüsse, die seine junge Seele geformt hatten, ehe er auf einem nach Süden bestimmten Schiff ausfuhr, um die Welt zu sehen – ehe er unwissend, glücklich und gewandt, mit reinem Herzen und lästerlicher Ausdrucksweise davonging, um sein Leben der großen See zu überantworten, die ihm dafür zu seinem Glück verhalf. Wenn er an seinen Aufstieg in der Welt dachte – Kapitän, dann Schiffseigner, dann ein Mann von Vermögen, dem man überall, wo er auftauchte, mit Hochachtung begegnete, mit einem Wort Lingard, der Raja Laut – dann bestaunte er fast ehrfürchtig sein Schicksal und hielt es, unbeschlagen wie er war, für das wunderbarste in den Annalen der Menschheit. Seine Erfahrungen deuchten ihn ungeheuer reich und schlüssig, da sie ihn gelehrt hatten, daß das Leben einfach sei. Ebenso wie bei der Seefahrt gab es auch im Leben nur zwei

Arten zu handeln: die richtige und die falsche. Sein gesunder Verstand und seine Erfahrung ließen den Menschen die richtige Art erkennen. Die andere Art taugte für Landratten und Narren, führte aber in der Seefahrt zum Verlust von Masten und Segeln oder zum Schiffbruch; im Leben führte sie zum Verlust von Geld und Achtung oder zu einem unerfreulichen Schlag auf den Kopf. Er hielt es nicht für seine Pflicht, sich über die Schuftigkeit anderer zu ereifern. Er ärgerte sich nur über Dinge, die er nicht begriff; für die Schwächen der Menschheit brachte er eine geringschätzige Duldsamkeit auf. Da nun einmal feststand, daß er klug und vom Glück begünstigt war – wie anders hätte er im Leben sonst so erfolgreich sein können? – hatte er die Neigung, das Leben anderer Leute zu ordnen, ganz so, wie er sich kaum enthalten konnte – im Widerspruch zu aller seemännischen Etikette – seinem Ersten Offizier dreinzureden, wenn die Mannschaft eine neue Marsstenge hochwuchtete oder sonst einer Tätigkeit oblag, die er als »schweres Stück Arbeit« bezeichnete. Er hatte einen Hang, sich in anderer Leute Angelegenheiten zu mischen, und war dabei doch ganz bescheiden; falls er sich in der einen oder anderen Angelegenheit auskenne, so liege darin doch kein Verdienst: »Ich bin durch Schaden klug geworden, mein Junge«, pflegte er zu sagen, »und du solltest dir ruhig den Rat eines Menschen zunutze machen, der auch mal ein Narr gewesen ist. Noch ein Gläschen?« Und »mein Junge«, nahm dann gewöhnlich auch noch einen kühlen Trunk, nahm den Rat und die damit verbundene Hilfe an, die zu geben Lingard sich anstandshalber für verpflichtet hielt, um seinen Worten wie ein Ehrenmann den nötigen Nachdruck zu verleihen. So segelte Kapitän Tom von Insel zu Insel, tauchte unerwartet an allen möglichen Orten auf – strahlend, lärmend, stets mit einer Anekdote bei der Hand, lobend oder tadelnd, aber jederzeit willkommen. Erst jetzt, nach seiner Ankunft in Sambir, hatte der alte Seemann Zweifel und Kummer kennengelernt. Der Verlust der *Flash* – im ungewissen Licht eines bewölkten Morgens war sie im nördlichen Teil der Gaspar Straits rettungslos auf eine Klippe gelaufen – hatte ihn schwer getroffen, und die erstaunlichen Neuigkeiten, die ihn bei seiner Ankunft in Sambir erwarteten, waren nicht dazu angetan, seinen Kummer zu lindern. Es war nun schon eine Reihe von Jahren her, daß er, von Abenteuerlust getrieben, die Mündung des Flusses aufgespürt hatte, an dessen Ufern sich, Berichten von Eingeborenen zufolge, eine malaiische Siedlung zu bilden begann; mit großer Mühe und ausschließlich zur eigenen Benutzung hatte er dann die Einfahrt erkundet. Zweifellos war er ursprünglich auf Profit ausgewesen; der freundliche Empfang, den ihm Patalolo bereitet hatte, bewirkte aber, daß er dem Herrscher und seinen Leuten bald Zuneigung entgegenbrachte, daß er Rat und Hilfe anbot und sich – obwohl er nichts von Arkadien wußte – ein arkadisches Glück für diesen kleinen Erdenwinkel erträumte, den er bei sich gern sein eigen nannte. Seine tiefe und unerschütterliche Überzeugung, einzig er – er, Lingard – wisse, was diesen Menschen fromme, war für ihn bezeichnend und am Ende nicht einmal so abwegig. Er wolle sie schon glücklich machen, sagte er, schlimmstenfalls auch gegen ihren Willen, und es war ihm ernst damit. Durch seinen Handel brachte er dem aufstrebenden Gemeinwesen Wohlstand, und die Furcht vor seiner strafenden Hand sicherte für viele Jahre den inneren Frieden.

Er blickte mit Stolz auf sein Werk. Mit jedem Jahr wuchs seine Liebe zu dem Land und den Leuten, zu dem schlammigen Fluß, der, wenn es nach Lingard ginge, niemals ein anderes Schiff als die *Flash* auf seiner trüben, freundlichen Oberfläche tragen sollte. Wenn er seine Brigg langsam stromauf steuerte, pflegte er mit Kennerblicken die Rodungen am Fluß zu mustern und ein gewichtiges Urteil über die Aussichten der bevorstehenden

Reisernte von sich zu geben. Er kannte alle Siedler zwischen Sambir und dem Meer, kannte ihre Frauen und Kinder, kannte jede einzelne dieser Gestalten von unterschiedlicher Hautfarbe, die auf den schwankenden Plattformen der winzigen, über das Wasser gebauten Schilfrohrhütten standen; sie winkten und riefen mit schriller Stimme: »Oh! Kapal layer! Haï!«, während die *Flash* gemächlich an den bevölkerten Ufern entlang stromauf schwamm, ehe sie die einsamen Strecken glänzend braunen Wassers erreichte, die von dichtem, schweigendem Wald gesäumt waren, dessen hohe Bäume mit ausgebreiteten Zweigen sanft in der schwachen, warmen Brise einen freundlichen, wenn auch melancholischen Willkommensgruß nickten. Er liebte das alles: die Landschaft mit ihren bräunlichen Goldtönen und dem leuchtenden Grün unter der Kuppel aus glühendem Saphir; die großen raunenden Bäume; die schwatzhaften Nipapalmen, die in der Nachtbrise mit den Blättern raschelten, als wollten sie ihm eilig alle Geheimnisse der großen Wälder in ihrem Rücken mitteilen. Er liebte den schweren Duft von Blüten und schwarzer Erde, diesen Atem von Leben und Tod, von dem die feuchte Luft lauer friedlicher Nächte über seiner Brigg gesättigt war. Er liebte die schmalen düsteren Wasserarme, auf die niemals ein Sonnenstrahl fiel: schwarz, glatt und gewunden glichen sie Schleichwegen der Verzweiflung. Er hatte sogar für die Horden von bekümmert aussehenden Affen etwas übrig, welche die Stille mit wunderlichen Sprüngen und wahnwitzigen Gesten unmenschlichen Irrsinns entweihten. Alles dort liebte er, Beseeltes und Unbeseeltes, ja selbst den Schlamm des Ufers und die Krokodile, die sich riesengroß und träge mit unverschämter Gelassenheit darin sonnten. Auf die Länge der Krokodile war er besonders stolz. »Ungeheure Burschen! Aus jedem einzelnen könnte man zwei von den hiesigen machen!« pflegte er auszurufen und dabei einem seiner Busenfreunde herzhaft in die Rippen zu stoßen. »Für die wärst du gerade ein einziger Bissen, groß wie du bist, samt Hut und Stiefeln! Prächtige Burschen! Du möchtest sie wohl gerne mal sehen, was? Ja, das kann ich mir denken! Hahaha!« Sein dröhnendes Gelächter füllte die Veranda, rollte durch den Hotelgarten und bis auf die Straße hinaus und lähmte für einen Augenblick das leise Tapsen nackter Füße; der laute Widerhall erschreckte sogar den gezähmten Vogel des Wirtes – einen schamlosen Mynah – so sehr, daß er wenigstens vorübergehend unter einen Stuhl kroch und sich anständig betrug. Im großen Billardzimmer unterbrachen dann schwitzende Männer in dünnen Unterhemden ihr Spiel und lauschten eine Weile mit dem Stock in der Hand, bis sie einander wissend mit feuchten Gesichtern zunickten und flüsterten: »Der alte Bursche redet mal wieder von seinem Fluß.«

Sein Fluß! Das Raunen neugieriger Männer, das Geheimnis des Ganzen waren für Lingard eine nie versiegende Quelle des Entzückens. Das Geschwätz der Dummköpfe übertrieb den Profit, den er aus diesem sonderbaren Monopol zog, und obwohl er sich sonst stets an die Wahrheit hielt, machte es ihm in diesem Fall Spaß, die Spekulationen durch höhnende Prahlerei noch weiter in die Irre zu führen. Sein Fluß! Sein Fluß machte ihn nicht nur reich – er machte ihn auch interessant. Dieses sein Geheimnis, um dessentwillen er den anderen Händlern in jenen Meeren als etwas Besonderes erschien, befriedigte zutiefst jenes Streben nach Einzigartigkeit, das er mit der übrigen Menschheit teilte, ohne sich dessen überhaupt bewußt zu werden. Das machte zur Hauptsache sein Glück aus, doch erkannte er dies erst, nachdem er es auf so unvorhergesehene Weise, so unvermutet und kränkend verloren hatte.

Nach seinem Gespräch mit Almayer ging er an Bord des Schoners, schickte Joanna an Land und schloß sich in seiner Kajüte ein. Er fühlte sich gar nicht wohl. Almayer gegenüber, der ihn zweimal täglich besuchte, übertrieb er seine Unpäßlichkeit.

Sie diente ihm zum Vorwand dafür, im Augenblick noch gar nichts zu unternehmen. Er wollte nachdenken. Er war sehr verärgert, er zürnte sich selbst und Willems. Er ärgerte sich über das, was Willems getan, und er ärgerte sich über das, was Willems ungetan gelassen hatte. Der Lump war kein ganzer Lump. Sein Plan war vollkommen gewesen, die Ausführung unerklärlicherweise aber nicht. Warum? Er hätte Almayer die Kehle durchschneiden, das Haus niederbrennen und dann verschwinden müssen. Er hätte ihm, Lingard, aus dem Weg gehen müssen! Und gerade das hatte er nicht getan. War das Frechheit, Verachtung oder was sonst? Daß er hier eine Mißachtung seiner Macht vermuten mußte, kränkte Lingard, und daß der Schurkenstreich nicht vollständig durchgeführt worden war, beunruhigte ihn außerordentlich. Etwas war noch offen, es fehlte noch etwas, etwas, das ihm freie Hand bei der Verhängung der Strafe gegeben hätte. Das Naheliegende, das Richtige war doch zweifellos, Willems zu erschießen. Aber wie konnte er das? Wenn der Bursche sich widersetzlich und kampflustig gezeigt hätte oder davongelaufen wäre, wenn er zu erkennen gegeben hätte, daß er begriff, welchen Schaden er angerichtet hatte, dann wäre es eher möglich, eher natürlich gewesen. Aber nein! Der Kerl hatte ihm tatsächlich geschrieben, er wünsche ihn zu sprechen. Warum? Alles war unerklärlich. Es war ein beispielloser, kaltblütiger Verrat, abscheulich, unverständlich. Warum hatte er es getan? Warum? Warum? Der alte Seemann stellte sich in der dumpfen Abgeschlossenheit seiner kleinen Kajüte immer wieder ächzend diese Frage und schlug sich dabei ratlos mit der Hand vor die Stirn.

Während der vier Tage seiner Zurückgezogenheit hatte er zwei Botschaften der Außenwelt empfangen, jener Welt von Sambir, die ihm so plötzlich und endgültig entglitten war. Die erste bestand aus einigen Worten, die Willems auf ein herausgerissenes Notizbuchblatt gekritzelt hatte; die andere stammte von Abdulla und war säuberlich auf einen großen Bogen Kopierpapier gemalt, der ihm in einem grünseidenen Umschlag überreicht wurde. Die erste Botschaft konnte er nicht verstehen. Sie lautete: »Kommen Sie zu mir. Ich habe keine Angst. Sie vielleicht? W.« Er zerriß wütend den Zettel, doch ehe die schmutzigen kleinen Fetzen noch zu Boden geflattert waren, hatte die Wut einem anderen Gefühl Platz gemacht, das ihn veranlaßte hinzuknien, die Fetzen der zerrissenen Botschaft aufzusammeln, sie auf seinem Chronometerkasten zusammenzusetzen und lange Zeit nachdenklich zu betrachten, als hoffe er die Antwort auf das gräßliche Rätsel in der Form der Buchstaben zu finden, die zusammengenommen diese unverschämte Beleidigung ausmachten. Abdullas Brief las er sorgfältig und stopfte ihn ebenfalls wütend in die Tasche, aber diese Wut ging bald in einem halb resignierten, halb belustigten Lächeln unter. Solange noch die geringste Aussicht bestand, wollte er nicht aufgeben. »Im allgemeinen ist es am sichersten, auf dem Schiff zu bleiben, solange es sich über Wasser hält«, war einer seiner Lieblingssprüche. »Das ist das Sicherste und auch das Richtige. Es ist erbärmlich, ein Schiff zu verlassen, nur weil es leck ist.« Doch war er so klug, es zu merken, wenn er geschlagen war, und sich klaglos wie ein Mann darein zu schicken. Als Almayer an jenem Nachmittag an Bord kam, überreichte er ihm kommentarlos den Brief.

Almayer las, gab den Brief stumm zurück, lehnte sich über die Heckreling (man befand sich an Deck) und sah eine Weile dem Wasser zu, das strudelnd das Ruder des Schoners umspielte. Schließlich sagte er, ohne aufzusehen: »Das ist doch ein anständiger Brief. Abdulla liefert dir Willems aus. Ich hab' doch gesagt, daß sie ihn satt haben. Was willst du nun machen?«

Lingard räusperte sich, schurrte mit den Füßen, öffnete sehr entschlossen den Mund und sagte dann gar nichts. Schließlich murmelte er: »Der Teufel soll mich holen, wenn ich es weiß – jedenfalls im Augenblick.«

»Du solltest wirklich bald was unternehmen...«

»Wir haben keine Eile«, unterbrach ihn Lingard. »Er kann ja nicht weg. Soweit ich sehe, ist er mir auf Gnade und Ungnade ausgeliefert.«

»Ja«, erwiderte Almayer nachdenklich, »und sehr viel Gnade verdient er wirklich nicht. Abdulla meint doch wohl, wenn ich diese verschnörkelten Komplimente richtig deute: schaffen Sie mir diesen Weißen vom Hals, und dann wollen wir Frieden halten und uns in den Handel teilen.«

»Und das glaubst du?« fragte Lingard verächtlich.

»Nicht ganz«, antwortete Almayer. »Ohne Zweifel werden wir uns eine Weile in den Handel teilen – so lange nämlich, bis er auch noch den letzten Rest in die Finger bekommt. Aber was willst du nun unternehmen?«

Bei diesen Worten sah er auf und war überrascht, Lingard so verstört zu sehen.

»Du bist krank. Hast du Schmerzen?« fragte er mit wirklicher Anteilnahme.

»In den letzten Tagen war ich nicht ganz auf der Höhe, aber Schmerzen habe ich nicht.« Er schlug sich mehrmals auf die breite Brust, räusperte sich dröhnend und wiederholte: »Nein. Keine Schmerzen. Ein paar Jahre mache ich es schon noch. Aber ich muß wirklich sagen, diese Dinge setzen mir sehr zu!«

»Du mußt dich schonen«, sagte Almayer. Und nach einer Pause: »Du wirst dich doch mit Abdulla treffen, nicht wahr?«

»Ich weiß nicht. Noch nicht. Es hat ja keine Eile«, sagte Lingard unwirsch.

»Ich wollte, du tätest irgendwas«, drängte Almayer verstimmt. »Willems' Frau wird mir nämlich unerhört lästig. Sie und ihr Balg! Das plärrt den ganzen Tag. Die Kinder vertragen sich auch nicht miteinander. Gestern wollte der kleine Teufel auf meine Nina losgehen. Er hat sie sogar gekratzt. Ein wahrer Wilder! Genau wie sein ehrenwerter Papa. Jawohl. Sie macht sich Sorgen wegen ihres Mannes und greint vom Morgen bis zum Abend. Wenn sie nicht heult, läßt sie ihre Wut an mir aus. Gestern hat sie mich bestürmt, ich sollte ihr sagen, wann er zurückkommt, und dann hat sie geplärrt, weil er so gefährliche Aufträge bekommt. Ich sagte, sie solle sich keine Gedanken machen und sich nicht anstellen wie eine Verrückte, aber da ist sie wie eine Wildkatze auf mich losgegangen. Sie schalt mich brutal, egoistisch und herzlos, und konnte sich gar nicht darüber beruhigen, daß der geliebte Peter mir zuliebe sein Leben riskiert, während ich mir gar nichts daraus mache. Sie meinte, ich nutze seine Gutherzigkeit aus und lasse ihn die gefährliche Arbeit tun – die eigentlich mir zukomme. Er sei zwanzigmal mehr wert als so jemand wie ich, sie wolle es auch dir erzählen, dir die Augen dafür öffnen, was für eine Sorte Mensch ich sei und so weiter. Das muß ich nun deinetwegen ertragen. Du könntest auch etwas mehr Rücksicht auf mich nehmen. Zwar habe ich niemanden beraubt«, und dabei versuchte Almayer bittere Ironie in seine Stimme zu legen – »und auch nicht meinen besten Freund verkauft, aber trotzdem solltest du ein wenig Mitleid mit mir haben. Es ist ja, als lebte man in einem Fieberwahn. Sie hat einfach den Verstand verloren. Du machst aus meinem Haus einen Zufluchtsort für Schufte und Irre. Das ist nicht anständig. Nein, beim Himmel, das ist es nicht! Wenn sie ihre Anfälle kriegt, schaut sie geradezu lächerlich häßlich aus und kreischt so, daß mir die Zähne weh tun. Zum Glück schmollt wenigstens meine Frau und hat sich aus dem Staub gemacht. Seit dieser Affäre mit Willems – du weißt schon – haust sie in einer Hütte am Fluß. Aber Willems' Frau allein ist schon mehr, als ich ertragen kann. Und ich frage mich: warum soll ich das eigentlich? Du bist wirklich sehr anspruchsvoll. Heute morgen glaubte ich schon, sie würde mir die Augen auskratzen. Stell dir vor: sie wollte in der Siedlung spazierengehen. Ich habe es ihr verboten, denn schließlich hätte sie da irgendwas aufschnappen können. Ich sagte, außerhalb unserer Umzäunung sei sie nicht sicher. Daraufhin ging sie mit allen zehn Fingernägeln auf mich los. ›Sie elender Kerl‹, kreischte sie, ›nicht einmal hier ist man sicher, und da schicken Sie den armen Peter diesen gräßlichen Fluß hinauf, wo er vielleicht ums Leben kommt. Wenn er stirbt, ehe er mir verziehen hat, dann wird der Himmel Sie für Ihr Verbrechen strafen‹ ... Mein Verbrechen! Manchmal frage ich mich, ob ich träume! Das ganze wird mich noch krank machen. Den Appetit habe ich schon verloren.«

Er warf den Hut zu Boden und fuhr sich verzweifelt durch die Haare. Lingard betrachtete ihn besorgt.

»Was meinte sie denn damit?« murmelte er nachdenklich.

»Was sie meinte! Ich sage dir doch, sie ist verrückt – und wenn das so weiter geht, werde ich auch bald verrückt sein.«

»Nur noch etwas Geduld, Kaspar«, bat Lingard. »Nur noch ein paar Tage.«

Almayer, von seinem heftigen Ausbruch erleichtert oder ermüdet, beruhigte sich, hob den Hut auf, lehnte sich gegen die Reling und fächelte sich Luft zu.

»Die Tage gehen schon vorbei«, sagte er resigniert, »aber solche Dinge machen einen vor der Zeit alt. Was gibt es denn da nur zu bedenken? Ich kann es mir gar nicht vorstellen! Abdulla sagt doch ganz deutlich, daß er dein Freund sein und Willems fallenlassen will wie eine heiße Kartoffel, wenn du es übernimmst, sein Schiff hinauszulotsen und seinem Kapitän die Fahrrinne zu zeigen. Was Willems betrifft, so glaube ich Abdulla aufs Wort. Das bietet sich von selbst an. Was die Freundschaft zu dir angeht, so ist das natürlich eine Lüge, aber damit brauchen wir uns im Augenblick nicht weiter zu befassen. Erkläre Abdulla einfach dein Einverständnis, und was

dann weiter mit Willems geschieht, geht ja niemanden was an.«
Er verstummte für eine Weile und blickte wütend mit zusammengebissenen Zähnen und geblähten Nasenflügeln um sich. »Überlaß es nur mir, ich werde schon dafür sorgen, daß ihm etwas zustößt«, sagte er schließlich mit unterdrückter Wut.
Lingard lächelte leicht.
»Der Kerl ist keinen Schuß Pulver wert, es lohnt die Mühe nicht«, flüsterte er vor sich hin. Almayer fuhr auf:
»Das denkst du vielleicht!« rief er. »Dich hat man schließlich nicht in eine Hängematte eingenäht und dem Spott einer Horde von Wilden ausgeliefert. Ich kann keinem Menschen mehr ins Gesicht sehen, solange dieser Lumpenhund lebendig umherläuft. Ich werde ... ich werde mit ihm abrechnen.«
»Das glaube ich nicht«, knurrte Lingard.
»Denkst du etwa, daß ich vor ihm Angst habe?«
»O nein, keineswegs!« sagte Lingard schnell. »Angst? Nein, du nicht. Ich kenne dich, und ich zweifle nicht an deinem Mut. Woran ich zweifle, mein Junge, das ist dein Kopf ...«
»So ist es recht«, sagte der gekränkte Almayer. »Mach nur so weiter. Warum nennst du mich nicht gleich einen Esel?«
»Weil ich keine Lust dazu habe!« platzte Lingard ärgerlich und nervös heraus. »Wenn ich Lust hätte, dich einen Esel zu nennen, dann würde ich es tun, ohne dich erst um Erlaubnis zu bitten.« Er begann auf dem engen Achterdeck umherzuwandern, trat nach den Tauenden, die ihm im Weg lagen und knurrte vor sich hin: »Empfindliches Herrchen ... was denn noch? Ich habe schon Männerarbeit verrichtet, als du noch in den Windeln lagst ... ein für allemal ... ich sage, was mir paßt ...«
»Schön, schön«, sagte Almayer mit geheuchelter Resignation. »Seit ein paar Tagen kann man eben nicht mehr vernünftig mit dir reden.« Er setzte den Hut auf, schlenderte zum Fall-

reep und blieb, einen Fuß auf der obersten Sprosse, stehen, als zaudere er noch; dann kam er zurück und stellte sich Lingard in den Weg, der nun gezwungen war, stehenzubleiben und zuzuhören.

»Selbstverständlich wirst du tun, was dir paßt. Du befolgst nie einen Rat – das weiß ich; laß dir aber sagen, daß es nicht ehrenhaft gehandelt wäre, den Kerl entwischen zu lassen. Wenn du gar nichts unternimmst, wird sich der Lump ganz gewiß auf Abdullas Schiff verdrücken. Abdulla wird ihn dann dazu benutzen, dir und anderen anderswo Schaden zuzufügen. Willems kennt deine Angelegenheiten viel zu gut, er wird dir eine Unmenge Ärger bereiten. Hör auf meine Worte. Eine Unmenge Ärger für dich und vielleicht auch für andere. Überleg dir das mal, Kapitän Lingard. Weiter hab' ich nichts zu sagen. Ich muß jetzt an Land zurück, ich habe viel zu tun. Gleich morgen früh werden wir diesen Schoner beladen. Die Ballen liegen schon bereit. Falls du mich brauchen solltest, zieh irgendeine Fahne am Großmast auf. Bei Nacht genügen zwei Schüsse.« Dann fügte er freundlich hinzu: »Willst du nicht heute abend bei uns essen? Es kann dir doch nicht bekommen, hier Tag für Tag in deiner Kajüte zu schmoren.«

Lingard antwortete nicht. Das Bild, das Almayer heraufbeschworen hatte, schmerzte ihn und beraubte ihn der Sprache: das Bild eines Willems, der über die Inseln streifte und die Harmonie des Universums durch Raub, Verrat und Gewalttat störte. Nachdem Almayer ein wenig gewartet hatte, trat er zögernd an die Reling, drückte sich dort noch ein Weilchen herum und stieg dann seufzend Sprosse um Sprosse das Fallreep hinab. Sein Kopf verschwand langsam unter der Reling. Lingard, der ihm abwesend nachgestarrt hatte, fuhr plötzlich zusammen, rannte an die Reling und rief: »He, Kaspar! Moment mal!«

Almayer bedeutete seiner Besatzung, mit dem Paddeln aufzuhören, und wandte sich um. Das Boot trieb langsam wieder bis in die Höhe des Schoners zurück und lag nun beinahe längsseits.

»Hör zu«, sagte Lingard, »ich brauche ein gutes Kanu mit vier Leuten.«

»Willst du es gleich?« fragte Almayer.

»Nein! Hier, pack das Tauende. Oh, du ungeschickter Teufel... nein, Kaspar«, fuhr Lingard fort, nachdem der Paddler das Tauende gepackt hatte, das Lingard hinuntergeworfen hatte. »Nein, Kaspar. Die Sonne ist zuviel für mich. Es ist auch besser, daß ich meine Sache ganz im stillen erledige. Schick mir das Kanu, achte darauf, daß vier anständige Bootsleute dabei sind, und stell deinen Zeltstuhl hinein, damit ich eine Sitzgelegenheit habe. Schicke es gegen Sonnenuntergang. Klar?«

»Gut, Vater«, sagte Almayer munter. »Ich schicke Ali als Steuermann und dazu die besten Leute, die ich habe. Sonst noch was?«

»Nein, mein Junge. Paß auf, daß es nicht zu spät wird.«

»Es hat wohl keinen Zweck, dich zu fragen, wohin du willst«, bohrte Almayer. »Falls du nämlich zu Abdulla willst, dann...«

»Ich will nicht zu Abdulla. Heute nicht. Und nun mach, daß du weiterkommst.«

Er sah dem Kanu nach, das aufs Ufer zuhielt, erwiderte mit einem Winken Almayers Gruß und trat an die Heckreling, wobei er Abdullas Brief glättete, den er aus der Tasche gezogen hatte. Er las ihn noch einmal sorgfältig, zerknüllte ihn dann langsam und schloß lächelnd die Finger fest um das zerknitterte Papier, als hielte er Abdulla an der Kehle. Noch ehe er die Papierkugel wieder in die Tasche geschoben hatte, änderte er seinen Sinn und warf sie über Bord. Dann sah er gedankenvoll zu, wie sie auf dem Wasser kreiselte, ehe die Strömung sie flußabwärts dem Meere zutrug.

# VIERTER TEIL

## XVIII

Die Nacht war sehr dunkel. Zum erstenmal seit vielen Monaten schlief die Ostküste, den Sternen unsichtbar, unter einer bewegungslosen Schicht von Regenwolken, die vor dem ersten Anhauch des Monsuns von Osten herübergetrieben waren; während des Nachmittages hatten Massen schwarzer und grauer Wolken die sinkende Sonne verfolgt, und es hatte geschienen, sie jagten das Licht in verderblicher Absicht und mit einer so düsteren, drohenden Beharrlichkeit, als seien sie sich ihrer gewalttätigen, aufrührerischen Sendung bewußt. Als die Sonne unter dem westlichen Horizont versank, kämpfte die riesenhafte, nun schneller dahinziehende Wolke mit der Glut des weichenden Lichtes, wälzte sich gegen die scharfen, gezackten Umrisse der fernen Berge und stand dann unbeweglich über den dampfenden Wäldern; stumm, drohend und niedrig hing sie über den erstarrten Wipfeln der Bäume; unentschlossen, als brüte sie über ihre Macht, Gutes oder Böses zu entfesseln, entließ sie weder den erlösenden Regen noch den wütenden Donner.

Babalatchi trat aus der rötlichen, rauchigen Helligkeit seiner Bambushütte, blickte zum Himmel, atmete tief die warme, stockende Luft ein und stand dann ein Weilchen mit fest geschlossenem Auge, als habe die ungewohnte, tiefe Stille in Lakambas Hof ihn eingeschüchtert. Als er sein Auge öffnete, war er imstande, die verschiedenen Grade formloser Schwärze zu unterscheiden, welche die Standorte der Bäume, der verlassenen Hütten und der Büsche am Ufer vor dem dunklen

Hintergrund der Nacht bezeichneten. Der gramgebeugte Weise durchschritt behutsam den verlassenen Hof und blieb dann am Ufer stehen, wo er der Stimme des Flusses lauschte, der unsichtbar zu seinen Füßen dahinströmte; er hörte das leise Wispern, das dumpfe Murmeln, das plötzliche Gurgeln und kurze Zischen, mit dem das Wasser rasch durch die heiße Dunkelheit am Ufer vorüberglitt.

Er hielt das Gesicht dem Fluß zugekehrt, und es wollte ihm scheinen, als könne er mit der weiten, offenen Fläche vor sich leichter atmen; nach einer Weile beugte er sich schwer über seinen Stock, das Kinn sank ihm auf die Brust, und mit einem tiefen Seufzer beantwortete er das gleichmütige Geschwätz des Flusses, der schnell und unaufhaltsam dahinzog, gleichgültig gegen die Freude, das Leid und den Hader, gegen die Niederlagen und Triumphe an seinen Ufern. Das braune Wasser war bereit, Freund und Feind zu tragen, Liebe und Haß an die willfährige, fühllose Brust zu nehmen, zu helfen oder zu hindern, Leben zu retten oder den Tod auszuteilen; der große, reißende Fluß: Erlösung, Gefängnis, Zuflucht oder Grab.

Vielleicht waren es solche Gedanken, die Babalatchi veranlaßten, noch einen schweren Seufzer in die ziehenden Nebel über dem gleichgültigen Pantai hinauszuschicken. Der barbarische Politiker hatte die jüngsten Erfolge seiner Ränke in der melancholischen Betrachtung eines Kummers vergessen, der die Nacht noch schwärzer, die feuchte Hitze noch drückender, die bewegungslose Luft noch schwerer und die stumme Einsamkeit mehr einer Qual ähnlich machte als dem Frieden. Die vergangene Nacht hatte er an der Seite des sterbenden Omar verbracht, und nun, vierundzwanzig Stunden später, kehrten seine Gedanken hartnäckig in jene niedrige, finstere Schilfhütte zurück, aus der die grimmige Seele dieses so vollkommenen Piraten geflohen war, um zu spät und in einer schlechteren Welt die Irrtümer ihres irdischen Wandels zu erkennen. Das durch Verlust geläuterte Herz des unzivilisierten Staatsmannes empfand für Augenblicke die Last seiner Vereinsamung mit einer Schärfe, welche auch einem Zartgefühl zur Ehre gereicht hätte, das durch die Beileidsbezeigungen gereizt wird, mit deren Veredelung eine glorreiche Zivilisation diese ganz vortreffliche Welt neben anderen Segnungen und Tugenden beglückt hat. Für die Spanne von etwa einer halben Minute stand ein halbnackter, Betelnuß kauender Pessimist am Ufer des tropischen Flusses, am Rande der schweigenden, unendlichen Wälder; ein zorniger, machtloser Mann mit leeren Händen und einem Schrei erbitterter Unzufriedenheit auf den Lippen – einem Schrei, der, hätte er ihn ausgestoßen, so wahr, so gewaltig und so inhaltsschwer in der jungfräulichen Einsamkeit der Wälder erklungen wäre wie nur je ein philosophisches Gekrächz, das, aus der Tiefe eines Lehnstuhls hervordringend, die unreine Wildnis von Dächern und Schornsteinen in Bestürzung versetzt.

Eine halbe Minute lang und nicht länger genoß Babalatchi das erhabene Vorrecht, sich gegen die Götter zu empören, dann wurde der einäugige Drahtzieher wieder er selber: achtsam und klug, voll weitreichender Pläne und von neuem das Opfer des quälenden Aberglaubens seiner Rasse. Die Nacht, so ruhig sie auch sein mag, ist für das aufmerksame Ohr nie ganz still, und Babalatchi glaubte nun, andere Geräusche in ihr zu hören als jene, die das dahinwirbelnde Wasser des Flusses hervorbrachte. Er wandte den Kopf scharf nach rechts und links, dann drehte er sich gespannt um, als erwarte er, den blinden Geist seines dahingegangenen Führers hinter seinem Rücken durch den im Dunkel liegenden verlassenen Hof wandeln zu sehen. Dort war nichts. Und doch hatte er ein Geräusch gehört, ein ungewohntes Geräusch! Zweifellos die geisterhafte Stimme eines zornerfüllt klagenden Abgeschiedenen. Er lauschte. Nichts. Beruhigt wandte Babalatchi sich seiner

Hütte zu, als ein sehr menschliches Geräusch, nämlich ein heiseres Husten, vom Fluß her zu ihm drang. Er blieb stehen, horchte aufmerksam, aber ohne das geringste Zeichen einer Gemütsbewegung. Dann ging er rasch wieder ans Ufer, stand mit geöffnetem Mund still und versuchte, den wabernden Nebelvorhang zu durchdringen, der tief über dem Wasser hing. Er konnte nichts sehen, und doch mußten Menschen in einem Kanu ganz in der Nähe sein, denn er hörte, wie jemand in ganz gewöhnlichem Tonfall fragte: »Ist das hier die Stelle, Ali? Ich sehe überhaupt nichts.«

»Es muß hier in der Nähe sein, Tuan«, antwortete eine andere Stimme. »Wollen wir hier anlegen?«

»Nein! ... Laß das Kanu noch etwas treiben. Wenn wir versuchen, im Dunkeln anzulegen, können wir leicht mit einem Baumstamm kollidieren. Wir müssen vorsichtig sein... Laß das Boot treiben! ... Das scheint hier ja eine Art Rodung zu sein. Vielleicht sehen wir in irgendeinem der Häuser Licht. Es stehen doch viele Häuser in Lakambas Kampong, wie?«

»Sehr viele, Tuan... ich sehe kein Licht.«

»Ich auch nicht«, brummte die erste Stimme wieder, diesmal fast in gleicher Höhe mit dem schweigenden Babalatchi, der unruhig nach seiner Hütte blickte, deren Eingang vom trüben Licht der drinnen brennenden Fackel erhellt war. Das Haus stand parallel zum Fluß, und der Eingang lag stromab; Babalatchi kam sehr schnell zu dem Ergebnis, daß die Fremden auf dem Fluß das Licht von dort, wo ihr Boot sich jetzt befand, nicht zu sehen vermochten. Er konnte sich nicht entschließen, sie anzurufen, und während er noch zögerte, hörte er die Stimmen von neuem, nun aber schon weiter flußabwärts.

»Nichts. Hier ist nichts. Laß wieder paddeln, Ali! Dayong!«

Diesem Befehl folgte das Klatschen der Paddel und dann der Ruf: »Ich sehe ein Licht! Ich sehe es! Jetzt weiß ich, wo wir anlegen können, Tuan!«

Klatschende Paddelschläge trieben das Kanu scharf herum und nun wieder stromaufwärts dicht am Ufer entlang.

»Rufe«, sagte ganz in der Nähe die tiefe Stimme, die nach Babalatchis Überzeugung einem Weißen gehörte, »ruf sie an, vielleicht kommt jemand mit einer Fackel. Ich kann überhaupt nichts sehen.«

Der laute Anruf, der diesen Worten folgte, wurde beinahe unter der Nase des schweigenden Lauschers ausgestoßen. Um den Schein zu wahren, entfernte sich Babalatchi in langen aber lautlosen Sätzen, und dann erst, als er Lakambas Hof zur Hälfte durchquert hatte, antwortete er, und er rief immer weiter, während er langsam wieder zum Fluß hinunterging. Hier sah er den undeutlichen Umriß eines Bootes, nahe am Ufer.

»Wer spricht da auf dem Fluß?« fragte Babalatchi und heuchelte Überraschung.

»Ein Weißer«, antwortete Lingard aus dem Kanu. »Gibt es denn im Kampong des reichen Lakamba nicht eine einzige Fackel, um einem Gast zu leuchten, der an Land gehen will?«

»Keine Fackeln und keine Männer. Ich bin allein hier«, sagte Babalatchi zögernd.

»Allein!« rief Lingard. »Wer bist du denn?«

»Nur ein Diener Lakambas. Aber tritt an Land, Tuan Putih, und betrachte mein Gesicht. Hier ist meine Hand. Nein! Hier! ... mit deiner Erlaubnis ... Ada! ... Jetzt bist du sicher.«

»Und du bist also allein hier?« fragte Lingard und machte vorsichtig ein paar Schritte in den Hof. »Wie dunkel ist es doch«, murmelte er vor sich hin, »man könnte denken, die Welt sei schwarz angemalt.«

»Ja. Allein. Was sagtest du, Tuan? Ich habe dich nicht verstanden.«

»Nichts weiter. Ich habe erwartet, hier jemanden zu finden ... wo sind denn alle?«

»Was kommt es schon darauf an, wo sie sind«, sagte Babalatchi düster. »Bist du gekommen, um meine Leute zu besuchen? Der letzte ist auf eine lange Reise gegangen – und ich bin allein. Morgen ziehe auch ich weiter.«

»Ich bin gekommen, einen weißen Mann zu besuchen«, sagte Lingard und ging langsam weiter. »Er ist doch wohl nicht weggefahren?«

»Nein!« antwortete Babalatchi neben ihm. »Ein Mann mit roter Haut und harten Augen«, fuhr er sinnend fort, »dessen Hand stark und dessen Herz närrisch und schwach ist. Wahrlich, ein weißer Mann... aber immerhin ein Mann.«

Sie waren nun am Fuße der kurzen Leiter angelangt, die zu der Bambusplattform führte, von der Babalatchis Behausung umgeben war. Schwaches Licht fiel aus dem Eingang auf die Gesichter der beiden Männer, die nun stillstanden und einander neugierig betrachteten.

»Ist er dort drin?« fragte Lingard leise und wies mit der Hand hinauf.

Babalatchi sah seinen langerwarteten Besucher forschend an, antwortete aber nicht sogleich.

»Nein, nicht dort«, sagte er schließlich über die Schulter, den Fuß auf der untersten Sprosse. »Nicht dort, Tuan – aber auch nicht weit entfernt. Willst du in meiner Hütte Platz nehmen? Es wird wohl noch Reis und Fisch und klares Wasser da sein – nicht aus dem Fluß, sondern aus einer Quelle...«

»Ich bin nicht hungrig«, unterbrach Lingard schroff, »und ich bin nicht hergekommen, um in deiner Hütte Platz zu nehmen. Führe mich zu dem weißen Mann, der mich erwartet. Ich habe keine Zeit zu verlieren.«

»Die Nacht ist noch lang, Tuan«, fuhr Babalatchi gedämpft fort, »und es kommen noch mehr Nächte und mehr Tage. Lang. Sehr lang... wieviel Zeit braucht ein Mensch doch, um zu sterben, o Raja Laut!«

Lingard fuhr zusammen.

»Du kennst mich!« rief er.

»Ay-wa! Schon früher habe ich dein Gesicht gesehen und deine Hand gespürt – vor vielen Jahren«, sagte Babalatchi, blieb mitten auf der Leiter stehen und beugte sich hinab, um in Lingards emporgewandtes Gesicht zu blinzeln. »Du erinnerst dich nicht mehr – ich aber habe es nicht vergessen. Es gibt viele Männer wie mich, aber nur einen Raja Laut.«

Er kletterte behende die letzten Sprossen hinauf und stand nun auf der Plattform, von wo aus er Lingard einladend winkte, der nach kurzem Zaudern folgte.

Der elastische Bambusboden der Hütte gab unter dem Gewicht des alten Seemanns nach, der nun auf der Schwelle stand und mit den Blicken das rauchige Halbdunkel der niedrigen Hütte zu durchdringen suchte. Die Fackel, die am tragenden Mittelpfosten befestigt war, warf ihr rötliches Licht über einige zerschlissene Matten und die Kante einer großen hölzernen Truhe, die im übrigen im Schatten blieb. Im restlichen Teil der Behausung herrschte ungewisses Halbdunkel. An der Wand hingen ein Messingtablett und eine Lanzenspitze, eine lange Flinte stand gegen die Truhe gelehnt, und ihr Lauf spiegelte matt den flackernden Schein der qualmenden Fackel, ein unsicheres Licht, das bald kam, bald ging, verschluckt wurde und doch wiederkehrte, als sei es in einen unentschiedenen Kampf mit der Dunkelheit verstrickt, die in den Winkeln lauerte, um tückisch über ihren geschwächten Feind herzufallen. Der weite Raum unter dem steilen Dach war von einer dichten Rauchwolke erfüllt, deren Unterseite, glatt wie ein Plafond, das Licht der trübe flackernden Flamme reflektierte, während sie oben durch das schadhafte Geflecht aus getrockneten Palmblättern nach draußen quoll. Ein unbeschreiblicher und verwirrender Geruch, der sich aus dem Dunst der feuchten Erde, dem Gestank von getrocknetem Fisch und verfaulendem Gemüse zusammensetzte, erfüllte die Hütte und veranlaßte Lingard, geräuschvoll die Luft einzuziehen, als er nun durch den Raum schritt, um sich auf die Truhe zu setzen; die Ellenbogen auf die Knie und den Kopf in die Hände gestützt, starrte er nachdenklich zum Eingang hin.

Babalatchi huschte im Halbdunkel umher und flüsterte mit verschwommenen Gestalten, die sich im hintersten Teil des Raumes hielten. Ohne die Stellung zu ändern, warf Lingard einen Blick zur Seite und gewahrte einige vermummte menschliche Umrisse, die flüchtig in die Nähe des Lichtkreises gerieten und sich sogleich wieder ins Dunkle zurückzogen. Babalatchi trat wieder heran und ließ sich vor Lingard auf einem Bündel zusammengerollter Matten nieder.

»Willst du Reis essen und Sagueir trinken?« fragte er. »Ich habe meinen Haushalt geweckt.«

Lingard antwortete, ohne ihn anzusehen: »Mein Freund, wenn ich Lakamba oder einen von Lakambas Dienern aufsuche, dann habe ich weder Hunger noch Durst. Tau! Verstehst du? Niemals! Glaubst du denn, ich hätte den Verstand verloren? Glaubst du, daß es hier drin ganz leer ist?«

Er richtete sich auf, blickte Babalatchi an und tippte sich erklärend an die Stirn.

»Tse! Tse! Tse! Wie kannst du nur so reden, Tuan!« rief Babalatchi gekränkt.

»Ich sage, was ich denke. Ich lebe nun schon viele Jahre«, erwiderte Lingard und griff nachlässig nach dem Gewehr. Er prüfte es sachkundig, spannte den Hahn und bewegte ihn mehrmals auf und nieder. »Ein gutes Gewehr. Es ist in Mataram hergestellt, aber auch alt«, bemerkte er.

»Haï!« rief Babalatchi eifrig. »Das stammt noch aus meiner Jugend. Es gehörte einem Händler von Aru, einem Mann mit dickem Bauch und lauter Stimme, einem sehr tapferen Mann. Wir stießen im Morgengrauen auf seine Prau, und da stand er auf dem Achterdeck, feuerte seine Männer an und schoß dieses Gewehr einmal auf uns ab. Nur einmal...« Er verstummte, lachte still vor sich hin und fuhr dann leise und verträumt fort: »Es war im Morgengrauen, und wir waren vierzig schweigsame Männer in einer schnellen Suluprau; und als die Sonne so hoch stand« – hier hielt er die Hände etwa einen Meter auseinander – »als die Sonne erst so hoch stand, Tuan, war unser Werk schon getan, und die Fische hatten ein festliches Mahl.«

»Ja! Ja!« murmelte Lingard und nickte mit dem Kopf. »So war das also. Du solltest das Gewehr aber nicht so verrosten lassen.«

Er ließ die Flinte fallen, lehnte sich zurück, stützte den Kopf gegen die Wand und verschränkte die Arme vor der Brust.

»Ein gutes Gewehr«, sagte Babalatchi. »Es trägt weit und trifft genau. Viel besser als das dort.«

Mit den Fingerspitzen berührte er leicht den Griff des Revolvers, der aus der rechten Seitentasche von Lingards weißer Jacke lugte.

»Finger weg!« sagte Lingard scharf, aber nicht unfreundlich, und ohne die geringste Bewegung zu machen.

Babalatchi lächelte und schob seinen Sitz ein wenig weiter weg.

Eine Weile saßen sie schweigend. Lingard, der den Kopf zurückgelehnt hielt, sah durch halbgeschlossene Lider zu Babalatchi hinüber, der mit dem Finger ein unsichtbares Muster auf der Matte zu seinen Füßen nachzeichnete. Man hörte, wie Ali und die Bootsleute am Feuer lachten und schwatzten, das sie auf dem weiten, verlassenen Hof entzündet hatten.

»Nun, was ist mit dem weißen Mann?« fragte Lingard ruhig. Es schien, als habe Babalatchi die Frage nicht gehört. Eine ganze Weile fuhr er fort, verschlungene Linien auf dem Fußboden zu zeichnen. Lingard wartete unbeweglich. Schließlich hob der Malaie den Kopf.

»Haï! Der Weiße. Ich weiß schon!« murmelte er abwesend. »Dieser Weiße oder ein anderer... Tuan«, sagte er nun laut und erstaunlich lebhaft, »du bist doch ein Mann des Meeres?«

»Du kennst mich. Was soll also die Frage?« erwiderte Lingard leise.

»Ja. Ein Mann des Meeres – so wie wir. Ein wahrer Orang Laut«, sagte Babalatchi gedankenvoll, »nicht wie die anderen Weißen.«

»Ich bin geradeso wie die anderen Weißen und mache nicht gerne viele Worte, wenn die Wahrheit schnell gesagt ist. Ich bin gekommen, um den weißen Mann zu sehen, der Lakamba gegen meinen Freund Patalolo geholfen hat. Zeig mir, wo der weiße Mann wohnt; er soll meine Worte hören.«

»Nur Worte? Tuan! Wozu die Eile? Die Nacht ist lang, und der Tod ist schnell – wie du wohl weißt; du, der du so manchen von meinem Volk getötet hast. Vor vielen Jahren habe ich dir mit Waffen in der Hand gegenübergestanden. Weißt du es nicht mehr? Es war in Karimata – fern von hier.«

»Ich kann mich nicht an jeden Landstreicher erinnern, der mir irgendwann einmal über den Weg gelaufen ist«, verwahrte sich Lingard.

»Haï! Haï!« fuhr Babalatchi ungerührt und verträumt fort. »Das ist viele Jahre her. Damals« – und dabei betrachtete er Lingards Bart und fuhr mit dem Finger um sein eigenes, bartloses Kinn – »damals war dies alles wie Gold im Sonnenlicht, und nun gleicht es dem Schaum des zornigen Meeres.«

»Wohl möglich«, sagte Lingard geduldig und entrichtete unwillkürlich der Erinnerung, die bei Babalatchis Worten aufgestiegen war, den Tribut eines schwachen Seufzers.

Er lebte nun so lange unter Malaien und war so vertraut mit ihnen, daß die außerordentliche Umständlichkeit und Bedächtigkeit ihres Denkprozesses ihn nicht mehr ungeduldig machte. Heute nacht neigte er vielleicht weniger zur Ungeduld als je zuvor. Er war in der Stimmung, Babalatchi reden zu lassen, vielleicht gar, ihm zuzuhören. Es lag auf der Hand, daß dieser Mann etwas zu sagen hatte, und Lingard hoffte, daß auf diese Weise ein Lichtstrahl die dichte Schwärze des unerklärlichen Verrates durchdringen werde, auf daß er, und sei es nur für eine Sekunde, den Mann deutlich sähe, an dem er Gerechtigkeit zu üben hatte. Einzig Gerechtigkeit! Nichts lag ihm ferner als der Gedanke an etwas so Sinnloses wie Rache. Nur Gerechtigkeit. Es war seine Pflicht, dafür zu sorgen, daß Gerechtigkeit geschehe – und zwar durch seine Hand. Wie – daran mochte er nicht denken. Ebenso wie Babalatchi schien es auch ihm, daß die Nacht lang genug für die Ausführung seines Vorhabens sei. Aber er stellte sich dieses Werk nicht im einzelnen vor; bedrückt von seiner schrecklichen Mission, blieb er unbeweglich sitzen und zögerte nur zu gerne. Warum auch darüber nachdenken? Es war unvermeidlich und stand kurz bevor. Doch konnte er den Erinnerungen nicht Einhalt gebieten, die in dieser übelriechenden Hütte auf ihn eindrangen, während Babalatchi in fließender Eintönigkeit zu sprechen fortfuhr, wobei sich in seinem gewollt ausdruckslosen Gesicht nur die Lippen regten. Die schnell steigende Flut der Erinnerungen bedrängte Lingard ebenso, wie Wind und Strömung an einem Schiff zerren, das vor nur einem Anker liegt. Er vernahm leise, gedämpfte Worte, aber seine Gedanken schweiften ab; bald war er in die Erinnerung an Süße und Bitternis längst vergangener Tage in Karimata versunken, bald überkam ihn erschrecktes Staunen über das Versagen seiner Urteilskraft, über die verhängnisvolle Blindheit des Zufalls, der ihn vor Jahren veranlaßt hatte, einen halb verhungerten Ausreißer von einem holländischen Schiff aufzunehmen, das auf der Reede von Samarang lag. Wie hatte ihm der Bursche doch gefallen: seine Selbstsicherheit, seine Energie, sein Ehrgeiz, seine Leutseligkeit und seine ichbesessene Beredsamkeit. Selbst diese

Fehler hatten ihm noch gefallen – diese Fehler, an denen ihn manches sympathisch berührt hatte. Von allem Anfang an hatte er ihm stets Gerechtigkeit widerfahren lassen; und auch jetzt würde er das tun – bis ans Ende. Dieser letzte Gedanke fand sein düsteres Echo in einem bedrohlichen Stirnrunzeln, das Lingards Gesicht verfinsterte. Der Vollstrecker der Gerechtigkeit saß mit aufeinandergepreßten Lippen und schwerem Herzen da, während draußen in der stillen Dunkelheit die schweigende Welt atemlos eben diese Gerechtigkeit erwartete, die er in Händen hielt. In seinen starken Händen, die zum Schlag erhoben waren, aber noch zögerten.

## XIX

Babalatchi verstummte. Lingard änderte die Haltung seiner Beine, löste die verschränkten Arme und schüttelte langsam den Kopf. Der Bericht über die Ereignisse in Sambir, den der schlaue Staatsmann aus seiner Perspektive erstattet hatte und dessen Sinn Lingard trotz seiner Unaufmerksamkeit nicht entgangen war, glich einem Faden, der ihn aus dem düsteren Labyrinth seiner Gedanken hinausführte; nun war der Faden zu Ende, und Lingard sah sich nicht mehr einer verworrenen Vergangenheit, sondern den drängenden Erfordernissen der Gegenwart gegenüber. Die Handflächen auf den Knien und die Ellenbogen abgewinkelt, so blickte er auf Babalatchi hinunter, der steif, ausdruckslos und stumm dasaß, wie eine sprechende Puppe, deren Federwerk endlich abgelaufen ist.

»Das also habt ihr alles angerichtet«, sagte Lingard schließlich. »Ihr werdet es bedauern, noch ehe der trockene Wind wieder zu blasen beginnt. Abdullas Stimme wird die holländische Herrschaft herbeirufen.«

Babalatchi wies mit den Händen nach dem dunklen Eingang.

»Da draußen stehen die Wälder. Jetzt herrscht Lakamba über das Land. Glaubst du denn, Tuan, daß die großen Bäume den Namen des Herrschers kennen? Nein. Sie werden geboren, sie wachsen, sie leben und sie sterben – aber sie denken nicht und fühlen nicht. Ihnen gehört das Land.«
»Auch ein großer Baum kann von einer kleinen Axt gefällt werden«, erwiderte Lingard trocken. »Und vergiß nicht, mein einäugiger Freund, daß es weiße Hände sind, die die Äxte machen. Das werdet ihr sehr bald merken, da ihr nun einmal die holländische Flagge aufgezogen habt.«
»Ay-wa«, sagte Babalatchi langsam. »Es steht geschrieben, daß die Erde denen gehören soll, die eine helle Haut und harte, aber törichte Herzen haben. Je weiter entfernt der Herr ist, um so leichter hat es der Sklave, Tuan! Du warst zu nahe. Deine Stimme dröhnte unablässig in unseren Ohren. Jetzt wird es anders werden. Der große Raja in Batavia ist stark, aber man kann ihn hintergehen. Er muß sehr laut sprechen, wenn er hier gehört werden will. Aber wenn wir gezwungen sind zu rufen, dann muß er die vielen Stimmen erhören, die Schutz verlangen. Schließlich ist er nur ein Weißer.«
»Wenn ich je wie ein älterer Bruder zu Patalolo gesprochen habe, dann war es zu eurem Besten – zum Besten aller«, sagte Lingard sehr ernst.
»Das ist die Rede der Weißen«, rief Babalatchi mit bitterem Triumph. »Ich kenne euch. So redet ihr alle, während ihr eure Gewehre ladet und eure Schwerter schärft; und wenn ihr bereit seid, dann sagt ihr zu den Schwachen: gehorcht mir und seid glücklich, oder sterbt! Ihr seid merkwürdig, ihr Weißen. Ihr glaubt, daß nur eure Weisheit und eure Tugend und euer Glück wahr und richtig sind. Ihr seid stärker als die wilden Tiere, aber nicht so klug. Der schwarze Tiger weiß, wann sein Hunger gestillt ist – ihr wißt es nicht. Er kennt den Unterschied zwischen sich und jenen, die sprechen können; ihr be-

greift nicht den Unterschied zwischen euch und uns, die wir Menschen sind. Ihr seid klug und groß – und ihr werdet immer Toren bleiben.«

Er warf beide Hände hoch, störte die schlafende Qualmwolke auf, die über seinem Kopf hing, und schlug dann mit den Handflächen neben seinen ausgestreckten Beinen hart auf den leichten Boden. Die ganze Hütte erbebte. Lingard betrachtete den erregten Staatsmann neugierig.

»Apa! Apa! Was ist denn nur los?« murmelte er besänftigend.

»Wen habe ich denn hier getötet? Wo sind denn meine Kanonen? Was habe ich verbrochen? Wem habe ich was zuleide getan?«

Babalatchi beruhigte sich und sprach nun mit gesuchter Höflichkeit:

»Du, Tuan, bist ein Mann des Meeres und uns ähnlich. Darum sage ich dir alle Worte, die in meinem Herzen sind... nur einmal ist das Meer stärker gewesen als der Raja des Meeres.«

»So weißt du davon?« fragte Lingard scharf und gequält.

»Haï! Wir haben vom Untergang deines Schiffes gehört – und einige haben darüber gejubelt. Nicht ich. Unter den Weißen, welche Teufel sind, bist du ein Mensch.«

»Trima kassi! Ich danke dir«, sagte Lingard ernst.

Babalatchi schlug die Augen scheu lächelnd nieder, aber gleich darauf wurde er traurig, und als er nun sprach, klang seine Stimme kummervoll.

»Wärest du einen Tag früher gekommen, Tuan, dann hättest du einen Feind sterben sehen. Du hättest ihn verarmt, blind und unglücklich sterben sehen, ohne einen Sohn, ihm das Grab zu graben und von seiner Klugheit und seinem Mut zu sprechen. Ja. Du hättest den Mann allein sterben sehen, der vor vielen Jahren in Karimata gegen dich gekämpft hat, – allein bis auf einen Freund. Das wäre ein erhebender Anblick für dich gewesen.«

»Nicht für mich«, erwiderte Lingard. »Ich hatte ihn ganz vergessen, bis du vorhin seinen Namen erwähntest. Du verstehst uns nicht. Wir kämpfen, wir siegen, und dann vergessen wir.«
»Wahr, wahr«, sagte Babalatchi mit höflicher Ironie; »ihr Weißen seid so groß, daß ihr es für unter eurer Würde haltet, euch eurer Feinde zu erinnern. Nein, nein«, fuhr er im selben Ton fort, »ihr seid uns so wohl gesinnt, daß ihr keinen Raum habt für solche Erinnerungen. Oh, ihr seid groß und gut! Aber mir ist doch so, als gewährtet ihr euch untereinander solches Vergessen nicht. Ist es nicht so, Tuan?«
Lingard erwiderte nichts. Er machte eine kaum wahrnehmbare Bewegung mit den Schultern und starrte abwesend vor sich hin.
»Ja«, fuhr Babalatchi fort und verfiel von neuem in seine traurige Stimmung. »Ja, er starb in Finsternis. Ich saß neben ihm und hielt seine Hand, aber er konnte das Gesicht desjenigen nicht sehen, der den schwachen Atem seines Mundes bewachte. Auch sie, die er des weißen Mannes wegen verflucht hat, war da und weinte mit verhülltem Gesicht. Der weiße Mann ging unterdessen im Hof umher und machte viel Lärm. Ab und zu trat er heran und sah uns, die wir trauerten, finster an. Seine Augen funkelten böse, und darum war ich froh darüber, daß der Sterbende blind war. Ich sage die Wahrheit. Ich war froh darüber, denn eines weißen Mannes Augen sind kein schöner Anblick, wenn der Teufel, der in ihm wohnt, durch sie herausschaut.«
»Teufel? Was?« sagte Lingard halblaut vor sich hin, wie überrascht von der offenkundigen Richtigkeit eines Einfalles. Babalatchi fuhr fort:
»In der ersten Morgenstunde richtete er sich auf – er, der so schwach war – und sprach deutlich einige Worte, die nicht für menschliche Ohren bestimmt waren. Ich hielt seine Hand fest, aber für den Führer der tapferen Männer war die Stunde ge-

kommen, da er zu den Gläubigen eingehen sollte, die glücklich sind. Die Leute meines Hauses brachten ein weißes Laken, und ich begann das Grab in der Hütte zu graben, in der er gestorben war. Sie klagte laut. Der weiße Mann trat herzu und brüllte. Er war zornig. Er zürnte ihr, weil sie sich an die Brust schlug und das Haar raufte und schrille Klageschreie ausstieß, wie es sich für eine Frau ziemt. Verstehst du, was ich sage, Tuan? Der weiße Mann kam rasend vor Wut herein, packte sie bei den Schultern und zerrte sie hinaus. Ja Tuan. Ich sah den toten Omar und ich sah sie zu Füßen dieses weißen Hundes, der mich getäuscht hat. Ich sah sein Gesicht, grau wie der kalte Frühnebel; ich sah seine blassen Augen auf Omars Tochter hinunterblicken, die den Kopf zu seinen Füßen auf den Boden schlug. Zu Füßen dessen, der Abdullas Sklave ist. Ja, er lebt von Abdullas Gnade. Nur deshalb habe ich mich zurückgehalten, als ich dies alles ansehen mußte. Ich habe mich bezwungen, weil wir jetzt unter der Flagge der Orang Blanda leben, und weil Abdulla bei den Großen Gehör hat. Wir dürfen nicht mit Weißen streiten. Abdulla hat gesprochen, und ich muß gehorchen.«

»So ist das also«, knurrte Lingard in seinen Bart. Dann auf malaiisch: »Du scheinst recht zornig zu sein, o Babalatchi.«

»Nein, ich bin nicht zornig, Tuan«, und Babalatchi stieg von der gefährlichen Höhe seiner Entrüstung in die unaufrichtige Ebene gefahrloser Unterwürfigkeit ab. »Ich bin nicht zornig. Wer bin ich, daß ich zornig sein könnte? Ich bin nur ein Orang Laut und bin viele Male vor deinem Volk geflohen. Für eine Handvoll Reis habe ich diesem und jenem meinen Rat gegeben, war ich hier Diener und dort Schutzbefohlener. Wer bin ich, daß ich einem weißen Mann zürnen dürfte? Was ist Zorn, wenn hinter ihm keine Macht steht? Aber ihr Weißen habt alles genommen: das Land, das Meer und die Macht! Und uns auf den Inseln ist nichts geblieben als die Gerechtigkeit der Weißen; eure große Gerechtigkeit, die keinen Zorn kennt.« Er erhob sich, trat hinaus und sog die heiße Luft ein, die über dem Hof stand; dann wandte er sich um und lehnte sich gegen den Pfosten Lingard gegenüber, der auf der Truhe sitzenblieb. Die fast ganz herabgebrannte Fackel sprühte und zischte. Im Herzen der Flamme ereigneten sich kleine Explosionen und trieben durch den qualmenden Flammenschein harte, runde, weiße Rauchwölkchen, nicht größer als Erbsen, die im schwachen, durch unsichtba e Ritzen in den Bambuswänden dringenden Luftzug hinausrollten. Der beißende Geruch, der von dem Schmutz rings um die Hütte aufstieg, wurde immer stärker, lastete auf Lingards Entschlußkraft und lähmte sein Denkvermögen. Er grübelte schläfrig über sich und jenen Mann, der ihn sprechen wollte, der auf ihn wartete. Der wartete! Nacht und Tag. Wartete... Ein boshafter Gedanke ging ihm flüchtig durch den Kopf: ein solches Warten mußte für den Burschen gewiß unangenehm sein. Nun, sollte er doch warten. Er würde ihn bald genug zu sehen bekommen. Und wie lange? Fünf Sekunden – fünf Minuten – nicht reden – doch reden. Aber was? Nein! Nur Zeit genug sollte ihm bleiben, um richtig hinzuschauen, und dann...

Babalatchi begann wieder mit sanfter Stimme zu sprechen. Lingard blinzelte, hustete, richtete sich auf.

»Jetzt weißt du alles, Tuan. Lakamba wohnt in dem befestigten Haus von Patalolo; Abdulla hat damit begonnen, Speicher aus Holz und Stein zu errichten; und nun, da Omar tot ist, werde ich selbst hier wegziehen und bei Lakamba wohnen und sein Ratgeber sein. Ich habe vielen gedient. Der Beste von allen schläft in einem weißen Laken in der Erde, und nichts bezeichnet sein Grab als die Asche der Hütte, in der er gestorben ist. Ja, Tuan! Der weiße Mann selbst hat sie zerstört. Er lief mit einer Fackel in der Hand umher und schrie, ich solle herauskommen, schrie mich an, der ich Erde auf die

Leiche des großen Führers häufte. Ja; er verschwor sich bei eurem und unserem Gott, daß er sie und mich dort drinnen verbrennen werde, wenn wir nicht sofort herauskämen. Haï... die weißen Männer sind sehr herrisch und weise. Ich zerrte sie schnell nach draußen.«

»Oh, verflucht!« rief Lingard und dann fuhr er ernst auf malaiisch fort: »Hör zu. Dieser Mann ist nicht wie andere weiße Männer, das weißt du sehr gut. Er ist überhaupt kein Mann. Er ist... ich weiß nicht was.«

Babalatchi hob abwehrend die Hand. Er blinzelte, seine rotbefleckten Lippen teilten sich in einem ausdruckslosen Grinsen und ließen eine Reihe schwarzer, bis aufs Zahnfleisch abgefeilter Stummel sehen.

»Haï! Haï! Dir gleicht er nicht. Dir nicht«, sagte er, und dabei klang seine Stimme noch einschmeichelnder, denn er näherte sich nun jenem Gegenstand, der ihn während dieser heißersehnten Unterredung am meisten beschäftigt hatte. »Dir ähnelt er nicht, Tuan; du gleichst uns, nur bist du weiser und stärker. Aber auch er ist sehr schlau und von dir spricht er ohne jede Achtung nach Art der Weißen, wenn sie voneinander reden.«

Lingard sprang auf, als wäre er gestochen worden.

»Er spricht! Was sagte er denn?« rief er.

»Nein, Tuan«, verwahrte sich Babalatchi ungerührt, »was bedeutet seine Rede, da er doch kein Mann ist? Vor dir bin ich nichts – warum sollte ich Worte wiederholen, mit denen ein weißer Mann von einem anderen spricht? Allerdings hat er sich Abdulla gegenüber gerühmt, in früheren Jahren viel von deiner Weisheit gelernt zu haben. Die anderen Worte habe ich vergessen. Wirklich, Tuan, das habe ich...«

Lingard schnitt Babalatchis Beteuerungen mit einer verächtlichen Handbewegung ab und nahm würdevoll wieder Platz.

»Ich werde fortgehen«, sagte Babalatchi, »und der weiße Mann wird hierbleiben, allein mit dem Geist des Toten und mit ihr, die das Entzücken seines Herzens war. Da er weiß ist, kann er die Stimmen der Toten nicht vernehmen... sag, Tuan«, und dabei sah er Lingard neugierig an, »sag, Tuan, hört ihr Weißen jemals die Stimmen der Unsichtbaren?«

»Nein«, erwiderte Lingard, »denn die, die wir nicht sehen können, sprechen nicht.«

»Sie sprechen nie? Und klagen auch nie mit Lauten, die keine Worte sind?« zweifelte Babalatchi. »Vielleicht ist es so, oder eure Ohren sind stumpf. Wir Malaien hören viele Geräusche in der Nähe der Orte, wo Menschen begraben liegen. Heute nacht hörte ich... ja, sogar ich hörte... ich möchte aber nichts mehr hören«, fügte er beunruhigt hinzu. »Vielleicht hatte ich Unrecht, als ich... es gibt Dinge, die ich bedauere. Er litt schweren Kummer, als er starb. Manchmal glaube ich, daß es unrecht von mir war... aber ich will die Klagen unsichtbarer Lippen nicht länger hören. Darum gehe ich fort, Tuan. Der ruhelose Geist möge zu seinem Feind sprechen, zu dem weißen Mann, der keine Furcht, keine Liebe, kein Erbarmen – der nichts kennt als Verachtung und Gewalt. Ich hatte unrecht! Ja! Haï, haï.«

Eine Weile stand er so, einen Ellenbogen in die Fläche der linken Hand gestützt, die Finger der anderen Hand auf den Lippen, als wolle er einen unzeitigen Ausbruch von Reue zurückhalten; nach einem Blick auf die Fackel, die fast herabgebrannt war, trat er dann neben die Truhe an die Wand, hantierte dort herum und stieß plötzlich einen großen geflochtenen Fensterladen auf. Lingard schwang die Beine über die Ecke der Truhe.

»Nanu!« sagte er überrascht.

Die Rauchwolke setzte sich in Bewegung und kräuselte sich gemächlich durch die neu geschaffene Öffnung. Die Fackel flackerte, zischte und erlosch, und die Glut fiel auf die Matte. Babalatchi packte zu und warf sie durch die viereckige Öffnung

hinaus. Sie beschrieb einen erlöschenden roten Bogen und lag dann glimmend in der unermeßlichen Dunkelheit. Babalatchis Arm wies immer noch in die Nacht hinaus.
»Dort«, sagte er, »dort kannst du den Hof des weißen Mannes sehen, Tuan, und auch sein Haus.«
»Ich kann gar nichts sehen«, erwiderte Lingard und steckte den Kopf durch die Öffnung. »Es ist zu dunkel.«
»Warte, Tuan«, mahnte Babalatchi. »Du hast zu lange in die brennende Fackel geschaut. Bald wirst du sehen können. Gib acht auf das Gewehr, Tuan. Es ist geladen.«
»Es ist kein Feuerstein im Schloß. Im Umkreis von hundert Meilen wirst du keinen Feuerstein auftreiben«, sagte Lingard gereizt. »Eine Torheit, das Gewehr zu laden.«
»Ich habe einen Stein. Ein weiser und frommer Mann aus Menang Kabau hat ihn mir gegeben. Der Mann ist sehr fromm, und sein Feuerstein ist sehr gut. Er hat den Stein besprochen, und der Stein wird gute Funken schlagen. Auch das Gewehr ist gut – es trägt weit und trifft genau. Man könnte damit wohl von hier die Haustür des weißen Mannes treffen, Tuan.«
»Tida apa. Was geht mich dein Gewehr an«, brummte Lingard und spähte in die formlose Finsternis hinaus. »Ist das sein Haus – das schwarze Ding da drüben?« fragte er.
»Ja«, antwortete Babalatchi, »das ist sein Haus. Er lebt dort nach dem Willen Abdullas und wird dort leben, bis... von da, wo du stehst, Tuan, kannst du über den Zaun sehen und quer über den Hof bis zur Tür – bis zu der Tür, aus der er jeden Morgen tritt und wie ein Mensch aussieht, der im Schlaf die Hölle erblickt hat.«
Lingard zog den Kopf zurück. Babalatchi berührte mit tastender Hand Lingards Schulter.
»Warte ein wenig, Tuan. Bleib sitzen. Der Morgen ist nicht mehr fern – ein Morgen ohne Sonne nach einer Nacht ohne Sterne. Aber es wird hell genug sein, um den Mann zu sehen,

der vor gar nicht so vielen Tagen sagte, daß er ganz allein dich in Sambir ohnmächtiger gemacht hat als ein Kind.«

Er fühlte ein leichtes Beben unter seiner Hand, zog sie aber sogleich weg und suchte auf dem Deckel der Truhe hinter Lingards Rücken nach dem Gewehr.

»Was machst du denn da?« fragte Lingard ungeduldig. »Laß doch das elende Gewehr! Schaff lieber Licht.«

»Licht! Ich sage doch, Tuan, daß das Licht des Himmels schon sehr nahe ist«, erwiderte Babalatchi, der nun das gesuchte Objekt ergriffen hatte und es fest bei dem langen Lauf hielt. Der Kolben ruhte dicht neben seinem Fuß.

»Das mag ja sein«, bemerkte Lingard nachlässig und stützte beide Ellenbogen auf den unteren Rand des primitiven Fensterrahmens, »noch ist es aber sehr dunkel draußen.«

Babalatchi wurde unruhig.

»Es ist nicht gut, daß du sitzt, wo man dich sehen kann«, murmelte er.

»Warum nicht?«, fragte Lingard.

»Der weiße Mann schläft, das ist wahr«, erklärte Babalatchi gedämpft; »doch kommt er vielleicht früh heraus, und er ist bewaffnet.«

»Ah! Er hat also Waffen?« fragte Lingard.

»Ja; ein kurzes Gewehr, das viele Male schießt – so wie deines hier. Abdulla mußte es ihm geben.«

Lingard hörte Babalatchis Worte, rührte sich aber nicht von der Stelle. Dem alten Abenteurer kam nicht leicht der Gedanke, daß Schußwaffen in anderen als in seinen eigenen Händen gefährlich sein könnten, und schon gar nicht im Zusammenhang mit Willems. Er war so von dem ausgefüllt, was er für seine heilige Pflicht hielt, daß er einfach keinen Gedanken an die mögliche Reaktion eines Menschen verschwenden wollte, dessen er nur mit erstaunter Empörung gedenken konnte, in die sich Abscheu und Mitleid mischten – ganz wie man an einen hingerichteten Verbrecher denken mag. Während er in die Finsternis hinausspähte, die wie zergehender Nebel vor seinen nachdenklichen Blicken mit jeder Minute durchsichtiger wurde, kam Willems ihm vor wie eine Gestalt, die schon ganz der Vergangenheit angehört – eine Gestalt, die auf keine Weise noch einmal in sein Leben treten konnte. Er hatte sich entschlossen, und die Angelegenheit war bereits so gut wie erledigt. Diese verhängnisvolle, unerklärliche und schauderhafte Episode in seinem Leben war nun abgetan. Das Schlimmste war bereits geschehen. Die kommenden Tage würden die Vergeltung sehen.

Schon früher hatte er gelegentlich einen Feind aus dem Weg geräumt und häufig erhebliche Abrechnungen vorgenommen. Kapitän Tom war vielen ein guter Freund gewesen. Es war aber von Honolulu bis Diego Suárez allgemein bekannt, daß ein einzelner Mann Kapitän Tom nicht leicht Widerpart halten konnte. Wie er oft sagte, tat er keiner Fliege etwas zuleide, solange die Fliege ihn in Ruhe ließ; doch lebt niemand jahrelang außerhalb der Gesetze der Zivilisation, ohne bei sich recht sonderbare Vorstellungen von Gerechtigkeit auszubilden. Von seinen Bekannten hatte nie jemand Lust verspürt, ihn auf das Irrtümliche seiner Einstellung hinzuweisen. Es machte sich nicht bezahlt, Lingards Auffassung von der Ordnung der Dinge zu widersprechen – dieses Faktum war in der Südsee und im östlichen Archipel Bestandteil des allgemeinen Erfahrungsschatzes geworden und wurde nirgendwo besser begriffen als in jenen abgelegenen Erdenwinkeln; in jenen Winkeln nämlich, die er herrisch und unwidersprochen mit dem Echo seiner lärmenden Gegenwart erfüllte. Es hat wenig Sinn, mit einem Mann zu streiten, der sich rühmt, nie im Leben auch nur eine seiner Handlungen bereut zu haben, und dessen Erwiderung auf milde Kritik in dem gutgemeinten Gebrüll besteht: »Sie haben ja keine Ahnung davon! Ich würde es wieder so machen. Jawohl, Herr!« Seine Geschäftsfreunde und seine Bekannten nahmen ihn samt seinen Ansichten und seinen Taten wie etwas Vorbestimmtes und Unabänderliches hin; sie betrachteten seine vielseitige Tätigkeit mit trägem Staunen, in das sich auch jene Bewunderung mischte, die der erfolgreiche Mann mit Recht erwarten darf. Niemand aber hatte ihn je in der Stimmung gesehen, in der er sich jetzt befand. Niemand hatte Lingard zweifeln und seinem Zweifel nachgeben sehen, ihn unfähig gesehen, sich zu entschließen, und nicht willens zu handeln; einen Lingard, der schwächlich zauderte, gleich darauf in Zorn geriet und doch untätig blieb; mit einem Wort einen ratlosen Lingard, ratlos, weil er sich einer Situation gegenübersah, die ihn durch ihre unprovozierte Bösartigkeit, durch ihre erschreckende Ungerechtigkeit aus der Fassung brachte, weil sie für seinen an rauhe Kost gewöhnten, aber arglosen Gaumen zu deutlich nach den Schwefeldämpfen der tiefsten Hölle schmeckte.

Die fließende Dunkelheit, welche das Fenster füllte, wurde bleicher und gerann zu unscharf umrissenen Flecken, als entstehe eine neue Welt aus düsterem Chaos. Dann schärften sich die Umrisse, deuteten Formen ohne Einzelheiten an, hier einen Baum, dort einen Busch, einen schwarzen Waldgürtel in der Ferne, die senkrechte Linie eines Hauses, den First eines hohen Daches nahebei. Babalatchi, der zuletzt nur noch eine überredende Stimme gewesen war, nahm nun in der Hütte menschliche Umrisse an, wurde zu einer Gestalt, die das Kinn unvorsichtig auf die Mündung des Gewehrs stützte und mit bedenklich rollenden Augen auf die wiedererstandene Welt blickte. Der Tag stieg schnell und trübe herauf, niedergedrückt vom Nebel des Flusses und schweren Wolken – ein Tag ohne Farbe und Sonnenschein: unvollständig, enttäuschend und traurig.

Babalatchi zupfte Lingard zaghaft am Ärmel, und als der alte Seemann fragend den Kopf hob, streckte Babalatchi den Arm aus und deutete mit dem Zeigefinger auf Willems' Haus, das nun deutlich zur Rechten hinter dem großen Baum im Hofe zu sehen war.

»Sieh, Tuan!« sagte er. »Dort wohnt er. Das ist die Tür – seine Tür. Durch sie wird er bald heraustreten, mit wirrem Haar, den Mund voller Flüche. So ist es. Er ist ein weißer Mann und nie zufrieden. Ich denke mir, daß er sogar im Schlaf wütet. Ein gefährlicher Mann. Wie Tuan vielleicht bemerkt hat«, fuhr er beflissen fort, »liegt die Tür dieser Öffnung gegenüber, an der Tuan die Güte hat zu sitzen und die allen Augen verborgen ist. Gerade gegenüber, und nicht weit. Beachte, Tuan, nicht weit.«

»Ja, ja; ich bin doch nicht blind. Ich werde ihn sehen, wenn er erwacht.«

»Ohne Zweifel Tuan, wenn er erwacht... wenn du hier sitzen bleibst, kann er dich nicht sehen. Ich werde mich gleich zurückziehen und selbst mein Kanu bereitmachen. Ich bin nur ein armer Mann und muß nach Sambir, um Lakamba zu begrüßen, wenn er die Augen öffnet. Ich muß mich vor Abdulla verneigen, der mächtig ist – noch mächtiger als du. Wenn du nun hier bleibst, dann wirst du mühelos den Mann erblicken, der sich Abdulla gegenüber noch deiner Freundschaft rühmte, während er sich schon bereitmachte, gegen jene zu kämpfen, die dich ihren Beschützer nannten. Ja, er und Abdulla strebten insgeheim nach dieser verfluchten Fahne. Damals war Lakamba blind, und ich ließ mich täuschen. Aber du, Tuan! Vergiß nicht, daß er dich noch mehr getäuscht hat. Dessen rühmte er sich vor allen Männern.«

Er lehnte das Gewehr geräuschlos gegen die Wand nahe beim Fenster und sagte sanft: »Soll ich nun gehen, Tuan? Gib acht auf das Gewehr. Ich habe den Feuerstein eingesetzt. Den Feuerstein des weisen Mannes, den Stein, der nie versagt.«

Lingards Augen waren unverwandt auf den Eingang zu Willems' Haus gerichtet. Durch sein Blickfeld, durch die graue Leere des Hofes, flatterte träge eine große Taube den Wäldern zu und stieß dabei einen dumpfhallenden Ruf aus, der wie der Ton eines tiefen Gongs klang: der bunte Vogel sah im Grau des heraufziehenden Tages schwarz wie eine Krähe aus. Eine gezackte Schar weißer Reisvögel erhob sich mit gedämpftem Kreischen über die Bäume und schwebte dort in ungeordneter Masse, bis sie plötzlich wie durch eine geräuschlose Explosion in alle Richtungen auseinandergetrieben wurde. Hinter sich hörte Lingard das Schlurfen von Füßen – die Frauen verließen die Hütte. Im anderen Hof beklagte sich jemand über die Kälte, die Stimme drang sehr schwach, aber ungemein deutlich durch das ausgedehnte Schweigen der verlassenen Häuser und Rodungen. Babalatchi hustete diskret. Unter dem Haus begann nun überraschend das dumpfe Stoßen der Stößel, die in Holzmörsern den Reis zerstampften. Die schwache, aber deutliche Stimme ließ sich wiederum drängend im Hof vernehmen: »Fache die Glut an, o Bruder!« Eine andere Stimme antwortete in nasalem, harmonischem Singsang: »Tu es selbst, o fröstelndes Schwein!« Das Näseln erstarb so plötzlich, als sei der Sprecher in ein tiefes Loch gefallen. Babalatchi hustete wieder, nun schon ein wenig ungeduldig, und sagte vertraulich:

»Glaubst du, daß es an der Zeit für mich ist, zu gehen, Tuan? Wirst du auf mein Gewehr achten, Tuan? Ich bin ein Mann, der gehorchen kann, ich gehorche sogar Abdulla, der mich getäuscht hat. Immerhin trägt dieses Gewehr weit und trifft genau – falls du es denn wissen möchtest, Tuan. Ich habe auch eine doppelte Pulverladung aufgelegt und drei Kugeln in den Lauf gesteckt. Ja, Tuan. Vielleicht sollte ich jetzt gehen.«

Als Babalatchi zu sprechen begonnen hatte, hatte Lingard sich langsam umgewandt und ihn mit dem stumpfen, unwilligen Blick eines Kranken angesehen, der zu einem neuen Tag des

Leidens erwacht. Während der verschmitzte Staatsmann in seiner Rede fortfuhr, runzelte Lingard die Brauen, seine Augen belebten sich, eine Ader trat auf seiner Stirn hervor und verstärkte noch den finsteren Ausdruck seines Gesichtes. Die letzten Worte stammelte Babalatchi nur noch heraus, dann verstummte er verwirrt unter dem festen Blick des alten Seemannes.

Lingard stand auf. Sein Gesicht erhellte sich, und er sah mit überraschendem Wohlwollen auf den besorgten Babalatchi hernieder.

»So! Darauf also hattest du es die ganze Zeit abgesehen«, sagte er und legte dabei eine schwere Hand auf Babalatchis nachgebende Schulter. »Du hast also gedacht, ich sei hergekommen, um ihn zu ermorden. Wie? So rede, du treuer Hund eines arabischen Händlers!«

»Und warum sonst, Tuan?« kreischte Babalatchi, bis zur Aufrichtigkeit gereizt. »Wozu sonst, Tuan! Erinnere dich an das, was er getan hat; mit seinen Reden über dich hat er unsere Ohren vergiftet. Du bist doch ein Mann. Wenn du nicht gekommen bist, ihn zu töten, Tuan, dann bin entweder ich ein Narr oder...« Er unterbrach sich, schlug mit der Hand gegen die bloße Brust und schloß mit einem verzagten Flüstern: »Oder du bist einer, Tuan.«

Lingard sah ihn mit ruhiger Verachtung an. Nachdem er sich so lange damit gequält hatte, die unverständliche Gemeinheit von Willems' Handlungsweise zu begreifen, begrüßte er die logischen, wenn auch auf umständliche Weise erzielten Ergebnisse der diplomatischen Überlegungen Babalatchis ebenso erfreut wie das Licht des Tages. Hier endlich war etwas, das er verstehen konnte – die klare Wirkung einer einfachen Ursache. Er empfand Nachsicht mit dem enttäuschten Weisen.

»Du zürnst also deinem Freund, o Einäugiger«, sagte er langsam und streng und kam dabei Babalatchis bestürztem Gesicht

ganz nahe. »Es scheint mir, daß du mit dem, was kürzlich in Sambir vorgegangen ist, eine ganze Menge zu tun gehabt hast, wie? Du Sohn eines angesengten Vaters!«
»Möge ich unter deiner Hand verderben, o Raja des Meeres, wenn ich nicht die Wahrheit spreche!« rief Babalatchi und vergaß in der Erregung alle Bedenken. »Du bist hier inmitten deiner Feinde. Er ist der größte von ihnen. Abdulla wollte ohne ihn nichts unternehmen, und ich konnte ohne Abdulla nichts tun. Erschlage mich – und triff sie damit alle!«
»Wer bist du denn«, rief Lingard verächtlich, »daß du dich meinen Feind zu nennen wagst! Ein Dreck! Ein Nichts! Geh voran«, fuhr er streng fort. »Lakas! Schnell. Raus mit dir!«
Er stieß Babalatchi durch die Tür und folgte ihm über die kurze Leiter in den Hof. Die Bootsleute, die beim Feuer hockten, wandten ihre Augen träge und mit offenkundiger Mühe den beiden Männern zu; dann rückten sie teilnahmslos noch enger aneinander und hielten die Hände über die Glut. Die Frauen unterbrachen ihre Arbeit; sie saßen im Halbdunkel unter der Hütte, die erhobenen Stößel in Händen, und blickten neugierig und verstohlen herüber.
»Ist dies der Weg?« fragte Lingard mit einer Kopfbewegung gegen das kleine Tor zu Willems' Hof.
»Wenn du den Tod suchst, dann ist das gewiß der richtige Weg«, erwiderte Babalatchi teilnahmslos, als sei jede Gefühlsregung in ihm verbraucht. »Dort lebt er, der deine Freunde ins Verderben gebracht, der Omars Tod beschleunigt hat; er, der sich mit Abdulla zuerst gegen dich und dann gegen mich verschwor. Ich bin wie ein Kind gewesen, o Schande! ... Aber geh, Tuan. Geh nur dorthin.«
»Ich gehe, wohin ich will«, sagte Lingard mit Nachdruck, »und du magst zum Teufel gehen; ich brauche dich nicht länger. Eher sollen diese Inseln im Meer versinken, als daß ich, der Raja Laut, einem Mann aus deinem Volke den Willen tue.

Tau? Aber eines will ich dir sagen: es ist mir gleich, was ihr nach dem heutigen Tag mit ihm macht. Und das sage ich, weil ich barmherzig bin.«

»Tida! Ich tue gar nichts«, sagte Babalatchi und schüttelte apathisch und bitter den Kopf. »Ich bin in Abdullas Hand, und mir ist das ebenso gleichgültig wie dir. Nein! Nein!« fügte er im Fortgehen hinzu, »heute morgen habe ich viel gelernt. Es gibt nirgends mehr Männer. Ihr Weißen seid grausam gegen eure Freunde und barmherzig gegen eure Feinde – so handeln Toren.«

Er ging zum Fluß hinunter, und ohne noch einmal zurückzusehen, verschwand er in der Nebelbank, die niedrig über Wasser und Ufer gebreitet lag. Lingard sah gedankenvoll hinter ihm her. Nach einer Weile raffte er sich zusammen und rief seinen Bootsleuten zu:

»Haï-yah! Ihr da! Wenn ihr euren Reis gegessen habt, erwartet mich mit dem Paddel in der Hand. Hört ihr?«

»Ada, Tuan!« erwiderte Ali durch den Rauch des morgendlichen Feuers, der dicht über dem Boden schwebte und sich im Hof ausbreitete – »wir hören!«

Lingard öffnete behutsam das kleine Tor, tat einige Schritte in den leeren Hof und blieb stehen. Er hatte den leichten Anhauch eines Windstoßes verspürt, der vorüberging, jedes Blatt des großen Baumes erzittern ließ und dann in einem kaum wahrnehmbaren Beben von Zweigen und Ästen erstarb. Seinem Seemannsinstinkt folgend, blickte er nach oben. Über ihm, unter der grauen, reglosen Wüste eines stürmischen Himmels, trieben schwarze Wolkenfahnen niedrig dahin, breite Striche, formlose Kleckse, qualvoll gewundene Spiralen. Eine gerundete, finstere Wolke löste sich nur widerstrebend vom Haus und zog über den Hof hin, und dabei zerrte sie ein Gewirr von zerlaufenden Strähnen hinter sich her, die aussahen wie das zerraufte Haar einer trauernden Frau.

# XX

»Gib acht!«

Der unerwartete Warnruf, von dem er nicht wußte, wer ihn ausgestoßen hatte, noch wem er galt, überraschte Lingard weniger als der zitternde, angestrengte Ton, in dem dieser gebrochene, matte, kaum wahrnehmbare Schrei erklungen war. So weit er sehen konnte, befand sich außer ihm niemand im Hof. Der Ruf wurde nicht wiederholt, und Lingards Blick, der aufmerksam durch die nebelerfüllte Leere von Willems' Hof wanderte, begegnete überall nur der stumpfen Unempfindlichkeit unbeseelter Dinge: dem hohen düsteren Baum, dem verschlossenen blinden Haus, dem feuchtglänzenden Bambuszaun, den nassen, welken Büschen – lauter Dingen, die, weil sie dazu verdammt sind, in Ewigkeit den unverständlichen Leiden und Freuden der Menschheit zuzusehen, in ihrer abweisenden Gleichgültigkeit die hohe Würde unbelebter Materie herauskehren, die teilnahmslos und unbewegt das ruhelose Mysterium des nie endenden und stets wechselnden Lebens umgibt.

Lingard trat zur Seite, und der Baum befand sich nun zwischen ihm und dem Haus. Als er dann behutsam hinter einer der Stützen des Baumes hervortrat, mußte er gleich wieder stehenbleiben, um nicht in einen Haufen schwärzlicher Asche zu treten, dem er sich unerwartet gegenübersah. Ein dürres, verschrumpeltes altes Weib, das hinter dem Baum gestanden und zum Haus hinübergeblickt hatte, wandte sich zusammenschreckend um, stierte den Eindringling aus wässerigen Äuglein ausdruckslos an und versuchte hinkend zu entkommen. Sie schien indessen sogleich die Schwierigkeit oder Aussichtslosigkeit dieses Unterfangens zu begreifen, denn sie blieb unentschlossen stehen und kehrte taumelnd um; dann blinzelte sie stumpfsinnig, ließ sich plötzlich vor der Asche auf die Knie fallen, beugte sich über die schwelende Glut und blies immer wieder unverdrossen die eingefallenen Backen auf, um die verborgenen Funken zu einem brauchbaren Feuer anzufachen. Lingard sah auf sie hinunter, aber sie war offenbar der Ansicht, daß ihr magerer Körper nur noch die Kraft besitze, diese einfache häusliche Aufgabe zu erfüllen, und wollte ihm anscheinend nicht die geringste Aufmerksamkeit gönnen. Nachdem er eine Weile gewartet hatte, fragte Lingard: »Warum hast du gerufen, o Tochter?«

»Ich sah dich eintreten«, krächzte sie schwach; sie hielt immer noch das Gesicht über der Asche und sah nicht zu ihm auf. »Und da hab' ich gerufen – den Warnruf. Es war ihr Befehl. Ihr Befehl«, wiederholte sie kläglich seufzend.

»Und hat sie dich gehört?« fuhr Lingard freundlich fort.

Ihre vorstehenden Schulterblätter bewegten sich unbehaglich unter dem dünnen Zeug der engen Jacke. Sie stand mit großer Mühe auf und hinkte verdrossen vor sich hin murmelnd zu einem Stoß Reisig, der am Zaun aufgehäuft lag.

Lingard, der ihr untätig nachsah, hörte das Knarren der losen Planken, die zur Tür des Hauses hinaufführten. Er streckte den Kopf aus dem Schutz des Baumes hervor und sah, wie Aissa über diesen schrägen Plankenweg hinunter in den Hof kam. Nach wenigen raschen Schritten blieb sie stehen, einen Fuß vorgesetzt, ein Bild plötzlichen Erschreckens, und blickte wild um sich. Ihr Scheitel war unbedeckt. Sie war von Kopf bis Fuß in ein blaues Tuch gehüllt, das in dichten, schrägen Falten herabfiel; den Zipfel hatte sie über die Schulter geworfen. Eine Strähne ihres schwarzen Haares hing vor ihrer Brust. Die nackten, eng an den Leib gepreßten Arme, die ausgestreckten Finger der geöffneten Hände, die leicht gehobenen Schultern und der nach rückwärts geneigte Körper gaben ihr ein trotziges Aussehen, und doch wirkte sie gleichzeitig wie jemand, der vor einem drohenden Schlag zurückweicht. Sie hatte die Tür hinter sich zugezogen, und als sie so einsam in dem unnatür-

lichen dräuenden Zwielicht des trüben Tages stand und alles um sie her unverändert blieb, kam es Lingard vor, als sei sie gerade dort und soeben erst aus den schwarzen Dunstfahnen des Himmels und dem unheimlichen Glitzern schwacher Sonnenstrahlen erschaffen worden, die sich durch die dichter werdenden Wolken in die farblose Wüstenei der Welt kämpften.
Nach einem raschen, aber wachsamen Blick auf das verschlossene Haus trat Lingard hinter dem Baum hervor und ging langsam auf sie zu. Daß sie ihn gesehen hatte, war zunächst nur daran zu erkennen, daß ihre bis dahin gehetzt nach allen Seiten spähenden Augen zur Ruhe kamen, und daß ihre Hände ein wenig zuckten. Dann trat sie ihm mit einem langen Schritt in den Weg und versperrte diesen mit ausgebreiteten Armen. Ihre schwarzen Augen öffneten sich weit, und ihre Lippen teilten sich wie in einem unsicheren Versuch zu sprechen, aber kein Laut unterbrach das bedeutsame Schweigen dieser Begegnung. Lingard blieb stehen und betrachtete sie mit finsterer Miene. Nach einer Weile sagte er ernst: »Laß mich vorbei. Ich bin gekommen, um mit einem Mann zu sprechen. Verbirgt er sich? Hat er dich vorgeschickt?«
Sie trat näher, ließ die Arme herunterfallen und streckte sie dann gerade von sich, so daß sie beinahe Lingards Brust berührten.
»Er kennt keine Furcht«, sagte sie bebend, aber deutlich, mit vorgerecktem Kopf. »Meine eigene Furcht hat mich hergesandt. Er schläft.«
»Er hat lange genug geschlafen«, sprach Lingard gemessen. »Ich bin gekommen – und jetzt ist es Zeit, daß er erwacht. Geh und sage ihm das – sonst soll ihn meine eigene Stimme wecken. Eine Stimme, die er gut kennt.«
Er schob entschlossen ihre Hände fort und machte wiederum Anstalten, an ihr vorüberzugehen.
»Tu es nicht!« rief sie und fiel ihm zu Füßen, wie von einer

Kugel getroffen. Diese unvermutete Geste verblüffte Lingard, und er trat zurück.

»Was soll das bedeuten?« flüsterte er erstaunt. Dann befahl er scharf: »Steh auf!«

Sie erhob sich sogleich und sah ihn scheu, aber ohne Furcht an, und in ihren Augen brannte ein Feuer, das klar ihren Entschluß erkennen ließ, ohne jede Rücksicht ihr Ziel zu verfolgen – und koste es das Leben.

Lingard sagte barsch: »Geh mir aus dem Weg. Du bist Omars Tochter und solltest wissen, daß Frauen zu schweigen und sich in ihr Schicksal zu fügen haben, wenn Männer bei Tage aufeinandertreffen.«

»Frauen!« erwiderte sie mit verhaltener Heftigkeit. »Ja, ich bin eine Frau! Das sehen deine Augen, o Raja Laut, aber sehen sie auch mein Leben? Auch ich – o Mann vieler Kämpfe – auch ich habe die Stimme der Feuerwaffen vernommen; auch auf mein Haupt regneten Zweige und Blätter herab, die von Kugeln zerfetzt waren; auch ich verstehe es, schweigend in zornige Gesichter und auf starke Hände zu sehen, die mit dem scharfen Stahl weit ausholen. Auch ich habe neben mir Männer sterben sehen, ohne vor Furcht und Trauer zu weinen; und ich habe den Schlaf erschöpfter Flüchtlinge bewacht und mit Augen, die nichts kannten als Wachsamkeit, in die Schatten der Nacht gestarrt, aus denen der Tod drohte. Und«, fuhr sie fort und senkte dabei traurig die Stimme, »ich habe dem herzlosen Meer ins Auge geschaut, im Schoß die Köpfe der Verdurstenden gehalten und aus ihren erkalteten Händen das Paddel genommen; ich bin an ihre Stelle getreten, und meine Gefährten haben nicht bemerkt, daß wieder ein Mann gestorben war. Das alles habe ich getan. Hast du mehr getan? So war mein Leben. Wie war das deine?«

Ihre Worte und ihre Haltung ließen Lingard einhalten, erzwangen seine Aufmerksamkeit und nötigten ihm Achtung ab. Sie verstummte, und ihre weitgeöffneten schwarzen Augen funkelten in dem heftigen, aus tiefster Seele aufsteigenden Verlangen, die verborgensten Absichten seines Herzens zu erkennen. Nach einem langen Schweigen, das ihre Rede noch bedeutsamer machte, flüsterte sie in bitterer Reue: »Und ich habe vor dir auf den Knien gelegen! Und ich fürchte mich!«

»Du«, sagte Lingard mit Nachdruck und erwiderte dabei ihren Blick teilnehmend, »du bist eine Frau, deren Herz wohl groß genug ist, um die Brust eines Mannes auszufüllen; trotzdem bleibst du eine Frau, und ich, der Raja Laut, habe dir nichts zu sagen.«

Den Kopf leicht vorneigend, zwang sie sich, ihm zuzuhören; und seine Stimme kam für sie wie von weit her, sie klang so fern und unirdisch wie die Stimmen, die wir in Träumen vernehmen, die kaum hörbar überraschende, grausame oder sinnlose Worte sprechen, auf die es keine Antwort geben kann. Ihr hatte er also nichts zu sagen! Sie rang die Hände, und mit dem gespannt suchenden und gleichzeitig abwesenden Blick, der nichts wahrnimmt, sah sie sich im Hof um, dann wandte sie die Augen zu dem hoffnungslosen Himmel aus fahlem Grau und ziehendem Schwarz, zu dem flatternden Trauergewand jenes heißen und strahlenden Himmels, der Zeuge des Beginns ihrer Liebe gewesen war, der Willems' Schwüre und ihre Erwiderungen gehört, sein Begehren und ihre Furcht, ihr Entzücken und ihre Hingabe – und seine Niederlage angesehen hatte. Lingard rührte sich ein wenig, und diese geringfügige Bewegung machte, daß ihre ungeordneten, formlosen Gedanken in überstürzten Worten hervorsprudelten.

»Warte!« rief sie mit erstickter Stimme und sagte dann hastig und unzusammenhängend: »Bleib! Ich habe gehört... die Männer haben oft am Feuer davon gesprochen... die Männer meines Volkes. Und sie sagten von dir – dem Mächtigsten auf dem Meere – sie sagten, daß du in der Schlacht gegen das Geschrei der Männer taub bist, aber nachher... nein! sogar während des Kampfes seien deine Ohren für die Stimmen der Frauen und Kinder geöffnet. Das... das sagten sie. Nun, ich, eine Frau, ich...«

Sie verstummte jäh und stand vor ihm mit niedergeschlagenen Augen und geöffneten Lippen und jetzt so unbeweglich, daß es schien, als sei sie in eine nicht atmende, nicht hörende und nicht sehende Statue verwandelt, die weder Angst noch Hoffnung, weder Zorn noch Verzweiflung kennt. In der erstaunlichen Ruhe, die auf ihr Gesicht trat, bewegten sich einzig noch die feinen Nasenflügel, dehnten sich, zogen sich zusammen, schnell und unregelmäßig flatternd wie die Flügel eines gefangenen Vogels.

»Ich bin ein Weißer«, sagte Lingard stolz und sah sie mit einem festen Blick an, in dem nun die bloße Neugier einer mitleidigen Gereiztheit Platz zu machen begann, »und die Männer, die du am abendlichen Feuer sprechen hörtest, sagten nur die Wahrheit. Ehe du aber weiterredest, höre mir zu. Für dich hast du nichts zu befürchten. Selbst jetzt noch kannst du mich begleiten und wirst im Haus von Syed Abdulla Zuflucht finden, der deinem Glauben angehört. Und auch dies sollst du wissen: nichts, was du jetzt sagen kannst, wird meine Absicht gegen den Mann ändern, der in jenem Haus schläft oder sich verbirgt.«

Wieder sah sie ihn mit diesem Blick an, der wie ein Stich war, aber nicht des Zornes, sondern des Verlangens; des brennenden, überwältigenden Verlangens, Einsicht zu gewinnen, zu durchschauen, zu verstehen: nämlich jeden Gedanken, jede Gefühlsbewegung, jede Absicht, jeden Antrieb und jede Hemmung, die in diesem Mann waren, in diesem weißgekleideten, fremdartigen Wesen, das sie ansah, zu ihr sprach und vor ihr atmete wie irgendein anderer Mensch, nur eben größer, rotgesichtig, weißhaarig und geheimnisvoll. Er war die verkörperte Zukunft, das Morgen, das Übermorgen; alle Tage, alle Jahre ihres Lebens standen da lebendig und geheimnisvoll vor ihr, und alles, was sie an Gutem und Bösem bargen, lag in der Brust jenes Mannes verschlossen. Jenes Mannes, den man überreden, dem man schmeicheln, den man bestürmen, rühren, ängstigen, vielleicht sogar furchtsam machen konnte, war man nur erst einmal imstande, ihn zu begreifen! Sie hatte schon längst bemerkt, welche Richtung die Entwicklung nahm. Die verachtungsvolle und doch bedrohliche Kälte Abdullas war ihr nicht entgangen; geängstigt, aber ungläubig hatte sie Babalatchis düstere Andeutungen, seine versteckten, verschleierten Anspielungen, seine Vorschläge angehört, die ihr nahelegten, den nutzlosen Weißen zu verlassen, dessen Schicksal der Preis für einen Frieden sein würde, den die Weisen und Guten herbeiführen wollten, die Willems nicht länger benötigten. Und er – er selbst! Sie klammerte sich an ihn. Außer ihm gab es für sie niemanden und nichts. Sie wollte sich für immer, ihr ganzes Leben lang, an ihn klammern! Und dabei war er ihr so fern, entfernte sich täglich mehr von ihr. Jeden Tag schien er weiter von ihr abzurücken, und sie folgte ihm geduldig, hoffnungsvoll, blind, aber beharrlich auf all seinen Irrwegen. Sie folgte ihm, so gut sie es vermochte. Doch zuweilen – und in letzter Zeit sehr oft – war sie sich vorgekommen wie jemand, der sich im wuchernden Dickicht eines großen Waldes verirrt hat. Der ehemalige Angestellte des alten Hudig war ihr so fern, so strahlend, so schrecklich, so notwendig wie die Sonne, die diese Länder mit Leben beschenkt: die Sonne wolkenloser Himmel, die blendet und sengt; die wohltuende und die niederträchtige Sonne – die Spenderin des Lichtes, der Wohlgerüche und der Pest. Sie hatte ihn beobachtet, ganz aus der Nähe beobachtet, bestrickt von Liebe, bestrickt von der Gefahr. Er war nun ganz allein – bis auf sie; und sie sah – jedenfalls glaubte sie zu sehen –, daß er sich wie

ein Mensch benahm, der vor etwas Angst hat. War das möglich? Fürchtete er sich? Wovor? Vor dem alten weißen Mann, dessen Kommen er erwartete – der jetzt gekommen war? Möglich. Von jenem Mann hatte sie gehört, solange sie sich erinnern konnte. Ihn fürchteten die Tapfersten! Und was hatte dieser alte, alte Mann nun im Sinn, der so stark aussah? Was wollte er mit dem Licht ihres Lebens tun? Es auslöschen? Es fortnehmen? Es für immer und immer fortnehmen, und sie in der Dunkelheit zurücklassen: – nicht in der bewegten, raunenden, erwartungsvollen Nacht, in der die gestillte Welt der Rückkehr des Sonnenlichtes harrt, sondern in der Nacht ohne Ende, der Nacht des Grabes, wo nichts atmet, nichts sich bewegt, nichts denkt – der letzten, kalten, stillen Dunkelheit, ohne Hoffnung auf einen neuen Sonnenaufgang.
Sie rief: »Was willst du! Du weißt ja nichts! Ich muß ...«
Er unterbrach sie – unvernünftig erregt, als habe sie ihn durch ihren Blick mit ihrer eigenen Verzweiflung angesteckt.
»Ich weiß genug.«
Sie trat auf ihn zu, legte ihre Hände auf seine Schultern und stand ihm auf Armeslänge gegenüber. Von dieser Kühnheit betroffen, blinzelte er mehrmals und spürte dabei, wie in ihm durch ihre Worte, ihre Stimme, ihre Berührung ein Gefühl geweckt wurde, ein unbekanntes, einzigartiges, durchdringendes und trauriges Gefühl, hervorgerufen von der Nähe dieser fremden Frau, dieses Wesens, das so wild und zärtlich, so stark und empfindsam, so verzagt und doch entschlossen, und so verhängnisvoll in ihrer beider Leben verwickelt war – sein eigenes und das des anderen weißen Mannes, dieses widerwärtigen Schurken.
»Wie kannst du es wissen?« fuhr sie in einem überredenden Ton fort, der ihr unmittelbar aus dem Herzen zu kommen schien. »Wie kannst du es wissen? Ich lebe alle Tage und alle Nächte mit ihm. Ich schaue ihn an. Ich sehe jeden seiner

Atemzüge, jeden seiner Blicke, jede Bewegung seiner Lippen. Ich sehe ja nichts anderes! Was gibt es denn auch sonst zu sehen? Und selbst ich begreife es nicht. Ich verstehe ihn nicht! Ihn! Mein Leben! Ihn, der für mich so groß ist, daß seine Gegenwart Erde und Wasser vor meinen Blicken verbirgt!«

Lingard stand hoch aufgerichtet, die Hände tief in den Taschen seiner Jacke. Er blinzelte heftig, denn sie sprach ganz dicht an seinem Gesicht. Sie verwirrte ihn, und er fühlte geradezu, wie er sich anstrengte zu verstehen, was sie sagte, während er sich doch gleichzeitig immer wieder vorstellen mußte, daß dies alles keinen Sinn habe.

Nach einer Pause sagte sie: »Es hat eine Zeit gegeben, da konnte ich ihn begreifen, da wußte ich besser, was er im Sinn hatte, als er selbst. Wenn ich ihn berührte, wenn ich ihn in den Armen hielt... und nun ist er entflohen.«

»Entflohen? Was? Entwischt!« rief Lingard.

»Mir entflohen«, erklärte sie; »er hat mich alleingelassen, allein. Ich bin ihm immer nahe. Und doch allein.«

Ihre Hände glitten langsam von Lingards Schultern, und sie ließ entmutigt und schlaff die Arme hängen, als ob ihr in diesem Augenblick, ihr – der Wilden, der heftigen und unwissenden Kreatur – mit aller Deutlichkeit die ungeheuerliche Tatsache unserer Einsamkeit bewußt werde, der offen zutage liegenden und doch nicht aufzuhebenden, der unserem Einwirken entzogenen, immerwährenden Einsamkeit, die jede Menschenseele von der Wiege bis zum Grab und vielleicht noch darüber hinaus umgibt, einhüllt und ihr anliegt wie ein Kleid.

»So, so. Ich verstehe. Sein Gesicht hat sich von dir abgewandt«, sagte Lingard. »Was willst du nun also?«

»Ich will... ich habe mich überall... nach Hilfe umgesehen... gegen die Menschen... gegen alle Menschen... ich weiß es nicht. Zuerst kamen die unsichtbaren Weißen und teilten von fern den Tod aus... dann kam er. Er kam zu mir, die ich einsam und traurig war. Er kam, zornig auf seine Brüder, ein Großer unter seinem Volk, denen zürnend, die ich nicht gesehen habe: dem Volk, dessen Männer unbarmherzig und dessen Frauen schamlos sind. Zu ihnen gehörte er, und unter ihnen war er groß. Das war er doch?«

Lingard schüttelte leicht den Kopf. Sie sah ihn mit gerunzelter Stirn an und fuhr überstürzt fort:

»So höre doch. Ich habe ihn gesehen. Ich habe an der Seite tapferer Männer... an der Seite von Fürsten gelebt. Als er kam, war ich die Tochter eines Bettlers – eines Blinden, der weder Kraft noch Hoffnung besaß. Er sprach zu mir, als sei ich strahlender als die Sonne, köstlicher als das kühle Wasser des Baches, an dem wir zusammenkamen...«

Ihre bekümmerten Augen sahen, wie sich der Ausdruck im Gesicht ihres Zuhörers um eine Spur veränderte, und der Atem stockte ihr, ehe sie von einem Anfall schmerzlicher Wut übermannt wurde, die so heftig war, daß Lingard davon wie von einem unerwarteten Windstoß einen Schritt zurückgeworfen wurde. Während sie mit vorgestrecktem Kopf auf ihn einschrie, hob er verwirrt und beschwichtigend die Hände, und dabei verlieh ihm seine ehrwürdige Erscheinung etwas Väterliches, das gar nicht zu ihm paßte.

»Ich sage dir doch, daß ich ihm alles war. Ich weiß es! Ich habe es selbst gesehen! ... Sogar ihr Weißen sprecht gelegentlich die Wahrheit. Ich habe seine Augen gesehen. Ich habe seine Blicke gespürt! Ich sah ihn zittern, wenn ich ihm nahekam, wenn ich sprach – wenn ich ihn berührte. Sieh mich doch an! Auch du warst jung. Sieh mich an, Raja Laut!«

Sie starrte Lingard herausfordernd an, wandte dann aber hastig den Kopf und sandte einen Blick voll ängstlicher Demut zum Haus hin, das hoch hinter ihr aufragte – düster, verschlossen, baufällig und stumm auf seinen krummen Pfählen. Lingards Augen folgten ihrem Blick und ruhten erwartungsvoll auf dem Haus. Nach einem Weilchen murmelte er mit einem mißtrauischen Seitenblick auf sie: »Wenn er jetzt deine Stimme nicht vernommen hat, dann ist er entweder weit weg oder tot.«

»Er ist da«, flüsterte sie etwas ruhiger, aber immer noch ängstlich, »er ist da. Drei Tage lang hat er gewartet, Tag und Nacht auf dich gewartet. Ich habe mit ihm gewartet, habe sein Gesicht, seine Augen, seine Lippen beobachtet und seinen Worten gelauscht. Den Worten, die ich nicht verstehen konnte – den Worten, die er am Tag, und den Worten, die er des Nachts in seinem kurzen Schlaf sprach. Ich lauschte. Er ging am Fluß, an den Büschen auf und ab und sprach mit sich selbst. Und ich folgte ihm. Ich wollte verstehen – und ich konnte es nicht! Er wurde von Dingen gequält, die machten, daß er in der Sprache seines eigenen Volkes sprach, daß er zu sich selbst sprach und nicht zu mir. Nicht zu mir! Was sagte er nur? Was wollte er tun? Fürchtete er sich vor dir? Vor dem Tod? Was war in seinem Herzen... Angst? ... Zorn? ... Welches Verlangen? ... Welcher Kummer? Er sprach und sprach – viele Worte, unaufhörlich! Und ich konnte sie nicht verstehen! Ich wollte zu ihm sprechen, aber er war taub gegen mich. Ich folgte ihm überall hin und lauschte, ob ich nicht wenigstens ein Wort verstehen könnte; aber er war im Land seines Volkes – weit weg von mir. Und wenn ich ihn berührte, dann wurde er zornig – so!« Sie ahmte die Bewegung nach, mit der man grob eine aufdringliche Hand wegstößt und sah Lingard mit Tränen in den Augen unsicher an.

Nachdem sie eine Weile so keuchend nach Luft gerungen hatte, als sei sie von einem Kampf oder einem Lauf ganz außer Atem, senkte sie den Blick und fuhr fort:

»Tag um Tag und Nacht um Nacht beobachtete ich ihn und sah nichts. Und mein Herz war schwer – schwer von der Anwesenheit des Todes unter uns. Ich konnte es nicht glauben.

Ich dachte, er fürchte sich, fürchte sich vor dir! Da fürchtete auch ich mich... sage mir, Raja Laut, kennst du die Angst ohne Stimme – die Angst des Schweigens, die Angst, die kommt, wenn niemand nahe ist – wenn keine Schlacht tobt, keine Schreie ertönen, keine verzerrten Gesichter, keine bewaffneten Hände nahe sind? ... die Angst, vor der es kein Entrinnen gibt!«

Sie verstummte, heftete ihre Blicke wieder auf den verdutzten Lingard und sprach hastig und verzweifelt weiter:

»Da wußte ich, daß er nicht gegen dich kämpfen würde! Schon früher – viele Tage vorher – bin ich zweimal fortgegangen, um ihn zu zwingen, meinen Wünschen zu gehorchen; ihn zu zwingen, sich gegen sein eigenes Volk zu stellen, damit er mein sei – mein! O Jammer! Seine Hand war ebenso verlogen wie eure weißen Herzen. Sie schlug zu, getrieben von meinem Verlangen – von seinem Verlangen nach mir... sie schlug zu, diese starke Hand und – o Schande! – sie tötete niemanden. Ihr wilder, verlogener Schlag weckte Haß, aber keine Furcht. Um mich her waren lauter Lügen. Seine Kraft war eine Lüge. Meine eigenen Leute belogen mich und ihn, und um dir entgegenzutreten – dir dem Großen! – hatte er nur mich? Aber mich – mit meiner Wut, meinem Schmerz und meiner Schwäche. Nur mich! Und mit mir wollte er nicht einmal sprechen. Der Narr!«

Sie trat dicht an Lingard heran und zeigte dabei das wilde, verstohlene Gebaren einer Irren, die darauf brennt, jemandem ein aberwitziges Geheimnis zuzuflüstern – eines jener häßlichen, herzzerreißenden, lächerlichen Geheimnisse; einen jener Einfälle, die grausam, unwirklich und melancholisch wie Ungeheuer, unaufhörlichen Schrecken erregend, in der Nacht des Wahnsinns umherirren. Lingard sah sie verwundert an, wich aber keinen Zoll. Sie sprach ganz leise, dicht an seinem Gesicht.

»Er ist alles! Alles. Er ist mein Atem, meine Sonne, mein Herz... geh! ... Vergiß ihn... er hat keinen Mut und keine Klugheit mehr... und ich habe meine Macht verloren... geh und vergiß ihn. Andere Feinde warten auf dich... überlaß ihn mir. Er ist kein Mann mehr... du bist zu mächtig. Niemand kann dir widerstehen... ich habe es versucht... jetzt weiß ich... ich flehe um Gnade. Laß ihn mir und geh fort.«

Die Trümmer dieser flehenden Sätze wurden wie auf den Kämmen der Wogen ihres Schluchzens herangespült. Lingard, der sich nichts anmerken ließ und die Augen unverwandt auf das Haus gerichtet hielt, war versucht, jenes schnell bereite, tief eingewurzelte, herrische Verdammungsurteil auszusprechen, das uns die Mißbilligung wider jede Vernunft in den Mund legt; diese Mißbilligung ist zur Hälfte Abscheu und zur anderen Hälfte eine unbestimmte Angst und erwacht immer dann in unseren Herzen, wenn wir etwas Neuem, etwas Ungewöhnlichem gegenüberstehen, irgend etwas, das nicht nach der Schablone unserer Vernunft geformt ist; es ist das ein fluchwürdiges Gefühl, gemischt aus Geringschätzung, Wut und dem Bewußtsein der eigenen, überlegenen Tugendhaftigkeit, und ihm danken wir es, daß wir allem, das nicht so ist wie wir, taub, blind, unverschämt und dumm gegenüberstehen.

Als er antwortete, sah er sie zunächst nicht an, sondern sprach nach dem Haus hin, das ihn geradezu faszinierte:

»Ich fortgehen?! Er hat mich ja aufgefordert herzukommen – er selbst, jawohl! ... Du mußt fortgehen. Du weißt ja gar nicht, was du verlangst. Geh zu deinen Leuten. Verlasse ihn. Er ist...«

Er verstummte und sah mit festem Blick auf sie hinunter; er zögerte, als suche er den zureichenden Ausdruck; dann schnippte er mit den Fingern und sagte:

»Erledigt.«

Sie trat zurück. Mit niedergeschlagenen Augen hob sie langsam beide Hände in einer großen, unbewußt tragischen Gebärde und preßte sie gegen die Schläfen. Sie sprach mit verhaltener, bebender Stimme, und was sie sagte, klang wie eine gesprochene Meditation:

»Befiehl dem Bach, nicht dem Fluß zuzueilen; befiehl dem Fluß, nicht zum Meer zu fließen. Sprich laut. Sprich zornig. Vielleicht werden sie dir gehorchen. Aber mir ist, als werde der Bach sich nicht daran kehren. Der Bach, der am Berg entspringt und sich in den großen Fluß ergießt. Er würde sich nicht an deine Worte kehren: er, der nicht einmal der Berge achtet, die ihm das Leben gegeben haben; er, der die Erde zerreißt, der er entspringt; der sie zerreißt, verschlingt, zerstört – um desto schneller den Fluß zu erreichen – den Fluß, in dem er sich auf ewig verliert... o, Raja Laut! Es kümmert mich nicht!«

Wieder näherte sie sich Lingard, trat langsam und zögernd auf ihn zu, wie von einer unsichtbaren Hand gestoßen, und die Worte schienen ihr abgepreßt zu werden:

»Ich habe mich nicht um meinen eigenen Vater gekümmert, um ihn, der gestorben ist. Eher hätte ich... du weißt nicht, was ich getan habe... ich...«

»Du sollst sein Leben haben«, sagte Lingard hastig.

Sie standen einander gegenüber, und ihre Blicke kreuzten sich; Aissa war plötzlich beschwichtigt, und Lingard wurde von dem unbehaglichen Verdacht geplagt, er habe eine Niederlage erlitten. Und doch war das keine Niederlage. Er hatte nie die Absicht gehabt, den Burschen zu töten, jedenfalls nicht seit dem ersten Augenblick der Wut, und das war lange her. Die Tage, die in bitterem Staunen hingegangen waren, hatten die Wut ertötet; hatten nur eine bittere Empörung und ein bitteres Verlangen nach vollständiger Gerechtigkeit zurückgelassen. Er war auf einen Menschen gestoßen – noch dazu eine Frau –, der ihn veranlaßt hatte, seinen Willen vor der Zeit kund zu tun. Sie sollte sein Leben haben. Er mußte ihr aber erklären, sie mußte begreifen, daß es für Männer wie Willems keine Nachsicht und kein Entgegenkommen gab.

»Begreife«, sagte er langsam, »daß ich ihm sein Leben nicht aus Barmherzigkeit, sondern zur Strafe lasse.«

Sie fuhr zusammen, beobachtete jedes Wort auf seinen Lippen, und als er geendet hatte, verharrte sie in stummer, verständnisloser Reglosigkeit. Ein einzelner großer Regentropfen, ein außerordentlich großer, klarer und schwerer Tropfen, der, wie eine übermenschliche Träne, auf seinem Weg durch den düsteren Himmel schnell und geradenwegs herunterkam, klatschte laut zwischen ihnen auf den trockenen Boden und zersprühte wie eine Sternschnuppe. Sie rang die Hände, verwirrt von einer neuen und unbegreiflichen Angst. Ihr gepeinigtes Flüstern war durchdringender als der schrillste Schrei.

»Was für eine Strafe! Willst du ihn fortführen? Fort von mir? Höre, was ich getan habe... ich war es, die...«

»Ah!« rief Lingard, der das Haus beobachtet hatte.

»Glauben Sie ihr kein Wort, Kapitän Lingard!« schrie Willems vom Eingang her, wo er mit geschwollenen Lidern und entblößter Brust erschienen war. Er hielt die Türpfosten umklammert, warf wilde Blicke um sich und krümmte sich, als sei er dort gekreuzigt. Dann rannte er mit gesenktem Kopf über die Planken, die unter jedem seiner Schritte kurz und dumpf dröhnten, in den Hof.

Sie hörte ihn. Ein flüchtiges Erschauern ging über ihr Gesicht, und die Worte, die sie auf den Lippen hatte, fielen unausgesprochen in ihr umnachtetes Herz; fielen zurück zwischen den Schlamm, das Geröll – und die Blumen, die auf dem Grunde eines jeden Herzens liegen.

# XXI

Als Willems den festen Boden des Hofes unter den Füßen spürte, verlangsamte er seinen Lauf. Er stelzte mit steifen Schritten daher und blickte weder rechts noch links, sondern einzig in Lingards Gesicht, ganz als gebe es nichts anderes mehr in der Welt als dieses bekannte, gefürchtete Gesicht, diesen weißhaarigen, derben, würdevollen Kopf, den er so angestrengt ansah wie jemand, der auf große Entfernung ganz kleine Buchstaben zu lesen versucht. Kaum hatte Willems die Planken hinter sich, da schloß sich die Stille, die von seinen dröhnenden Schritten zerrissen worden war, wieder über dem Hof; die Stille des bewölkten Himmels und der reglosen Luft, die feindselige Stille einer von der Gewißheit kommenden Unwetters bedrückten Erde, die Stille einer Welt, die alle Kräfte sammelt, um dem Sturm zu widerstehen.

Durch diese Stille bahnte Willems sich einen Weg und blieb etwa zwei Meter von Lingard entfernt stehen. Er blieb stehen, weil er einfach nicht weitergehen konnte. Er hatte seinen Lauf noch mit der kühnen Absicht begonnen, dem alten Burschen auf die Schulter zu klopfen. Er hatte nicht geahnt, daß Lingard ihm so gewaltig, so unnahbar vorkommen würde. Es schien ihm, als habe er Lingard nie, niemals zuvor gesehen.

Er versuchte zu sagen: »Glauben Sie nichts ...«

Ein Hustenanfall erstickte das Ende seines Satzes. Gleich darauf schluckte er mühsam und streckte dabei das Kinn vor; Lingard, der ihn scharf beobachtete, sah den dreieckigen, wie den Kopf einer Schlange geformten Knorpel unter der Haut des Halses auf und ab schnellen. Dann regte sich auch der nicht mehr. Nichts regte sich mehr.

»Nun«, sagte Lingard und war mit diesem Wort unerwartet auch schon am Ende seiner Rede angelangt. Die Hand umschloß fest den Griff des Revolvers in der Jackentasche, und es fiel ihm ein, wie rasch er doch seinem Streit mit diesem Mann ein Ende machen könne, den es so danach verlangt hatte, sich in seine Hände zu geben – und wie unangemessen ein solches Ende sein würde! Er konnte den Gedanken nicht ertragen, daß dieser Mann ihm entschlüpfen könnte, indem er sich aus dem Leben fortstahl; daß es ihm gestattet sein sollte, sich vor der Furcht, dem Zweifel und der Reue in die friedliche Gewißheit des Todes zu retten. Jetzt hatte er ihn, und er war nicht gewillt, ihn loszulassen – ihn sich für immer im schwachen blauen Rauch eines Pistolenschusses auflösen zu lassen. Sein Zorn nahm zu. Es war ihm, als berühre eine brennende Hand sein Herz. Nicht seine Brust, sondern das Herz selbst, das zuckende, unermüdliche Teilchen Materie, das auf jede Bewegung der Seele reagiert; das vor Freude, vor Schrecken oder vor Zorn in der Brust hüpft.

Er holte tief Atem. Er sah, wie Willems' nackte Brust sich unter der weitgeöffneten Jacke hob und senkte, und ein Blick zur Seite zeigte ihm, daß auch der Busen der Frau ihren erregten Atemzügen folgend auf und nieder ging und dabei ihre Hand bewegte, die sie mit gespreizten Fingern und gewölbtem Handrücken gegen die Brust gepreßt hielt, als versuche sie, etwas zu umklammern, das für ihre Hand zu groß war. Und so verging fast eine Minute, eine jener Minuten, welche die Rede verstummen lassen, während die Gedanken wie gefangene Vögel im Käfig immer wieder verzweifelt und vergeblich und bis zur Erschöpfung aufflattern.

Während dieser Minute des Schweigens wuchs Lingards Zorn mehr und mehr, er bäumte sich so gewaltig auf wie ein Brecher, der brüllend über eine versteckte Sandbank rast; dieses Dröhnen füllte Lingards Ohren; es war ein so mächtiges, so die Sinne verwirrendes Geräusch, daß er glaubte, der Kopf werde ihm zerspringen, wenn es nicht verstumme. Er musterte den Mann, diese ehrlose Figur, die da steif und stumm mit versteinerten Augen vor ihm stand, als sei die verrottete Seele gerade eben hinausgefahren und der Leichnam habe noch nicht Zeit gefunden, umzufallen. Für den Bruchteil einer Sekunde packte ihn die Befürchtung, seine wütenden Blicke könnten den Schuft getötet haben. Aber nun zuckte Willems mit den Lidern, und diese unbewußte, flüchtige Regung des steif aufgereckten Körpers reizte Lingard wie eine neue Untat. Der Bursche wagte es, sich zu rühren! Er wagte es zu blinzeln, hier, unmittelbar vor seinen Augen wagte er zu atmen und da zu sein! Sein Griff um den Revolver lockerte sich. Seine Verachtung für Schuß- und Stichwaffen, die sich zwischen die Hand und den Gegenstand des Hasses drängen, wuchs in gleichem Maße wie seine Wut. Er wollte eine andere Genugtuung. Bloße Fäuste, beim Himmel! Keine Schußwaffen, sondern Fäuste, die den anderen bei der Kehle packen, die Deckung durchschlagen und formlosen Brei aus dem Gesicht machen; Hände, die die Verzweiflung des Widerstandes spüren und diesen mit dem brutalen Entzücken der lässigen und zugleich rasenden, der innigen und zugleich grausamen Berührung überwinden.

Er ließ den Revolver ganz los und trat gleich darauf mit ausgestrecktem Arm vor – und dann sah er nichts mehr. Er sah weder den Mann noch die Frau, weder den Himmel noch die Erde – er sah gar nichts, es war, als sei er mit diesem einen Schritt aus der sichtbaren Welt hinaus und in eine schwarze Wüste getreten. Im Dunkel um sich her hörte er Schreie, Schreie, die dem melancholischen, kläglichen Geschrei der Seevögel glichen, die auf einsamen Klippen inmitten großer Meere hausen. Dann tauchte plötzlich wenige Zentimeter vor ihm ein Gesicht auf, Willems' Gesicht. Er merkte, daß er mit der linken Hand etwas umklammert hielt. Willems' Kehle... ah! Das Ding, das aussah wie ein Schlangenkopf, das rauf- und runterschnellte ... er drückte fest zu. Er war wieder in der Welt. Er konnte das hastige Flattern der Lider über zwei

Augäpfeln sehen, das Grinsen einer hochgezogenen Lippe, eine Reihe schimmernder Zähne hinter den hängenden Borsten des Schnurrbarts... starke weiße Zähne. Die galt es, in die verlogene Kehle zu schlagen... er zog die rechte Faust an die Schulter und drehte die Knöchel nach außen. Unter seinen Füßen drang das Schreien der Seevögel herauf, Tausender Vögel. Irgend etwas umklammerte seine Beine... was denn, zum Teufel... er schlug einen rechten Geraden, fühlte die Erschütterung bis in die Schultern... merkte plötzlich, daß er auf etwas einschlug, das nur so dastand, ohne sich zu wehren. Sein Herz verkrampfte sich vor Enttäuschung, Wut und Kränkung. Er öffnete rasch die Linke, wie um einen versehentlich aufgenommenen ekelhaften Gegenstand fallen zu lassen, und sah verständnislos zu, wie Willems zurücktaumelte und dabei den weißen Ärmel seiner Jacke vor sein Gesicht hielt. Er sah, wie der Abstand zwischen ihm und jenem Mann wuchs, während er selbst still stand, und konnte sich gar nicht erklären, wie es gekommen war, daß soviel leerer Raum zwischen ihnen lag. Es hätte doch umgekehrt sein müssen. Sie hätten ganz dicht... ah! Willems wollte also nicht kämpfen, wollte sich nicht wehren, sich nicht verteidigen! Ein ehrloser Halunke, ganz offenbar ein Schuft. Er war zutiefst erstaunt und bitterlich gekränkt und so untröstlich wie ein Kind, dem man das Spielzeug weggenommen hat. Er rief ungläubig:
»Willst du denn bis zum Ende betrügen?«
Er wartete auf eine Antwort. Er wartete begierig und mit einer Ungeduld, die ihn fast rasend machte. Er wartete auf ein Wort, ein Zeichen, eine drohende Bewegung. Nichts! Nur zwei Augen funkelten ihn, ohne zu blinzeln, über einen weißen Ärmel hinweg an. Er sah, wie der Arm sich vom Gesicht löste und seitwärts am Körper herabfiel. Ein weiß bekleideter Arm mit einem großen Fleck auf dem weißen Ärmel. Einem roten Fleck. Auf der Wange war eine Platzwunde zu sehen. Sie blutete. Auch die

Nase blutete. Das Blut sickerte herab. Eine Schnurrbarthälfte sah schon aus wie ein dunkler Lappen; Blut lief in einem Rinnsal durch den gestutzten Bart am Kinn entlang. Am Ende einiger zusammengeklebter Haare hing ein Tropfen Blut; er hing dort ein Weilchen und machte dann einen Satz hinunter zur Erde. Diesem Tropfen folgten noch viele; sie sprangen in dichter Reihe, einer nach dem anderen, herunter. Einer landete auf der Brust und rollte sogleich, muntere Haken schlagend, herab wie ein kleines Insekt auf der Flucht; er hinterließ eine schmale dunkle Spur auf der weißen Haut. Lingard schaute sie an, betrachtete die winzigen, emsigen Tropfen, besah, was er angerichtet hatte mit finsterer Befriedigung, mit Ärger, mit Bedauern. Dies ähnelte nicht eigentlich einem Akt der Gerechtigkeit. Er spürte den Wunsch, sich dem Mann zu nähern, ihn sprechen, etwas Abscheuliches, Böses aus seinem Munde zu hören, das die Brutalität dieses Schlages rechtfertigen könnte. Er wollte auf Willems zugehen und bemerkte dabei, daß jemand seine Beine gerade über den Knöcheln gepackt hielt. Instinktiv schlenkerte er mit dem Fuß, brach die Umklammerung und fühlte, daß nun sein anderes Bein von einer Fessel aus warmen, verzweifelten, weichen Armen gehalten wurde. Er sah verwirrt hinunter. Der Körper der Frau lag auf dem Boden hingestreckt wie ein dunkelblauer Fetzen. Sie lag mit dem Gesicht nach unten und umklammerte mit beiden Armen hartnäckig sein Bein. Er sah ihren Kopf, sah das lange schwarze Haar über seinen Fuß und über den festgetretenen Boden gebreitet. Es verdeckte seinen Fuß. Er hörte sie abgerissen und stöhnend atmen und stellte sich ihr unsichtbares Gesicht nahe an seinem Stiefelabsatz vor. Mit einem Tritt in dieses Gesicht könnte er sich befreien. Er wagte keine Bewegung zu machen und rief hinunter: »Laß los! Laß los! Laß los!«

Das einzige Ergebnis dieser Aufforderung war, daß sich der

Druck ihrer Arme noch verstärkte. Unter großer Kraftentfaltung versuchte er, den rechten Fuß heranzuziehen, was ihm auch einigermaßen gelang. Dabei hörte er deutlich ihren Körper über den Boden schleifen, als er sie mit dem Fuß heranzerrte. Er bemühte sich, indem er den Fuß hob, von ihr loszukommen. Er stampfte auf, und eine Stimme sagte scharf: »Sachte, Kapitän Lingard. Sachte!«

Seine Blicke flogen beim Klang dieser Worte zu Willems, und vom jähen Erwachen schlafender Erinnerungen übermannt, stand Lingard still, beschwichtigt von dem unverwechselbaren Klang bekannter Worte. Beschwichtigt wie in den alten Tagen, als sie noch zusammen Handel trieben, als Willems sein Vertrauter, sein hilfreicher Gefährte an abgelegenen und gefährlichen Orten gewesen war, als dieser Bursche, der sich soviel besser in der Gewalt hatte als er, ihm manchen Ärger erspart, ihn vor manch unüberlegter Gewalttat durch das rechtzeitige »Sachte, Kapitän Lingard, sachte« bewahrt hatte. Ein tüchtiger Bursche. Er selbst hatte ihn großgezogen. Das tüchtigste Bürschchen auf den Inseln. Wenn er nur bei ihm geblieben wäre, dann wäre dies alles ... er rief Willems zu: »Sag ihr, daß sie mich loslassen soll, sonst ...«

Er hörte, wie Willems etwas rief, wartete eine Weile und sah dann hinunter; die Frau lag immer noch völlig stumm und regungslos, lang ausgestreckt und mit ihrem Kopf an seinem Fuß. Er wurde von einer nervösen Ungeduld befallen, die irgendwie auch der Angst ähnelte.

»Sag ihr, sie soll loslassen und weggehen, Willems! Ich habe jetzt genug«, rief er.

»Schon gut, Kapitän Lingard«, antwortete Willems ruhig, »sie hat ja losgelassen. Nehmen sie den Fuß von ihrem Haar, sie kann sonst nicht aufstehen.«

Lingard machte einen Satz zur Seite und wirbelte herum. Er sah zu, wie sie sich aufsetzte und das Gesicht mit beiden Händen bedeckte; dann wandte er sich langsam auf dem Absatz und blickte den Mann an. Willems hielt sich sehr aufrecht, doch stand er nicht fest auf den Füßen; er schwankte auf der Stelle hin und her, wie ein Betrunkener, der sich im Gleichgewicht zu halten versucht.

Lingard rief, nachdem er ihn eine Weile angesehen hatte, erbittert und gereizt: »Was hast du zu deiner Entschuldigung vorzubringen?«

Willems kam auf ihn zu. Er ging langsam, wankte ein wenig bei jedem Schritt, und Lingard sah, wie er die Hand zum Gesicht hob und sie dann vor die Augen hielt, als habe er in der Handfläche einen kleinen Gegenstand verborgen, den er heimlich betrachten wolle. Plötzlich wischte er mit einer jähen Bewegung über seine Jacke und hinterließ darauf einen schmierigen Streifen.

»Das war eine rechte Heldentat«, sagte Willems.

Er stand vor Lingard, ein Auge schon fast verschwunden unter der wachsenden Schwellung der Backe, und befühlte immer wieder mechanisch sein verletztes Gesicht; und jedesmal drückte er dann die Hand an eine saubere Stelle der Jacke und bedeckte so die weiße Baumwolle mit blutigen Abdrücken, die aussahen, als stammten sie von einer schrecklichen, mißgestalteten Klaue. Lingard sah ihm schweigend zu. Schließlich hörte Willems auf, das Blut zu stillen, und stand mit hängenden Armen da. Sein Gesicht war entstellt und steif von geronnenem Blut; er sah aus, als sei er dort zur Warnung aufgestellt worden: eine unbegreifliche Gestalt, über und über bedeckt mit schrecklichen, symbolischen, auf den Tod hinweisenden Zeichen. Mit Mühe wiederholte er seinen Vorwurf: »Das war eine rechte Heldentat.«

Lingard erwiderte bitter: »Ich habe also doch eine zu gute Meinung von dir gehabt.«

»Und ich auch von Ihnen. Begreifen Sie denn nicht, daß ich

den Esel dort drüben hätte töten, den ganzen Laden niederbrennen und vom Angesicht der Erde vertilgen lassen können? Wenn das meine Absicht gewesen wäre, dann hätten Sie nicht mal mehr ein Häufchen Asche gefunden. Das alles hätte ich tun können, aber ich wollte nicht.«

»Du – konntest – nicht. Du hast es nicht gewagt, du Schurke!« rief Lingard.

»Was hat es für einen Sinn, mich zu beschimpfen?«

»Sehr wahr«, entgegnete Lingard, »es gibt gar kein Schimpfwort, das schlecht genug für dich wäre.«

Es folgte ein kurzes Schweigen. Bei dem schnellen Wortwechsel war Aissa, die bislang bekümmert und niedergeschlagen an der Erde gekauert hatte, aufgestanden und hatte sich den beiden Männern genähert. Sie stand etwas abseits und mühte sich mit aller Kraft, zu begreifen, was vorging; dabei stand in ihren Augen der irre, gehetzte Ausdruck eines Menschen, dessen Leben davon abhängt, daß er die Bedeutung jener in einer fremden Sprache hervorgestoßenen Sätze begreift: die verhängnisvolle, schicksalhafte Bedeutung, die in dem Klang der unverständlichen Worte lauert, in den erstaunlichen, unbekannten, wunderlichen Lauten.

Willems ließ Lingards Worte vorübergehen, ja, er schien ihnen mit einer leichten Handbewegung dabei helfen zu wollen, sich den anderen Schatten der Vergangenheit beizugesellen. Dann sagte er: »Sie haben mich geschlagen; Sie haben mich beleidigt ...«

»Dich beleidigt!« unterbrach Lingard heftig. »Wer, was kann dich denn beleidigen ... du ... du ...«

Er erstickte fast und tat einen Schritt vorwärts.

»Sachte! Sachte!« sagte Willems ruhig. »Ich versichere Ihnen, daß ich mich nicht wehren werde. Begreifen Sie das endlich? Ich – werde – keinen – Finger – rühren.«

Bei diesen Worten, deren jedes er mit einem leichten Nicken

unterstrich, starrte er Lingard an. Sein rechtes Auge war weit geöffnet, das linke aber klein und schon fast ganz von der Schwellung geschlossen, die sich über die Hälfte seines Gesichtes zog, das nun so verzerrt aussah wie ein Gesicht in einem konkaven Spiegel. Sie standen sich genau gegenüber: der eine groß, schlank und entstellt; der andere groß, breit und unnachsichtig.

Willems sagte:

»Wenn ich es darauf abgesehen hätte, Ihnen etwas anzutun oder Sie zu töten, so wäre es ein leichtes für mich gewesen. Ich habe lange genug im Eingang gestanden. Ich hätte auf Sie schießen können – und Sie wissen, wie gut ich treffe.«

»Du hättest mich verfehlt«, sagte Lingard mit Bestimmtheit. »Es gibt noch so etwas wie Gerechtigkeit in der Welt.«

Der Klang dieses Wortes von seinen eigenen Lippen ließ ihn verstört verstummen, als sei ihm unerwartet ein Tadel erteilt worden, auf den es keine Antwort gab. Der Zorn seines beleidigten Stolzes, die Wut seines gekränkten Herzens waren in dem Schlag verpufft, den er Willems versetzt hatte, und er empfand nur noch, daß er einer außerordentlichen Infamie gegenüberstand – etwas Unbestimmtem, Abscheulichem und Schrecklichem, das ihn auf allen Seiten zu umgeben, ihn mit schattenhaften, verstohlenen Bewegungen zu umschleichen schien wie eine Mörderbande in der Dunkelheit weitläufiger, unsicherer Orte. Gab es denn auf der Welt wirklich so etwas wie Gerechtigkeit? Er heftete einen so eindringlichen Blick auf den Mann vor sich, daß ihm war, als schaue er durch ihn hindurch; schließlich gewahrte er nur noch einen fließenden Nebel mit menschlichem Umriß. Würde dieser Nebel beim ersten Anhauch des Windes zerwehen, ohne etwas zurückzulassen?

Beim Klang von Willems' Stimme fuhr er heftig zusammen. Willems sagte:

»Ich habe stets ein gesittetes Leben geführt; das ist Ihnen bekannt. Sie haben mich immer meiner Beständigkeit wegen gelobt; Sie wissen sehr gut, daß Sie das getan haben. Sie wissen auch, daß ich niemals gestohlen habe – falls Sie etwa daran denken sollten. Ich habe nur geborgt. Sie kennen den Betrag, den ich zurückgezahlt habe. Ich habe mich geirrt. Aber bedenken Sie auch, in welcher Lage ich dort war. Ich hatte in meinen Privatangelegenheiten ein wenig Pech gehabt und auch einige Schulden gemacht. Sollte ich deshalb vor den Augen all jener, die mich beneideten, ins Unglück geraten? Aber das ist alles vorbei. Es war ein Irrtum, und ich habe dafür bezahlt. Ein Irrtum.«
Lingard, dem es die Sprache verschlagen hatte, schaute zu Boden. Er sah Willems' nackte Füße. Als der andere nun verstummte, wiederholte er tonlos: »Ein Irrtum also…«
»Ganz recht«, näselte Willems nachdenklich und fuhr lebhafter fort: »Ich habe, wie schon gesagt, stets ein anständiges Leben geführt. Anständiger als Hudig und als Sie selbst. Ja, auch als Sie. Ich habe ein bißchen getrunken und ein bißchen Karten gespielt. Wer tut das nicht? Aber von Jugend an habe ich Grundsätze gehabt. Jawohl, Grundsätze. Geschäft ist Geschäft, und ich bin nie ein Esel gewesen. Narren habe ich nie geachtet. Wenn sie mit mir zu tun hatten, mußten sie für ihre Dummheit bezahlen. Die Schuld dafür traf sie, nicht mich. Was aber die Grundsätze betrifft, so ist das etwas anderes. Von Frauen habe ich mich stets zurückgehalten. Es ist verboten – ich hatte auch keine Zeit, ich verabscheute sie. Jetzt hasse ich sie!«
Er streckte ein wenig die Zunge heraus, eine Zunge, deren feuchte rosige Spitze zwischen seinen geschwollenen, schwärzlichen Lippen hierhin und dorthin schoß, als führe sie ein unabhängiges Leben; er berührte die Platzwunde auf seiner Wange mit den Fingerspitzen, betastete sie vorsichtig rund herum:

und die unverletzte Seite seines Gesichtes schien für einen Augenblick ganz ausgefüllt von der Sorge um das Befinden der anderen Seite, die so steif und wund war.

Wieder begann er zu sprechen, und seine Stimme bebte von einer unterdrückten Gemütsbewegung.

»Wenn Sie meine Frau in Makassar treffen, können Sie sie fragen, ob ich nicht Grund habe, sie zu hassen. Sie war ein Nichts, und ich habe eine Frau Willems aus ihr gemacht. Ein Mischlingsmädchen! Fragen Sie sie, wie sie mir ihre Dankbarkeit bewiesen hat. Fragen Sie ... nun, lassen wir das. Aber Sie, Sie haben mich ja einfach wie eine Tonne Müll abgeladen, mich hier ausgesetzt ohne Beschäftigung, mit höchst fatalen Erinnerungen und fast ohne Hoffnung. Sie haben mich der Gnade und Barmherzigkeit dieses verrückten Almayer überantwortet, der mich verdächtigte. Weswegen? Das weiß nur der Teufel. Aber er verdächtigte und haßte mich von Anfang an, vermutlich, weil Sie mir Freundschaft erwiesen. Oh! Ich konnte wie in einem Buch in ihm lesen. Ihr Teilhaber in Sambir ist nicht sehr scharfsinnig, Kapitän Lingard, aber er kann sehr unangenehm sein. Monate vergingen. Ich glaubte, ich würde an schierem Überdruß sterben, oder an meinen Gedanken und meinen Gewissensbissen. Und dann ...«

Er trat schnell an Lingard heran, und auch Aissa kam näher, als werde sie von dem gleichen Gedanken, dem gleichen Instinkt und von dem Impuls seines Willens getrieben. Sie standen eng beisammen, und beide Männer fühlten, wie die reglose Luft zwischen ihren Gesichtern durch den leichten Atem der ängstlichen Frau aufgestört wurde, die sie beide mit verständnislosen, verzweifelten und erstaunten Blicken aus verstörten und traurigen Augen umfaßte.

# XXII

Willems wandte sich ein wenig von ihr weg und sprach leiser. »Sehen Sie sich das an«, sagte er mit einer fast unmerklichen Kopfbewegung gegen die Frau hin, der er die Schulter zuwandte. »Sehen Sie sich das an! Glauben Sie ihr nichts! Was hat sie Ihnen erzählt? Was? Ich habe geschlafen. Schließlich mußte ich auch einmal schlafen. Ich habe drei Tage und drei Nächte auf Sie gewartet. Irgendwann mußte ich also schlafen, nicht wahr! Ich habe ihr befohlen, wach zu bleiben und nach Ihnen Ausschau zu halten und mich sofort zu rufen. Aufgepaßt hat sie. Man darf ihr nicht glauben, man darf keiner Frau glauben. Wer kann sagen, was in den Köpfen der Frauen vorgeht? Niemand. Man weiß überhaupt nichts. Das einzige, was man wissen kann, ist, daß es jedenfalls etwas ganz anderes ist, als was über ihre Lippen kommt. Man lebt mit ihnen Seite an Seite und weiß nur: es sieht aus, als ob sie liebten, es sieht aus, als ob sie haßten. Sie quälen oder sie sind zärtlich; sie gehen auf und davon oder hängen sich, aus einem unerfindlichen und schrecklichen Grund, den man nie begreift, an wie die Kletten. Sehen Sie sie an und sehen Sie mich an. Mich! – ihr höllisches Werk. Was hat sie erzählt?«

Seine Stimme war zu einem Flüstern herabgesunken. Lingard lauschte aufmerksam, das Kinn und den weißen Bart in die Hand gestützt. Den Ellenbogen stützte er in die andere Hand, und die Augen hielt er immer noch gesenkt. Er murmelte, ohne aufzusehen: »Wenn du es wissen willst – sie bat mich um dein Leben. Als ob dein Leben noch wert wäre, verschenkt oder entgegengenommen zu werden!«

»Und drei Tage lang hat sie mich angefleht, Ihnen das Ihre zu nehmen«, sagte Willems schnell. »Drei Tage lang hat sie mir keine Ruhe gelassen. Keinen Augenblick konnte sie stillsitzen. Sie plante Hinterhalte, suchte überall nach Stellen, an denen ich mich verstecken und von wo aus ich Sie mühelos über den Haufen schießen könnte, sobald Sie auftauchten. Das ist die Wahrheit, ich gebe Ihnen mein Wort darauf.«

»Dein Wort!« murmelte Lingard verächtlich.

Willems achtete nicht darauf.

»Ah! Sie ist ein grausames Geschöpf«, fuhr er fort. »Sie haben ja keine Ahnung... mir lag nur daran, die Zeit hinzubringen – irgendwas zu unternehmen – an irgendwas zu denken, bis Sie zurückkämen. Und... sehen Sie sie an... Sie hat mich einfach in Besitz genommen, als gehörte ich nicht mir selbst. Jawohl. Ich wußte gar nicht, daß etwas in mir war, wovon sie Besitz ergreifen konnte. Sie, eine Wilde. Ich, ein zivilisierter, intelligenter Europäer! Sie, die nicht mehr Verstand hatte als ein wildes Tier! Nun, sie hat etwas in mir aufgespürt. Sie hat es aufgespürt, und ich war verloren. Ich wußte es. Sie quälte mich. Ich war zu allem bereit. Ich weigerte mich noch – aber ich war doch bereit. Auch das wußte ich. Und das ängstigte mich mehr als alles andere, mehr als meine eigenen Leiden. Und die, das kann ich Ihnen versichern, waren gräßlich genug.«

Lingard lauschte fasziniert und verblüfft wie ein Kind, dem ein Märchen erzählt wird, und als Willems eine Atempause machte, scharrte er ungeduldig mit den Füßen.

»Was sagt er?« rief Aissa plötzlich.

Beide Männer sahen schnell zu ihr hin und wechselten dann einen Blick miteinander.

Willems begann wieder hastig zu sprechen:

„Ich versuchte etwas zu unternehmen, sie von ihren Leuten loszureißen. Ich ging zu Almayer, dem größten, hirnverbranntesten Narren, den man je... dann kam Abdulla – und sie ging fort. Dabei nahm sie etwas von mir mit, das ich zurück haben muß. Ich mußte es also tun. Was Sie angeht, so hätte es hier früher oder später doch eine Veränderung gegeben; Sie hätten nicht für immer hier der Herr bleiben können. Mich quält auch gar nicht so sehr, was ich getan habe, als warum ich es getan habe. Mich quält dieser Irrsinn, der mich dazu getrieben hat, das, was über mich gekommen ist. Das kann sich eines Tages wiederholen.«

»Ich kann dir versprechen, daß es dann niemandem mehr schaden wird«, versetzte Lingard bedeutungsvoll.

Willems sah ihn verständnislos an und fuhr gleich darauf fort:

»Ich versuchte, mich gegen sie zu wehren. Sie stachelte mich zu Gewalttätigkeiten an, zum Mord. Kein Mensch begreift, warum. Sie hetzte mich unaufhörlich und geradezu verzweifelt. Glücklicherweise war Abdulla vernünftig. Ich weiß nicht, was ich sonst getan hätte. Sie hatte mich in ihrer Gewalt, hielt mich gepackt wie ein Alptraum, der entsetzlich und zugleich süß ist. Nach und nach änderte sich das. Ich erwachte. Ich entdeckte, daß ich neben einem Tier lebte, das so bösartig ist wie eine Wildkatze. Sie wissen nicht, was ich durchgemacht habe. Ihr Vater versuchte, mich zu töten – und daraufhin hätte sie beinahe ihn getötet. Ich glaube, sie wäre vor nichts zurückgeschreckt. Ich weiß gar nicht, was von beidem schrecklicher gewesen wäre! Sie wäre vor nichts zurückgeschreckt, um ihren Besitz zu verteidigen. Und wenn ich daran denke, daß ich dieser Besitz war, ich, Willems... ich hasse sie. Vielleicht verlangt sie morgen mein Leben. Woher soll ich wissen, was in ihr vorgeht? Nächstens wird sie vielleicht mich töten wollen!«

Er verstummte außerordentlich bestürzt und sagte dann verängstigt: »Ich will hier nicht sterben.«

»Wirklich nicht?« fragte Lingard gedankenvoll.

Willems wandte sich zu Aissa und zeigte mit einem abgemagerten Zeigefinger auf sie:

»Sehen Sie sie an! Sie ist immer da, immer in meiner Nähe. Immer beobachtet sie, paßt auf, wartet auf etwas. Betrachten Sie ihre Augen. Sind sie nicht riesig? Starren sie nicht förmlich? Man sollte gar nicht glauben, daß sie sie schließen kann wie andere Menschen. Ich glaube auch nicht, daß sie es je tut. Wenn ich Schlaf finde, dann schlafe ich unter ihrem Blick ein, und wenn ich aufwache, starren mich diese Augen immer noch an und bewegen sich ebensowenig wie die Augen eines Leichnams. Solange ich mich nicht rühre, bewegen auch sie sich nicht. Bei Gott – sie kann die Augen nicht bewegen, ehe ich mich bewege, und dann folgen sie mir wie zwei Gefängniswärter. Sie beobachten mich; wenn ich stehenbleibe, dann warten sie glänzend und geduldig darauf, daß ich einmal nicht aufpasse – denn dann möchten sie etwas – irgendwas – unternehmen, etwas Grauenhaftes. Betrachten Sie sie! Sie können nichts in ihnen sehen. Sie sind groß, drohend – und leer. Die Augen einer Wilden; einer verfluchten Mischlingsfrau, halb Araberin, halb Malaiin. Sie tun mir weh! Ich bin ein Weißer! Ich schwöre Ihnen, daß ich das nicht aushalte! Nehmen Sie mich hier weg. Ich bin weiß! Weiß!«

Er brüllte zum düsteren Himmel hinauf, und unter den sich drohend zusammenziehenden Wolken proklamierte er verzweifelt die Tatsache seiner reinblütigen und höherwertigen Abstammung. Er brüllte mit zurückgeworfenem Kopf und wild gestikulierenden Armen; ein hochgewachsener Irrer, mager, abgerissen, entstellt, machte er da großen Lärm um etwas Unfaßbares; ein groteskes, abstoßendes, rührendes und komisches Geschöpf. Lingard, der wie in tiefe Gedanken verloren zu Boden schaute, warf ihm von unten her einen schnellen Blick zu. Aissa stand mit ineinandergekrampften Händen da. Am anderen Ende des Hofes erhob sich die alte Frau lautlos wie ein verblichenes, gebrechliches Gespenst, um einen Blick herüberzuwerfen, dann ließ sie sich verstohlen wieder zusammensinken und beugte sich tief über das schwach glühende Feuer. Willems' Stimme füllte den Hof, wurde mit jedem Wort lauter und hörte, als sie ihre größte Lautstärke erreicht hatte, so plötzlich auf, wie Wasser aufhört, aus einem umgestürzten Behälter zu fließen. Kaum war die Stimme verstummt, als der Donner ihre Rolle zu übernehmen schien, der dumpf grollend aus den landeinwärts gelegenen Bergen herüberdröhnte. Sein verworrenes Murren wurde immer lauter, schwoll zu einem Getöse an, das näher kam, den Fluß hinunterbrauste, mit einem reißenden Knall vorüberfegte, sogleich leiser wurde und in dumpfen, monotonen Wiederholungen irgendwo zwischen den zahllosen Windungen des Unterlaufes erstarb. Über den großen Wäldern, über dem zahllosen Volk der unbeweglichen Bäume – über diesem reglosen, stummen, gewaltigen, lebendigen Volk – lag nun die Stille, die dem vorübereilenden Tumult auf den Fersen gefolgt war, so tief und vollkommen hingebreitet, als sei sie seit Anbeginn der Welt niemals gestört worden. Durch diese Stille hindurch vernahm Lingard nach einer Weile das Rauschen des Flusses: leise, verhalten, traurig, wie die zarten, eindringlichen Stimmen, die in der Stille der Träume von vergangener Zeit sprechen.

Er fühlte große Leere im Herzen. Es schien ihm, als sei in seiner Brust ein weiter, lichtloser Raum, wo seine Gedanken verloren umherwanderten, unfähig zu entkommen, unfähig auszuruhen, unfähig zu sterben, sich aufzulösen – und ihn von dem schrecklichen Druck ihrer Gegenwart zu befreien. Worte, Taten, Zorn und Vergebung – das alles schien ihm gleich sinnlos und vergeblich, schien ihm unbefriedigend und nicht der Anstrengung von Hand und Kopf wert, die benötigt wurde, um sie wirksam werden zu lassen. Er sah nicht ein, warum er nicht bis ans Ende der Zeiten an dieser Stelle stehenbleiben sollte, ohne überhaupt etwas zu tun. Er fühlte, daß ihn etwas hier festhielt wie eine schwere Kette. So ging es nicht. Er trat ein wenig von Willems und Aissa zurück, die dicht beieinander standen, blieb stehen und betrachtete sie. Es kam ihm vor, als seien der Mann und die Frau viel weiter von ihm entfernt, als sie es tatsächlich waren. Er war nur etwa drei Schritte zurückgetreten, glaubte aber für einen Moment, daß ein weiterer Schritt ihn für immer aus ihrer Hörweite entfernen werde. Sie schienen ihm etwas weniger als lebensgroß, scharf umrissen und wie Gestalten, die von einer sehr geschickten Hand mit großer Treue nachgebildet worden sind. Er nahm sich zusammen. Das starke Bewußtsein seiner eigenen Persönlichkeit kam ihm zurück. Es schien ihm, als sehe er von einer großen und unersteigbaren Höhe auf sie hinunter.

Er sagte langsam: »Du bist von einem Teufel besessen gewesen.«

»Ja«, antwortete Willems trübe mit einem Blick auf Aissa, »ist er nicht hübsch?«

»Ich kenne solche Redensarten«, sagte Lingard spöttisch; nach kurzem Schweigen fuhr er ungerührt fort: »Ich bedaure nichts. Ich habe dich am Kai wie eine verhungernde Katze aufgegriffen. Ich bedaure nichts, nichts von dem, was ich getan habe. Abdulla, zwanzig andere, und bestimmt auch Hudig waren hinter mir her. Für die bedeutete das ein Geschäft. Aber daß du... Geld gehört dem, der es aufliest und die Kraft hat, es zu halten – dies hier war aber etwas anderes. Es war ein Teil meines Lebens... ich bin ein alter Narr.«

Das war er. Der Hauch seiner Worte, jener Worte, die er da sagte, entfachte den Funken göttlicher Torheit in seiner Brust, den Funken, der ihn, den dickköpfigen, täppischen Abenteurer, aus der Masse heraushob, aus der dreckigen, jauchzenden, gewissenlosen, lärmenden Masse der Menschen, die ihm so sehr ähnelten.

Willems sagte eilig: »An mir lag es nicht, die Schuld ist nicht bei mir, Kapitän Lingard.«

»Wo denn sonst – der Teufel hole dich! Wo sonst?« unterbrach Lingard laut. »Hast du je gesehen, daß ich betrogen, gelogen und gestohlen habe? Was? Wie? Ich möchte doch wissen, welche Hölle dich ausgespien hatte, als ich dich von der Straße auflas... na, einerlei. Du wirst keinen Schaden mehr anrichten.«

Willems trat näher und sah ihn angstvoll an. Lingard fuhr mit großem Nachdruck fort:

»Was hast du denn erwartet, als du mich riefest? Was? Du kennst mich. Ich bin Lingard. Du bist lange genug mit mir zusammen gewesen. Du hast gehört, was die Leute von mir sagen. Du wußtest, was du getan hattest. Was also hast du erwartet?«

»Wie soll ich das wissen!« ächzte Willems mit gerungenen Händen; »ich war ja allein inmitten dieser teuflischen Horde von Wilden. Ich war ihnen ausgeliefert. Nachdem die Sache geschehen war, fühlte ich mich so schwach und verloren, daß ich auch den Teufel zu Hilfe gerufen hätte, wenn er mir noch hätte nützen können – und nicht ohnehin schon sein Teil beigetragen hätte. Auf der ganzen Welt gibt es nur einen Menschen, der sich je etwas aus mir gemacht hat. Einen einzigen weißen Mann. Sie! Haß ist besser als Einsamkeit! Der Tod ist besser! Ich erwartete... irgendwas. Irgend etwas, das mich aus meiner Lage befreien, mich von der Gegenwart dieser Frau erlösen sollte!«

Er lachte. Das Gelächter schien gegen seinen Willen aus ihm herausgepreßt zu werden, schien gewaltsam aus dem Sumpf seiner Bitterkeit, seiner Selbstverachtung, dem verzweifelten Staunen über seinen eigenen Charakter an die Oberfläche zu steigen.

»Wenn ich daran denke, daß ich in den ersten Tagen mit ihr fürchtete, mein ganzes Leben würde nicht ausreichen, um... Und wenn ich bedenke, daß von meinem ganzen Leben, meiner Vergangenheit, meiner Zukunft, von meiner Klugheit und meiner Arbeit nichts übriggeblieben ist als sie, die Ursache meines Verderbens, und Sie, den ich tödlich beleidigt habe...«

Er verbarg sein Gesicht in den Händen, und als er sie fortnahm, hatte der Ausdruck relativer Gefaßtheit einer wilden Verzweiflung Platz gemacht.

»Kapitän Lingard... alles... eine verlassene Insel... irgendwo... ich verspreche Ihnen...«

»Halt dein Maul!« schrie Lingard grob.

Dann verstummte er ganz und gar.

Das fahle Licht des bewölkten Morgenhimmels zog sich langsam aus dem Hof zurück, wich aus den Rodungen, verschwand vom Fluß, als zaudere es noch, sein Versteck in den rätselvollen Einsamkeiten der finsteren, schweigenden Wälder aufzusuchen. Über ihren Köpfen verdichteten sich die Wolken zu einem Gewölbe von einförmiger Schwärze. Die Luft war ruhig und unbeschreiblich drückend. Lingard knöpfte die Jacke auf, öffnete sie weit und fuhr sich, ein wenig seitwärts geneigt, mit den Fingern über die Stirn. Dann schlenkerte er die Schweißtropfen von der Hand und sah Willems an.

»Ein Versprechen von dir hat für mich keinen Wert. Ich werde dir dein Verhalten genau vorschreiben. Achte auf das, was ich dir jetzt sage. Du bist mein Gefangener.«

Willems neigte unmerklich den Kopf; dann erstarrte er. Er schien nicht zu atmen.

»Du wirst hierbleiben«, fuhr Lingard mit finsterem Nachdruck fort. »Du gehörst nicht unter anständige Menschen. Wer kann ahnen, sich vorstellen, erraten, was in dir verborgen ist? Ich habe es nicht gekonnt! Du bist der Mißgriff meines Lebens. Ich werde dich hier verstecken. Ließe ich dich gehen, dann würdest du dich unter nichtsahnende Menschen mischen und für ein bißchen Geld oder für eine Frau lügen, stehlen und betrügen. Ich will dich nicht erschießen. Es wäre zwar das sicherste, aber ich will es nicht. Erwarte nicht, daß ich dir verzeihe. Um zu verzeihen, muß man erst Zorn und dann Verachtung empfinden, und in mir ist jetzt gar nichts, kein Zorn, keine Verachtung, keine Enttäuschung. Für mich bist du nicht Willems, der Willems, dessen Freund ich war, dem ich durch dick und dünn beigestanden, von dem ich viel gehalten habe ... du bist kein menschliches Wesen, das man vernichten oder dem man vergeben kann. Du bist nur ein bitterer Gedanke, ein körperloses Etwas, und das muß versteckt werden ... du bist meine Schande.« Er verstummte und sah sich langsam um. Wie dunkel es war! Es schien ihm, als sterbe das Licht vorzeitig aus der Welt und als sei die Luft schon tot.

»Selbstverständlich«, fuhr er fort, »werde ich dafür sorgen, daß du nicht verhungerst.«

»Sie wollen doch nicht etwa sagen, daß ich hierbleiben muß, Kapitän Lingard?« sagte Willems mechanisch und ohne jede Betonung.

»Hast du mich je etwas sagen hören, was ich nicht auch gemeint habe?« fragte Lingard. »Du hast gesagt, daß du hier nicht sterben willst – nun, dann mußt du leben ... es sei denn, du änderst deine Absicht«, fügte er hinzu, als sei ihm das noch nachträglich eingefallen.

Er sah Willems scharf an und schüttelte dann den Kopf.

»Du bist allein«, fuhr er fort, »nichts und niemand kann dir helfen. Du bist weder weiß noch braun. Du hast ebensowenig eine Hautfarbe wie du ein Herz hast. Deine Komplicen haben dich mir überlassen, weil ich jemand bin, mit dem man immer noch rechnen muß. Du bist allein, bis auf diese Frau dort. Du sagst, daß du alles ihretwegen getan hast. Bitte, da hast du sie.«

Willems murmelte etwas vor sich hin, fuhr sich dann plötzlich mit beiden Händen in die Haare und blieb so stehen. Aissa, die ihn angesehen hatte, wandte sich Lingard zu.

»Was hast du gesagt, Raja Laut?« schrie sie.

Ein leichter Hauch blies in die feinen Strähnen ihres wirren Haares, die Büsche am Fluß erzitterten, der große Baum über ihnen nickte und raschelte plötzlich, als erwache er zusammenschreckend aus unruhigem Schlaf – und der Hauch der heißen Brise strich leicht, schnell und sengend unter den hohen Wolken dahin, die in geballten, doch wallenden Massen umeinanderwirbelten wie das ruhelose Gespenst einer düsteren See. Lingard betrachtete Aissa mitleidig, ehe er erwiderte: »Ich habe ihm gesagt, daß er sein ganzes Leben hier verbringen muß ... mit dir zusammen.«

Die Sonne schien endlich wie ein flackerndes Licht hoch hinter den Wolken erloschen zu sein, und im erstickenden Halbdunkel des Hofes standen die drei Gestalten farblos und schattenhaft, wie in einen schwarzen, überhitzten Nebel gehüllt. Aissa sah Willems an, der stocksteif dastand, als sei er in der Gebärde des Haarausraufens zu Stein geworden. Dann schrie sie Lingard zu: »Du lügst! Du lügst ... weißer Mann. Du lügst wie alle Weißen. Du ... den Abdulla klein gemacht hat. Du lügst!«

Ihre Worte klangen schrill und giftig, vergiftet von ihrer heimlichen Verachtung und dem übermächtigen Verlangen, ohne Rücksicht auf die Folgen zu verwunden; sie zeugten von dem bedenkenlosen, ganz weiblichen Wunsch, koste es, was es wolle, Leiden zu verursachen, und zwar durch den Klang der eigenen Stimme, der Stimme, die das Gift der Gedanken in das verhaßte Herz tragen soll.

Willems ließ die Arme sinken und begann wieder zu murmeln. Lingard wandte unwillkürlich das Ohr hin, fing etwas auf, das so klang wie »Also gut«, dann noch einen Seufzer.

»Soweit die übrige Welt in Betracht kommt«, sagte Lingard, nachdem er noch eine Weile in lauschender Haltung dagestanden hatte, »ist dein Leben zu Ende. Niemand wird in der Lage sein, mir deine Schurkenstreiche vorzuhalten; niemand wird auf dich zeigen und sagen können: da geht das schuftige Produkt von Lingards Erziehung. Du bist hier begraben.«

»Und glauben Sie wirklich, daß ich hierbleiben..., daß ich mich fügen werde?« stieß Willems hervor, als ob er plötzlich die Sprache wiedergefunden hätte.

»Du brauchst nicht hierzubleiben – nicht gerade hier, an dieser Stelle«, sagte Lingard trocken. »Dort sind die Wälder – und hier ist der Fluß. Du kannst gerne schwimmen. Fünfzehn Meilen stromauf, oder vierzig stromab. An dem einen Ende erwartet dich Almayer und an dem anderen das Meer. Du kannst wählen.«

Er brach in ein kurzes, freudloses Gelächter aus und fügte dann mit tiefem Ernst hinzu: »Es gibt auch einen anderen Weg.«

»Wenn Sie meine Seele in die ewige Verdammnis stoßen wollen, indem Sie mich zum Selbstmord zu treiben versuchen, dann bemühen Sie sich umsonst«, versetzte Willems in wilder Erregung. »Ich will leben. Ich werde Buße tun. Vielleicht kann ich fliehen... schaffen Sie das Weib weg – sie ist die Sünde.«

Ein gezackter, greller Blitz spaltete die Dunkelheit am fernen Horizont und erhellte die düstere Erde mit einer blendenden, grausigen Flamme. Dann hörte man in der Ferne den Donner mit unvorstellbar gewaltiger Stimme Drohungen murmeln.

Lingard sagte:

»Es ist mir gleich, was geschieht, ich mache dich aber darauf aufmerksam, daß dein Leben ohne diese Frau nichts wert ist – keinen Pfennig. Es gibt hier einen Kerl, der ... Abdulla selbst würde übrigens auch keine Umstände machen. Bedenke das! Außerdem will sie gar nicht weggehen.«

Noch während er sprach, ging er langsam auf das kleine Tor zu. Er sah sich nicht um, war aber so gewiß, daß Willems ihm folge, als führe er ihn an einer Leine. Kaum war er durch das Tor in den großen Hof gelangt, als er hinter seinem Rücken eine Stimme hörte:

»Ich glaube, sie hat recht gehabt. Ich hätte Sie erschießen sollen. Schlimmer hätte es mir dann auch nicht gehen können.«

»Es ist noch Zeit«, antwortete Lingard, ohne stehenzubleiben oder sich umzuwenden. »Aber du bringst es nicht fertig. Nicht einmal dazu reicht es.«

»Reizen Sie mich nicht, Kapitän Lingard«, rief Willems.

Lingard drehte sich scharf herum. Willems und Aissa blieben stehen. Ein zweiter Gabelblitz zerschlitzte die Wolken über ihnen und warf sein grelles Licht auf ihre Gesichter – ein gewaltsames, unheimliches, flüchtiges Licht; und im gleichen Augenblick wurden sie von einem ganz nahen, einzelnen Donnerschlag betäubt, auf den ein Rauschen folgte, das wie das ängstliche Seufzen der erschreckten Erde klang.

»Dich reizen!« rief der alte Abenteurer, sobald er sich verständlich machen konnte, »dich reizen! Haha! Was gibt es in dir schon zu reizen? Aber was kümmert mich das überhaupt!«

»So können Sie leicht reden, weil Sie wissen, daß ich auf der ganzen Welt – auf der ganzen Welt, keinen Freund besitze«, klagte Willems.

»Und wer ist daran schuld?« fragte Lingard scharf.

Nach dem gewaltigen Lärm klangen ihnen ihre eigenen Stimmen recht kümmerlich – dünn und schwächlich wie die Stimmen von Zwergen, und vielleicht verstummten beide aus diesem Grunde. Vom Hof her näherten sich Lingards Bootsleute und gingen hintereinander im gleichen Schritt vorüber, die Paddel auf den Schultern, die Köpfe erhoben und die Blicke auf den Fluß gerichtet. Ali, der als letzter ging, blieb straff aufgerichtet vor Lingard stehen und meldete:

»Der einäugige Babalatchi ist mitsamt seinen Frauen verschwunden. Er hat alles mitgenommen, Töpfe und Kisten. Drei große, schwere Kisten.«

Er grinste, als sei dies ein amüsanter Vorfall, und fügte dann mit besorgter Miene hinzu: »Der Regen kommt.«

»Wir fahren jetzt zurück«, sagte Lingard. »Macht euch fertig.«

»Jawohl Sir«, antwortete Ali knapp und ging weiter. Ehe er sich entschlossen hatte, als Almayers Aufseher in Sambir zu bleiben, war er als Maat auf Lingards Schiff gefahren. Er stolzierte zur Lände in dem erhebenden Bewußtsein, anders zu sein als diese unwissenden Bootsleute; er verstand es, dem größten aller weißen Kapitäne auf gehörige Weise zu antworten.

»Sie haben mich von Anfang an mißverstanden, Kapitän Lingard«, bemerkte Willems.

»So? Nun, das macht nichts, wenn du nur mich jetzt nicht mißverstehst«, erwiderte Lingard und schlenderte dem Ufer zu. Willems folgte ihm, und Aissa folgte Willems. Zwei Arme wurden ausgestreckt, um Lingard an Bord zu helfen. Schwer und behutsam stieg er in das lange, schmale Kanu und nahm auf dem Klappstuhl Platz, der mittschiffs aufgestellt worden war. Er lehnte sich zurück und wandte sich den beiden Gestalten zu, die ein wenig über ihm am Ufer standen. Aissa starrte ihn an und erwartete mit sichtbarer Ungeduld seine Abfahrt. Willems' Blicke gingen über das Kanu nach den Wäldern auf der anderen Seite des Flusses.

»Los, Ali«, sagte Lingard leise.

Die Gesichter der Paddler belebten sich, und ein gedämpftes Murmeln lief von einem zum andern. Der Mann am Bug stieß das Kanu mit dem Paddel vom Ufer ab, heraus aus dem unbewegten Wasser und in die Strömung. Der Bug wurde von den heranrauschenden braunen Wassern schnell herum gedrückt, und das Heck streifte sachte das flache Ufer.

»Wir werden uns wiedersehen, Kapitän Lingard!« rief Willems mit unsicherer Stimme.

»Niemals!« erwiderte Lingard, der sich halb im Stuhl umgedreht hatte, um Willems anzusehen. Seine harten roten Augen funkelten unerbittlich über der hohen Lehne seines Stuhles.

»Müssen auf andere Seite, Strömung dort schwächer«, sagte Ali.
Er stieß nun seinerseits mit aller Kraft das Boot ab und beugte sich leichtsinnig weit über das Heck. Er gewann im letzten Augenblick das Gleichgewicht zurück, kauerte auf dem Achterdeck wie ein Affe unter dem Dach seines Käfigs und rief: »Dayong!«
Die Paddel tauchten gleichzeitig ins Wasser. Das Kanu schoß davon, überquerte stetig und unaufhaltsam den Fluß auf dem schrägen Kurs, den seine eigene Geschwindigkeit und die Strömung ihm vorschrieben.
Lingard blickte nach achtern und betrachtete das Ufer. Die Frau drohte ihm mit der Hand und kauerte sich dann zu Füßen des Mannes nieder, der reglos dastand. Nach einer Weile erhob sie sich – sie reichte ihm gerade bis zur Schulter – und Lingard sah nun, daß sie einen Zipfel ihres Tuches angefeuchtet hatte und versuchte, das getrocknete Blut von dem unbewegten Gesicht des Mannes zu wischen, der nichts davon zu bemerken schien. Lingard wandte sich ab, warf sich im Stuhl zurück und streckte mit müdem Seufzen die Beine von sich. Sein Kopf fiel nach vorn; unter seinem roten Gesicht breitete sich der weiße Bart wie ein Fächer über seine Brust, und die feinen langen Haare wehten im Fahrtwind des Bootes, das ihn von seinem Gefangenen entfernte – von dem einzigen Ereignis in seinem Leben, das er zu verbergen wünschte.
Auf seiner Fahrt quer über den Fluß kam das Kanu noch einmal in Willems' Blickfeld, und seine Augen folgten ihm eifrig, als es klein aber deutlich vor dem Hintergrund der Wälder dahinglitt. Er sah die Gestalt des Mannes, der in der Mitte saß. Sein ganzes Leben lang hatte er diesen Mann hinter sich gewußt, eine tröstliche Gegenwart, bereit zu helfen, zu loben und zu raten; freundlich selbst noch in seinem Tadel, überschäumend in seinem Beifall: einen Mann, der durch seine

Kraft, durch seine Furchtlosigkeit und sogar durch die Weichheit seines einfältigen Herzens Vertrauen einflößte. Und dieser Mann fuhr nun davon. Er mußte ihn zurückrufen.
Er rief, aber die Worte, die über den Fluß dringen sollten, schienen kraftlos zu seinen Füßen niederzufallen. Aissa legte die Hand auf seinen Arm, um ihn daran zu hindern, aber er schüttelte sie ab. Er wollte sein Leben zurückrufen, das sich da von ihm entfernte. Wieder rief er, und diesmal hörte er seine Stimme nicht einmal selber. Es hatte keinen Sinn. Er würde nie zurückkehren. Und in mürrischem Schweigen betrachtete er die weiße Gestalt, die sich dort in der Mitte des Bootes in den Stuhl zurücklehnte; eine Gestalt, die ihm, wie sie da in einer Haltung träger Ruhe auf wunderbare Weise über das Wasser dahineilte, plötzlich schrecklich, herzlos und befremdlich vorkam.
Eine Weile schien sich auf der ganzen Welt nichts zu bewegen als das Kanu, das so mühelos und gleichmäßig stromauf glitt, daß es gar nicht den Eindruck machte, als bewege es sich überhaupt. Die Wolkenmassen lagen fest und unbeweglich wie im Klammergriff einer mächtigen Faust, aber auf ihren Unterseiten flimmerte es unaufhörlich – die schwache Spiegelung der fernen Blitze jenes Gewitters, das schon über der Küste losgebrochen war und sich nun dumpf grollend den Fluß heraufkämpfte. Willems sah zu – ebenso reglos wie alles um ihn und über ihm. Nur seine Augen schienen belebt, während sie dem Kanu auf seinem Weg folgten, der es beharrlich, ohne zu zögern und endgültig, von ihm entfernte, als bewege es sich nicht den großen Strom hinauf und auf die hochbedeutenden Ereignisse in Sambir hin, sondern geradenwegs in die Vergangenheit – eine Vergangenheit, so angefüllt und zugleich so leer wie ein alter Friedhof, wo gestorbene Hoffnungen in vernachlässigten Gräbern liegen, um niemals zurückzukehren. Ab und zu fühlte er den warmen Hauch eines gewaltigen

Atems über sein Gesicht streichen, der von jenseits der Wälder herkam, wie das kurze Keuchen einer niedergedrückten Welt. Dann wurde die schwere Luft von einer scharfen Bö durchschnitten, die nach frischem, fallendem Regen schmeckte; all die unzähligen Wipfel in den Wäldern neigten sich nach links und schnellten dann unter dem lärmenden Rauschen der Zweige und Blätter in ihre alte Lage zurück. Ein leichtes Beben lief über den Fluß hin, die Wolken wälzten sich langsam herum, veränderten ihr Aussehen, nicht aber ihren Standort, als hätten sie sich nur schwerfällig auf die andere Seite gelegt; auf diese vorübergehende Unruhe, die in einem letzten hastigen Zittern der leichtesten Zweige erstarb, folgte eine kurze, furchterregende Spanne allgemeiner Erstarrung, in welcher die Stimme des Donners vernehmbar wurde, ein lang hingezogenes, eindringliches, bebendes Grollen, unterbrochen von tobenden Ausbrüchen, wie die Ansprache eines zürnenden, drohenden Gottes. Nach kurzer Stille fuhr wieder eine Bö daher und trieb weißen Nebel vor sich hin, der alles in eine Wolke von Sprühregen hüllte, der das Kanu, die Wälder und sogar den Fluß vor Willems verbarg und ihn schaudernd aus seiner Erstarrung aufschrecken ließ. Er sah schon nichts anderes mehr als die von der stärker werdenden Brise herangewirbelten Wasserstäubchen; um ihn her zerbarsten immer mehr große, schwere Regentropfen dröhnend auf der ausgedörrten Erde. Er rannte eilig den Hof hinan, prallte aber gegen einen Vorhang aus Wasser, der unvermittelt und überwältigend aus den Wolken brach, mit einem Schlage auf ihn herabstürzte, ihm den Atem benahm, über seinen Kopf strömte, ihn einhüllte, an seinem Leib, seinen Armen, seinen Beinen herabtroff. Er stand keuchend still, während das Wasser von oben auf ihn heruntertrommelte, von der Seite über ihn herfiel; er fühlte, wie ihn die Tropfen von oben peitschten, von rechts und links auf ihn loshieben; dicke, geballte Tropfen, die ihn trafen, wie

von den wütenden Händen eines ihn umringenden Straßenpöbels geschleudert. Neben seinen Füßen stieg zerstiebendes Wasser in dichten Schwaden auf, er fühlte, wie der Boden unter ihm weich wurde, unter ihm wegschmolz, und sah das Wasser aus der trockenen Erde springen, dem Wasser entgegen, das aus dem düsteren Himmel herabfiel. Eine irre Angst befiel ihn, Angst vor all dem Wasser um ihn, vor dem Wasser, das ihm durch den Hof entgegenrann, vor dem Wasser, das von allen Seiten auf ihn eindrang, vor dem Wasser, das ihm mit wild flatternden Fahnen ins Gesicht schlug, in denen es blaßrot von zuckend hindurchfahrenden Blitzen leuchtete, als fielen Wasser und Himmel aufs grauenhafteste vermischt gleichzeitig auf die ohnmächtige Erde hernieder.
Er wollte davonlaufen, doch auf diesem Boden, der sich so plötzlich unter seinen Füßen in Schlamm verwandelt hatte, konnte er sich nur mühsam rutschend fortbewegen. Mit gesenktem Kopf, eine Schulter vorgeschoben, kämpfte er sich über den Hof wie ein Mann, der sich seinen Weg durch eine Menge bahnt. Er blieb immer wieder stehen und wurde manchmal vom andringenden Wasser, dem zu trotzen er nicht den Mut besaß, einen oder zwei Schritte zurückgeworfen. Aissa folgte ihm Schritt um Schritt, blieb stehen, wenn er stehenblieb, wich zurück, wenn er zurückwich, und erkämpfte sich hinter ihm den Weg über den abschüssigen, schlüpfrigen Hof, diesen Hof, aus dem der erste Anprall des gewaltigen Platzregens jeden einzelnen Gegenstand herausgeschwemmt zu haben schien. Sie konnten nichts sehen. Der Baum, die Büsche, das Haus und der Zaun – alles war hinter dem dicht fallenden Regen verschwunden. Das Haar hing ihnen triefend vom Kopf; die Kleider klebten ihnen am Körper; Wasser lief an ihnen herunter, von den Köpfen über die Schultern. Sie bewegten sich geduldig, aufrecht und langsam in dem bald klaren, bald feurigen Widerschein der fallenden Tropfen, unter dem unauf-

hörlichen Rollen des Donners, wie die umherstreifenden Geister von Ertrunkenen, die dazu verdammt sind, auf ewig über dem Wasser zu spuken, und nun vom Fluß heraufgestiegen waren, um die Welt während einer Sintflut zu betrachten.

Von links her schien der Baum auf sie zuzutreten, verschwommen, hoch, starr und geduldig unter der rauschenden Klage seiner zahllosen Blätter, durch welche sich die Wassertropfen mit grausamer Eile ihren Weg bahnten. Dann ragte rechts im Nebel das Haus auf, sehr schwarz, umlärmt vom hastigen Trommeln des Regens auf dem steilen Dach, dem unablässigen Planschen des von den Traufen herabstürzenden Wassers. Ein schmaler klarer Bach eilte die Planke herunter, die zur Tür führte, und als Willems den Aufstieg begann, brach sich das Wasser an seinen Füßen, als steige er im Bett eines flachen, reißenden Gebirgsbaches eine steile Schlucht hinan. Hinter seinen Fersen trübten zwei Schlammspuren einen Augenblick lang das klar dahinrauschende Wasser, dann rannte er hinauf und stand auf der Bambusplattform vor der offenen Tür, geschützt von dem überhängenden Giebel – endlich geschützt!

Ein leises Stöhnen, das in abgerissenes, klagendes Murmeln überging, veranlaßte Willems, sich auf der Schwelle umzuwenden. Er sah sich suchend im Halbdunkel unter dem Dach um und erblickte die alte Frau, die wie ein formloser Klumpen dicht an der Wand kauerte, und während er noch hinsah, fühlte er die Berührung zweier Arme auf den Schultern. Aissa! Er hatte sie vergessen. Er drehte sich um, und sogleich umschlang sie seinen Hals und preßte sich an ihn, als befürchte sie Mißhandlung oder Flucht. Widerwillen, Angst und die rätselhafte Auflehnung seines Herzens ließen ihn erstarren; derweil drängte sie sich an ihn, drängte sich an ihn, als finde sie bei ihm Zuflucht vor dem Elend, dem Sturm, vor der Erschöpfung, der Furcht und der Verzweiflung; es war eine schreckliche, wütende und trauervolle Umarmung, in die sie

all ihre Kraft legte, um ihn zu halten, ihn für immer zu halten.
Er sagte nichts. Er sah ihr in die Augen, während er gleichzeitig versuchte, ihre Finger von seinem Nacken zu lösen, und plötzlich riß er ihre Hände auseinander, packte ihre Handgelenke und hielt sie hoch, während er sein geschwollenes Gesicht über sie neigte und sagte:
»Das alles ist dein Werk. Du...«
Sie verstand ihn nicht, verstand kein Wort. Er redete in der Sprache seines Volkes – seines Volkes, das kein Erbarmen und keine Scham kannte. Und er war zornig. Ja! Er war jetzt immer zornig und sprach immer Worte, die sie nicht verstehen konnte. Sie stand schweigend und sah ihn geduldig an, und er schüttelte ihre Arme und stieß sie dann fort.
»Komm mir nicht nach!« rief er. »Ich will allein sein – ich will in Ruhe gelassen werden!«
Er trat ins Haus und ließ die Tür offen.
Sie rührte sich nicht. War es denn notwendig, Worte zu verstehen, die mit solcher Stimme gesprochen wurden? Mit dieser Stimme, die nicht seine Stimme zu sein schien – nicht die Stimme, mit der er am Bach gesprochen hatte! Ihre Augen waren auf den dunklen Eingang geheftet, aber ihre Hände tasteten mechanisch nach ihrem Haar; sie nahm es auf, und während sie den Kopf ein wenig neigte, wrang sie die langen schwarzen Strähnen aus, preßte sie wieder und wieder, und stand dabei traurig und versunken, als lausche sie einer inneren Stimme – der Stimme bitterer, nutzloser Reue. Der Donner war verstummt, der Wind erstorben, und der Regen fiel senkrecht und gleichmäßig durch eine große blasse Helligkeit – das Licht der fernen Sonne, das siegreich durch die vergehende Schwärze der Wolken brach. Sie stand nahe der Tür. Er war da – allein in der düsteren Behausung. Er war da. Er sprach nicht. Was hatte er jetzt im Sinn? Was fürchtete er? Wonach verlangte es

ihn? Nicht nach ihr, wie in den Tagen, da er lächelte... wie konnte sie es wissen?...

Ein Seufzer, der vom Grunde ihres Herzens heraufstieg, flog durch ihre leicht geöffneten Lippen in die Welt hinaus. Ein leiser, tiefer, abgebrochener Seufzer; ein Seufzer, so von Schmerz und Furcht beladen, wie die Seufzer derjenigen, die im Begriff sind, dem Unbekannten gegenüberzutreten, einsam, voller Zweifel und ohne Hoffnung. Sie ließ ihr Haar los, und es breitete sich über ihre Schultern wie ein Trauerschleier. Sie sank plötzlich an der Tür zu Boden. Ihre Hände umklammerten die Knöchel, sie legte den Kopf auf die hochgezogenen Knie und saß ganz still unter dem trauernd herabströmenden Haar. Sie dachte an ihn; an die Tage am Bach; an alles, was ihre Liebe ausgemacht hatte – und sie saß da, so verloren wie jene, die weinend neben einem Toten sitzen, wie jene, die bei einem Leichnam wachen und ihn beklagen.

# FÜNFTER TEIL

## XXIII

Almayer saß allein auf der Veranda seines Hauses; die Ellenbogen auf den Tisch und den Kopf in die Hände gestützt, so starrte er vor sich hin, über das sprießende, junge Gras im Hof hinweg, hinweg über die kurze Mole, an der sich die kleinen Kanus um das große weiße Walboot drängten wie eine schwarze Wasserbrut um die Mutter. Er starrte über den Pantai, vorbei an dem Schoner, der in der Flußmitte vor Anker lag, vorbei an den Wäldern des linken Ufers; er durchschaute die Wahnvorstellungen der materiellen Welt, er sah bereits weiter.

Die Sonne war im Untergehen begriffen. Vor dem Himmel spannte sich ein Netz aus weißen, eng geknüpften Fäden, in denen sich hier und dort weiße Nebelklumpen gefangen hatten; nach Osten zu, über der gezackten Schranke der Wälder, türmten sich die Gipfel einer Kette großer Wolken, die langsam noch größer wurden, aber so unmerklich, als wollten sie es vermeiden, die durchglühte Stille von Himmel und Erde zu stören. In der Höhe des Hauses war der Fluß leer bis auf den bewegungslos daliegenden Schoner. Vor der stromaufwärts gelegenen Flußkrümmung erschien ein einzelner Baumstamm, der langsam auf dem hier breit und gerade dahinziehenden Strom herantrieb: ein toter, wandernder Baum passierte auf dem Weg zu seinem Grab im Meer zwei Reihen regloser, lebendiger Bäume.

Und Almayer saß da, den Kopf in die Hände gestützt; er betrachtete dies alles, und er haßte es: den schlammigen Fluß;

das verwaschene Blau des Himmels; den schwarzen Baumstamm, der auf seiner ersten und letzten Reise vorüberkam; das grüne Meer der Blätter, jenes Meer, das vor der eintönigen, undurchdringlichen Düsternis der Wälder glühend und schimmernd wogte, das jubelnde Meer aus lebendigem Grün, überpudert vom glitzernden Staub der schräg einfallenden Sonnenstrahlen. Das alles haßte er; jeder Tag, jede Minute seines Lebens, die er unter diesen Dingen verbracht, reuten ihn; er empfand ihretwegen ein bitteres, zorniges, ungeheuerliches Bedauern wie ein Geizhals, der gezwungen ist, von seinen Schätzen an nahe Verwandte abzugeben. Und doch war das alles auch wieder sehr kostbar für ihn, denn es waren die gegenwärtigen Vorzeichen einer glänzenden Zukunft.

Er stieß den Tisch ungeduldig weg, stand auf, machte ein paar ziellose Schritte, stellte sich dann ans Geländer und sah wieder auf den Fluß – den Fluß, der ihm zu einem Vermögen verholfen hätte, wenn ... wenn ...

»Was für ein ekelhaftes Biest!« sagte er.

Er war allein, doch sprach er laut, wie man es unter dem Eindruck eines starken, eines überwältigenden Gedankens tut.

»Was für ein Biest!« murmelte er wieder.

Der Fluß lag nun im Dunkel, und der Schoner schwamm darauf, schwarz, einsam und anmutig, seine schlanken Masten strebten wie zwei leicht geneigte Striche empor. Die Abendschatten krochen an den Bäumen hinauf, von Zweig zu Zweig, bis die langen, vom westlichen Horizont herüberdringenden Sonnenstrahlen nur noch die höchsten Wipfel streiften und dann aufwärts gegen die Wolken schossen und sie im letzten Abendlicht feurig düster erglühen ließen. Und dann war das Licht plötzlich verschwunden, als habe es sich in der Unendlichkeit der großen, blauen Leere da oben verloren. Die Sonne war gesunken, und die Wälder verwandelten sich in eine gerade Mauer aus formloser Schwärze. Über ihnen, am Rande

der noch verweilenden Wolken, flimmerte ein einziger Stern, der ab und an durch hoch und schnell dahinziehende unsichtbare Nebelschwaden verdeckt wurde.
Almayer kämpfte gegen eine innere Unruhe an. Er hörte, wie Ali sich hinter ihm mit den Vorbereitungen für die Abendmahlzeit beschäftigte, und er lauschte den Geräuschen, die sein Diener machte, mit unangemessener Aufmerksamkeit: dem kurzen trockenen Knall, mit dem der Teller auf den Tisch gesetzt wurde, dem Klirren des Glases und dem metallischen Scheppern des Besteckes. Ali ging hinaus, kam wieder zurück. Gleich würde er sprechen, und obwohl Almayer in ernste Überlegungen versunken war, harrte er doch auf den Klang der erwarteten Worte. Nun hörte er, wie sie in englischer Sprache mit bemühter Deutlichkeit ausgesprochen wurden:
»Es ist angerichtet, Sir.«
»Schön«, sagte Almayer kurz. Er rührte sich nicht. Nachdenklich stand er mit dem Rücken zum Tisch, auf dem Ali die brennende Lampe abgesetzt hatte. Er dachte: wo ist Lingard jetzt? Vermutlich halbwegs den Fluß hinunter auf Abdullas Schiff. In etwa drei Tagen, vielleicht auch schon früher, würde er zurück sein. Und dann? Dann würde man den Schoner aus dem Fluß herauslotsen müssen, und wenn auch dieses Schiff abgefahren wäre, dann würden sie – er und Lingard – hier zurückbleiben; allein und ständig von dem Gedanken an den anderen Mann geplagt, den anderen Mann, der in der Nähe war! Was für ein phantastischer Gedanke, ihn für immer dort festhalten zu wollen. Für immer! Was sollte das heißen – für immer? Vielleicht ein Jahr, vielleicht auch zehn. Lächerlich, ihn dort zehn, vielleicht auch zwanzig Jahre festzuhalten! Der Kerl war durchaus imstande, noch länger als zwanzig Jahre zu leben. Und während all dieser Zeit würde man ihn beobachten, ihn ernähren und für ihn sorgen müssen. Niemand außer Lingard konnte sich solch eine Verrücktheit einfallen lassen.

Zwanzig Jahre! Aber nein! In weniger als zehn Jahren würden sie reich sein und diesen Ort verlassen, würden zuerst nach Batavia – ja nach Batavia – und dann nach Europa fahren. Ohne Zweifel nach England. Lingard würde nach England fahren wollen. Und würden sie diesen Menschen dann hier lassen? Wie würde er überhaupt in zehn Jahren aussehen? Sehr gealtert vermutlich. Nun, mochte ihn der Teufel holen. Nina würde dann fünfzehn Jahre alt sein, reich, sehr hübsch, und er selbst auch noch nicht so alt...

Almayer lächelte in die Nacht hinaus.

...Jawohl, reich! Selbstverständlich! Kapitän Lingard war ein einfallsreicher Mann und hatte auch jetzt noch eine Menge Geld. Man war jetzt schon reich, aber noch nicht reich genug. Entschieden nicht reich genug. Geld heckt. Die Sache mit dem Gold war gut, hervorragend! Kapitän Lingard war ein bemerkenswerter Mann. Er hatte gesagt, es gebe dort Gold – und es gab Gold. Lingard wußte, wovon er redete. Aber er hatte merkwürdige Einfälle. Diese Sache mit Willems zum Beispiel. Warum nur wollte er ihn am Leben lassen? Warum nur?

»Dieser Schuft«, murmelte Almayer wieder.

»Makan Tuan!« rief Ali plötzlich sehr laut und drängend.

Almayer trat an den Tisch, setzte sich, und sein besorgtes Gesicht erschien nun im Lichtkreis der Tischlampe. Er bediente sich zerstreut und begann, große Bissen in den Mund zu schaufeln.

Zweifellos, Lingard war der Mann, an den man sich halten mußte. Der unverzagte, despotische, stets zu Taten bereite Lingard. Wie schnell hatte er doch eine neue Zukunft geplant, nachdem Willems' Verrat ihre feste Position in Sambir vernichtet hatte! Selbst jetzt war die Lage gar nicht so übel. Was für ein unerhörtes Prestige genoß dieser Lingard doch überall – bei Arabern, Malaien und allen übrigen. Ah, wie gut, einen solchen Mann Vater nennen zu können. Sehr gut! Wie-

viel Geld mochte der alte Knabe wohl wirklich haben? Die Leute redeten – gewiß übertrieben sie, aber wenn er auch nur die Hälfte von dem besaß, was man bei ihm vermutete...
Er trank mit weit zurückgebeugtem Kopf und machte sich wieder über die Speisen her.
...wenn dieser Willems es verstanden hätte, seine Karten richtig auszuspielen, wenn er es bei dem alten Knaben ausgehalten hätte, dann säße er nun hier an seiner – Almayers – Stelle. Dann wäre er mit Lingards Adoptivtochter verheiratet und ginge einer gesicherten Zukunft entgegen – herrlich...
»Das Vieh!« knurrte Almayer zwischen zwei Bissen. Ali stand hoch aufgerichtet mit gleichgültigem Gesicht da und blickte versunken in die Nacht hinaus, die sich von allen Seiten um den kleinen Lichtkreis drängte, der auf den Tisch fiel, um das Glas, um die Flasche und um Almayers Kopf, der mit mahlenden Kiefern über den Teller gebeugt war.
...ein großartiger Mann, dieser Lingard – nur wußte man nie, was man von ihm zu gewärtigen hatte. Willems hatte ihm übel mitgespielt, und es war bekannt, daß er einen Weißen um einer viel geringeren Angelegenheit willen erschossen hatte. Einer geringeren Angelegenheit wegen? ...man könnte wohl sagen, einer Nichtigkeit wegen. Der Streit hatte nicht einmal ihn selbst betroffen. Es war da um einen Malaien gegangen, der mit Frau und Kindern von einer Pilgerfahrt zurückgekehrt und entführt oder beraubt worden war. Irgend so etwas. Eine ganz törichte Geschichte – eine alte Geschichte. Aber jetzt geht er zu Willems und tut überhaupt nichts. Kommt zurück und redet groß daher von seinem Gefangenen, aber gesagt hat er sehr wenig. Was mag dieser Willems ihm erzählt haben? Was mag zwischen den beiden vorgegangen sein? Der alte Knabe muß sich doch was dabei gedacht haben, als er den Lumpen laufen ließ. Und Joanna! Die würde den Alten gewiß herumkriegen. Dann würde er vielleicht alles verzeihen. Un-

möglich. Auf alle Fälle aber würde er einen Haufen Geld an die Bande verschwenden. Der alte Mann war zäh in seinem Haß, aber auch zäh in seiner Zuneigung. Er hatte diesen Unhold, diesen Willems, von Kind auf gekannt. Spätestens in einem Jahr würden sie sich wieder vertragen. Alles ist möglich: warum hat er den Kerl nur nicht gleich in der ersten Wut erschossen? Das hätte Lingard viel ähnlicher gesehen...

Almayer legte unvermittelt den Löffel nieder, stieß den Teller weg und ließ sich im Stuhl zurückfallen.

...gefährlich. Entschieden gefährlich. Er hatte nicht die Absicht, Lingards Geld mit irgend jemandem zu teilen. Lingards Geld war in gewisser Weise Ninas Geld. Und falls es Willems fertig bringen sollte, sich mit dem alten Mann zu versöhnen, dann mußte das für ihn, Almayer, gefährlich werden. Was für ein gewissenloser Schurke! Er würde ihn aus seiner Stellung verdrängen. Er würde lügen und verleumden. Alles würde verloren sein. Verloren. Arme Nina. Was sollte aus ihr werden? Das arme Kind. Um ihretwillen mußte er diesen Willems beseitigen. Unbedingt. Aber wie? Lingard verlangte Gehorsam. Es war unmöglich, Willems zu töten. Lingard würde wütend werden. Unglaublich, aber so war es. Er könnte...

Eine heiße Welle überlief Almayer, rötete sein Gesicht und trieb ihm den Schweiß heraus. Er rutschte auf dem Stuhl hin und her und preßte unter dem Tisch die Hände zusammen. Was für grauenhafte Aussichten! Er glaubte, Lingard und Willems versöhnt Arm in Arm davongehen und ihn allein in diesem gottvergessenen Loch zurücklassen zu sehen, in Sambir, diesem tödlichen Sumpf! Und was hatte er nicht geopfert! Seine Unabhängigkeit, seine besten Jahre! Sollte er sich Lingards Launen und Einfällen umsonst gefügt haben! Fürchterlich! Dann dachte er an seine kleine Tochter – seine Tochter! Und das Entsetzliche dieser Vorstellung überwältigte ihn. Er empfand eine tiefe Gemütsbewegung, eine plötzliche Gefühlsregung, die ihn fast ohnmächtig werden ließ. Sollte denn dieses junge Leben verpfuscht werden, noch ehe es recht begonnen hatte? Das Leben seines geliebten Kindes! Er legte sich im Stuhl zurück und schlug die Hände vors Gesicht.

Ali warf ihm einen Blick zu und sagte gleichgültig: »Ist der Herr fertig?«

Almayer war in einem Meer von Mitleid mit sich und seiner Tochter versunken, die nun – vielleicht – doch nicht die reichste Frau der Welt werden würde, was immer Lingard auch versprochen haben mochte. Er begriff Alis Frage nicht und murmelte verdrossen durch die Finger: »Was hast du gesagt? Was? Was ist fertig?«

»Meza – abräumen«, erklärte Ali.

»Abräumen!« platzte Almayer mit unverständlicher Gereiztheit heraus. »Soll doch der Teufel dich und den Tisch holen! Idiot! Quatschkopf! Chelakka! Raus mit dir!«

Er beugte sich vor und sah seinen Diener wütend an, dann sank er im Stuhl zurück und ließ die Arme schlaff herabhängen. Da saß er nun unbeweglich, und derartig in seine Gedanken vertieft, daß jeder Ausdruck aus seinem Gesicht schwand und nur eine stumpfe Leere darauf zurückblieb.

Ali räumte den Tisch ab. Er ließ das Glas nachlässig in die fettige Schüssel fallen, warf Löffel und Gabel hinterher und stieß den Teller zwischen die Speisereste. Dann nahm er die Schüssel auf, klemmte sich die Flasche unter den Arm und ging hinaus.

»Meine Hängematte!« schrie Almayer hinter ihm her.

»Ada! Ich komme bald«, erwiderte Ali beleidigt von der Tür her und blickte über die Schulter zurück... wie sollte er wohl den Tisch abräumen und gleichzeitig die Hängematte befestigen. Ya-wa! Diese Weißen waren alle gleich. Sie wollten immer alles auf einmal. Wie Kinder...

Seine murrende Stimme entfernte sich, wurde leiser und erstarb zusammen mit den weichen Tritten seiner nackten Füße im dunklen Gang des Hauses.

Almayer rührte sich eine ganze Weile nicht. Seine Gedanken arbeiteten emsig an einem hochbedeutenden Entschluß, und er glaubte in der absoluten Stille des Hauses das Geräusch dieses Denkprozesses vernehmen zu können, so, als werde dieser mit einem Hammer ausgeführt. Jedenfalls vernahm er irgendwo tief in seiner Brust, leise, eindringlich und überraschend, ein dumpfes Pochen, und in seinen Ohren hämmerte es kurz und schnell. Ab und zu hielt er unwillkürlich zu lange den Atem an und mußte sich durch tiefes Ausatmen Erleichterung verschaffen; dann entwich die Luft pfeifend durch die gespitzten Lippen. Die Lampe, die auf der von ihm abgewandten Seite des Tisches stand, warf den Ausschnitt eines Lichtkreises auf den Boden, auf seine ausgestreckten Beine, die unter dem Tisch hervorsahen, auf die Füße, die steif aufgestellt waren wie die Füße einer Leiche. Sein erstarrtes Gesicht mit den stier blickenden Augen hätte ebenfalls das Gesicht eines Toten sein können, hätte es nicht diesen leeren und dabei trotzdem bewußten Ausdruck eines Menschen gezeigt, der nicht tot, sondern unter dem Staub, der Asche und der Fäulnis egozentrischer Gedanken, unter niedriger Furcht und selbstsüchtigen Wünschen begraben liegt. »Ich werde es tun!«

Erst als er seine eigene Stimme hörte, wurde ihm bewußt, daß er gesprochen hatte. Sie erschreckte ihn. Er stand auf. Die Knöchel seiner Hand ruhten hinter ihm auf der Tischkante, während er mit vorgestelltem Fuß und leicht geöffnetem Mund dastand und dachte: Es ist zwar höchst riskant, Lingard ins Gehege zu kommen, aber ich muß es wagen. Einen anderen Weg sehe ich nicht. Ich muß es ihr sagen. Eine Spur von Verstand wird sie ja haben. Wenn sie doch nur schon tausend Meilen weit weg wären! Hunderttausend Meilen! Wenn es aber schiefgeht und sie es dann Lingard ausschwätzt? Sie ist doch eine Idiotin. Nein; wahrscheinlich gelingt ihnen die Flucht. Und wenn sie gelingt, wird Lingard mir dann glauben? Ja. Ich habe ihn noch nie belogen. Er würde es glauben. Ich weiß nicht... Vielleicht würde er es doch nicht glauben... »Ich muß es tun. Unbedingt!« redete er sich zu.

Eine ganze Weile blieb er still stehen und sah regungslos und versunken vor sich hin, als beobachte er das kaum wahrnehmbare Schwanken einer empfindlichen Waage, deren Schalen im Begriffe sind, stille zu stehen.

In der geweißten Hauswand, die den hinteren Teil der Veranda bildete, befand sich links von ihm eine verschlossene Tür. Schwarze aufgemalte Buchstaben machten die Tatsache bekannt, daß sich dahinter das Büro von Lingard und Co. befand. Als Lingard dieses Haus für seine Adoptivtochter und ihren Mann gebaut hatte, hatte er auch das Büro eingerichtet und zwar mit bedenkenloser Verschwendung. Es gab da einen Büroschreibtisch, einen Drehstuhl, Aktenständer und einen Tresor: alles, um Almayers Herzenswunsch zu befriedigen, der glaubte, daß solches Zubehör unentbehrlich für einen erfolgreichen Handelsbetrieb sei. Lingard hatte gelacht, sich aber riesige Mühe gegeben, diese Dinge aufzutreiben. Es machte ihm Spaß, seinen Protégé, den Ehemann seiner Adoptivtochter, glücklich zu sehen. Vor fünf Jahren war diese Einrichtung die Sensation von Sambir gewesen. Während ausgeladen wurde, lebte die gesamte Einwohnerschaft buchstäblich am Fluß vor dem Haus des Raja Laut, um zuzuschauen, zu staunen und zu bewundern... was für ein großer Meza mit so vielen Kästchen darauf und darunter! Was mochte der weiße Mann nur mit so einem Tisch anfangen? Und seht doch, o Brüder, seht! diese große viereckige Kiste mit dem goldenen Schild darauf, eine Kiste so schwer, daß zwanzig Männer sie nicht das Ufer hinaufschaffen können. Gehen wir, Brüder, ziehen wir mit an den Seilen, und vielleicht bekommen wir zu sehen, was drin ist. Gewiß ein Schatz. Gold wiegt schwer und kann nur mühsam gehalten werden, o Brüder! Laßt uns gehen und uns eine Belohnung von dem wilden Raja des Meeres verdienen, der dort mit rotem Gesicht schreit. Seht! Da trägt ein Mann einen Stoß Bücher vom Schiff herauf! So viele Bücher! Wozu mögen sie dienen? ... und ein alter, invalider Jurumudi, der viele Meere befahren und in fernen Ländern heiligen Männern gelauscht hatte, erklärte einem Häuflein einfältiger Bürger von Sambir, daß es sich da um Zauberbücher handle – Bücher, in denen die Zaubersprüche verzeichnet stünden, welche die Schiffe der weißen Männer über die Meere führten, ihnen ihre verruchte Weisheit und ihre Kraft verliehen; die Zaubersprüche, die sie bei Lebzeiten groß, mächtig und unwiderstehlich, im Tode aber – gepriesen sei Allah! – zu Opfern Satans und zu Sklaven der Hölle machten.

Als er diesen Raum so ausgestattet gesehen hatte, war Almayer sehr stolz gewesen. Er, der hohlköpfige Federfuchser, konnte sich vor Freude gar nicht lassen und hielt sich bereits kraft dieser Ausstattung für den Chef eines bedeutenden Handelshauses. Für diese Dinge hatte er sich Lingard verkauft; um diesen Lohn einzustreichen und um des großen Vermögens willen, das sich notwendigerweise bei gewissenhafter Buchführung einstellen mußte, hatte er Lingards malaiische Adoptivtochter geheiratet. Sehr bald schon mußte er einsehen, daß Handelsgeschäfte in Sambir etwas ganz anderes bedeuteten. Mit Feder, Tinte und Papier konnte er weder Patalolo gängeln noch den widerspenstigen alten Sahamin in Schach halten noch den jugendlichen Tollheiten des unbezähmbaren Bahassoen steuern. Auf den leeren Seiten seines Hauptbuches fand er keine wirksamen Zaubersprüche, und mit der Zeit verlor er seine alten Anschauungen und machte sich ein vernünftigeres Bild von der Lage. Der als Büro bezeichnete Raum wurde von da an so vernachlässigt wie der Tempel eines entlarvten Götzen. Anfänglich hatte Almayer gelegentlich noch darin Schutz gesucht, nachdem seine Frau zu ihren ursprünglichen barbarischen Gewohnheiten zurückgekehrt war; als aber das Kind zu sprechen begann und vertraut mit ihm wurde, gewann er wieder Mut, denn in der aberwitzigen, stürmischen Zuneigung zu seiner Tochter fand er Halt und Trost – in dem undurchdringlichen Mantel von Egoismus, in den er ihrer beider Leben einhüllte: sein eigenes und dieses junge Leben, das ebenfalls ihm gehörte.

Als Lingard ihm befohlen hatte, Joanna aufzunehmen, hatte er veranlaßt, daß im Büro, dem einzigen Raum, den er entbehren konnte, ein Feldbett aufgestellt wurde. Man hatte den großen Schreibtisch auf die Seite geschoben, und Joanna erschien mit ihrem schäbigen kleinen Kabinenkoffer und ihrem Kind und ergriff in ihrer verträumten, schlaffen und schläfrigen Art Besitz; sie ergriff Besitz von dem Gerümpel, dem Staub und dem Schmutz, fühlte sich darin offenbar ganz heimisch und verbrachte trübselig und stumpfsinnig ihre Tage. Ihr Dasein bestand nur noch aus kläglicher Reue und ängstlichen Hoffnungen und verging inmitten dieser heillosen Unordnung – des Verfalls all dieser sinnlosen, prahlerischen Symbole zivilisierter Handelsgebräuche. Weiße Stoffreste, gelbe, rosa, blaue Fetzen, verdrückte, bunte und schmutzige Lappen lagen auf dem Boden, auf dem Schreibtisch, zwischen den dunkelfleckigen, schmierigen Büchern herum, die allerdings immer noch einen ungebrochenen Rücken vorzuweisen hatten, was vielleicht auf ihren europäischen Ursprung zurückzuführen war. Der größte Aktenständer wurde zum Teil von einem Unterrock verdeckt, dessen Bund an einem vorstehenden, schmalen Buch aufgehängt war, das als improvisierter Kleiderhaken diente. Das zusammenklappbare Feldbett stand fast in der Mitte des Raumes und zwar einfach so aufs Geratewohl, zu keiner Wand parallel, als sei es auf dem Transport nach einem fernen Ort unterwegs von den ermüdeten Trägern abgestellt worden. Und zwischen den zerdrückten Decken, die ungeordnet darauf lagen, saß Joanna fast den ganzen Tag, die nackten Füße auf einem der Kopfkissen, die aus irgendeinem Grunde ständig auf dem Fußboden herumlagen. Da saß sie und verspürte gelegentlich eine unbestimmte Qual bei dem Gedanken an ihren abwesenden Ehemann; die meiste Zeit aber dachte sie weinerlich an gar nichts und betrachtete aus tränenfeuchten Augen ihren kleinen Sohn – den großköpfigen, mehlgesichtigen, kränklichen Louis Willems – der ein gläsernes Tintenfaß, in dem die Tinte eingetrocknet war, über den Fußboden rollte und hinterdrein torkelte, wobei er jene unheilverkündende Feierlichkeit im Betragen und völlige Hingegebenheit an die gerade ausgeübte Beschäftigung bewies, welche für die Tätigkeit kleiner Kinder so bezeichnend sind. Durch die halb geöffneten Sonnenblenden drang ein Lichtstrahl in den Raum, ein unbarmherziger, roher Strahl, der am frühen Morgen gegen den in der Ecke stehenden Tresor pochte, dann, gegen Mittag, mit seiner festen, scharfkantigen Grelle den großen Schreibtisch in zwei Teile schnitt; der glühenden Grelle, in der ein Fliegenschwarm über einem schmutzigen Teller tanzte, der schon seit Tagen vergessen zwischen vergilbten Papieren stand. Und gegen Abend hielt sich der niederträchtige Strahl an dem zerschlissenen Unterrock fest, verweilte darauf mit boshaftem Vergnügen an jenem Elend, das er tagsüber bloßgestellt hatte; in stark erglühendem, höhnischem Rot klammerte er sich an die Ecke des Aktenständers, bis er plötzlich von der sinkenden Sonne der heraufkommenden Nacht aus dem Weg gerissen wurde. Und nun betrat die Nacht den Raum. Die undurchdringliche, jäh alles mit Dunkelheit überflutende Nacht, die kühle und barmherzige Nacht; die blinde Nacht, die nichts sah, aber doch das unruhige Wimmern des Kindes, das Knarren des Bettes und die tiefen Seufzer Joannas vernahm, die sich schlaflos und auf wirre Weise von ihrer eigenen Schlechtigkeit überzeugt herumwälzte und an den herrischen, hellhaarigen, starken Mann dachte, der vielleicht hart, aber doch ihr Gatte war, ihr kluger, hübscher Gatte, gegen den sie sich, dem Rat schlechter Menschen, dem Rat ihrer eigenen Familie folgend, so grausam betragen hatte; und sie dachte an ihre arme, liebe, betrogene Mutter.

Für Almayer bedeutete Joannas Anwesenheit eine ständige Sorge. Keine auffällige, aber doch eine ganz unerträgliche Sorge, eine unaufhörliche, fast immer stumme Warnung vor der Gefahr. Angesichts von Lingards schwachsinniger Weichherzigkeit mußte Almayer gegen jeden, für den Lingard auch nur das geringste Interesse an den Tag legte, eine natürliche Feindschaft empfinden. Dieses Gefühls war er sich durchaus bewußt, und in den Selbstgesprächen, die er insgeheim mit sich führte, hatte er sich oft dazu gratuliert, daß er ein so scharfsinniges Verständnis seiner Lage besitze. So hatte Almayer denn aus diesen Gründen zu den verschiedensten Zeiten die unterschiedlichsten Leute gehaßt. Aber nie hatte er jemanden so gefürchtet und gehaßt, wie er Willems fürchtete und haßte. Selbst nachdem Willems jenen Verrat begangen hatte, der ihn auf immer von jeder menschlichen Teilnahme hätte ausschließen müssen, traute Almayer den Dingen nicht und brach beim Anblick Joannas innerlich jedesmal in ein Stöhnen aus.

Bei Tage sah er sie nur selten. Aber in den kurzen opalenen Dämmerungen oder in der azurenen Dunkelheit sternklarer Abende erblickte er, ehe er schlafen ging, oft die lange, dünne Gestalt, die auf dem hartgebackenen Uferschlamm vor dem Hause hin und her ging und den zerfetzten Saum ihres weißen Gewandes hinter sich herschleifte. Ein- oder zweimal, als er noch spät auf der Veranda gesessen hatte, die Füße neben der Lampe auf dem Kartentisch, in die Lektüre einer sieben Monate alten Ausgabe des von Lingard mitgebrachten ›North China Herald‹ vertieft, hörte er die Stufen knacken, und von der Zeitung aufblickend gewahrte er ihre gebrechliche, magere Gestalt, die Stufe um Stufe erstieg und sich über die Veranda schleppte, das große, fette Kind im Arm, dessen Kopf, an die knochige Schulter der Mutter gelehnt, ebenso groß zu sein schien wie der von Joanna. Mehrmals war sie unter tränenreichem Geheul mit irren Beschwörungen über ihn hergefallen. Sie hatte nach ihrem Mann gefragt, hatte wissen wollen, wo er sei, wann er zurückkehre; und jeder derartige Ausbruch endete in verzweifelten, zusammenhanglosen Selbstbeschuldigungen, die für Almayer absolut unverständlich blieben. Ein- oder zweimal hatte sie ihren Gastgeber laut gescholten, ihn für die Abwesenheit ihres Mannes verantwortlich gemacht. Diese Szenen, die ohne jede Warnung losbrachen, endeten ebenso plötzlich in schluchzender Flucht und in einem Türenknallen; sie verstörten das Haus mit plötzlich einsetzendem, wildem, aber schnell vorübergehendem Lärm; sie glichen jenen unerklärlichen Wirbelstürmen, die sich ohne ersichtliche Ursache erheben, über sonnengedörrte, wasserlose, tellerflache, beklagenswerte Ebenen dahinrasen und ebenso grundlos wieder abklingen.

An diesem Abend jedoch war das Haus ruhig, totenstill, während Almayer auf die empfindliche Waage starrte, auf der er alle Faktoren von Bedeutung abwog: Joannas Intelligenz; Lingards Leichtgläubigkeit; Willems' bedenkenlose Kühnheit, seinen Wunsch zu entfliehen, seine Bereitwilligkeit, sich auch eine unerwartete Gelegenheit zunutze zu machen. Ängstlich und gewissenhaft wog er seine Befürchtungen und seine Wünsche gegen das ungeheuere Risiko eines Streites mit Lingard ab... Ja. Lingard würde zornig sein. Lingard könnte ihn sogar verdächtigen, bei der Flucht seines Gefangenen die Hand im Spiele gehabt zu haben – aber er würde sich doch gewiß nicht mit ihm, Almayer, wegen dieser Leute entzweien, wenn sie erst einmal verschwunden, auf eigene Façon zur Hölle gefahren waren. Überdies war Lingard auch durch das kleine Mädchen an ihn gebunden. Sehr gut. Was für ein Unfug! Ein Gefangener! Als ob man ihn dort festhalten könnte. Früher oder später würde er gewiß entkommen. Selbstverständlich! Eine solche Lage konnte nicht von Dauer sein, das mußte jeder einsehen. Lingards Absonderlichkeiten überschritten jede Grenze. Man mochte einen Menschen töten, durfte ihn aber doch nicht foltern. Das war beinahe verbrecherisch. Es verursachte Sorge, Ärger und Unannehmlichkeiten ... Almayer fand einen Augenblick lang, daß Lingard sich höchst unpassend benehme. Er machte ihn verantwortlich für seine Leiden, dafür, daß Zweifel und Furcht ihn peinigten, tadelte ihn dafür, daß er ihn – den praktischen und unschuldigen Almayer – zwang, seinen Verstand so übermäßig zu strapazieren, um Auswege aus lächerlichen Situationen zu finden, die durch die vernunftwidrige Sentimentalität von Lingards unausführbaren Einfällen entstanden.

»Wenn der Kerl doch tot wäre!« sagte Almayer zur Veranda. Er wurde ein wenig unruhig, kratzte nachdenklich seine Nase und weidete sich an einer ausschweifenden Vorstellung: Er sah sich selbst in einem großen Boot kauern, das ungefähr fünfzig Meter von Willems' Lände entfernt im Fluß hielt. Auf dem Boden des Bootes lag ein Gewehr. Ein geladenes Gewehr. Nun rief einer der Bootsleute, und Willems antwortete – versteckt hinter den Büschen. Selbstverständlich war der Kerl mißtrauisch. Der Bootsmann schwenkte ein Blatt Papier und drängte Willems, ans Ufer zu kommen, um eine wichtige Botschaft entgegen zu nehmen. »Vom Raja Laut!« schrie der Mann, während das Boot näher ans Ufer trieb. Und daraufhin kam Willems heraus. Oder etwa nicht? O ja! Und Almayer sah sich im passenden Augenblick aufspringen, das Gewehr

anlegen und abdrücken, und er sah, wie Willems umfiel, kopfüber ins Wasser. Das Schwein!
Er schien den Knall des Schusses zu hören, und ein Schauer überrieselte ihn... wie einfach! Ein Unglücksfall... Lingard... Er seufzte und schüttelte den Kopf. Schade. So war es nicht zu machen. Aber er konnte ihn auch nicht dort lassen! Wenn nun die Araber sich wieder seiner bemächtigten – ihn zum Beispiel zwängen, eine Expedition den Fluß hinauf zu führen! Nur der liebe Gott konnte wissen, was daraus entstehen mochte...
Die Waagschalen standen nun still und hatten sich nach der Seite sofortiger Aktion gesenkt. Almayer näherte sich der Tür, trat ganz dicht heran, klopfte laut und wandte dann den Kopf weg, erschrocken über sein Vorgehen. Nachdem er eine Weile gewartet hatte, legte er das Ohr an die Türfüllung und horchte. Nichts. Er setzte eine liebenswürdige Miene auf, während er lauschend dastand und bei sich dachte: ich höre sie. Sie heult, wie? Ich glaube fast, sie hat den letzten Rest von Verstand verloren und heult Tag und Nacht, seitdem ich angefangen habe, sie auf die Nachricht vom Tode ihres Mannes vorzubereiten – wie Lingard angeordnet hat. Was sie wohl denkt? Es sieht Vater ähnlich, mich zu zwingen, für nichts und wieder nichts all diese Geschichten zu erdenken. Aus Mitleid! Mitleid! Verflucht!... Sie ist doch wohl nicht taub.
Er klopfte wieder, grinste wohlwollend die Tür an und sagte dabei freundlich: »Ich bin es, Mrs. Willems. Ich möchte mit Ihnen sprechen. Ich habe... habe... wichtige Neuigkeiten...«
»Was?«
»Neuigkeiten«, wiederholte Almayer deutlich. »Nachrichten von Ihrem Mann. Ihrem Mann! ... Hol ihn der Teufel!« fügte er leise hinzu.
Drinnen hörte man hastiges Stolpern. Gegenstände wurden umgeworfen, und Joannas erregte Stimme rief: »Nachrichten! Was! Was? Ich komme!«

»Nein«, rief Almayer. »Ziehen Sie sich was an, Mrs. Willems, und lassen Sie mich herein. Es ist... sehr vertraulich. Sie haben doch eine Kerze, wie?«
Sie rannte blind gegen die Möbelstücke im Zimmer. Der Kerzenhalter fiel um. Zündhölzer wurden vergeblich angestrichen. Die Schachtel fiel herunter. Er hörte, wie sie sich auf die Knie niederließ, auf dem Fußboden herumtastete und dabei ununterbrochen in wahnsinniger Verwirrung ächzte.
»Oh, mein Gott! Neuigkeiten! Ja... ja... ah! Wo... wo... Kerze. Oh, mein Gott!... Ich finde sie nicht... gehen Sie um Himmelswillen nicht weg...«
»Ich will ja gar nicht weggehen«, sprach Almayer ungeduldig durchs Schlüsselloch. »Aber beeilen Sie sich. Es ist vertrau... es ist dringend...«
Er stampfte mit dem Fuß auf und wartete, die Hand auf dem Türgriff. Dabei dachte er besorgt: die Frau ist ja eine komplette Idiotin. Warum sollte ich weggehen wollen? Sie hat ja den Verstand verloren. Sie wird nie begreifen, was ich ihr sagen will, sie ist zu dumm.
Sie hastete nun schweigend im Zimmer umher. Er wartete. Für einen Augenblick trat drinnen absolute Stille ein, dann sprach sie mit erschöpfter Stimme Worte, die wie aus einem verhauchenden Seufzer gebildet schienen, aus einem matten, schweren Seufzer – wie Worte, die von einer Frau gehaucht werden, ehe sie in eine tiefe Ohnmacht fällt: »Kommen Sie herein.«
Er öffnete die Tür. Ali, der daherkam, einen Berg von Kissen und Decken, die ihm bis ans Kinn reichten, gegen die Brust gepreßt, erblickte seinen Herrn, ehe die Tür sich hinter diesem schloß. Er war so verblüfft, daß er sein Bündel fallen ließ und lange Zeit auf die Tür starrend stehenblieb. Er hörte die Stimme seines Herrn. Er sprach zu der Siranifrau! Wer war die überhaupt? Darüber hatte er bislang noch gar nicht nachgedacht. Ein Weilchen stellte er verschwommene Betrachtun-

gen über den Zustand der Dinge im allgemeinen an. Sie war eine Siranifrau – und häßlich. Er grimassierte verächtlich, hob Kissen und Decken auf und machte sich daran, die Hängematte an zwei Pfosten der Veranda zu befestigen... diese Dinge gingen ihn nichts an. Sie war häßlich, der Raja Laut hatte sie hergebracht, und sein Herr redete mit ihr in der Nacht. Sehr gut. Er, Ali, hatte seine Arbeit zu erledigen: Die Hängematte zu befestigen, einen Rundgang zu machen, um zu sehen ob die Nachtwächter auch wachten, ob die Boote vertäut waren, ob der große Speicher mit dem Vorhängeschloß abgesperrt war. Dann konnte er schlafen gehen. Schlafen! Ein angenehmer Schauer überrieselte ihn. Er lehnte sich mit beiden Armen über die Hängematte seines Herrn und nickte ein.

Ein Schrei, unerwartet und durchdringend – ein Schrei, der in der schrillsten Tonlage einer weiblichen Stimme begann und dann so jäh verstummte, daß sich unwillkürlich der Gedanke an einen schnellen Tod einstellte –, veranlaßte Ali, sich mit einem Satz von der Hängematte zu entfernen. Die nun folgende Stille kam ihm noch fürchterlicher vor als der grauenhafte Schrei. Er war wie vom Donner gerührt. Almayer trat aus dem Büro, ließ die Tür angelehnt, ging dicht an seinem Diener vorbei, ohne ihn zu bemerken, geradenwegs auf den Wasserbehälter zu, der, dem Luftzug ausgesetzt, an einem Nagel hing. Er hob ihn herunter, kehrte um und ging ganz dicht an dem versteinerten Ali vorüber. Er machte große Schritte, blieb aber trotz seiner Eile vor der Tür stehen, legte den Kopf zurück und ließ einen dünnen Wasserstrahl in seine Kehle laufen. Während er kam und ging, während er stehenblieb, um zu trinken, während all dieser Ereignisse drang aus dem finsteren Zimmer unablässig ein schwächliches, beharrliches Weinen, das Weinen eines müden, verängstigten Kindes. Nachdem er getrunken hatte, ging Almayer hinein und machte die Tür sorgfältig hinter sich zu.

Ali rührte sich nicht. Diese Siranifrau konnte ja mächtig schreien! Er empfand heftige Neugier, die angesichts seiner sonstigen Teilnahmslosigkeit ganz ungewöhnlich war. Er konnte die Blicke nicht von der Tür wenden. Lag sie tot dahinter? Wie interessant, wie lustig! Er stand mit offenem Mund da, bis er wieder das Quietschen des Türknopfes hörte. Das mußte der Herr sein. Ali wirbelte auf den Hacken herum und tat so, als sei er ganz in die Betrachtung des Nachthimmels vertieft. Er hörte, wie Almayer sich hinter ihm bewegte. Stühle wurden gerückt. Der Herr nahm Platz.

»Ali«, sagte Almayer.

Er sah finster und nachdenklich drein. Er musterte den Diener, der nun an den Tisch trat, dann zog er die Uhr heraus. Die Uhr ging. Immer, wenn Lingard in Sambir war, ging Almayers Uhr. Er stellte sie dann nach der Kajütenuhr und ermahnte sich dabei jedesmal, von nun an darauf zu achten, daß die Uhr nicht wieder stehenbleibe. Und immer wenn Lingard abfuhr, ließ er die Uhr ablaufen und maß seine Müdigkeit nach Sonnenaufgängen und Sonnenuntergängen, in stumpfer Gleichgültigkeit gegenüber bloßen Stunden – bloßen Stunden! Stunden, denen doch im Leben von Sambir, im trägen Stillstand leerer Tage, gar keine Bedeutung zukam, da für ihn doch nichts von Wichtigkeit war als die Qualität des Kautschuks und die Länge des Rohrs; da sich keine kleinen Hoffnungen erfüllen konnten, da er nichts Interessantes, Erträgliches, nichts Wünschenswertes zu erwarten hatte und da es nichts Bittereres gab als die Gemächlichkeit, mit der die Tage dahinschlichen, und nichts Süßeres als die Hoffnung, die ferne herrliche Hoffnung – die ermüdende, peinigende, kostbare Hoffnung, endgültig fortgehen zu können.

Er sah auf die Uhr. Es war halb neun. Ali wartete teilnahmslos.

»Geh in die Siedlung«, sagte Almayer, »und sage Mahmat

Banjer, er soll herkommen, ich will heute noch mit ihm sprechen.«

Ali entfernte sich murrend. Diesen Auftrag schätzte er gar nicht. Banjer und seine beiden Brüder waren Herumtreiber aus Bajow, kürzlich in Sambir aufgetaucht, und hatten Erlaubnis erhalten, eine baufällige, verlassene Hütte zu beziehen, die Lingard und Co. gehörte und auf drei Pfosten unmittelbar vor der Umzäunung stand. Ali mißbilligte es, daß man diesen Fremden so entgegenkam. Im Augenblick war nämlich jede Art Unterkunft in Sambir rar, und wenn der Herr das verfallene alte Haus nicht mehr haben wollte, dann hätte er es ihm, Ali, geben sollen, der sein Diener war, nicht aber jenen üblen Burschen. Es war allgemein bekannt, daß sie üble Kerle waren. Man wußte, daß sie Hinopari, der sehr alt und schwach und ohne Söhne war, ein Boot gestohlen und dann durch ihr rohes Betragen den bedauernswerten alten Mann so eingeschüchtert hatten, daß er nichts zu sagen wagte. Doch wußten alle davon. Es war einer der geduldeten Skandale von Sambir, die mißbilligt und doch hingenommen wurden, ein Beweis für die schändliche Anerkennung des Erfolges, für das unausgesprochene, feige Einverständnis mit der Macht, das entehrend und unausrottbar auf dem Grunde aller Herzen und aller Gemeinschaften ruht; das sich überall findet, wo Menschen zusammenkommen, an größeren und tugendhafteren Orten als Sambir – und auch in Sambir, wo, genau wie anderwärts, der eine ungestraft ein Boot stehlen darf, während es dem anderen verboten ist, ein Paddel auch nur anzusehen.

Almayer lehnte sich nachdenklich in seinen Stuhl zurück. Je länger er überlegte, desto mehr war er davon überzeugt, daß Banjer und seine beiden Brüder ganz die Leute waren, die er brauchte. Diese Burschen waren Zigeuner des Meeres und konnten unbemerkt verschwinden; falls sie zurückkehrten, würde es sich niemand – am allerwenigsten Lingard – ein-

fallen lassen, sie um Auskünfte anzugehen. Überdies nahmen sie an den Angelegenheiten Sambirs kein persönliches Interesse, hatten keine Partei ergriffen und kümmerten sich um nichts.
Er rief laut: »Mrs. Willems!«
Sie kam eilig heraus, erschreckte ihn beinahe, so sehr hatte es den Anschein, als sei sie auf der anderen Seite des Tisches aus dem Fußboden emporgetaucht. Zwischen ihnen stand die Lampe. Almayer rückte sie zur Seite und sah Mrs. Willems von unten her an. Sie weinte. Sie weinte lautlos und sanft, Tränen fielen unaufhörlich, aber nicht etwa in Tropfen, sondern sie rannen wie ein klarer Strom unablässig unter ihren Lidern hervor. Es schien, als strömten sie zugleich über Nase, Wangen und Kinn, das feucht im Licht glänzte. Brust und Schultern wurden immer wieder von krampfhaftem, stummem Schluchzen geschüttelt, und nach jedem solchen Anfall zitterte ihr vergrämter kleiner Kopf, um den ein rotes Tuch geschlungen war, auf dem langen Hals, um den ihre magere Hand das in Unordnung geratene Gewand zusammenhielt.
»Fassen Sie sich, Mrs. Willems«, sagte Almayer.
Sie stieß einen unartikulierten Laut aus, der sich anhörte wie ein schwacher, sehr entfernter, kaum vernehmbarer, in Todesnot hervorgestoßener Angstschrei. Dann strömten die Tränen lautlos von neuem.
»Sie müssen begreifen, daß ich Ihnen das alles aus Freundschaft gesagt habe, aus reiner Freundschaft«, versicherte Almayer, nachdem er sie eine Weile mit offenkundigem Mißfallen betrachtet hatte. »Als seine Frau sollen Sie wissen, in welcher Gefahr er schwebt. Kapitän Lingard ist nämlich ein furchtbarer Mann.«
Sie schniefte und schluchzte vor sich hin: »Sagen Sie... sagen Sie... mir jetzt... die Wahrheit?«
»Auf Ehre. Beim Leben meines Kindes«, beteuerte Almayer.

»Ich mußte Sie Kapitän Lingards wegen bisher täuschen. Ich konnte es aber nicht länger ertragen. Bedenken Sie doch, was für ein Risiko ich damit eingehe, daß ich Ihnen das alles erzähle..., wenn Lingard je dahinter käme! Warum sollte ich es tun, wenn nicht aus reiner Freundschaft? Sie wissen ja, daß der liebe Peter und ich in Makassar jahrelang Kollegen waren.«

»Was soll ich tun... was soll ich nur tun!« rief sie zitternd und sah sich unschlüssig nach allen Seiten um, wie im Zweifel über die Fluchtrichtung.

»Sie müssen ihm während Lingards Abwesenheit zur Flucht verhelfen. Er hat Lingard beleidigt, und da hört der Spaß auf. Lingard hat gesagt, er wolle ihn töten, und das wird er auch tun«, erklärte Almayer ernst.

Sie rang die Hände. »Oh! Der böse Mensch, der böse, böse Mensch!« ächzte sie und schwankte auf dem Stuhle hin und her.

»Ja, ja! Er ist schrecklich«, stimmte Almayer zu. »Sie dürfen keine Zeit verlieren. Verstehen Sie mich überhaupt, Mrs. Willems? Denken Sie an Ihren Mann, an Ihren armen Mann. Wie glücklich wird er sein. Sie werden ihm das Leben wiedergeben – buchstäblich das Leben schenken. Denken Sie an ihn.« Sie saß nun wieder still, den Kopf tief zwischen die Schultern eingezogen, die Arme über der Brust gekreuzt, und starrte Almayer mit irren Blicken an, während ihre Zähne heftig und unaufhörlich gegeneinander schlugen, was in der tiefen Stille des Hauses einen rechten Lärm verursachte.

»Oh! Mutter Gottes!« jammerte sie. »Ich elende Frau. Wird er mir verzeihen? Der arme, unschuldige Mann. Wird er mir verzeihen? Oh, Mr. Almayer, er ist so streng. Oh! Helfen Sie mir doch... ich wage es ja nicht... Sie wissen ja nicht, was ich ihm angetan habe... ich kann nicht... ich wage es nicht... Gott steh mir bei!«

Die letzten Worte waren ein verzweifelter Schrei. Wäre ihr bei lebendigem Leibe die Haut abgezogen worden, sie hätte keine schrecklichere, keine herzzerreißendere, angstvollere Klage zum Himmel richten können.

»Sch, sch!« zischte Almayer und sprang auf. »Sie werden mit Ihrem Geschrei noch das ganze Haus wecken!«

Nun weinte sie stumm weiter, und Almayer starrte sie maßlos erstaunt an. Der Verdacht, daß er einen falschen Schritt getan haben könne, als er sie ins Vertrauen zog, regte ihn so auf, daß er im Augenblick keinen Gedanken fassen konnte.

Schließlich sagte er: »Ich schwöre Ihnen, daß Ihr Mann in einer Lage ist, in der er auch den Teufel... hören Sie jetzt gut zu... den Teufel mit offenen Armen empfangen würde, wenn er nur in einem Kanu angefahren käme. Oder ich müßte mich sehr irren«, setzte er halblaut hinzu. Dann wieder laut: »Falls Sie irgend etwas gutzumachen haben, dann, das versichere ich Ihnen – das schwöre ich Ihnen! – dann ist dies der richtige Augenblick dazu.«

Der inständige, beschwörende Ton seiner Worte – so glaubte er – hätte selbst einen Götzen überzeugen müssen. Er bemerkte befriedigt, daß Joanna ihn wenigstens annähernd begriffen hatte. Er fuhr langsam und eindringlich fort:

»Hören Sie, Mrs. Willems. Ich selbst kann nichts unternehmen, ich wage es nicht. Aber ich will Ihnen sagen, was ich tun werde. In etwa zehn Minuten wird hier ein Bugismann erscheinen – Sie verstehen die Sprache ja, Sie sind aus Makassar. Er besitzt ein großes Kanu; er kann Sie hinbringen. Er soll Sie zum Kampong des neuen Raja fahren. Es sind drei Brüder, die für Geld zu allem bereit sind... Sie haben doch etwas Geld, oder nicht?«

Sie stand da – vielleicht hörte sie zu – und gab kein Zeichen des Verständnisses, sondern starrte nun zu Boden, als habe der Schrecken der Situation, das übermächtige Bewußtsein von ihrer eigenen Schlechtigkeit und von der großen Gefahr, in

der ihr Mann schwebte, ihr Hirn, ihr Herz und ihre Willenskraft gelähmt – habe sie aller Fähigkeiten, auch der zu atmen und auf den Füßen zu stehen, beraubt. Almayer verschwor sich im stillen mit wüsten Flüchen, daß er nie im Leben ein nutzloseres, dümmeres Wesen erblickt habe.
»Haben Sie mich verstanden?« sagte er und hob die Stimme. »Versuchen Sie, mich zu begreifen. Haben Sie Geld? Geld. Dollars. Gulden. Geld! Was ist denn los mit Ihnen?«
Ohne den Blick zu heben, sagte sie mit einer Stimme, die so schwächlich und unentschlossen klang, als habe sie verzweifelt versucht, sich zu erinnern: »Das Haus ist verkauft worden. Mr. Hudig war böse.«
Almayer hielt sich mit letzter Kraft an der Tischkante. Er widerstand mannhaft einem fast unbeherrschbaren Drang, auf sie loszugehen und ihr hinter die Ohren zu schlagen.
»Es ist doch wohl für Geld verkauft worden«, sagte er schneidend, mit gemachter Ruhe. »Haben Sie das Geld? Wer hat es?«
Sie sah ihn an, hob mit großer Mühe die geschwollenen Lider; ihre hängenden Mundwinkel und ihr schmutziges, verweintes Gesicht verliehen ihr einen tief bekümmerten Ausdruck. Sie flüsterte verzagt:
»Etwas hat Leonard bekommen. Er wollte sich verheiraten. Und Onkel Antonio; er saß vor der Tür und wollte nicht weggehen; und Aghostina – sie ist so arm... und hat so viele, viele Kinder – kleine Kinder. Und Luiz, der Maschinist. Er hat nie was gegen meinen Mann gesagt. Und dann unsere Kusine Maria. Sie kam und schrie, und ich hatte solche Kopfschmerzen, und das Herz tat mir so weh... dann noch Vetter Salvator und der alte Daniel da Souza, der...«
Almayer hatte ihr sprachlos vor Wut zugehört. Er dachte: jetzt muß ich der Idiotin auch noch Geld geben. Ich muß! Sie muß verschwunden sein, ehe Lingard zurückkommt. Zweimal setzte er zum Sprechen an, dann platzte er heraus:

»Ich will die verfluchten Namen ja gar nicht wissen! Sagen Sie mir bloß: hat dieses Teufelspack Ihnen irgendwas übriggelassen? Ihnen? Das will ich wissen!«

»Ich habe zweihundertfünfzehn Dollars«, sagte Joanna ängstlich.

Almayer atmete auf. Er sprach nun sehr freundlich:

»Das reicht. Viel ist es nicht, aber es wird reichen. Und nun hören Sie: Wenn der Mann hier erscheint, werde ich mich nicht sehen lassen. Sprechen Sie mit ihm. Geben Sie ihm etwas Geld, aber nur wenig, hören Sie! Versprechen Sie ihm mehr. Wenn Sie angelangt sind, wird Ihr Mann selbstverständlich alles weitere übernehmen. Vergessen Sie nicht, ihm zu sagen, daß Kapitän Lingard an der Flußmündung ist – an der nördlichen Einfahrt. Das werden Sie doch wohl behalten? Am nördlichen Mündungsarm. Lingard bedeutet – Tod.«

Joanna schauderte. Almayer fuhr hastig fort:

»Falls Sie Geld gebraucht hätten, würde ich es Ihnen selbstverständlich gegeben haben. Auf Ehre! Sagen Sie Ihrem Mann, daß ich Sie geschickt habe. Sagen Sie ihm, daß er keine Zeit verlieren soll. Und bestellen Sie ihm, daß wir uns wiedersehen werden – irgendwann einmal. Daß ich nicht ruhig sterben könnte, ohne ihn noch einmal gesehen zu haben. Nur einmal noch. Sie müssen wissen, ich liebe ihn. Ich habe es bewiesen. Diese Angelegenheit ist für mich ein ungeheueres Risiko!«

Joanna haschte nach seiner Hand und drückte sie, ehe er noch ahnen konnte, was sie vorhatte, an ihre Lippen.

»Mrs. Willems! Lassen Sie das. Was machen Sie denn da...« rief der verlegene Almayer und riß seine Hand weg.

»Oh, Sie sind so gut!« rief sie in einem Ausbruch von Leidenschaft. »Sie sind edel... jeden Tag will ich beten... zu allen Heiligen... ich werde...«

»Nicht doch... nicht doch!« stammelte Almayer verwirrt, ohne recht zu wissen, was er sagte. »Hüten Sie sich vor Lingard... es freut mich, daß ich... in Ihrer traurigen Lage... glauben Sie mir...«

Zwischen ihnen stand der Tisch. Joanna hatte die Augen niedergeschlagen, und ihr Gesicht wirkte im Halbdunkel über der Lampe wie eine fleckige Schnitzerei aus altem Elfenbein – eine Schnitzerei aus altem, sehr altem Elfenbein, mit stark betonten leidvollen Falten. Almayer betrachtete sie, mißtrauisch und hoffnungsvoll. Er sagte bei sich: wie zerbrechlich sie ist! Ich könnte sie umblasen. Sie scheint ja ungefähr begriffen zu haben, was geschehen muß. Aber wird sie die Kraft haben, es auszuführen? Ich muß jetzt meinem Glück vertrauen!

Vom Hof her hörte man plötzlich Alis ärgerliche Stimme: »Warum hast du das Tor verschlossen, o Vater allen Unheils? Du, ein Wächter! Du bist nur ein Wilder. Habe ich nicht gesagt, daß ich zurückkomme? Du...«

»Ich gehe jetzt, Mrs. Willems«, sagte Almayer. »Der Mann ist gekommen – mit meinem Diener. Fassen Sie sich. Versuchen Sie...«

Er hörte die Schritte der beiden Männer im Korridor, und ohne seinen Satz zu beenden, lief er hastig die Stufen hinunter zum Fluß.

## XXIV

Während der nächsten halben Stunde stolperte Almayer, der Joanna Zeit genug lassen wollte, zwischen Gerümpel in den entlegeneren Teilen seines Hofes umher, schlich sich an den Zäunen entlang oder stand mit angehaltenem Atem eng an die Flechtwände irgendwelcher Nebengebäude gepreßt: all dies, um Ali zu entgehen, der mit unwillkommenem Eifer nach seinem Herrn suchte. Er hörte ihn zu dem Wächter sprechen – manchmal war er ihm in der Dunkelheit ganz nahe –, sich dann entfernen, zurückkehren, zuerst verwundert und dann immer besorgter.

»Sage, du blinder Wächter – er ist doch nicht etwa in den Fluß gefallen?« fuhr Ali den anderen knurrend an. »Er hat mir befohlen, Mahmat herzubringen, und als ich auf dem schnellsten Wege zurückgekehrt war, fand ich ihn nicht mehr im Haus. Zwar ist die Siranifrau drinnen, so daß dieser Mahmat nichts stehlen kann, aber mir will doch scheinen, die Nacht wird halb herumgehen, ehe ich zur Ruhe komme.«

Er schrie: »Herr! O Herr! Oh...«

»Warum machst du denn solchen Lärm?« sagte Almayer streng und tauchte ganz in der Nähe auf.

In ihrer Überraschung sprangen die beiden Malaien mit einem Satz auseinander.

»Du kannst gehen. Ich brauche dich heute abend nicht mehr, Ali«, fuhr Almayer fort. »Ist Mahmat da?«

»Ja, wenn dieser ungehobelte Wilde nicht des Wartens überdrüssig geworden ist. Diese Menschen kennen keine Höflichkeit. Weiße Männer sollten gar nicht mit ihnen sprechen«, versetzte Ali unwillig.

Almayer ging ins Haus und überließ es seinem Diener, sich den Kopf darüber zu zerbrechen, wie er so unvermutet hatte auftauchen können. Der Wächter deutete an, daß der Herr die Kraft besitze, sich unsichtbar zu machen, denn oft in der Nacht... Ali unterbrach ihn verächtlich. Nicht jeder weiße Mann besitze diese Kraft. Der Raja Laut, ja, der könne sich unsichtbar machen. Er könne auch an zwei Orten zugleich erscheinen, wie jedermann wisse, ausgenommen er –, der nutzlose Wächter – der von weißen Männern nicht mehr Ahnung habe als ein wildes Schwein. Ya–wa!

Und Ali schlenderte laut gähnend zu seiner Hütte.

Als Almayer die Stufen emporstieg, hörte er, wie eine Tür zugeschlagen wurde, und als er die Veranda erreichte, sah er dort nur Mahmat nahe beim Eingang zum Korridor. Mahmat schien sich gerade in diesem Augenblick fortmachen zu wollen, was Almayer mit Befriedigung zur Kenntnis nahm. Beim Anblick des Weißen gab der Malaie seinen Versuch auf und lehnte sich gegen die Wand. Er war ein kurzer, untersetzter, breitschultriger Mann, er besaß sehr dunkle Haut und einen breiten, fleckigen, hellroten Mund, der, wenn er sich öffnete, eine Reihe engstehender, schwarzer glänzender Zähne sehen ließ. Seine Augen waren groß, verträumt und unstet und quollen stark vor. Er sah sich verstohlen um und sagte mürrisch: »Du bist groß und stark, weißer Tuan, und ich bin ein armer Mann. Sage mir, was dein Wille ist, und laß mich in Gottes Namen gehen. Es ist spät.«

Almayer musterte den Mann nachdenklich. Wie sollte er nun feststellen, ob ... ah, ja! In letzter Zeit waren dieser Mann und seine zwei Brüder von ihm dazu angestellt worden, Gerät, Lebensmittel und neue Äxte zu dem Lager der Rohrschneider zu schaffen, das sich weiter oben am Fluß befand. Er sagte leichthin: »Ich will, daß du dich sofort auf den Weg ins Lager machst. Ich zahle pro Tag einen Dollar.«

Der Mann schien von dumpfer Unentschlossenheit, doch Almayer, der seine Malaien kannte, entnahm Mahmats Miene fast mit Gewißheit, daß der Bursche durch nichts zu bewegen sein würde, diesen Auftrag zu übernehmen. Er drängte ihn: »Es ist wichtig – und wenn du dich beeilst, werde ich für den letzten Tag zwei Dollar zahlen.«

»Nein, Tuan. Wir fahren nicht«, flüsterte der Mann heiser.

»Warum nicht?«

»Wir haben eine andere Reise vor.«

»Wohin?«

»An einen Ort, den wir kennen«, sagte Mahmat etwas lauter und sah trotzig zu Boden.

Almayer war entzückt. Er sagte mit gemachtem Ärger: »Ihr

Männer lebt in meinem Haus, als gehöre es euch. Vielleicht werde ich mein Haus sehr bald selbst benötigen.«
Mahmat sah auf.
»Wir sind Männer des Meeres und geben nichts um ein Dach, wenn wir ein Kanu haben, das drei Männer trägt, und jeder ein Paddel. Das Meer ist unser Haus. Friede sei mit dir, Tuan.«
Er drehte sich um und ging schnell davon; Almayer hörte, wie er gleich darauf im Hof dem Wächter zurief, ihm das Tor zu öffnen. Mahmat durchschritt schweigend das Tor, aber ehe der Riegel noch hinter ihm gefallen war, hatte er den Entschluß gefaßt, sein Haus abzubrennen, falls der weiße Mann ihn je daraus vertreiben sollte, und außerdem noch so viele andere Gebäude des weißen Mannes, wie es ohne Risiko möglich sein würde. Er rief seine Brüder, noch bevor er die baufällige Hütte betreten hatte.
»Alles steht zum besten!« murmelte Almayer vor sich hin, während er aus einer Tischschublade losen Javatabak nahm. »Wenn nun etwas herauskommt, trifft es jedenfalls nicht mich. Ich habe den Mann beauftragt, den Fluß hinaufzufahren. Ich habe ihn geradezu gedrängt. Das wird er selbst bestätigen. Gut.«
Er begann, den Porzellankopf der Pfeife zu stopfen; es war eine Pfeife mit langem Kirschholzrohr und gebogenem Mundstück. Er preßte den Tabak mit dem Daumen fest und dachte: nein, ich will nicht noch einmal zu ihr gehen. Ich habe keine Lust. Ich werde ihr einen guten Vorsprung geben und dann die Verfolgung aufnehmen – und ein Eilboot hinter Vater herschicken. Ja, so wird es gemacht.
Er näherte sich der Tür des Büros, nahm die Pfeife aus dem Mund und sagte: »Viel Glück auf den Weg, Mrs. Willems. Verlieren Sie keine Zeit. Sie können am Gebüsch entlanggehen, der Zaun ist da umgefallen. Verlieren Sie keine Zeit. Vergessen Sie nicht, daß es um ... um Leben und Tod geht.

Und vergessen Sie auch nicht: ich weiß von nichts. Ich verlasse mich auf Sie.«

Er hörte, wie drinnen ein Deckel klappte. Sie machte einige Schritte, stieß einen tiefen, langen Seufzer aus und murmelte Worte, die er nicht verstand. Er schlich auf Zehenspitzen von der Tür weg, schüttelte seine Pantoffeln in einer Ecke der Veranda von den Füßen und betrat dann, seine Pfeife schmauchend, den Korridor. Er bewegte sich behutsam über leise knarrende Dielen und bog nach links in eine Türöffnung, vor der ein Vorhang hing. Dahinter war ein großer Raum. Eine kleine Kompaßlaterne, die schon vor Jahren aus der Gerätekammer der *Flash* ins Haus gekommen war, stand als Nachtlicht auf dem Boden. Sie glomm schwach in der dichten Finsternis. Almayer nahm sie auf und belebte die Flamme, indem er den Docht mit den Fingern herauszog, die er aber gleich darauf mit schmerzverzerrtem Gesicht hin und her schlenkerte. Schlafende Gestalten, von Kopf bis Fuß in weiße Laken gehüllt, lagen überall auf Matten am Boden. Mitten im Zimmer stand unter einem viereckigen, weißen Moskitonetz ein kleines Bett – das einzige Möbelstück innerhalb der vier Wände. Es sah aus wie ein Altar von durchscheinendem Marmor in einem düsteren Tempel. Eine Frau, halb auf dem Boden liegend, den Kopf auf die Arme gestützt, die auf dem Fußende des Bettes ruhten, erwachte, als Almayer über ihre ausgestreckten Beine hinwegstieg. Sie richtete sich wortlos auf, beugte sich vor, umklammerte die Knie und starrte aus traurigen, verschlafenen Augen vor sich hin.

In einer Hand die blakende Laterne, in der anderen seine Pfeife, stand Almayer vor dem abgeschirmten Bett und betrachtete seine Tochter – seine kleine Nina, jenen Teil von sich selbst, jenes kleine, schlafende Partikelchen der Menschheit, das ihm seine ganze Seele zu enthalten schien. Und es war, als werde er von einer hellen, warmen Welle der Zärtlichkeit überflutet, einer Zärtlichkeit größer als die Welt, kostbarer als das Leben; unter den flüchtigen, verzerrten und drohenden Schatten des Daseins das einzig Wirkliche, Lebendige, Süße, Greifbare, Schöne und Gewisse. Auf seinem Gesicht, das von der kurzen gelben Flamme der Lampe nur undeutlich erhellt wurde, erschien ein Ausdruck hingerissener Aufmerksamkeit, während er in die Zukunft seines Kindes blickte. Was sah er dort nicht alles! Wunderbare, prächtige Dinge rollten in zauberhaft glänzenden Bildern ab; Darstellungen außerordentlicher, glücklicher, unsagbar schöner Ereignisse, aus denen ihr Leben bestehen würde. Er würde es tun! Er würde es tun! Ja! Für das Kind! Und während er so in seine verzaubernden und blendenden Träume versunken in der schweigenden Nacht stand und der dünn aufsteigende Tabaksrauch sich über ihm zu einer schwachen bläulichen Wolke ausbreitete, wirkte er merkwürdig ergreifend und verzückt: wie ein frommer Mystiker, der in stumme Anbetung versunken Weihrauch streut vor dem durchsichtigen Schrein eines Kindgötzen mit geschlossenen Augen, vor dem reinen, umwölkten Schrein eines kleinen, zerbrechlichen, hilflosen, schlafenden Gottes.

Als Ali, durch wiederholtes lautes Rufen seines Namens geweckt, aus der Tür seiner Hütte stolperte, erblickte er einen schmalen Streifen zitternden Goldes über den Wäldern und einen bleichen, mit matten Sternen besetzten Himmel – Vorzeichen des heraufkommenden Tages. Sein Herr stand vor der Tür, schwenkte ein Stück Papier und schrie aufgeregt: »Schnell, Ali! Schnell!« Als er seinen Diener erblickte, stürzte er auf ihn zu, drückte ihm das Papier in die Hand und bestürmte ihn in einem Ton, der Ali Entsetzliches vermuten ließ, in größter Eile das Walboot bereitzumachen, um unverzüglich – sofort, sogleich – hinter Kapitän Lingard herzufahren.

Ali protestierte, ebenfalls erregt, denn diese wahnwitzige Eile hatte ihn angesteckt: »Wenn es schnell gehen muß, nehmen wir lieber ein Kanu. Das Walboot kommt nicht so schnell voran wie ein kleines Kanu.«

»Nein, nein! Walboot! Walboot! Du Tölpel! Du Schelm!« heulte Almayer mit allen Anzeichen des Irrsinns. »Ruf die Leute! Nun mach schon, mach schon!«

Und Ali rannte im Hof herum, stieß die Türen der Hütten mit dem Fuß auf, steckte den Kopf hinein und schrie aus Leibeskräften; und als er so von Hütte zu Hütte eilte, traten frierende, verschlafene Männer heraus und glotzten blöde hinter ihm drein, während sie sich verstört und teilnahmslos kratzten. Es war schwer, sie in Bewegung zu bringen. Sie brauchten Zeit, um sich zu räkeln und ein bißchen vor sich hin zu zittern. Einige wollten essen, einer behauptete, krank zu sein; keiner wußte, wo das Ruder war. Ali rannte hin und her, erteilte Befehle, schimpfte, stieß erst einen, dann noch einen vorwärts und hielt in seinen Anstrengungen nur inne, um heftig die Hände zu ringen und zu stöhnen, weil das Walboot viel langsamer war als das schlechteste Kanu und der Herr seinen Beteuerungen einfach kein Gehör schenkte.

Almayer sah schließlich das Boot ablegen, dessen Riemen auf gut Glück von Männern bedient wurden, die froren, die hungrig und mürrisch waren; er blieb so lange an der Mole, bis es den Fluß hinunter verschwunden war. Es war jetzt heller Tag und der Himmel ganz wolkenlos. Almayer trat einen Augenblick ins Haus. Sein Haushalt war aufgestört und wunderte sich über das befremdliche Verschwinden der Siranifrau, die ihr Kind mitgenommen, ihr Gepäck aber zurückgelassen hatte. Almayer sprach mit niemandem, holte seinen Revolver und ging wieder an den Fluß hinunter. Er sprang in ein kleines Kanu und paddelte selbst zum Schoner hinüber. Er paddelte sehr gemächlich, kaum aber war er in die Nähe des Schiffes gelangt, als er es auch schon anrief und sich dabei gebärdete wie ein Mensch, der es unerhört eilig hat.

»Schoner ahoi! Schoner ahoi!« brüllte er.

Über der Reling erschien eine Reihe ausdrucksloser Gesichter. Nach einer Weile antwortete ein Mann mit wolligem Haar: »Ja, Herr!«

»Den Maat! Den Maat! Rufen Sie ihn her, Steward!« rief Almayer aufgeregt und haschte nach dem Tau, das ihm jemand heruntergeworfen hatte.

Nach weniger als einer Minute beugte sich der Maat über die Reling. Er fragte überrascht: »Kann ich Ihnen behilflich sein. Mr. Almayer?«

»Geben Sie mir sofort die Gig, Mr. Swan – sofort. Ich fordere sie im Namen Kapitän Lingards. Ich muß sie haben. Es geht um Leben und Tod.«

Der Maat war von Almayers Erregung beeindruckt.

»Selbstverständlich, sofort, Sir... Los, bemannt die Gig! Fassen Sie zu, Serang!... sie hängt achtern, Mr. Almayer«, sprach er wieder hinunter. »Setzen Sie sich schon hinein, Sir. Die Männer rutschen am Tau hinunter.«

Als Almayer in die Gig geklettert war, hatten auch schon vier Kalaschen ihre Plätze eingenommen, und die Riemen wurden heruntergereicht. Der Maat sah zu. Plötzlich sagte er: »Ist es was Gefährliches? Brauchen Sie Hilfe? Ich könnte mitkommen...«

»Ja, ja!« rief Almayer. »Kommen Sie mit. Verlieren Sie aber keine Zeit. Holen Sie Ihren Revolver. Schnell! Schnell!«

Trotz seiner fieberhaften Eile wartete Almayer seelenruhig und unbekümmert, bis der Maat eingestiegen, über die Duchten geklettert war und sich neben ihm niedergelassen hatte. Nun schien er aufzuwachen und rief: »Loswerfen – werft die Leine los!«

»Werft die Leine los – die Leine!« brüllte der Mann im Bug und riß an der Fangleine.

An Bord schrie ebenfalls einer dem anderen zu »loswerfen!«,

bis schließlich jemand auf die Idee kam, die Leine wirklich loszumachen. Nun trat Ruhe ein, und das Boot löste sich schnell vom Schoner.

Almayer steuerte. Neben ihm saß der Maat und steckte Patronen in die Trommel seines Revolvers. Als die Waffe geladen war, fragte er: »Worum handelt es sich denn? Sind Sie hinter jemandem her?«

»Ja«, antwortete Almayer kurz und blickte starr geradeaus auf den Fluß. »Wir müssen einen gefährlichen Mann dingfest machen.«

»So eine kleine Jagd habe ich ganz gerne«, bemerkte der Maat, verstummte dann aber, da Almayers strenge, gedankenvolle Miene ihn einschüchterte.

Es verging beinahe eine Stunde. Die Kalaschen beugten sich vor, legten sich wieder zurück, und ihre gleichmäßigen Riemenschläge ließen das Boot durchs Wasser fliegen. Bei jedem Schlag der kraftvoll gehandhabten, langen Riemen gab es den sehr aufrecht im Heck sitzenden Gestalten einen Ruck.

Der Maat bemerkte: »Die Ebbe hilft uns.«

»Dieser Fluß hat immer eine starke Strömung«, sagte Almayer.

»Ja, das weiß ich«, erwiderte der andere, »bei Ebbe ist sie aber stärker. Wenn Sie ans Ufer sehen, können Sie merken, wie schnell wir vorwärts kommen! Die Strömung macht hier bestimmt fünf Knoten.«

»Hm!« brummte Almayer. Dann plötzlich: »Es gibt hier zwischen zwei Inseln eine Durchfahrt, die uns vier Meilen spart. Allerdings sind die beiden Inseln in der Trockenzeit bei Niedrigwasser nur durch einen schlammigen Graben getrennt. Immerhin sollten wir es riskieren.«

»Bei ablaufendem Wasser ist das eine kitzlige Angelegenheit«, erwiderte der Maat kühl. »Sie werden aber am besten wissen, ob noch Zeit genug ist durchzukommen.«

»Ich werde es versuchen«, sagte Almayer, der das Ufer scharf beobachtete. »Achtung jetzt!«
Er riß die Ruderleine hart nach steuerbord.
»Riemen einholen!« rief der Maat.
Die Gig schwang herum und schoß durch die enge Einfahrt eines Wasserlaufes, der sich verbreiterte, ehe das Boot Fahrt verlor.
»Riemen raus! ... gerade breit genug«, murmelte der Maat.
Das schwarze Wasser dieses düsteren Seitenarmes war golden getupft, wo vereinzelte Sonnenstrahlen durch die Wipfel der Bäume drangen, die sich hochaufragend oben zu einem Bogen vereinigten, der erfüllt war vom bebend durch die schweren Blätter aufsteigenden Rauschen und Flüstern. Schlingpflanzen erkletterten die Stämme dicht beieinanderstehender Bäume, die sich schon neigten, die gefährdet aussahen und unterspült waren, zwischen deren Wurzelwerk das Wasser gearbeitet und die Erde fortgeschwemmt hatte. Der stechende, säuerliche Geruch von faulenden Blättern, von Blumen, Blüten und Pflanzen, die in dem vergifteten grausamen Halbdunkel dahinsiechten, aus dem sie vergeblich zur Sonne strebten, schien schwer auf dem glänzenden toten Wasser zu lasten, das sich gequält im immerwährenden unbesiegbaren Schatten dahinschlängelte.
Almayer sah besorgt drein. Er steuerte schlecht. Mehrere Male verfingen sich die Riemen im Gestrüpp des einen oder anderen Ufers und hinderten die Gig an der Weiterfahrt. Während eines solchen Aufenthaltes, als man sich gerade mühte freizukommen, flüsterte einer der Kalaschen seinem Hintermann etwas zu. Beide blickten ins Wasser, und der Maat tat das gleiche.
»Nanu«, rief er. »He, Mr. Almayer! Sehen Sie doch! Das Wasser läuft weg. Sehen Sie mal! Gleich sitzen wir auf dem Trokkenen.«

»Zurück! Zurück! Wir müssen zurück«, rief Almayer.

»Vielleicht ist es besser weiterzufahren.«

»Nein, zurück, zurück!«

Er riß an der Ruderleine und steuerte das Boot in den Uferschlamm. Wieder verlor man Zeit damit, freizukommen.

»Los, Leute! Los!« drängte der Maat besorgt.

Die Männer pullten keuchend mit verkniffenen Lippen und geblähten Nasenflügeln.

»Zu spät«, sagte der Maat plötzlich. »Die Riemen berühren schon den Grund. Nichts mehr zu machen.«

Das Boot saß fest. Die Männer zogen die Riemen ein und saßen keuchend mit gekreuzten Armen da.

»Ja, jetzt sitzen wir fest«, sprach Almayer ruhig. »So ein Pech!«

Das Wasser fiel immer schneller. Der Maat sah zu, wie einzelne Schlammbänke hervortraten. Gleich darauf lachte er und deutete mit dem Finger auf die Rinne:

»Sehen Sie mal! Der verdammte Fluß läuft uns doch einfach weg. Da verschwindet der letzte Tropfen Wasser um die Ecke.«

Almayer hob den Kopf. Das Wasser war verschwunden, und vor sich sah er nur eine gewundene Schlammrinne, eine glatte, schwarze, morastige Fläche, unter der Fieber, Fäulnis und Verderben lauerten.

»Jetzt müssen wir bis zum Abend warten«, sagte der Maat und setzte dann düster hinzu: »Wir haben nichts zu essen mit.«

Almayer streckte sich im Heck aus, und die Malaien rollten sich unter den Duchten zusammen.

»Hol mich der Kuckuck!« rief der Maat nach einer Weile. »Da hab ich mich nun so beeilt, und das alles nur, um einen Tag lang im Schlamm zu sitzen. Sowas nennt sich nun Feiertag!«

Sie schliefen oder warteten geduldig, ohne sich zu rühren. Als die Sonne höher stieg, erstarb die Brise, und über dem vertrockneten Wasserlauf herrschte ungebrochene Stille. Ein Trupp langnasiger Affen erschien, drängte sich auf den am weitesten herausragenden Ästen und betrachtete das Boot und die reglosen Männer mit sorgenvoller und ernster Aufmerksamkeit, die nur gelegentlich durch Anfälle irrer Bewegungslust unterbrochen wurde. Ein kleiner Vogel mit saphirblauer Brust schaukelte sich in einem schräg einfallenden Sonnenstrahl auf einem dünnen Zweig. Er funkelte wie ein vom Himmel gefallener Edelstein. Aus winzigen runden Augen starrte er auf die fremdartigen, in Ruhe versunkenen Geschöpfe im Boot. Nach einem Weilchen ließ er ein dünnes Zwitschern ertönen, das frech und lustig durch die feierliche Stille der großen Wildnis tönte; durch die große Stille voll Kampf und Tod.

## XXV

Nach Lingards Abfahrt schlossen sich Einsamkeit und Schweigen um Willems; die grausame Einsamkeit eines von Menschen Verlassenen; das vorwurfsvolle Schweigen, welches den von seinen Artgenossen Verstoßenen umgibt. Ein Schweigen, das von keinem noch so leisen Flüstern der Hoffnung gebrochen wird, ein ungeheueres und undurchdringliches Schweigen, welches das Murmeln des Gewissens und den Schrei der Auflehnung verschlingt, ohne Antwort zu geben. Der bittere Frieden der verlassenen Rodungen zog in sein Herz, in dem nun nichts mehr leben konnte als die Erinnerung und der Haß auf seine Vergangenheit. Nicht Reue. Denn es konnte keinen Platz für ein Gefühl wie Reue in der Brust eines Mannes geben, der ganz beherrscht wurde von dem Gedanken an sein Ich samt seinen Ansprüchen und Rechten, von der unerschütterlichen Überzeugung seiner eigenen Wichtigkeit, einer Wichtigkeit so unbestreitbar und unanfechtbar, daß sie alle Wünsche, Bemühungen und Irrtümer mit der Würde von Akten der Vorsehung ausstattete.

Die Tage vergingen. Sie vergingen unbemerkt und ungesehen im grellen Feuer der kurzen Sonnenaufgänge, im flüchtigen Glühen sanfter Sonnenuntergänge, unter dem vernichtenden Druck wolkenloser Mittagsstunden. Wie viele Tage? Zwei – drei – oder noch mehr? Er wußte es nicht. Seit Lingards Abfahrt schien ihm die Zeit in tiefer Dunkelheit dahinzurollen. In ihm war alles Nacht. Er sah nichts mehr. Er wanderte blind durch die verlassenen Höfe, zwischen den leeren Häusern, die von ihren hohen Pfosten her feindselig auf ihn herabsahen, den weißen Fremdling, einen Mann aus anderen Ländern. Seine rastlosen Füße stolperten über Reste erloschener Feuer, wirbelten schwarzen Staub aus kalter Asche auf, der in Wolken aufstob und sich auf das frische Gras senkte, das zwischen schattenspendenden Bäumen im Hof sproß. Er ging weiter und weiter; unaufhörlich, ohne Pause, in immer größeren Kreisen, auf Zickzackpfaden, die zu keinem Ausgang führten; er kämpfte ermattet mit verkrampftem, verzweifeltem Gesicht, hinter dem die Gedanken in seinem erschöpften Gehirn übereinanderkrochen wie Schlangen in ihrem Nest: rastlos, finster, verworren, erschreckend, gräßlich und giftig.
Die Triefaugen der alten Dienerin und der düstere Blick Aissas folgten von ferne der hageren, taumelnden Gestalt auf ihren endlosen Wanderungen entlang den Zäunen, zwischen den Häusern, am üppig wuchernden Gebüsch des Ufers. Diese drei Menschen, die von allen verlassen waren, glichen Schiffbrüchigen, die eine zurückflutende, wütende See auf unsicherer schlüpfriger Klippe abgesetzt hat, wo sie dem fernen Tosen lauschen und zwischen der Angst vor der drohenden Rückkehr der See und dem hoffnungslosen Grauen vor ihrer Einsamkeit zerrieben werden, im Zentrum eines Wirbelsturmes von Leidenschaft, von Reue, von Ekel, von Verzweiflung. Der Atem des Sturmes hatte zwei von ihnen, gänzlich ausgeplündert, dort angespült, und sie besaßen nicht einmal mehr die Fähigkeit,

sich ins Unvermeidliche zu schicken. Das dritte Wesen, die gebrechliche Zeugin ihres Kampfes und ihrer Folter, fand sich mit den Tatsachen ab, wie sie sie begriff: Kraft und Jugend waren dahin; sie war alt und unnütz; dies war ihr letzter Dienst; ihr Herr, ihre Verwandten hatten sie fortgejagt, sie gezwungen, den letzten, wertlosen Rest ihres Lebens zwischen diesen beiden unverständlichen, finsteren Ausgestoßenen zu verbringen: als eine verschrumpelte, duldende Gefährtin im Unglück.

Den Fluß betrachtete Willems mit den Augen eines Gefangenen, der unablässig die Tür seiner Zelle anstarrt. Falls es überhaupt noch eine Hoffnung für ihn gab, so konnte sie nur vom Fluß und durch den Fluß kommen. Stundenlang stand er in der Sonne während die Seebrise, die über den einsamen Fluß dahinstrich, seine zerrissenen Kleider flattern ließ – die scharfe, salzige Brise, die ihn trotz der starken Hitze gelegentlich erschauern machte. Er sah hinaus in die braune, glitzernde Öde des strömenden Wassers, des Wassers, das unablässig und frei mit sanftem, kühlem Murmeln ihm zu Füßen dahinfloß. Die Welt schien hier zu Ende. Die Wälder auf dem anderen Ufer wirkten unerreichbar, rätselhaft, für immer seinem Zugriff entrückt, wie Sterne am Himmel und ebenso gleichgültig.

Auf dieser Seite des Flusses reichten die Wälder bis ans Wasser, eine dichtgedrängte Menge hoher, gewaltiger Bäume, die ihre knorrigen Äste weithin über das dichte Unterholz breiteten; große, feste Bäume, die ihn düster, streng, böswillig und unbeeindruckt umdrängten, wie eine gigantische Menge unbarmherziger Feinde, um schweigend seinem langsamen Todeskampf zuzuschauen. Er war allein, winzig, gebrochen. Er wollte fliehen – irgend etwas unternehmen. Was? Ein Floß! Er sah sich fieberhaft, verzweifelt daran arbeiten, sah sich Bäume fällen, die Stämme aneinander befestigen und dann mit der Strömung ins Meer treiben. Dort waren Schiffe – Schiffe, Hilfe,

Weiße, Menschen wie er. Gute Menschen, die ihn retten, die ihn weit fort bringen würden, irgendwohin wo es Handel gab und Häuser und andere Menschen, die ihn wirklich verstehen, seine Fähigkeiten schätzen würden; wo es anständiges Essen und Geld gab; wo es Betten gab, Messer, Gabeln, Pferdewagen, Blaskapellen, kühle Getränke, Kirchen, in denen gut gekleidete Menschen beteten. Auch er wollte beten. Das war das Land der verfeinerten Genüsse, wo er auf einem Stuhl sitzen, von einem weißen Tischtuch speisen und Bekannten zunicken konnte – freundlichen Gefährten; er würde beliebt sein, war es immer gewesen. Das Land, wo er tugendhaft und korrekt sein, Geschäfte tätigen, Gehalt empfangen, Zigarren rauchen, Einkäufe machen, Stiefel tragen konnte ... wo er glücklich und frei sein und reich werden würde. O Gott! Woran fehlte es denn? Man brauchte nur ein paar Bäume zu fällen. Nein! Schon einer würde genügen. Er hatte davon gehört, daß man früher Kanus hergestellt hatte, indem man einen Stamm ausbrannte. Ja! Einer würde genügen. Nur ein Baum mußte gefällt werden... er rannte los und blieb plötzlich wie angewurzelt stehen. Er besaß nur ein Taschenmesser.

Er warf sich am Ufer zu Boden. Er war so müde, so erschöpft, als sei das Floß bereits hergestellt, die Reise vollbracht, das Vermögen erworben. Seine Augen wurden glasig, diese Augen, die ohne Hoffnung auf den steigenden Fluß hinausschauten, wo große Stämme und entwurzelte Bäume in der glitzernden Strommitte dahintrieben: eine lange Prozession schwarzer gezackter Striche... Er konnte hinausschwimmen und sich auf einem dieser Bäume treiben lassen. Nur fliehen! Alles wollte er wagen, alles! Er konnte sich an den abgestorbenen Zweigen festklammern. Er wurde von Verlangen und Angst geschüttelt; es schnürte ihm das Herz ab, als er merkte, daß sein Mut ihn verlassen hatte. Er rollte sich herum, lag mit dem Gesicht nach unten, den Kopf auf die Arme gestützt. Er hatte eine gräßliche Vision von schattenlosen Horizonten, wo das blaue Meer sich mit dem blauen Himmel vermischte; von einer kreisrunden, glühenden Einöde, in der ein toter Mann und ein toter Baum in Ewigkeit zusammen dahintrieben, gewiegt von der glänzenden Dünung des Meeres. Keine Schiffe. Nur der Tod. Und dahin führte der Fluß.

Er richtete sich mit einem schweren Seufzer auf.

Ja, der Tod. Warum sollte er sterben? Nein! Es war besser einsam zu sein, besser allein und ohne Hoffnung zu warten. Allein. Nein! Er war nicht allein. Er sah, wie der Tod von überall her ihn anblickte, aus den Gebüschen, aus den Wolken – er hörte seine Stimme im Murmeln des Flusses, er füllte den Raum, berührte sein Herz, sein Gehirn mit kalter Hand. Er konnte nichts anderes sehen, an nichts anderes denken. Er sah ihn – den sicheren Tod – überall. Er sah ihn so nahe, daß er stets im Begriff war, die Arme auszustrecken, um ihn abzuwehren. Der Tod vergiftete alles, was er sah, alles, was er tat; die jämmerlichen Speisen, die er aß, das schlammige Wasser, das er trank; er verlieh Sonnenaufgängen und Sonnenuntergängen, der Mittagshitze und den kühlenden Abendschatten ein grauenhaftes Aussehen. Willems gewahrte seine gräßliche Gestalt zwischen den hohen Bäumen, im Netz der Lianen, in den phantastischen Umrissen der Blätter, der großen gezackten Blätter, die aussahen wie riesige Hände mit breiten Handflächen und steif ausgestreckten Fingern, die auf ihn lauerten; Hände, die sich sanft bewegten oder Hände in angsterregender Unbeweglichkeit, die aufmerksam und schweigend auf die Gelegenheit warteten, ihn zu packen, zu umschnüren, ihn zu würgen und festzuhalten, bis er starb; Hände, die ihn auch im Tod noch festhalten, die ihn niemals freigeben, sondern so lange seinen Leichnam gepackt halten würden, bis er in ihrer zähen, wilden Umklammerung verschwunden sein würde.

Und doch war die Welt voller Leben. Alle Dinge, alle Menschen, die er kannte, waren vorhanden, bewegten sich, atmeten; und er sah sie in großer Entfernung, verkleinert, deutlich, lockend, unerreichbar, kostbar... für immer verloren. Um ihn herum ging lautlos und unablässig der irre Aufruhr tropischen Lebens weiter. Auch nach seinem Tode würde alles so bleiben! Es verlangte ihn, etwas Festes zu packen, zu umklammern; er spürte eine unerhörte Gier nach Sinneseindrücken; alle diese Dinge wollte er berühren, drücken, sehen, greifen, festhalten. Dies alles würde so bleiben – Jahre, ganze Zeitalter, ewig. Auch nach seinem jämmerlichen Tod würde dies bleiben, würde leben, würde im jubelnden Sonnenlicht existieren, in der Kühle heiterer Nächte atmen. Warum auch dann noch? Er würde doch tot sein. Er würde hingestreckt auf dem warmen feuchten Boden liegen, nichts fühlen, nichts sehen, nichts wissen; er würde steif und duldend daliegen und langsam verfaulen, während über ihm, unter ihm und durch ihn hindurch die endlosen Scharen winziger Insekten ungehindert, eilig und geschäftig kriechen würden, kleine, glänzende Ungeheuer von ekelhaften Formen, mit Hörnern, mit Krallen, mit Scheren – so würden sie zu eifrigem Kampf um seine Leiche in Schwärmen heraneilen, würden zahllos, beharrlich, wild und gierig über ihn herfallen, bis nichts mehr übriggeblieben sein würde als die bleich schimmernden Knochen im hohen Gras; im hohen Gras, das seine federnden Rispen zwischen dem kahlen gebleichten Gerippe aufsprießen lassen würde. Nur das würde von ihm übrigbleiben. Niemand würde ihn vermissen; niemand sich seiner erinnern.

Unsinn! Das konnte nicht sein. Es mußte da noch einen Ausweg geben. Jemand würde kommen. Irgendwelche Menschen würden kommen. Er würde sprechen, flehen – sie zwingen, ihm Hilfe zu leisten. Er fühlte sich stark; sehr stark. Er würde... Die Entmutigung, die Überzeugung, daß seine Hoffnungen sinnlos waren, kehrte alsbald peinigend zurück. Wieder nahm er seine ziellosen Wanderungen auf. Er ging umher, bis er zum Umfallen müde war, ohne doch fähig zu sein, die Unruhe seines Herzens mit körperlicher Müdigkeit zu betäuben. Innerhalb seines Gefängnisses war keine Ruhe, kein Frieden. Erleichterung fand er einzig in schwarzem, erlösendem Schlaf. Einem Schlaf ohne Erinnerung, ohne Träume; in dem Schlaf, der ihn schwer und brutal zu Boden streckte wie tödliches Blei. In auslöschendem Schlaf zu vergessen, kopfüber wie betäubt aus dem Licht des Tages in die Nacht des Vergessens zu stürzen – das war für ihn die einzige, seltene Erlösung aus einem Dasein, das er weder zu ertragen noch zu beenden mutig genug war.

So lebte er denn unter den Augen der schweigenden Aissa dahin, bedrängt von seinen toll gewordenen Gedanken. Sie litt ebenso wie er – von schmerzlicher Verwunderung und heftiger Sehnsucht gepeinigt, verzweifelt, weil sie die Ursache seines Zornes und seines Abscheus nicht begreifen konnte, nicht den Haß in seinem Blick, nicht das Geheimnis seines Schweigens, nicht die Drohungen in den seltenen Worten – jenen Worten in der Sprache der Weißen, die er ihr im Zorn, mit Verachtung und dem offenkundigen Wunsch hinschleuderte, sie zu kränken. Sie zu kränken, die sich selbst, ihr Leben, alles was sie besaß, diesem weißen Mann geschenkt hatte; sie zu kränken, die ihm den Weg zu wahrer Größe hatte zeigen, die ihm hatte helfen wollen, sie, die in ihrem weiblichen Wunschtraum von ewiger, unerschütterlicher, unwandelbarer Liebe befangen war. Aus der kurzen Berührung mit den Weißen beim vernichtenden Zusammenbruch ihres alten Lebens hatte sie einen tiefen Eindruck von unwiderstehlicher Kraft und gewissenloser Machtausübung gewonnen. Nun hatte sie einen Mann der weißen Rasse mit allen Eigenschaften dieser Menschen gefunden. Alle Weißen sind gleich. Aber das Herz dieses Mannes war voller

Zorn gegen sein eigenes Volk, voller Wut, die da Seite an Seite mit dem Verlangen nach ihr in seiner Brust lebte. Als sie sich stolz und ergriffen ihres Einflusses bewußt geworden war, hatte sie sich an der Hoffnung auf große Dinge berauscht. Angesichts seines Zögerns, seines Widerstrebens und seiner Halbheiten hatte sie flüchtig Erstaunen und Angst verspürt, aber mit dem Glauben der Frau an die dauernde Festigkeit der Herzen, an den unwiderstehlichen Reiz der eigenen Persönlichkeit hatte sie ihn vorwärts gedrängt und dabei blind und hoffnungsvoll auf die Zukunft vertraut, ganz überzeugt, an seiner Seite den brennenden Wunsch ihres Lebens in Erfüllung gehen zu sehen, wenn es ihr nur gelänge, ihn so weit zu treiben, daß ein Rückzug nicht mehr möglich war. Sie wußte nichts und konnte sich auch keine Vorstellung von seinen so erhabenen Idealen machen. Sie hielt diesen Mann für einen Krieger und einen Anführer, der bereit sei zu kämpfen, gegen sein eigenes Volk Gewalt und Verrat anzuwenden – um ihretwillen. Was hätte natürlicher sein können? War er nicht ein großer starker Mann? Diese beiden Wesen, ein jedes von dem undurchdringlichen Gehäuse des eigenen Verlangens umschlossen, waren hoffnungslos voneinander getrennt, konnten sich weder sehen noch hören; jedes stand im Mittelpunkt anderer Horizonte, jedes auf einer anderen Welt, unter einem anderen Himmel. Sie erinnerte sich seiner Worte, seiner Augen, seiner bebenden Lippen, seiner ausgestreckten Hände; sie erinnerte sich der großen, unendlichen Süßigkeit ihrer Hingabe, dieses Anfanges ihrer Macht, die bis zum Tode währen sollte. Er erinnerte sich der Hafenanlagen und der Speicher; der Erregung eines unter dem Regen von Silbermünzen verbrachten Lebens; der herrlichen Spannung, welche die Jagd nach dem Geld kennzeichnete; seiner vielen Erfolge und der verpaßten Möglichkeiten, Reichtum und damit Ruhm zu gewinnen. Sie, eine Frau, war das Opfer ihres Herzens, ihres weiblichen Glaubens, der da besagte, daß es nichts auf der Welt gibt als Liebe – in alle Ewigkeit. Er war das Opfer seiner sonderbaren Grundsätze, seiner Enthaltsamkeit, seines blinden Vertrauens zu sich selbst und der feierlichen Ehrfurcht, die er der Stimme seiner eigenen, grenzenlosen Unwissenheit entgegenbrachte.

Sie war in einem Augenblick gekommen, da er träge und verzagt wartete; dieses Wesen war zu ihm gekommen und hatte mit einer Berührung ihrer Hand seine Zukunft und seine Würde, die Würde eines klugen, zivilisierten Menschen zerstört; sie hatte jenes entehrende Etwas in seiner Brust zum Leben erweckt, das ihn zu seiner Tat und zu einem jämmerlichen Ende in der Wildnis bestimmt und verordnet hatte, daß man ihn vergessen oder sich seiner nur mit Haß und Verachtung erinnern sollte. Er wagte nicht, sie anzusehen, denn wenn er sie jetzt ansah, dann schienen seine Gedanken wie ausgestreckte Hände das Verbrechen zu berühren. Sie wiederum konnte nur ihn ansehen und nichts anderes. Was gab es denn sonst noch? Sie folgte ihm mit schüchternem Blick, mit einem stets erwartungsvollen, geduldigen, flehenden Blick. Und in ihren Augen standen das Staunen und die Trostlosigkeit eines Tieres, das nur Leid kennt, einer unfertigen Seele, die zwar von Schmerz, nicht aber von Hoffnung weiß; die vor den Tatsachen des Lebens eine Zuflucht weder in der illusorischen Überzeugung von der eigenen Würde noch im Vertrauen auf ein höheres Dasein im Jenseits finden kann, und auch keinen himmlischen Trost in dem Glauben an den erhabenen Ursprung ihres Hasses.

Während der ersten drei Tage nach Lingards Abfahrt weigerte er sich überhaupt, mit ihr zu sprechen. Sie zog sein Schweigen dem Klang der verhaßten, unverständlichen Worte vor, die er seit kurzem mit solch wütender Heftigkeit gegen sie richtete und auf die dann sogleich völlige Teilnahmslosigkeit folgte. Und während dieser drei Tage war er kaum vom Fluß fortgegangen, und es hatte geschienen, als fühle er sich am schlammigen Ufer seiner Freiheit näher. Er blieb dort lange, bis zum Sonnenuntergang; er sah zu, wie sich der glühende Streifen Goldes zwischen finsteren Wolken zu einem tiefroten Strich verwandelte, der wie eine Lache dampfenden Blutes aussah. Das schien ihm ein unglückverheißendes, grauenhaftes Vorzeichen des gewaltsamen Todes, der ihn von überall und nun auch vom Himmel her zu sich heranwinkte.

Eines Abends blieb er lange nach Sonnenuntergang am Ufer, gleichgültig gegen den Abendnebel, der ihn einhüllte, sich um ihn legte wie ein feuchtes Leichentuch. Ein leichter Regenschauer brachte ihn wieder zur Vernunft, und er ging durch den Hof auf das Haus zu. Aissa erhob sich beim Feuer, das rot durch seinen eigenen Rauch glühte, der sich immer dichter unter dem Gezweig des großen Baumes zusammenballte. Als er sich der zum Haus führenden Planke näherte, trat sie von der Seite auf ihn zu. Er sah sie stehenbleiben, um ihn als ersten hinaufgehen zu lassen. In der Dunkelheit glich ihre Gestalt dem Schatten einer Frau, die flehend die gerungenen Hände vor sich hält. Er blieb stehen. Er mußte sie ansehen. Die düstere Anmut der hoch aufgerichteten Gestalt, der Glieder und der Gesichtszüge war nur angedeutet, war nur zu ahnen, aber ihre Augen funkelten stark im matten Schein der Sterne. Er wandte sich ab und ging hinauf. Er fühlte ihre Schritte auf der sich biegenden Planke, doch ging er weiter, ohne den Kopf zu wenden. Er wußte, was sie wollte. Sie wollte mit hinein. Ihn schauderte bei dem Gedanken an das, was in der undurchdringlichen Finsternis jenes Hauses geschehen könnte, wenn sie sich allein darin befänden, und sei es nur für einen Augenblick. Er blieb an der Tür stehen und hörte sie sagen:

»Laß mich herein. Warum dieser Zorn? Warum dieses Schweigen? ... Laß mich wachen ... neben dir ... habe ich nicht treu gewacht? Ist dir je ein Unglück geschehen, wenn du die Augen schlossest und ich neben dir war? ... ich habe gewartet... ich habe auf dein Lächeln, deine Worte gewartet... ich kann nicht länger warten... sieh mich an... sprich zu mir. Ist ein böser Geist in dir? Ein böser Geist, der deinen Mut und deine Liebe aufgezehrt hat? Laß mich dich berühren. Vergiß alles... alles. Vergiß die bösen Herzen, die zornigen Gesichter... und erinnere dich nur des Tages, als ich zu dir kam... zu dir! O mein Herz! O mein Leben!«

Ihr trauriges Flehen füllte den Raum mit dem Beben ihrer leisen Stimme, die Zärtlichkeit und Tränen in den großen Frieden der schlafenden Welt hinaustrug. Es schien, als erwachten rings die Wälder, die Lichtungen und der Fluß, über welche der schweigende Schleier der Nacht gebreitet lag, und lauschten aufmerksam und schweigend ihren Worten. Auch nachdem ihre Stimme in einem unterdrückten Seufzen verklungen war, schienen sie noch zu lauschen; und in den formlosen Schatten bewegten sich einzig die unzähligen Leuchtkäfer, die als stets wechselnde Grüppchen, als schwebende Paare und als einzelne Punkte glitzernd dahinstoben wie verstreuter Sternenstaub.

Willems wandte sich langsam und zögernd und wie von einer unwiderstehlichen Macht getrieben um. Ihr Gesicht war in ihren Händen verborgen, und er sah über ihren gebeugten Kopf in die dunkle, strahlende Nacht hinaus. Es war eine jener Nächte, die den Eindruck ungeheuerer Weite vermitteln, in denen der Himmel höher und die vorüberstreichende, lauwarme Brise ein schwaches Raunen von jenseits der Sterne herzuwehen scheint. Die Luft war voll süßer Gerüche, bezaubernd, durchdringend und heftig wie das Verlangen zu lieben. Er sah in diese dunkle Weite hinaus, wo es nach Leben, nach dem Geheimnis des sich erneuernden, fruchtbaren, unzerstörbaren Daseins roch, und er fühlte Angst vor seiner Einsamkeit, vor der Einsamkeit seines Körpers, der Verlassenheit seiner Seele im Angesicht dieses sich seiner selbst nicht bewußten, inbrünstigen Kampfes, dieser hochmütigen Gelassenheit dieser unbarmherzigen, geheimnisvollen Zielstrebigkeit, die Kampf und Tod durch die Zeitalter hindurch verewigt. Zum zweitenmal in seinem Leben drängte es ihn, im Bewußtsein seiner Bedeutungslosigkeit einen Hilferuf in die Wildnis hinauszuschicken, und zum zweitenmal begriff er, daß er von ihrer Gleichgültigkeit nichts zu erhoffen hatte. Er konnte nach allen Richtungen um Hilfe rufen – und niemand würde ihm antworten. Er konnte die Hände ausstrecken, er konnte nach Hilfe, nach Teilnahme, nach Erlösung rufen – und niemand würde kommen. Es war niemand da – nur diese Frau.

Sein Herz war angerührt, zerfloß vor Mitleid mit seiner eigenen Verlassenheit. Sein Zorn gegen sie, welche die Ursache all seines Unglücks war, schmolz vor dem überwältigenden Verlangen nach einer Tröstung. Vielleicht – wenn er sich denn mit seinem Schicksal abfinden müßte – konnte sie ihm dabei helfen zu vergessen. Zu vergessen! Einen Augenblick lang, in einem Anfall von Verzweiflung, die so betäubend war, daß sie ihm wie der endlich gewonnene Frieden vorkam, erwog er, mit vollem Bedacht von seiner Höhe herabzusteigen, seine Überlegenheit, seine Hoffnungen, seinen alten Ehrgeiz, kurz, die ganze widrige Zivilisation abzustreifen. Einen Augenblick lang schien es ihm möglich, in Aissas Armen zu vergessen; und von dieser Möglichkeit herbeigelockt, bemächtigten sich seiner das Trugbild neuen Begehrens und eine rücksichtslose Verachtung alles dessen, was nicht er selbst war – eine barbarische Geringschätzung von Erde und Himmel. Er nahm sich vor, nichts zu bereuen. Für ein einziges Vergehen war die über ihn verhängte Strafe zu schwer. Es gab kein Erbarmen auf der Welt. Er wollte auch keines. Wenn es ihm gelänge – so dachte er verzweifelt –, mit ihr zusammen noch einmal in den holden Wahn der vergangenen Tage zurückzufinden, in diesen seltsamen Fiebertraum, der ihn verändert, der seinen Untergang herbeigeführt hatte, dann wollte er dafür gerne mit der ewigen Verdammnis bezahlen. Er war berauscht von den feinen Düften der Nacht, überwältigt vom Hauch der lauen Brise, besessen von der Erregung, die von der Einsamkeit, von dem Schweigen, von seinen Erinnerungen ausging und von der Gegenwart jener Gestalt, die sich in unterwürfiger und geduldiger Liebe darbot; die im Namen der Vergangenheit zu ihm kam, im Namen jener Tage, da er nichts sehen, nichts denken und nichts wünschen konnte als ihre Umarmung.

Er riß sie plötzlich an sich, und sie umschlang mit einem leisen Schrei der Freude und der Überraschung seinen Hals. Er hielt sie in den Armen und wartete auf den Rausch, auf den Wahnsinn, auf die erinnerten, verlorenen Empfindungen; und während sie leise an seiner Brust schluchzte, hielt er sie in den Armen und fühlte sich kalt, krank und müde. Sein Versagen reizte ihn – und er verfluchte sich. Sie preßte sich zitternd vor Glück und Liebe an ihn. Er hörte, wie sie mit dem Gesicht an seiner Schulter von vergangenem Kummer flüsterte, und von bevorstehender, ewig währender Freude; von ihrem unerschütterten Glauben an seine Liebe. Sie hatte immer geglaubt. Immer! Selbst in den dunklen Tagen, als sein Gesicht von ihr abgewandt war und sein Sinn in seinem eigenen Land, unter seinem eigenen Volk umherirrte. Aber er werde sie nie wieder verlassen, da er nun zurückgekehrt sei. Er werde die kalten Gesichter und die harten Herzen der grausamen Menschen vergessen. Was gebe es denn dort zu erinnern? Nichts, war es nicht so?...

Er lauschte ohne Hoffnung diesem Flüstern. Er stand reglos und starr, drückte sie mechanisch an seine Brust und dachte unterdessen, daß es für ihn nichts mehr auf der Welt gebe. Alles war ihm geraubt; seine Leidenschaft, seine Freiheit, das Vergessen, jeder Trost. Sie dagegen flüsterte in höchstem Entzücken von Liebe, von Licht, von Frieden, von den langen, vor ihnen liegenden Jahren... Er schaute trübsinnig über ihren Kopf weg in die tiefere Dunkelheit des Hofes. Und ganz plötzlich schien es ihm, als blicke er in eine finstere Grube, in ein tiefes, schwarzes Loch voller Fäulnis und bleicher Gebeine, in ein gewaltiges und unentrinnbares Grab voller Verderbnis, in das er früher oder später mit Gewißheit stürzen mußte.

Am nächsten Morgen trat er früh vors Haus, stand eine Weile im Eingang und lauschte auf die leichten Atemzüge hinter sich. Sie schlief. Er hatte während der ganzen Nacht kein Auge zugetan. Er schwankte und lehnte sich an den Türrahmen. Er war erschöpft, am Ende. Er glaubte sich kaum noch am Leben. Während er auf das glatte Nebelmeer zu seinen Füßen schaute, empfand er ein von Ekel erfülltes Entsetzen vor sich selbst, das schnell in stumpfe Gleichgültigkeit überging. Es war wie ein endgültiges Verlöschen seiner Sinne, seines Körpers, seiner Gedanken. Von seiner hohen Plattform aus blickte er über das niedrig ziehende Nachtgewölk, aus dem hier und dort die gefiederten Spitzen hoher Bambusgebüsche und die runden Wipfel einzelner Bäume ragten, die kleinen Inseln glichen, welche schwarz und fest aus einem spukhaften Meer auftauchen. Vor dem schwach leuchtenden Hintergrund des östlichen Himmels begrenzte die düstere Linie der großen Wälder das glatte Meer des weißen Nebels wie eine phantastische, unerreichbare Küste. Er sah hin, ohne etwas wahrzunehmen, in tiefes Nachdenken über sich versunken. Vor seinen Augen brach das Licht der steigenden Sonne über den Wäldern hervor wie eine Explosion. Er sah nichts. Allmählich befestigte sich in ihm eine unabweisbare Überzeugung, und erschreckt sagte er halblaut vor sich hin: »Ich bin ein verlorener Mann.«

Er schüttelte die Faust über dem Kopf – eine Geste, die tragisch und gleichgültig war, und stieg dann hinab in den leuchtenden Nebel, der sich im ersten Hauch der Morgenbrise brodelnd über ihm zusammenschloß.

# XXVI

Willems ging mit matten Schritten zum Fluß hinunter, kehrte dann aber um und ließ sich im Schatten des Baumes auf der Bank nieder. Er konnte hören, wie die alte Frau auf der anderen Seite des gewaltigen Stammes umherging, laut seufzte, vor sich hinmurmelte, Reisig zerkleinerte und das Feuer anblies. Nach einer Weile trieb ein Rauchfetzen zu ihm her. Er empfand Hunger, und dieses Gefühl war wie eine neue Beleidigung, die einer schon unerträglichen Last von Demütigungen hinzugefügt wird. Er hätte weinen mögen. Er fühlte sich sehr schwach. Er hielt die Hand von sich weg und beobachtete eine Weile das Zittern seines mageren Armes. Nur Haut und Knochen, beim Himmel! Wie dünn war er doch! Er hatte stark unter Fieber gelitten, und nun bedachte er mit weinerlicher Verzweiflung, daß Lingard ihm zwar Lebensmittel – und was für Lebensmittel, großer Gott: ein wenig Reis, getrockneten Fisch, für einen Weißen ganz ungeeignet – aber keine Medikamente geschickt hatte. Glaubte denn der alte Wüterich, daß er wie die wilden Tiere niemals krank werden könnte? Er brauchte Chinin.

Er lehnte den Kopf an den Baum und schloß die Augen. Er wünschte sich, Lingard lebendig die Haut abzuziehen, wenn er ihn nur erwischen könnte; es war aber nur ein unklarer, flüchtiger Einfall. Seine Phantasie, die er damit erschöpft hatte, immer wieder neue Pläne zu erdenken, besaß nicht mehr genug Kraft, um den Gedanken an Rache festzuhalten. Er war nicht empört und aufsässig. Er war vielmehr eingeschüchtert. Er war eingeschüchtert von dem gewaltigen Unglück, das sein Leben umgestürzt hatte. Wie die meisten Menschen trug auch er feierlich das ganze Universum in der Brust, und das bevorstehende Ende aller Dinge in Gestalt der Zerstörung seiner eigenen Persönlichkeit erfüllte ihn mit lähmender Scheu. Alles brach zu-

sammen. Er blinzelte, und es kam ihm vor, als deute sogar der Sonnenschein auf etwas Verstecktes, Unheimliches hin. In seiner unsinnigen Angst versuchte er, sich in sich selbst zu verkriechen. Er zog die Knie an, versteckte den Kopf zwischen den Schultern und preßte die Arme an sich. Unter dem gewaltigen Baum, der herrlich aus dem Nebel emporstieg, voller Lebenslust die hohen Äste weit ausbreitete und eifrig und unermüdlich unzählige Blätter im klaren Sonnenlicht rascheln ließ, hockte er unbeweglich und zusammengesunken auf seiner Bank: regungslos und verängstigt.
Willems' Blick schweifte über den Boden und blieb mit idiotischem Ausdruck an einer Gruppe von schwarzen Ameisen hängen, welche mutig in ein Büschel von langen Gräsern eindrangen, die ihnen als ein dunkler, gefährlicher Dschungel erscheinen mußten. Plötzlich fiel ihm ein: es muß irgendwas Totes da drinnen sein! Ein totes Insekt vielleicht. Überall Tod! Bebend vor Angst schloß er schnell die Augen. Überall der Tod – wohin man auch sah. Er wollte die Ameisen nicht sehen. Er wollte niemanden und nichts sehen. Er saß in einer selbstgeschaffenen Finsternis und dachte erbittert, daß es für ihn keinen Frieden geben könnte. Jetzt vernahm er Stimmen ... Täuschung! Elend! Qual! Wer sollte schon kommen? Wer zu ihm sprechen? Wie kam er denn dazu, Stimmen zu hören? ... Und doch hörte er sie schwach vom Ufer herüberdringen. Ganz gedämpft, als würden diese Worte von weit her gerufen: »Wir kommen bald zurück.« Hohn und Fieber! Wer sollte zurückkommen? Niemand kommt je zurück! Das Fieber kommt zurück. Diesen Morgen hatte es ihn erwischt. Das war es ... Überraschend hörte er die alte Frau ganz in der Nähe etwas murmeln. Sie war um den Baum herumgekommen. Er öffnete die Augen und sah ihren gekrümmten Rücken vor sich. Sie schützte die Augen mit der Hand und blickte nach der Lände. Dann glitt sie fort. Sie hatte es gesehen – nun ging sie wieder an ihre Arbeit; eine

Frau, die keine Neugier empfand, nichts erwartete, die ohne Angst und ohne Hoffnung war.

Sie war hinter den Baum zurückgetreten, und Willems konnte nun eine menschliche Gestalt auf dem Pfad zur Lände erblikken. Es schien ihm, als handle es sich um eine Frau in rotem Kleid mit einem schweren Bündel im Arm; diese Erscheinung war überraschend, vertraut und seltsam. Er fluchte durch die Zähne... das hatte gerade noch gefehlt! Jetzt sah er schon am hellen Tage solche Erscheinungen! Er war sehr herunter – sehr herunter.... dieses Symptom einer völlig ruinierten Gesundheit jagte ihm fürchterlichen Schrecken ein.

Dieser Schreck dauerte die Länge eines Blitzschlages; im nächsten Augenblick schon wurde ihm offenbar, daß jene Frau höchst lebendig war, daß sie auf ihn zukam, daß es seine Frau war! Er setzte schnell die Füße auf den Boden, machte aber sonst keine Bewegung. Seine Augen waren weit aufgerissen. Er war so verblüfft, daß er eine ganze Weile überhaupt nicht mehr an sich dachte. Die einzige Idee, die er fassen konnte, lautete: warum, um Himmelswillen, ist sie hergekommen?

Joanna ging eilig und erwartungsvoll durch den Hof. Im Arm trug sie das Kind, in eine von Almayers weiße Decken gewickelt, die sie noch im letzten Augenblick, ehe sie das Haus verließ, vom Bett gerissen hatte. Die Sonne schien sie zu betäuben, die ungewohnte Umgebung zu verwirren. Während sie sich näherte, blickte sie ungeduldig nach rechts und links, in der Erwartung, jeden Augenblick ihren Mann zu sehen. Als sie nun nahe am Baum war, gewahrte sie plötzlich eine Art vertrockneten, gelben Leichnam, der sehr steif auf einer Bank im Schatten saß und sie aus großen, lebendigen Augen ansah. Das war ihr Mann.

Joanna blieb wie angenagelt stehen. Sie starrten einander schweigend an, staunend und verstört von der Erinnerung an weit entfernte Dinge, die sie im Lauf der Zeit verlorengegangen glaubten. Ihre Blicke kreuzten sich, gingen aneinander vorbei, und es war, als betrachteten sie sich gegenseitig aus großer Entfernung.

Sie sah ihn fest an, als sie nun herantrat und die Decke mit dem Kind darin auf der Bank niederlegte. Nachdem Klein-Louis den größten Teil der Nacht angstvoll brüllend in der Dunkelheit auf dem Fluß verbracht hatte, schlief er nun fest und erwachte nicht.

Willems folgte seiner Frau mit den Augen und wandte langsam den Kopf hinter ihr her. Ihre Anwesenheit war im höchsten Grade unwahrscheinlich, aber er fand sich nun auch mit dem Unwahrscheinlichen ab. Nichts war unmöglich. Warum nur war sie hier? Sie war doch ein Teil des großen Komplottes zu seinem Untergang. Er erwartete beinahe, daß sie sich auf ihn stürzen, ihm das Haar ausraufen und die Augen auskratzen werde. Warum auch nicht? Alles war möglich! Er übertrieb vor sich selbst seine körperliche Schwäche und empfand beinahe Furcht vor einem möglichen Angriff. Auf alle Fälle würde sie ihn anschreien. Er kannte sie doch lange genug. Ja, kreischen konnte sie. Und dabei hatte er geglaubt, sie für immer los zu sein. Sie war wohl gekommen, um sich das Ende anzusehen... Plötzlich ging sie auf ihn zu, klammerte sich an ihn und ließ sich sanft zu Boden gleiten. Dies erschreckte ihn. Sie weinte lautlos, die Stirn gegen seine Knie gepreßt. Er sah trübselig auf ihren Kopf herab. Was hatte sie nun vor? Er hatte nicht die Kraft, aufzustehen und wegzugehen. Er hörte sie flüstern und beugte sich lauschend vor. Er verstand das Wort »Verzeih!«

Deshalb also war sie gekommen! Den ganzen weiten Weg. Frauen waren wirklich merkwürdig. Verzeihen. Er nicht! ... Plötzlich schoß ihm dieser Gedanke durch den Kopf: wie war sie hergelangt? In einem Boot. Boot! Boot!

Er schrie »Boot!«, sprang auf und warf sie um. Ehe sie sich

noch aufrichten konnte, fiel er über sie her und zerrte sie auf die Füße. Kaum stand sie wieder auf den Beinen, als sie auch schon seinen Hals umschlang und ihm Gesicht, Augen, Mund und Nase mit verzweifelten Küssen bedeckte. Er mühte sich, dem zu entgehen, schüttelte sie, versuchte, sie von sich abzudrängen, versuchte zu sprechen, sie zu fragen... sie war in einem Boot gekommen, einem Boot, einem Boot! ... Sie bewegten sich stampfend wie Ringer in einem Halbkreis. Er stieß hervor: »Laß mich! Hör zu!« und dabei zerrte er an ihren Händen. Diese Begegnung von erlaubter Liebe und aufrichtiger Freude glich einem Kampf. Louis Willems schlief friedlich unter seiner Decke.

Endlich gelang es Willems, sich zu befreien; er schob sie von sich weg und hielt ihre Arme fest. Er sah sie an und glaubte zu träumen. Ihre Lippen bebten; ihre Augen wanderten unstet umher und kehrten immer wieder zu seinem Gesicht zurück. Er sah, daß sie aussah wie immer in seiner Gegenwart. Sie schien erschreckt, war weinerlich und ängstlich. Sie flößte ihm kein Vertrauen ein. Er brüllte: »Wie bist du hergekommen?«

Sie antwortete hastig und sah ihn dabei beflissen an: »In einem großen Kanu mit drei Männern. Ich weiß alles. Lingard ist weg. Ich komme, um dich zu retten. Ich weiß... Almayer hat es mir erzählt.«

»Kanu! – Almayer – Lügen. Dir erzählt – dir!« stammelte Willems rasend. »Warum dir? – und was?«

Die Worte ließen ihn im Stich. Er starrte seine Frau an und dachte voller Angst, sie könne – dumm wie sie war – zum Werkzeug seiner Vernichtung ausersehen, Teil einer mörderischen Verschwörung sein.

Sie begann zu weinen.

»Sieh mich doch nicht so an, Peter. Was hab' ich denn getan? Ich bin hier und bitte – bitte um Verzeihung... retten – Lingard – Gefahr.«

Er zitterte vor Ungeduld, vor Hoffnung, vor Furcht. Sie sah ihn an und weinte, wieder ganz von ihrem Kummer übermannt.

»Oh, Peter! Was hast du denn? – Bist du krank? ... Oh! Du siehst so krank aus ...«

Er schüttelte sie heftig, bis sie erschreckt und verwundert verstummte.

»Was erlaubst du dir? Ich bin – ganz gesund ... wo ist das Boot? Wirst du mir nun endlich sagen, wo das Boot ist? Das Boot, sage ich ... du! ...«

»Du tust mir weh«, ächzte sie.

Er ließ sie los; sie überwand ihre Angst und sah ihn zitternd, mit ungewohnter Eindringlichkeit an. Dann wollte sie sich ihm nähern, er aber hob den Finger, und sie bezwang sich mit einem tiefen Seufzer. Nun beruhigte er sich, maß sie mit kaltem, kritischem Blick und sah dabei genauso aus wie früher, wenn er sie ihrer Haushaltsausgaben wegen tadelte. Diese plötzliche Rückkehr in die Vergangenheit, in ihr altes Joch, empfand sie mit einer Art schauerlichen Entzückens.

Er wirkte nun ganz beherrscht und hörte sich ihren unzusammenhängenden Bericht an. Er empfand ihre Worte wie einen rasend herniederprasselnden Hagelschauer. Hie und da begriff er, was sie meinte, und verlor sich dann sogleich in eine unerhörte Anstrengung, aus diesen Fetzen ein halbwegs vernünftiges Bild der Ereignisse zu formen. Es gab also ein Boot. Ein Boot. Ein großes Boot, das ihn notfalls zum Meer bringen konnte. Soviel war klar. Sie hatte es mitgebracht. Warum nur hatte Almayer sie so belogen? War etwa beabsichtigt, ihn in eine Falle zu locken? Das war immer noch besser als dieses hoffnungslose Alleinsein. Sie hatte Geld, und die Männer waren willens, überall hinzufahren, ... sagte sie.

Er unterbrach sie: »Wo sind die Männer jetzt?«

»Sie werden sogleich wieder hier sein«, antwortete sie weinend. »Sofort. Sie sagten, sie hätten hier in der Nähe ein paar Angeln ausgelegt. Sie kommen gleich wieder.«

Wiederum redete und schluchzte sie gleichzeitig. Sie bettelte um Vergebung. Vergebung? Wofür? Ah! Für die Szene in Makassar. Als ob er jetzt an sowas denken könnte! Was kümmerte es ihn, was sie vor Monaten getan hatte? Er schien in einem Netz verworrener Träume zu strampeln, wo alles unmöglich, zugleich aber selbstverständlich war, wo die Vergangenheit so aussah wie die Zukunft, und die Gegenwart ihm schwer auf der Seele lag, seine Kehle zu umklammern schien wie die Hand eines Feindes. Und während sie bat, flehte, seine Hände küßte, an seiner Schulter weinte, ihn im Namen Gottes beschwor, zu vergeben, zu vergessen, das Wort zu sagen, das sie so sehnlich erwartete, seinen Sohn zu betrachten, ihrem Kummer und ihrer Liebe zu glauben – blickte er mit erregt glänzenden, starren Augen in eine große Ferne, weit über Joanna, über den Fluß, über das Land hinweg, hinweg über Tage, Wochen und Monate: und da sah er die Freiheit, die Zukunft, seinen Sieg... die große Möglichkeit einer schreckenerregenden Rache.

Er empfand ein plötzliches Verlangen, zu tanzen und zu schreien. Er brüllte: »Wir werden uns doch noch einmal sehen, Kapitän Lingard!«

»O nein! Nein!« schrie sie und schlug die Hände zusammen.

Er sah sie verdutzt an. Bis zu dem Augenblick, da ihr eintöniges Flehen in einen Schrei überging und ihn in diesen Hof, aus dem gloriosen Aufruhr seiner Träume zurückrief, hatte er ihre Anwesenheit ganz vergessen. Es berührte ihn merkwürdig, sie da in seiner Nähe zu sehen. Er empfand beinahe Zuneigung für sie. Schließlich war sie gerade noch im letzten Augenblick gekommen. Dann dachte er: die andere. Ich muß verschwinden, ehe es einen Auftritt gibt. Wer weiß, vielleicht ist sie gefährlich! ... Und auf einmal fühlte er einen Haß gegen Aissa, der so ungeheuer war, daß er daran zu ersticken glaubte. Er sagte zu seiner Frau: »Warte einen Augenblick.«

Gehorsam unterdrückte sie einige Worte, die sie auf den Lippen gehabt hatte. Er murmelte: »Bleib hier«, und verschwand um den Baum herum.

In der eisernen Pfanne über dem Feuer kochte brodelnd das Wasser. Weiße Dampfwolken stiegen auf und vermischten sich mit dem schwarzen Holzrauch. Er sah die alte Frau wie durch einen Nebel untätig und gespenstisch am Boden hocken.

Willems trat heran und fragte: »Wo ist sie?«

Die Alte hob nicht einmal den Kopf, antwortete aber sogleich, als habe sie diese Frage schon lange erwartet:

»Sie ist aus dem Haus gegangen, während du unter dem Baum schliefest, ehe das fremde Kanu kam. Ich sah, wie sie dich anschaute, und ein großes Licht war in ihren Augen, als sie vorüberging. Ein großes Licht. Sie ging dorthin, wo die Obstbäume unseres Herrn Lakamba stehen. Da waren wir noch viele. Viele.... viele... Männer, die Waffen trugen... viele Männer. Reden.... Lieder...«

So faselte sie noch eine Weile vor sich hin, als Willems sie längst verlassen hatte.

Willems ging zu seiner Frau zurück. Als er vor ihr stand, merkte er, daß er ihr nichts zu sagen hatte. Er dachte an nichts anderes mehr als daran, Aissa auszuweichen. Vielleicht blieb sie den ganzen Vormittag in jenem Hain. Warum waren diese schurkischen Bootsleute nur weggefahren? Er hatte einen physischen Widerwillen davor, Aissa anzusehen. Und irgendwo, auf dem Grunde seines Herzens fürchtete er sich vor ihr. Warum? Was konnte sie tun? Nichts auf der Welt konnte ihn jetzt aufhalten. Er fühlte sich stark, frei von Bedenken, ohne Erbarmen und allem überlegen. Er wollte vor seiner Frau die erhabene Reinheit seines Charakters wahren. Er dachte: sie weiß nichts. Almayer hat kein Wort von Aissa gesagt. Wenn sie es aber

entdeckt, bin ich verloren. Wenn der Junge nicht wäre, würde ich... von beiden befreit... Dieser Gedanke ging ihm durch den Kopf. Er nicht! Verheiratet... feierlicher Schwur... nein... Heiliges Band... Beim Anblick seiner Frau empfand er zum erstenmal so etwas wie Reue. Ein Schwur, den man vor dem Altar ablegte, war eben doch eine furchterregende Angelegenheit... sie durfte nichts entdecken... oh, wenn doch das Boot käme! Er mußte ins Haus laufen und seinen Revolver holen. Es war ausgeschlossen, sich diesen Burschen unbewaffnet anzuvertrauen. Man mußte den Revolver jetzt holen, solange Aissa noch abwesend war. Oh, wenn doch das Boot käme!... Er wagte nicht, zum Fluß zu gehen und zu rufen. Er dachte: sie könnte mich hören... ich hole ihn... Patronen... dann ist es soweit... nichts weiter. Nein.
Und während er noch in tiefes Nachdenken versunken war und sich nicht entschließen konnte, ins Haus zu laufen, flehte Joanna immer weiter; sie hielt seinen Arm gepackt und drang verzweifelt in ihn. Aber immer wenn sie zu ihm aufsah, verlor sie jede Hoffnung, denn sein Gesicht schien in unbeugsamer Rechtschaffenheit, in sittsamer Strenge, in erbarmungsloser Tugendhaftigkeit erstarrt. Und sie bettelte demütig und verzagt, sie versuchte das unbewegte Gesicht dieses Mannes zu rühren, dem sie entgegen menschlichen und göttlichen Geboten Unrecht getan hatte. Er hörte kein Wort von dem, was sie sagte, bis sie schließlich die Stimme zu einer letzten Beschwörung erhob:
»... verstehst du denn nicht, daß ich dich immer geliebt habe? Man hat mir schreckliche Dinge über dich erzählt, meine eigene Mutter! Man hat mir gesagt du seiest... du seiest mir untreu gewesen... und ich...«
»Das ist eine verdammte Lüge!« brüllte Willems, momentan zu gerechter Entrüstung erwacht.
»Ich weiß! Ich weiß! Sei doch gut – bedenke, wie elend mir

diese ganze Zeit über war – Ach, ich hätte mir die Zunge abbeißen mögen... nie wieder werde ich jemandem glauben – Sieh doch den Jungen an – Sei gut – ich habe ja keine Ruhe, ehe du nicht wieder bei mir bist... sag etwas – ein Wort – nur ein Wort...«

»Was, zum Teufel, willst du denn?« rief Willems und sah dabei zum Fluß. »Wo ist das verfluchte Boot? Warum hast du die Männer weggehen lassen? Du Gans!«

»O Peter! Ich weiß, daß du mir im Herzen schon vergeben hast – du bist so gut – aber du sollst es sagen... sag es mir – du verzeihst mir doch?«

»Ja, ja!« erwiderte Willems ungeduldig. »Ich vergebe dir. Sei doch nicht so blöd.«

»Geh nicht weg, laß mich hier nicht allein. Wo ist denn die Gefahr? Ich habe solche Angst. Bist du hier allein? Ganz gewiß? ... laß uns weggehen!«

»Endlich redest du vernünftig«, sagte Willems, der immer noch gespannt nach dem Fluß sah.

Sie stützte sich leise weinend auf seinen Arm.

»Laß mich los«, rief er.

Er hatte über dem Rand des steilen Ufers die Köpfe von drei Männern dahingleiten sehen. Wo das Ufer sich zur Lände senkte, erschien nun ein großes Kanu und hielt langsam aufs Ufer zu.

»Sie sind da«, sagte Willems lebhaft. »Ich muß meinen Revolver holen.«

Er machte einige eilige Schritte zum Haus hin, schien dort aber etwas zu erblicken, drehte scharf um und kam zu seiner Frau zurück. Die starrte ihn an, erschreckt von der plötzlichen Veränderung seines Gesichtsausdruckes. Er sah ganz fassungslos aus. Als er nun zu sprechen begann, stammelte er ein wenig:

»Nimm das Kind. Geh hinunter zum Boot und sag den Männern, sie sollen sofort verschwinden, sich mit dem Kanu dort

hinter dem Ufergebüsch halten. Verstehst du? Schnell! Ich komme gleich nach. Los!«
»Peter! Was ist denn? Ich lasse dich nicht allein. Ich will dich nicht noch einmal verlieren. Sag doch, was gibt es denn?«
Hinter dem Haus hörte man leises Singen. Willems schüttelte seine Frau.
»Tu, was ich sage! Los, lauf!«
Sie klammerte sich verzweifelt an seinen Arm. Er sah zum Himmel auf, als rufe er ihn zum Zeugen für die abgrundtiefe Dummheit dieser Frau an. Der Gesang wurde lauter, hörte auf, und nun kam Aissa, die Hände voller Blumen, langsam um die Ecke des Hauses.
Sie trat hinaus ins volle Sonnenlicht, das wie ein glitzernder Strom zärtlich und liebkosend auf sie herabfloß, als werde es angelockt von dem strahlenden, glücklichen Ausdruck auf ihrem Gesicht. Sie hatte sich für einen festlichen Tag gekleidet, für den denkwürdigen Tag seiner Rückkehr zu ihr, seiner Rückkehr zu einer Liebe, die nun nie mehr enden würde. Die Strahlen der Morgensonne brachen sich in der ovalen Schnalle des gestickten Gürtels, der ihren seidenen Sarong in der Taille hielt. Durch den blendend weißen Stoff ihrer Jacke zogen sich ein goldener und ein silberner Streifen von ihrem Tuch, und in ihrem aufgesteckten schwarzen Haar blitzten die kugelförmigen Enden goldener Haarnadeln zwischen karminroten Blüten und weißen, sternförmigen Blumen, mit denen sie sich geschmückt hatte, um seine Augen zu entzücken; diese Augen, die von nun an nichts anderes mehr sehen sollten als ihr leuchtendes Bild. Langsam ging sie dahin, das Gesicht über die Masse schneeweißer Champakas und Jasminblüten geneigt, die sie verträumt und berauscht von süßen Düften und noch süßeren Hoffnungen gegen die Brust preßte.
Sie schien nichts wahrzunehmen, blieb einen Augenblick am Fuße der Planke stehen, die zum Haus führte, streifte dann

ihre hochhackigen Holzsandalen ab und lief leichtfüßig hinauf, aufrecht, anmutig, geschmeidig und geräuschlos, wie von unsichtbaren Flügeln getragen. Willems stieß seine Frau grob hinter den Baum und beschloß, ins Haus zu rennen, den Revolver zu packen und... in seinem Hirn brodelte es von Zweifeln, Erwägungen, Entschlüssen. Er sah sich einen betäubenden Faustschlag austeilen, die blumengeschmückte Frau im dunklen Haus fesseln – sah sich eilig und mit wütender Hast Dinge tun – um sein Prestige, seine Überlegenheit zu wahren – irgend etwas von ungeheurer Bedeutung, doch er hatte noch keine zwei Schritte getan, als Joanna hinter ihm drein stürzte, ihn an seiner zerlumpten Jacke zu fassen bekam, ein großes Stück herausriß und ihn dann am Kragen packte, so daß er fast hintenüber gestürzt wäre. Obwohl dieser Angriff überraschend kam, gelang es ihm doch, auf den Beinen zu bleiben. Keuchend flüsterte sie ihm von hinten ins Ohr:

»Das Weib da! Wer ist das Weib! Ah! Davon haben die Bootsleute geredet. Ich habe ihnen zugehört... habe es gehört... gehört... letzte Nacht. Sie redeten von einem Weib. Ich wagte es nicht, zu verstehen. Ich mochte auch nicht fragen... nicht zuhören... nicht glauben! Wie konnte ich? Dann ist es also doch wahr. Nein. Sag nein... Wer ist das Weib?«

Er taumelte, riß sie ein Stück mit. Sie zerrte an ihm, bis der Knopf absprang, und da schlüpfte er halb aus seiner Jacke, wandte sich um und blieb merkwürdig steif stehen. Sein Herz klopfte ihm in der Kehle. Er rang nach Luft, versuchte zu sprechen – fand keine Worte. Er dachte rasend: ich bringe sie beide um.

Eine Sekunde lang lag der ganze Hof bewegungslos in der großen, lebendigen Klarheit des Tages. Nur in einem Waringanbaum, der nahe der Lände stand und unter der Last seiner feuerroten Beeren aussah, als stehe er in Flammen, wimmelte es von kleinen Vögeln, die aufgeregt im Gewirr seiner überladenen Äste umherflatterten. Dieser bunte Schwarm flog plötzlich sanft schwirrend nach allen Richtungen auseinander und durchschnitt den sonnigen Dunst mit den scharfen Umrissen ausgebreiteter Flügel. Mahmat und einer seiner Brüder erschienen von der Lände her, die Lanzen in der Hand, um nach ihren Passagieren Ausschau zu halten.

Aissa, die nun mit leeren Händen aus dem Haus trat, erblickte die beiden Bewaffneten. Überrascht stieß sie einen leisen Schrei aus, verschwand und stand gleich darauf mit Willems' Revolver in der Hand wieder an der Tür. Für sie konnte die Anwesenheit von Menschen nur Unheil bedeuten. In der Außenwelt gab es nur Feinde. Sie und der Mann, den sie liebte, waren allein, rings von drohenden Gefahren umgeben. Das war ihr einerlei, denn falls der Tod käme, ganz gleich von welcher Hand, dann würden sie gemeinsam sterben.

Aissa blickte beherzt über den Hof hin. Sie bemerkte, daß die beiden Fremden nicht näherkamen, sondern eng beieinander standen und sich auf die polierten Schäfte ihrer Waffen stützten. Im nächsten Augenblick erblickte sie Willems, der, ihr den Rücken zukehrend, offenbar mit jemandem unter dem Baum kämpfte. Sie sah nicht genau, was vorging, lief aber ohne zu zögern die Planke hinunter und rief: »Ich komme!«

Willems hörte ihren Ruf und stieß seine Frau mit unerwarteter Heftigkeit zur Seite. Sie fiel auf die Bank; er riß sich die Jacke ganz herunter, und sie bedeckte ihr Gesicht mit diesem schmutzigen Fetzen. Er hielt die Lippen nah an ihr Ohr und fragte: »Zum letztenmal, wirst du nun das Kind nehmen und gehen?« Sie stöhnte unter den schmutzigen Überbleibseln seiner Jacke und murmelte einige Worte. Er beugte sich nieder, um sie zu verstehen.

»Nein. Schick das Weib weg. Ich ertrage ihren Anblick nicht!«

»Du Närrin!«

Dieses Wort spuckte er förmlich gegen sie aus, dann faßte er seinen Entschluß, wandte sich um und sah Aissa entgegen. Sie näherte sich sehr langsam, und ein unbeschreibliches Erstaunen stand auf ihrem Gesicht. Nun blieb sie stehen und starrte ihn an – der barhaupt, mit bloßem Oberkörper finster vor ihr stand.

Etwas entfernt von dieser Gruppe wechselten Mahmat und sein Bruder leise einige Worte... Das war die starke Tochter des Heiligen, der gestorben war. Der weiße Mann war recht groß. Man würde im ganzen also drei Frauen und das Kind im Boot unterbringen müssen, dazu den weißen Mann, der das Geld hatte... Der Bruder ging zurück zum Boot, Mahmat blieb stehen und sah zu. Er stand da wie eine Schildwache, die blattförmige Klinge seiner Lanze glänzte über seinem Kopf.

Willems sagte unvermittelt: »Gib mir das«, und dabei streckte er seine Hand nach dem Revolver aus.

Aissa trat zurück. Ihre Lippen bebten. Sie sagte sehr leise: »Deine Leute?«

Er nickte knapp. Sie wiegte gedankenvoll den Kopf, und einige der feinen Blütenblätter, die in ihrem Haar welkten, fielen wie große rote und weiße Tropfen hernieder.

»Wußtest du davon?« flüsterte sie.

»Nein!« sagte Willems. »Man hat nach mir geschickt.«

»Sag ihnen, daß sie wegfahren sollen. Sie sind verflucht. Was ist denn noch zwischen ihnen und dir – dir, der du mein Leben in deinem Herzen trägst?«

Willems sagte nichts. Er stand vor ihr, blickte zu Boden und wiederholte immer wieder bei sich: ich muß ihr den Revolver wegnehmen, sofort, sofort. Es kommt gar nicht in Frage, daß ich mich diesen Männern ohne Waffe anvertraue. Ich muß ihn haben.

Nachdem Aissa eine Weile Joanna angesehen hatte, die leise vor sich hinweinte, fragte sie: »Wer ist die da?«

»Meine Frau«, antwortete Willems, ohne aufzusehen. »Meine Frau vor unserem weißen Gesetz, das von Gott kommt.«
»Euer Gesetz! Euer Gott!« murmelte Aissa verächtlich.
»Gib mir den Revolver«, verlangte Willems barsch. Er empfand Widerwillen davor, sie anzurühren, um ihr die Waffe mit Gewalt wegzunehmen.
Sie achtete gar nicht darauf und fuhr fort:
»Euer Gesetz... oder eure Lügen? Was soll ich glauben? Ich bin gekommen – ich bin gelaufen, um dich zu schützen, als ich die fremden Männer sah. Du hast mich mit deinen Lippen, mit deinen Augen belogen. Du falsches Herz... Ah!« fügte sie nach einer Pause hinzu. »Sie ist die erste! Soll ich denn eine Sklavin sein?«
»Du kannst sein, was du willst«, versetzte Willems brutal. »Ich gehe jetzt.«
Ihre Blicke ruhten auf der Decke, unter der sie eine leichte Bewegung wahrgenommen hatte. Sie machte einen langen Schritt darauf zu. Willems drehte sich halb um. Seine Beine waren schwer wie Blei. Er fühlte sich matt und so schwach, daß er einen Augenblick lang fürchtete, auf der Stelle zu sterben, ehe er noch der Sünde und dem Unheil entgehen konnte.
Sie hob einen Zipfel der Decke, und als sie das schlafende Kind erblickte, schüttelte es sie so, als habe sie etwas unaussprechlich Schreckliches gesehen. Sie starrte Louis Willems ungläubig und entsetzt an. Dann ließ sie die Decke langsam sinken, und ein Schatten legte sich auf ihr Gesicht, als sei zwischen sie und die Sonne etwas Dunkles, Verhängnisvolles getreten. Sie sah gebannt zu Boden, blickte in einen dunklen Schacht, auf dessen Grund sie dem traurigen Zug ihrer Gedanken folgte. Willems rührte sich nicht. Er dachte einzig daran, wie er sich befreien könne. Und da erst kam ihm die Gewißheit seiner Befreiung mit solcher Kraft, daß ihm war, er höre eine laute Stimme im Himmel rufen, alles sei vorüber, in fünf, in zehn

Minuten werde er in ein neues Leben treten, dies alles, die Frau, der Wahnsinn, die Sünde, die Reue werde verschwinden, in die Vergangenheit stürzen, ausgelöscht, zu Staub, zu Rauch, zu vergehenden Nebeln – zu nichts werden! Ja! Alles solle von der unersättlichen Vergangenheit verschlungen werden – selbst die Erinnerung an seine Versuchung und an seinen Fall. Jetzt war alles einerlei. Ihn kümmerte nichts mehr. Aissa, seine Frau, Lingard, Hudig – alle waren vor diesem rasch aufsteigenden Bild seiner verheißungsvollen Zukunft in Vergessenheit geraten.

Nach einer Weile hörte er Aissa sagen:

»Ein Kind! Ein Kind! Was habe ich denn getan, um soviel Kummer, soviel Gram leiden zu müssen? Du hast mir gesagt, daß nichts dich an das Land bindet, aus dem du kommst, während doch dein Sohn und seine Mutter dort lebten! Und ich habe gedacht, du könntest mir gehören. Ich glaubte, daß ich...«

Ihre Stimme brach, wurde zu einem abgerissenen Murmeln, und gleichzeitig starb in ihrem Herzen die größte und kostbarste Hoffnung ihres neuen Lebens. Sie hatte gehofft, daß in Zukunft die zarten Arme eines Kindes ihrer beider Leben mit einem Band verknüpfen würden, das nichts auf Erden trennen könnte, einem Band der Zuneigung, der Dankbarkeit, der zarten Achtung. Sie die erste – die einzige! Im Augenblick aber, da sie den Sohn dieser anderen Frau erblickte, fühlte sie sich in die Kälte, die Finsternis, das Schweigen einer grenzenlosen, undurchdringlichen Einsamkeit gestoßen – weit weg von ihm, dahin, wo keine Hoffnung ist, in eine Unendlichkeit von nicht wieder gutzumachendem Unrecht.

Sie schritt auf Joanna zu. Sie empfand dieser Frau gegenüber Zorn, Neid, Eifersucht. Sie fühlte sich vor ihr erniedrigt. Sie packte den herabhängenden Ärmel der Jacke, unter der Joanna ihr Gesicht verbarg, riß ihr den Fetzen aus der Hand und rief

laut: »Ich will ihr Gesicht sehen, vor der ich nur eine Dienerin und eine Sklavin bin. Ya-wa! Ich sehe dich!«
Ihr unerwarteter Schrei erfüllte die sonnenüberflutete Lichtung, stieg hoch empor und verbreitete sich weit über das Land, über die reglosen Wipfel der Bäume in den Wäldern. Sie stand ganz still und sah Joanna überrascht und verächtlich an.
»Eine Siranifrau!« sagte sie langsam und erstaunt.
Joanna rannte zu Willems – klammerte sich an ihn und kreischte: »Schütze mich, Peter! Schütze mich vor dem Weib!«
»Sei still, es ist keine Gefahr«, murmelte Willems mühsam.
Aissa betrachtete die beiden mit Abscheu. »Gott ist groß! Ich sitze im Staub zu euren Füßen«, rief sie höhnisch und schlug die Hände in einer Geste gespielter Demut über dem Kopf zusammen. »Vor euch bin ich nichts.« Sie wandte sich ungestüm an Willems und breitete die Arme aus. »Was hast du aus mir gemacht?« schrie sie. »Du verlogenes Kind einer verfluchten Mutter! Was hast du aus mir gemacht? Die Sklavin einer Sklavin. Rede nicht! Deine Worte sind schlimmer als das Gift der Schlange. Eine Siranifrau. Eine Frau aus einem Volk, das alle verachten.«
Sie zeigte mit dem Finger auf Joanna, trat zurück und lachte laut.
»Sie soll aufhören, Peter!« kreischte Joanna. »Diese Heidin. Heidin! Heidin! Schlag sie, Peter.«
Willems erblickte den Revolver, den Aissa neben dem Kind auf die Bank gelegt hatte. Ohne den Kopf zu bewegen, sagte er auf holländisch zu seiner Frau: »Nimm das Kind und meinen Revolver da. Lauf zum Boot. Ich halte sie hier zurück. Los, jetzt.«
Aissa kam näher. Sie starrte Joanna an und zerrte aufgeregt an der Schnalle ihres Gürtels, während sie abwechselnd lachte und tobte.
»Für sie – für sie! Für die Mutter des Sohnes, der von deiner

Weisheit, von deinem Mut künden wird! Alles für sie. Ich will nichts. Nichts! Nimm, nimm!«

Sie riß den Gürtel ab und warf ihn Joanna vor die Füße. Dann schleuderte sie hastig Armreifen, goldene Haarnadeln und Blumen zu Boden, und das lange Haar löste sich nun, fiel ihr über die Schultern und umrahmte schwarz ihr wild erregtes Gesicht.

»Jage sie fort, Peter! Jage die heidnische Wilde fort!« drängte Joanna. Sie schien völlig den Verstand verloren zu haben. Sie stampfte mit dem Fuß und packte mit beiden Händen Willems' Arm.

»Sieh doch!« schrie Aissa. »Sieh doch die Mutter deines Sohnes! Sie fürchtet sich. Warum geht sie mir nicht aus den Augen? Sieh sie nur an. Sie ist häßlich.«

Joanna schien den höhnischen Ton dieser Worte zu verstehen. Als Aissa gegen den Baum zurücktrat, ließ Joanna den Arm ihres Mannes los, stürzte sich auf Aissa, schlug ihr ins Gesicht, wirbelte dann herum, lief zu ihrem Kind, das schon seit einiger Zeit unbeachtet wimmerte, riß es an sich und rannte zum Wasser, wobei sie in ihrer wahnsinnigen Angst unablässig schrie.

Willems wollte die Waffe aufheben. Aissa versetzte ihm jedoch unerwartet einen Stoß, der ihn taumeln ließ.

Sie ergriff den Revolver, verbarg ihn hinter dem Rücken und rief: »Du sollst ihn nicht haben. Folge ihr. Geh der Gefahr entgegen... geh dem Tod entgegen... geh unbewaffnet... geh mit leeren Händen und schönen Worten... so wie du zu mir gekommen bist... geh wehrlos und belüge die Wälder, das Meer... den Tod, der dich erwartet...«

Sie verstummte, als habe man sie gewürgt. In diesen schrecklichen Sekunden sah sie vor sich den halbnackten, wahnsinnig aussehenden Mann; sie hörte undeutlich die irren, schrillen Hilferufe, die Joanna irgendwo unten am Fluß ausstieß. Das

Licht der Sonne strömte auf sie hernieder, auf ihn, auf das stumme Land, auf den murmelnden Fluß – das sanfte Glänzen eines heiteren Morgens, durch den sie die geisterhaften Blitze ungewisser Dunkelheit huschen sah. Haß erfüllte die Welt, erfüllte den Raum zwischen ihm und ihr – der Haß der Rasse, der Haß unheilbarer Verschiedenheit, der Haß des Blutes; der Haß gegen den Mann, der in dem Land der Lügen und des Bösen geboren worden war, aus dem nur Unglück für jene kommt, die nicht weiß sind. Und als sie so dastand, rasend vor Zorn, hörte sie nahebei ein Flüstern, hörte sie die Stimme des toten Omar ihr ins Ohr raunen: »Töte! Töte!«

Da sie sah, daß er sich bewegte, rief sie: »Komm mir nicht nahe... oder du stirbst gleich! Geh, solange ich mich noch erinnere... erinnere...«

Willems bereitete sich auf einen Kampf vor. Er wagte es nicht, unbewaffnet abzufahren. Er machte einen langen Schritt auf sie zu und sah, daß sie den Revolver hob. Er bemerkte, daß sie den Hahn nicht gespannt hatte und sagte sich, daß sie, wenn überhaupt, dann gewiß vorbeischießen würde. Der Schuß würde zu hoch gehen, der Abzug klemmte nämlich. Er tat noch einen Schritt näher – sah, wie der lange Lauf am Ende ihres ausgestreckten Armes schwankte. Er dachte: das ist der richtige Augenblick... er ging ein wenig in die Knie, legte das Gewicht nach vorn und warf sich mit einem wilden Satz nach vorn.

Er sah eine rote Stichflamme vor den Augen, und ein Knall, der ihm lauter vorkam als ein Donnerschlag, machte ihn taub. Irgend etwas brachte ihn zum Stehen, und da stand er nun und sog den stechenden Geruch des blauen Pulverqualmes ein, der wie eine riesige Wolke vor seinen Augen dahinzog... Fehlgeschossen, beim Himmel! ... Dacht' ich's doch! ... Und er sah sie sehr weit weg die Arme hochwerfen, und der Revolver lag ganz klein auf dem Boden zwischen ihnen... Fehlgeschossen! ... Er würde nun gehen und ihn aufheben. Nie zuvor hatte er so wie in dieser Sekunde den Jubel, das triumphierende Entzücken von Sonnenschein und Leben begriffen. In seinem Mund schmeckte es warm und salzig. Er versuchte zu husten; er spuckte... wer schreit denn da: Um Gotteswillen, er stirbt! – Er stirbt! – Wer stirbt? – Aufheben – Nacht! – Was?... Schon Nacht...

Viele Jahre später erzählte Almayer einem Besucher aus Europa die Geschichte der großen Revolution in Sambir. Sein Gast war ein Rumäne, halb Naturforscher, halb kommerzieller Orchideensammler, der jedermann in den ersten fünf Minuten einer Bekanntschaft von seiner Absicht in Kenntnis setzte, ein wissenschaftliches Werk über die tropischen Länder zu verfassen. Auf dem Weg ins Landesinnere hatte er sich bei Almayer einquartiert. Er war ein recht gebildeter Mann, trank seinen Gin aber pur oder höchstens mit dem Saft einer halben Limone vermischt. Er behauptete, das sei seiner Gesundheit förderlich, und mit dieser Medizin vor sich pflegte er dem staunenden Almayer die Wunder der europäischen Hauptstädte zu schildern. Zum Dank dafür langweilte Almayer ihn durch seine mit unermüdlichem Eifer geübte abfällige Kritik an den sozialen und politischen Verhältnissen in Sambir. Sie saßen einander auf der Veranda am Kartentisch gegenüber und plauderten bis weit in die Nacht hinein, während zwischen ihnen kleine, matte Insekten mit durchsichtigen Flügeln, die mit dem Mondlicht nicht zufrieden waren, zu Tausenden im blakenden Licht der übelriechenden Lampe umkamen.

Almayer sagte gerade mit rotem Gesicht:

»Selbstverständlich habe ich das nicht selbst gesehen. Ich sagte ja schon, daß ich wegen Vaters – Kapitän Lingards – Jähzorn in dem Nebenarm steckengeblieben war. Ganz gewiß habe ich diesem Kerl die Flucht in bester Absicht erleichtern wollen, aber Kapitän Lingard ist nun einmal so – Sie wissen schon –

man kann nicht mit ihm diskutieren. Kurz ehe die Sonne unterging, war das Wasser hoch genug, und wir konnten weiterfahren. Bei Einbruch der Dunkelheit erreichten wir Lakambas Kampong. Alles war sehr still; ich nahm selbstverständlich an, daß sie weg seien und war sehr froh darüber. Wir gingen in den Hof und sahen dort etwas liegen. Und schon ging Aissa auf uns los. Bei Gott... Sie kennen ja die Geschichten von treuen Hunden, die bei der Leiche ihres Herrn wachen... niemanden heranlassen... weggeprügelt werden müssen und so weiter... beim Himmel, wir mußten sie wegprügeln. Es ging nicht anders. Sie war wie eine Furie und wollte uns nicht erlauben, ihn anzufassen. Er war natürlich tot. Das war auch kein Wunder, denn er hatte einen Schuß oben links durch die Lunge bekommen, ganz aus der Nähe, die Löcher waren recht klein. Die Kugel war durch das Schulterblatt wieder herausgetreten. Nachdem wir Aissa überwältigt hatten – Sie können sich nicht vorstellen, wie stark die Frau war – drei Männer mußten sie halten – legten wir den Leichnam ins Boot und stießen ab. Wir glaubten, sie sei ohnmächtig geworden, aber sie stand auf und rannte hinter uns her ins Wasser. Selbstverständlich mußte ich sie ins Boot nehmen. Was hätte ich sonst tun sollen? Der Fluß wimmelt von Krokodilen. Ich werde diese Fahrt stromauf in der Nacht nie vergessen. Sie saß unten im Boot, hielt seinen Kopf im Schoß und wischte von Zeit zu Zeit mit ihrem Haar über sein Gesicht. Es klebte ziemlich viel geronnenes Blut an seinem Kinn und an seinem Mund. Und während der sechsstündigen Fahrt flüsterte sie ununterbrochen zärtlich mit dem Toten!... Der Maat vom Schoner war mit dabei und sagte später, daß er diese Fahrt auch für eine Handvoll Diamanten nicht noch einmal machen wolle. Ich habe ihm das auch ohne weiteres geglaubt. Noch jetzt überläuft es mich kalt, wenn ich daran denke. Glauben Sie, daß er was gehört hat? Nein! Ich meine, ob überhaupt jemand – irgendwas – es gehört hat?...«

»Ich bin Materialist«, versetzte der Mann der Wissenschaft und hielt die Flasche mit zitternden Fingern über das leere Glas.

Almayer schüttelte den Kopf und fuhr fort:

»Niemand hat gesehen, was wirklich geschehen ist, außer Mahmat. Er hat immer behauptet, daß er nicht weiter als zwei Lanzenlängen entfernt gestanden habe. Es scheint, daß die beiden Frauen einander beschimpft haben, während Willems dazwischen stand. Mahmat behauptet, Joanna habe Aissa geschlagen, sei dann weggelaufen, und danach hätten Willems und Aissa sich aufgeführt wie die Verrückten. Sie seien hin und hergerannt. Mahmat sagt – und das sind seine eigenen Worte: ›Sie stand da und richtete die Pistole, die viele Male feuert, aufs Geratewohl in den Hof. Ich hatte Angst, daß sie mich treffen könnte und sprang zur Seite. Dann sah ich, wie der weiße Mann auf sie losging. Er sprang wie unser Herr, der Tiger, wenn er sich aus dem Dschungel in die Speere stürzt, die von den Männern gehalten werden. Sie zielte nicht. Der Lauf ihrer Waffe schwankte hin und her, in ihren Augen sah ich aber plötzlich große Furcht. Sie schoß nur einmal. Sie schrie, während der weiße Mann blinzelnd und ganz aufrecht so lange stehen blieb, wie man langsam eins, zwei, drei zählt; dann hustete er und fiel aufs Gesicht. Die Tochter Omars schrie unaufhörlich, bis er stürzte. Dann ging ich weg, und hinter mir blieb alles still. Diese Dinge gingen mich nichts an, und in meinem Boot saß die andere Frau, die mir Geld versprochen hatte. Wir fuhren sofort ab, ohne auf ihr Geschrei zu achten. Wir sind arme Männer – und bekamen nur geringen Lohn für unsere Mühe!‹ Das erzählte Mahmat damals, und an diesem Bericht hat er seitdem nie etwas geändert. Sie können ihn selbst fragen. Er ist der Mann, von dem Sie die Boote für Ihre Reise flußaufwärts gemietet haben.«

»Der unverschämteste Räuber, der mir je begegnet ist«, lallte der Reisende.

»Ah! Er ist ein ordentlicher Mann. Seine beiden Brüder hat man erstochen – das geschah ihnen recht. Sie hatten sich darauf verlegt, die Gräber der Dayaks zu plündern. Man findet nämlich goldene Schmuckstücke in diesen Gräbern. Es geschah ihnen also recht. Er aber blieb anständig und hat es zu was gebracht. Jawohl! Alle haben es zu was gebracht, nur ich nicht. Und schuld daran ist einzig der Lump, der die Araber hergebracht hat.«

»De mortuis nil ni... num«, murmelte Almayers Gast.

»Es wäre mir lieber, Sie sprächen englisch, anstatt in Ihrer eigenen Sprache zu plappern, die kein Mensch verstehen kann«, sagte Almayer verdrossen.

»Regen Sie sich nicht auf«, rülpste der andere. »Es ist Latein und ein weiser Ausspruch. Er bedeutet: Verschwende deinen Atem nicht damit, die Schatten zu beschimpfen. Es war nicht böse gemeint. Sie gefallen mir. Sie haben einen Groll gegen die Vorsehung – ich auch. Eigentlich sollte ich Professor sein, statt dessen aber...« Das Kinn sank ihm auf die Brust; er saß still da und umklammerte sein Glas. Almayer ging auf und ab und blieb dann unvermittelt stehen.

»Ja, alle haben es zu was gebracht, nur ich nicht. Warum? Ich bin mehr wert als sie alle zusammen. Lakamba nennt sich Sultan, und wenn ich ihn geschäftlich aufsuche, dann schickt er mir diesen einäugigen Kerl heraus – diesen Babalatchi – um mir sagen zu lassen, daß der Herrscher schläft und auch noch lange weiter schlafen wird. Oh, dieser Babalatchi! Er ist der Shahbandar – bitte sehr. Herr im Himmel! Shahbandar! Das Schwein! Ein Landstreicher, den ich nicht einmal die Treppe heraufgelassen habe, als er hier ankam... und sehen Sie sich Abdulla an. Er wohnt jetzt in Sambir, weil er hier – wie er sagt – keine Weißen zu sehen braucht. Aber er hat Hunderttausende. Schiffe. Ein Haus in Penang. Und was hat er nicht schon alles besessen, ehe er mir mein Geschäft kaputtgemacht hat! Er hat hier alles ruiniert, hat Vater erst auf die Goldsuche und dann nach Europa getrieben, wo er verschwunden ist. Stellen Sie sich vor: ein Mensch wie Kapitän Lingard verschwindet wie ein gewöhnlicher Kuli! Bekannte von mir haben sich brieflich in London nach ihm erkundigt. Niemand dort hat je von ihm gehört! Stellen Sie sich das vor! Nie von Kapitän Lingard gehört!«

Der gelehrte Orchideensammler hob den Kopf.

»Er war ein sen-sentimen-taler alter Seeräuber«, stammelte er. »Er gefällt mir. Ich bin selbst senti-tal.«

Er blinzelte Almayer an. Der lachte.

»Ja! Ich habe Ihnen schon von dem Grabstein erzählt. Jawohl! Nochmal hundertundzwanzig Dollars rausgeworfen. Ich wollte, ich hätte sie jetzt. Aber es mußte natürlich sein. Und die Inschrift. Ha! ha! ha! ›Peter Willems, durch die Gnade Gottes von seinem Feind erlöst.‹ Von welchem Feind wohl – wenn nicht von Kapitän Lingard selbst? Und dann ist es doch sinnlos! Vater war ein großer Mann, aber in vieler Hinsicht merkwürdig... Sie haben das Grab noch nicht gesehen? Da drüben auf dem Hügel, auf der anderen Seite des Flusses. Ich muß es Ihnen zeigen. Wir werden mal hingehen.«

»Ich nicht!« sagte der andere. »Kein Interesse – zu ermüdend in der Sonne... es sei denn, Sie tragen mich hin.«

Tatsächlich wurde er wenige Monate später wirklich hingetragen, und sein Grab war das zweite Grab eines weißen Mannes in Sambir; im Augenblick aber war er noch lebendig, wenn auch ziemlich betrunken. Er fragte plötzlich: »Und die Frau?«

»Oh! Lingard hat sie und ihren widerlichen Sprößling in Makassar untergebracht. Das war eine sündhafte Geldverschwendung! Der Teufel mag wissen, was aus ihnen geworden ist, seitdem Vater nach England gefahren ist. Ich mußte mich um meine Tochter kümmern. Wenn Sie zurückfahren, gebe ich Ihnen ein paar Zeilen für Mrs. Vinck in Singapur mit.

Dort werden Sie meine Nina sehen, Sie Glücklicher! Sie ist schön und, wie ich höre, auch sehr wohlerzogen, so...«

»Ich habe schon zwanzig... schon hundertmal von Ihrer Tochter gehört. Was... was wurde denn nun a...aber aus der anderen... aus Aissa?«

»Aus der? Oh, die haben wir hier behalten. Eine ganze Weile war sie auf harmlose Weise verrückt. Vater hat viel von ihr gehalten. Er hat ihr eines von unseren Häusern überlassen. Sie wanderte umher. und sprach zu niemandem; nur wenn sie Abdulla sah, bekam sie einen Wutanfall und schrie und tobte ganz gräßlich. Sehr oft verschwand sie – und dann mußten wir alle antreten und auf die Suche nach ihr gehen, weil Vater nicht eher Ruhe hatte, bis sie zurückgebracht wurde. Wir fanden sie an allen möglichen Stellen. Manchmal in dem ehemaligen Kampong von Lakamba, manchmal wanderte sie auch einfach nur im Gebüsch umher. Sie hatte einen Lieblingsplatz, an dem wir sie immer zuerst suchten. Man konnte zehn gegen eins wetten, daß sie dort zu finden war – auf einer Art Waldwiese an einem Bach. Warum sie gerade diesen Platz bevorzugte, kann ich mir nicht vorstellen! Und es war sehr schwierig, sie dort wegzubringen. Man mußte sie mit Gewalt fortschaffen. Im Lauf der Zeit wurde sie dann ruhiger und gewöhnte sich ein. Unsere Eingeborenen hatten aber immer große Angst vor ihr. Meine Nina hat sie schließlich gezähmt. Das Kind war von Geburt an furchtlos und bekam immer seinen Willen. Sie ging also auf Aissa zu, zupfte sie am Sarong und kommandierte sie herum, wie sie es auch mit allen anderen machte. Schließlich hat Aissa das Kind wirklich liebgewonnen. Der Kleinen konnte ja auch keiner widerstehen. Aissa gab dann ein vorzügliches Kindermädchen ab. Als die kleine Teufelin mir einmal weggelaufen und von der Mole ins Wasser gefallen war, sprang sie sofort hinterher und zog meine kleine Nina heraus. Ich wäre vor Angst fast gestorben. Sie lebt nun natürlich bei meinen Dienstmägden, kann aber tun und lassen, was ihr beliebt. Solange ich noch eine Handvoll Reis und einen Fetzen Baumwolle habe, soll es ihr an nichts fehlen. Sie haben sie ja gesehen. Sie hat zusammen mit Ali das Essen aufgetragen.«

»Was! Das krumme alte Weib?«

»Ah!« sagte Almayer. »Hier altern die Frauen schnell. Lange Nebelnächte im Freien brechen schnell genug auch den stärksten Rücken – wie Sie selbst sehr bald erfahren werden.«

»Ekel ... ekelhaft«, grunzte der Reisende.

Er schlief ein. Almayer stand am Geländer und sah in die blau glänzende, monderhellte Nacht. Die Wälder, unverändert und düster, schienen sich über das Wasser zu neigen und dem unablässigen Murmeln des großen Flusses zu lauschen; und über ihrer dunklen Mauer erhob sich vor dem silberbleichen Himmel schwarz und rund der Hügel, auf dem Lingard den Leichnam seines ehemaligen Gefangenen bestattet hatte. Almayer sah lange Zeit auf den scharfen Umriß des Hügels, als versuche er trotz der Dunkelheit und der Entfernung die Silhouette jenes kostspieligen Grabsteines zu erkennen. Als er sich schließlich umwandte, sah er, daß sein Gast schlief, die Arme auf dem Tisch, den Kopf auf die Arme gelegt.

»He da, Sie!« brüllte er und schlug mit der Hand auf den Tisch.

Der Naturforscher erwachte, blieb aber ganz in sich zusammengefallen sitzen und glotzte wie eine Eule vor sich hin.

»Hören Sie!« fuhr Almayer fort und klopfte dabei auf den Tisch. »Ich möchte etwas wissen. Sie sagen doch, daß Sie so viele Bücher gelesen haben ... erklären Sie mir also, warum solche verfluchten Sachen überhaupt erlaubt sind. Sehen Sie mich an! Ich habe niemandem was zuleide getan, habe ein anständiges Leben geführt ... und so ein Lump, der in Rotterdam oder sonstwo am anderen Ende der Welt geboren wird, kommt angefahren, bestiehlt seinen Arbeitgeber, läuft seiner Frau weg, ruiniert mich und meine Nina – und wie er mich ruiniert hat! – und wird schließlich von einer jämmerlichen, bedauernswerten Wilden erschossen, die im Grunde nichts von ihm weiß. Wo ist da der Sinn? Wo bleibt da die Vorsehung? Wer hat auch nur den geringsten Nutzen davon? Die Welt ist ein Schwindel! Warum soll gerade ich leiden? Was habe ich getan, um eine solche Behandlung zu verdienen?«

Er brüllte alle diese Fragen heraus und verstummte dann. Der Mann, der eigentlich Professor hätte sein sollen, gab sich außerordentliche Mühe, recht deutlich zu sprechen:

»Mein teurer... Freund, be... begreifen Sie denn nicht, daß die... die... bloße Tatsache Ihrer Ex... Existenz eine Beleidigung darstellt... Sie... Sie gefallen mir...«

Sein Kopf sank vornüber auf den Tisch, und seine Ansprache endete übergangslos in tiefem Schnarchen.

Almayer zuckte die Achseln und trat ans Geländer zurück. Er trank nur selten von seinem eigenen Gin, aber wenn er es tat, dann brachte ihn schon eine lächerlich geringe Menge gegen die gesamte Schöpfung in Harnisch. Und nun beugte er sich weit über das Geländer, wandte das Gesicht dem entfernten, unsichtbaren, importierten Granitklotz zu, auf dem es Lingard für passend gehalten hatte, die Gnade Gottes und das Entkommen Willems' festzuhalten, und schrie frech in die Nacht hinaus:

»Vater hatte Unrecht – Unrecht!« brüllte er. »Ich will, daß du dafür büßt! Du mußt büßen! Wo bist du, Willems? He?... He?... Ja!... Dort, wo es keine Barmherzigkeit gibt und keine Hoffnung!«

»Hoffnung« wiederholten in flüsterndem Echo die erschreckten Wälder, der Fluß und die Berge; und Almayer, der erwartungsvoll dastand, ein Lächeln trunkener Aufmerksamkeit auf den Lippen, vernahm keine andere Antwort.

# JOSEPH CONRAD

**Der Nigger von der »Narzissus«**
Eine Seemannsgeschichte. Bd. 2054

**Der Freibeuter**
Roman. Bd. 2055

**Der Verdammte der Inseln**
Roman. Bd. 2056

**Almayers Wahn**
Roman. Bd. 2057

**Die Rettung**
Ein Roman von den Untiefen. Bd. 2058

**Die Schattenlinie**
Roman. Bd. 2059

**Gaspar Ruiz**
und andere Erzählungen
Bd. 5358/Januar '84

**Geschichten der Unrast**
Fünf Erzählungen. Bd. 5724

**Spannung**
Ein Roman aus Napoleonischer Zeit
Bd. 5355

**Sieg**
Eine Inselgeschichte
Bd. 5352/November '83

**Über mich selbst**
Einige Erinnerungen. Bd. 5725